CUENTOS COMPLETOS

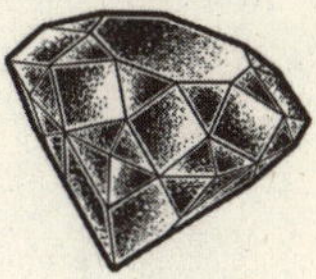

Austral Singular

OSCAR WILDE
CUENTOS COMPLETOS

Introducción
Luis Antonio de Villena

Traducción
Catalina Montes Mozo

ESPASA

Obra editada en colaboración con Editorial Planeta – España

Título original: *Complete Shorter Fiction («The Happy Prince and Other Tales», «Lord Arthur Savile's Crime and Other Stories», «A House of Pomegranates», «The Portrait of Mr. W. H.», «Poems in Prose»)*

Diseño de la colección: Austral / Área Editorial Grupo Planeta
Ilustraciones de la portada: Shutterstock

Bajo el sello editorial AUSTRAL M.R.
Avenida Presidente Masarik núm. 111,
Piso 2, Polanco V Sección, Miguel Hidalgo
C.P. 11560, Ciudad de México
www.planetadelibros.com.mx

Primera edición impresa en España en esta presentación: octubre de 2025
ISBN: 978-84-08-30954-3

Primera edición impresa en México en Austral: octubre de 2025
ISBN: 978-607-39-3603-3

Impreso en los talleres de Impregráfica Digital, S.A. de C.V.
Avenida 11 # 463, interior bodega 2, Colonia San Nicolas Tolentino
Iztapalapa , CDMX, C.P. 09850
Impreso en México - *Printed in Mexico*

Biografía

Novelista, poeta, crítico literario y autor teatral de origen irlandés, gran exponente del esteticismo, Oscar Wilde (Dublín, 1854-1900) conoció el éxito desde sus comienzos gracias al ingenio punzante y epigramático que derrochó en sus obras, dedicadas casi siempre a fustigar a sus contemporáneos. Defensor del arte por el arte, sus relatos repletos de diálogos vivos y cargados de ironía provocaron feroces críticas de los sectores conservadores, que se acentuaron cuando Wilde fue acusado y condenado por su homosexualidad, lo que originó el declive de su carrera literaria y de su vida personal. Entre sus obras destacan las cuatro comedias teatrales: *El abanico de lady Windermere* (1892), *Una mujer sin importancia* (1893), *Un marido ideal* (1895) y *La importancia de llamarse Ernesto* (1895), el cuento de *El fantasma de Canterville* y *El retrato de Dorian Gray*, su única novela.

ÍNDICE

INTRODUCCIÓN de Luis Antonio de Villena 9
Oscar Wilde: esteta, mítico y exhibicionista 9

NOTA A LA EDICIÓN 25

EL PRÍNCIPE FELIZ Y OTROS CUENTOS 27
El Príncipe Feliz 29
El ruiseñor y la rosa 43
El gigante egoísta 51
El amigo abnegado 57
El insigne cohete 73

UNA CASA DE GRANADAS 89
El joven rey 91
El cumpleaños de la infanta 109
El pescador y su alma 135
El niño-estrella 179

EL CRIMEN DE LORD ARTHUR SAVILE Y OTRAS HISTORIAS 201
El crimen de lord Arthur Savile 203
La esfinge sin secreto 249

El fantasma de Canterville 257
El millonario modelo 297

El retrato de míster W. H. 305

Poemas en prosa 349
El artista 351
El bienhechor 352
El discípulo 354
El maestro 355
La Sala del Juicio 356
El maestro de la sabiduría 359

INTRODUCCIÓN

OSCAR WILDE: ESTETA, MÍSTICO Y EXHIBICIONISTA

Oscar Wilde sigue siendo uno de los más fascinantes autores de la época. El transcurso del tiempo, que tantas cosas altera, a él no le ha privado de su lozanía; y aunque tengamos necesariamente que comprender un Wilde *histórico,* ello no es óbice para que cuanto él fue, y una muy amplia parte de lo que escribió, continúe pareciéndonos hoy —con la magia de los mejores clásicos— encantador y sugestivo. ¿El secreto? Me atrevería a decir, un tanto de golpe y simplificando, que la *vida,* o acaso su siempre surgente *vitalismo.* Con lo que no quiero decir que no fuese Oscar Wilde —que lo fue— un escritor artificioso, amante de *lo literario* (de lo que siguiendo a Horacio llamaron los críticos ingleses *pedazos de púrpura),* decadente en cuanto pudo, refinado adrede, sí, pero además, Wilde amó apasionadamente el *reino de este mundo,* gozó viviendo y contemplándose vivir, y apostó fuerte en esa jugada. Fue esteta y neopagano, lo que puede parecer una contradicción, y mezcló (como insinuó él mismo) su vida en su obra y su arte en su vida, como en la mejor novela. Y es eso, esa gran fuerza derrochada, esa energía de pasión cultivada con arabescos exquisitos, su deseo de vivir y de hacer arte de ello, plasmado literariamente en sus libros, lo que hace de Wilde —resumiendo— un escritor irrenunciable y que (tanto tiempo después) nunca decepciona.

*

Oscar Wilde (1854-1900) es para muchos el prototipo del escritor y aun del personaje *fin de siglo*. Jugó —y creyó— en el dandismo, amó el refinamiento aun a riesgo de exagerar, pensó que una duquesa (como diría Proust) es necesariamente un ser delicioso —aunque sabía, y él el primero, que todo eso es mentira— y fingió creer en la frivolidad y en el lujo (que indudablemente le gustaban) como en una filosofía, y así parecía ocultar la *morbidezza*, de la *canaille* y de los *vicios* (todo lo que exalta y celebran las novelas de Lorrain y de D'Annunzio, de madame Rachilde, de Vargas Vila y de Hoyos y Vinent), aunque el *vicio* por el que fue tan duramente condenado era en él una virtud. Porque frente a un lado morboso, artificial, voluntariamente corrupto y exquisito que hay en su obra (y que la hace tan propiamente *fin de siglo*) existe en Wilde, y en no menor medida, un canto al esplendor de la vida en libertad, al gozo de sentir misericordia, a la claridad del amor (sea del lado que sea) y, sobre todo, un afán de felicidad, de hacer del mundo un paraíso de júbilo y columnas frente al mar de Jonia y en verano, una tal exaltación de todos los sentidos, siempre luminosa, con lo que este otro Wilde por fuerza modifica al primero. O por decirlo mejor, Oscar Wilde no es sólo el dandi y el artista decadente que dice detestar la vida porque es *natural* (como un personaje de Villiers o de Huysmans), sino —y al mismo tiempo— el pagano cantor de la luz y la alegría, de sátrapa filoheleno orgulloso de todos sus placeres, no por decadencia, sino por intensidad exaltadora (Wilde fue un adorador del Sol más que un cultor de la Luna). Pero por encima de una cosa y otra está la estética, un desordenado, intensísimo y total amor a la Belleza. Wilde —lo he dicho en otra parte— rigió su vida y su obra por ese baremo estético. Todo lo quiso bello. De todo intentó hacer —y en amplia medida lo consiguió— una obra de arte. Por eso no cabe separar la obra de Wilde de su vida, porque están unidas por un ideal común y por un resultado parecido. Vida y obra expresan la misma principalía estética. Aunque esa norma abarque luego desde el teatro a lo Eleonora Duse, hasta las estatuas de Grecia, la reflexión crítica o los chicos de Londres. (Lo dijo el propio Oscar, tan acertado en su gusto aforístico: «La belleza es el símbolo de los símbolos. Lo revela todo porque no expresa nada»). Entendiendo así a Wilde, desaparece la dicotomía de pensar si la brillante y trágica vida del hombre no tapó al artista. El Oscar Wilde de las levitas raras, del *traje estético* y de los claveles verdes en la solapa, es el mismo que escribió *El retrato de Dorian Gray* o la espléndida *Balada de la cárcel de Reading.* El mismo, y por singular motivo: ser arte, hacer arte. Muy pocos pueden *—los elegidos,* que él mismo reclamaba— mezclar tan de verdad dos vinos con tanta embocadura...

*

Oscar Wilde nació en Dublín. Y en Irlanda vivió sus primeros años. Su padre —William Wilde— fue un médico reputado, no sólo por su bien hacer profesional, sino además por su desordenado afán mujeriego. En una sociedad tan puritana como lo era entonces la británica (Oscar la sufriría más adelante), un escándalo de faldas en un hombre notable podía arruinar una sólida carrera. Más aún si ocurría entre el médico y una paciente. Al padre de Wilde le pasó eso.

Su madre —Jane Francesca Elgee— era todo un personaje, y de ella (freudianamente) habría sacado el hijo (aunque no su otro hermano, bastante gris, ni su hermana, muerta en la infancia) muchas de sus *raras* características. Jane Francesca había sido, antes de su matrimonio, una conocida independentista irlandesa, pero era también —y eso perseveró más en ella— una esnob voluntariosa, aficionada al *gran mundo* y a las letras. Un baile con el gobernador británico le hacía olvidar la independencia. Era además gorda, teatral, grandona, y gustaba de ir muy maquillada.

Oscar, que había estudiado en los mejores colegios de Irlanda (entre ellos el Trinity College, de Dublín), obtiene en 1875 una beca para ingresar en Oxford, el sueño dorado de todo estudiante con *ambiciones* y talento. Era ya un experto y un aficionado a todo lo griego, curiosamente más, mucho más, que lo latino. En 1877 viaja a Italia y Grecia junto a su antiguo profesor de clásicas en Dublín, John Pentland Mahaffy, con el que había seguido en buenas relaciones. Ese viaje fue realizado, en parte, con su parte de la herencia paterna, ya que sir William Wilde (le habían ennoblecido por sus servicios a la Corona) murió el año antes.

En 1878 recibe el título de *Bachelor of Arts*, y gana un premio de poesía, con un poema sugeridor, un tanto prerrafaelista y lleno de culturalismo, «Rávena», evocación de la ciudad italiana. El Wilde que, finalizando ese año, se dispone a abandonar Oxford es, de alguna manera, un hombre feliz. Ha recibido una sólida formación humanística, ha entrado en contacto (y participado) en las corrientes estéticas del momento (John Ruskin y Walter Pater), conoce los postulados y poemas de los prerrafaelistas, también la última literatura francesa. Pero además Wilde ama el *mundo* y tiene deseos de sorprender y de triunfar.

Es un esteta y empieza a ser dandi.

A partir de 1880, Wilde inicia su periplo: la construcción de un arte, que es también la vida. Se deja crecer el pelo, usa calzón corto, zapatos de charol y hebillas de plata, chaquetas de terciopelo y lirios en el ojal o en la mano... Es rebuscado, amanerado, impertinente. Ycomienza a *relacionarse:* actrices, pintores (Whistler, en especial), gente importante son su meta. Wilde quiere ser *artista,* pero asimismo *mundano* (para eso tiene la facilidad de su verbo su esnobismo), y también *célebre*. «Lo importante es que hablen de uno, aunque sea bien», dijo en algún momento.

En 1882, Oscar publica su primer libro. Es una colección de poesías —*Poems,* será el título—, algunas de las cuales data de los días de Oxford. Hay poemas bellos y sin duda de calidad, pero el conjunto podría calificarse como de conglomerado en el que están representadas las principales tendencias de la poesía inglesa del momento.

En esa misma época, Wilde —cuya vocación teatral es temprana— ha escrito un drama de tema moderno (sobre los anarquistas rusos) titulado *Vera a los nihilistas*. Pero su éxito verdadero, lo que empieza a hacer que se hable ya de él, es él mismo: su pose, sus maneras, su atuendo estético, sus paradojas... Wilde (que no había sido, ni mucho menos, el padre del esteticismo inglés) se convierte, de pronto, en su más genuino —y un algo caricaturesco— representante. De hecho su primera celebridad le viene por un lado crítico —es atacado— y paródico —no llega a saberse si él imita a los esteticistas o ellos a él—, pero los críticos lo reseñan. En 1882 realiza un ciclo de conferencias —*El Renacimiento inglés del Arte*— por Estados Unidos, lo que le proporciona más fama, pero sobre todo (y ese será uno de los grandes problemas vitales de Oscar) dinero. Un año después volverá a Nueva York para el estreno de su drama *Vera...*, que es un fracaso. Retorna, pues, a las conferencias, esta vez por Inglaterra. Y en 1884 nos hallamos ante el fin del *primer Wilde.* Abandona las exageradas maneras del *traje estético* (aunque no, por supuesto, el esteticismo ni la vocación de dandi) y, tras sus fracasos literarios (su tragedia *La Duquesa de Padua* ni siquiera llega a ser estrenada), debe replantearse seriamente el futuro.

Ese mismo año, Wilde (que ya había tenido veleidades homoeróticas en Oxford, aunque posiblemente con una alta dosis de platonismo) contrae matrimonio con una bella (y un tanto simple) muchacha de origen irlandés, Constance Mary Lloyd, hija única y huérfana de un consejero de la reina. Los años primeros del matrimonio —del que nacieron dos hijos, Cyril y Vyvian— fueron los más fructíferos y ordenados de la vida de Oscar, aunque indudablemente los de interés más escaso. El escritor se gana la vida como periodista. En 1887 es director de una revista femenina, *The Womans World,* y es entonces cuando comienza a estabilizarse económicamente. Ese año (sigue haciendo una vida familiar y metódica) publica sus primeros cuentos en revistas, y al año siguiente, *El Príncipe Feliz y otros cuentos.* La sociedad (en la que Wilde vuelve ahora a moverse de nuevo, más grueso y mucho más brillante) comienza a comentar —encandilada— que aquel ser delicioso, feliz, agudo, incisivo y culto sufre una notable propensión hacia los muchachos. Y que algunas noches frecuenta lugares de reputación más bien dudosa. Más tarde escribirá Oscar este aforismo estupendo: «Hay algo trágico en el enorme número de jóvenes que viven en Inglaterra en la época actual: empiezan su vida con perfiles perfectos, y acaban por adoptar alguna profesión útil».

En 1889 publica *La decadencia de la mentira* (ensayos) y un relato, *El retrato de míster W. H.,* alrededor del supuesto inspirador de los *Sonetos,* de Shakespeare, que fue recibido con escándalo por los críticos, y que confirman las tendencias homófilas de Wilde. Su fama, sin embargo, su brillantez, su éxito, son ya inevitables. Oscar, superando la primera corriente del esteticismo inglés (la dominada por el prerrafaelismo), va a convertirse —entre entusiastas y enemigos— en el pontífice de la nueva década, en el gran santón del decadentismo paganizante: imagen de Dionisios entrando en Antioquía entre músicas, placeres, tigres y muchachos.

Mil ochocientos noventa (el año que se editó, por primera vez en revista, *El retrato de Dorian Gray)* es el comienzo indiscutible de la celebridad de Wilde. Publicaciones (ensayos, teatro, cuentos), viajes a París y al norte de África, éxitos radiantes como comediógrafo, en piezas de salón *(El abanico de lady Windermere,* en 1892), amores marginales, mercenarios o elegantes, descaro, atrevimiento, insultos, enemistad y envidias, todo ello enmarca los cinco años del gran ascenso de Oscar Wilde al estrellato social y literario. El autor de *Una casa de granadas, Salomé, Un marido ideal* o de poemas tan en la cúspide esteticista como *La Esfinge* (comenzado muchos años antes), es agasajado y repudiado por el *gran mundo,* celebrado por los escritores franceses más del momento, y amante de golfillos de arrabal o de lord Alfred Bruce Douglas —el gran amor de su vida—, hijo de una aristocrática familia inglesa, hermoso, poeta, caprichoso y fatal... El drama (que naturalmente venía gestándose tiempo atrás) estalla cuando Wilde —mal aconsejado— entabla querella contra el marqués de Queensberry —el tosquísimo padre de lord Alfred—, porque el puritano señor (que mantenía pésimas relaciones con su hijo) había insultado en una tarjeta a Oscar diciéndole que posaba de *sondomita* (así, con falta ortográfica y todo). Ello dio lugar a una serie de juicios en los que se estrechó y cuandió hasta lo indecible la horma y estupidez del puritanismo británico, y Wilde —probado una y otra vez su *vicio* por guapos chicos de barrio, con los que no se había portado mal en absoluto— fue condenado a dos años de trabajos forzados: el máximo castigo que para el caso preveía la ley. Era a mediados de 1895.

La prisión (Wandsworth primero, y Reading después) supuso un tremendo calvario para el esteta, que aceptó todo como la necesaria escena final de un drama. No cual una penitencia —como han insinuado algunos—, sino como una catarsis, como el obligado fin de una tragedia griega. Claro que, al tiempo, Wilde lo tiñó todo de franciscanismo, pregonando una estética de la humildad y de la renuncia.

Al salir de la prisión (en la primavera de 1897), Wilde abandona de inmediato Inglaterra, a la que no volverá jamás. El resto de su vida, entre viajes, pedigüeñez, retorno y final con lord Alfred, cambio de nombre —será ahora Sebastian Melmoth— y retorno asimismo apasionado a su *vicio* con nuevos chicos, es el lento y artístico camino de un suicidio. No hace nada (una vez concluida, el mismo año en que salió de prisión, la *Balada de la cárcel de Reading),* vagabundea por París o por la Costa Azul, y lleva encima, con magnificencia de rey caído, la singularidad cada vez más alta y notable de ser quien es (el escritor vilipendiado y admirado, el príncipe de la decadencia), y también su condición de marginado excelso, de proscrito, de apátrida, de homosexual *urbi et orbi,* blanco de todos los dicterios de los cenicientos biempensantes del mundo. Era, ello es evidente, una alta y dificilísima frontera. La gente le busca y le odia, los grandes piden verle (todos dirán luego: «yo conocí una vez a

Oscar Wilde»), y muchos amigos le abandonan. Bordeando siempre una miseria dorada (que ha sido muy bien narrada por su biógrafo, prestamista y final amigo, Frank Harris), Oscar muere, de terrible enfermedad, en París, el 30 de noviembre de 1900, en el pobre Hotel d'Álsace, en la callecita de Beaux-Arts, orilla izquierda del Sena. Fue enterrado —entre reducido cortejo— en el cementerio de Bagneaux y trasladado en 1909 al Pére Lachaise, donde aún reposa.

*

Oscar Wilde publicó en vida tres libros de cuentos o relatos, más algunos textos dispersos (en general breves) no recogidos en volumen.

El primero en aparecer fue *The Happy Prince and other tales (El Príncipe Feliz y otros cuentos),* editado en 1888. Tal vez fue ése el primer libro de éxito de Wilde, y en cualquier caso, es el que representa su «primer estilo narrativo», dominado aún por lo que —en términos muy generales— pudiéramos denominar el influjo prerrafaelista. Para algunos críticos, este es el estilo más característico de Oscar Wilde. Con influjos de Andersen, de Hoffmann y de los cuentos populares, pero con un sello propio absoluto. Hay en el volumen —además del cuento que le da título, *El Príncipe Feliz*— textos tan característicos de Wilde como *El ruiseñor y la rosa* o *El gigante egoísta.* Pero es, quizá, *El Príncipe Feliz* la muestra más clara de ese estilo.

Los primeros cuentos wildeanos son fábulas. Pretenden (y logran) un tono de relato infantil-tradicional, dentro del cual no se olvidan notables concesiones estéticas. *El amigo abnegado* (otro de los cuentos del libro) es la historia del joven y generoso jardinero Hans, que hasta la muerte se sacrifica por un molinero vecino, que se dice su amigo, pero que en verdad —bajo las bellas palabras— le explota, para seguirse diciendo su mejor amigo, y aun presidir el duelo, tras esa muerte. *El Príncipe Feliz* es la bella estatua de un príncipe adolescente, que se eleva sobre una ciudad inconcreta con toques de burgo medieval o de puerto inglés elisabetiano. El Príncipe, cuyos ojos son dos zafiros, y en el pomo de cuya espada brilla un hermoso rubí, fue, mientras vivió, feliz y ajeno al mundo, pero ahora desde el pedestal contempla por primera vez las miserias de la ciudad sobre la que reinó. Una golondrina —símbolo inicial de la inconstancia—, de viaje invernal a Egipto, hace noche en la estatua, y el príncipe llorando le suplica que se quede con él una noche más (y luego otra) para ayudarle a remediar la mucha pobreza que ve. Arrancándole el rubí de la espada, los zafiros de los ojos, y las láminas de oro, finalmente, que recubren el cuerpo del Príncipe, la golondrina muere de frío, tras haber ayudado a una madre costurera cuyo hijo está enfermo, a un joven poeta que trabaja en condiciones de mendigo y a una niña cerillera, entre otros... Al final, los concejales de la ciudad pensarán en demoler una tan fea estatua.

Hay, pues, muy claramente, una toma de partido en la que la estética sirve y tiene una función social. La *belleza* del Príncipe y de la golondrina sirven a remediar el dolor, y las estéticas evocaciones que hace de Egipto el ave, más allá de dar color al relato, son un punto de contraste entre los dos polos del cuento: la vida feliz del Sur y la vida humilde y menesterosa del Norte, y cómo la primera debe ayudar a la segunda. El egoísmo, la belleza y la felicidad —grandes valores en la cosmovisión dandística de Wilde— son vistos ahora como cauces para solucionar la pobreza. Es así el cuento (y el libro) un verdadero canto esteticista (y voluntariamente *naïf*) a los humildes, y un triunfo de la piedad y de la compasión hacia una menesterosidad que se ve (estéticamente) como una mística. «El mayor misterio es la miseria», leemos. (Lo que tendrá mucho que ver con un extraño libro que el místico-simbolista belga Maurice Maeterlinck escribirá años después —en 1898—, *La Trésor des humbles, El tesoro de los humildes).* El arte está así en los primeros cuentos de Wilde al servicio de la moral —de una moral socioindividual, para ser más exacto—, lo que, evidentemente, los conecta con las teorías socializantes de uno de sus maestros estéticos, Ruskin. Si bien la estética está naturalmente presente, y esa estética de la ingenuidad será el mayor encanto de estos cuentos que exaltan la bondad, la caridad, la generosidad, el altruismo, con desprecio de los vicios opuestos. Por otro lado, el hecho de que se presenten como leyendas con sabor tradicional o antiguo no es, posiblemente —aparte referencias literarias—, más que una muy bien lograda y personalizada nota de prerrafaelismo.

En 1891, Wilde publica su segundo volumen de relatos —dejamos aparte, naturalmente, la novela *El retrato de Dorian Gray* y el relato ensayístico *El retrato de míster W. H.,* uno de los textos más característicos, sugerentes y ambiguos del escritor—, titulado *Lord Arthur Savile's Crime and Other Stories (El crimen de lord Arthur Savile y otras historias),* conjunto de novelas breves mejor que cuentos, frecuentemente en vena satírica o humorística, y donde se halla un texto tan conocido de Wilde como *El fantasma de Canterville;* si bien muchas de estas novelitas habían sido publicadas en revistas años antes. Pero el mismo 1891 vio aparecer, también, el segundo y último de los libros de cuentos de nuestro autor, bajo el sugestivo título *A House of Pomegranates (Una casa de granadas).*

Contiene la obra cuatro cuentos, alguno de los cuales está entre lo mejor de Wilde en la narrativa breve. Por ejemplo, *El joven rey, El cumpleaños de la infanta* o *El niño-*

estrella. Aunque en los cuentos sigue rastreándose aquella intencionalidad ético-estética que advertí ya en los textos de *El Príncipe Feliz,* es otro el Wilde que ahora escribe.

El joven rey es la historia —con comienzo *tradicional*— de un muchachito de diecisiete años, de estirpe real, pero criado entre pastores, que es reconocido por su abuelo el rey, antes de morir, y que espera, en su magnífico palacio, la próxima mañana en que será coronado. El gusto por lo *lujoso* que manifiesta el muchacho, y su consiguiente descripción, nos sitúan, casi de entrada, en una atmósfera *decadente:* un joven cuya máxima pasión es la belleza, mezclada convenientemente de artificio. El adolescente rey recorre el palacio y sus fastos, «como si buscara en la belleza un alivio a su pena, una especie de curación a una dolencia». Belleza que adoraba en estatuas, camafeos o piedras preciosas. Se duerme —esa noche, víspera de su coronación— y sueña el joven rey tres sueños. En el primero ve un telar, donde afanosa y pobremente, en un aire corrompido y húmedo, los tejedores preparan un traje con hilos de oro para la coronación del rey. En el segundo sueño —el más bello y estetizante como descripción—, un bajel mandado por negros, y movido por cien esclavos blancos, se detiene en una bahía africana, donde sopla arena roja sobre la vela, y en el horizonte hostigan caballistas árabes... Allí anclados, los negros taponan con cera los oídos y la nariz de un muchacho que se zambulle en el mar para, trabajosamente, lograr sacar tres espléndidas perlas. Cuando el chico muere, tras las inmersiones, sabemos que las perlas serán para el cetro del joven rey. En cuanto al tercer sueño, presenta una visionaria conversación entre la Muerte y la Avaricia, disputándose un grano de trigo. Como la Avaricia se lo niega, la Muerte irá, con pestes y estragos, desolando a los hombres de su enemiga, que, miserables y hundidos en fango, escarban oprobiosamente la tierra. Eran esclavos y buscaban rubíes para la corona del rey. Tras esta visión, el joven monarca se despierta, ya de día, y se niega a ser coronado con aquellas gemas. «Hay sangre en el corazón del rubí y muerte en el de la perla». Pide sus vestidos de pastor y acude así a la catedral, entre la hilaridad del pueblo y la reprobación de los nobles y del obispo. El rey ayuda a los pobres siendo rey —le dirán— y no mendigo. Los nobles entran en la iglesia para acabar con el soñador loco, pero cuando van a hacerlo, la luz que atraviesa los vitrales le unge, convirtiendo su traje, su corona de rosas y su vara de azucenas, en cetro y manto de maravillas fulgentes, y el obispo y los nobles se prosternan ante aquella transustanciación mística. El joven rey es ahora un querube. «Y el joven rey bajó del altar mayor y volvió a su palacio, cruzando entre el pueblo. Pero ninguno se atrevía a mirar su rostro, pues era semejante al de un ángel».

El cuento es realmente redondo y es formalmente uno de los más logrados de Wilde. Es obvio que de su argumento y de su final se desprende una moraleja —como en *El Príncipe Feliz*—, pero en esta apenas se insiste, y aunque exista idéntica mística de la pobreza —temas *sociales* bajo el prisma ruskiniano—, es la estética lo que predomina en el relato, pues la piedad es gratificada con belleza, y la moral se sustituye hermosamente con una *visión.*

Abundan los elementos *decadentes* —prácticamente inexistentes en la colección anterior—, y el joven rey se nos presenta como un precursor de Des Esseintes, enamorado de gemas y lujos. La descripción de los sueños —con su clara incursión en el simbolismo— es también *decadente.* Los rasgos del cuento tradicional han disminuido mucho asimismo, y finalmente los elementos homófilos son patentes, delatando la nueva situación de Wilde, merodeador y príncipe, por entonces, de las beldades sodomíticas: el rey es un muchachito joven y hermoso, delgados y rubios pajes de la corte le acompañan en sus correrías palaciegas, y su adoración artificiosa se realiza sobre tres clásicas representaciones paídicas: un camafeo con la figura de Adonis, una estatua de Antínoo y una imagen plateada de Endimión.

Estamos, pues, en el Wilde de la segunda época. Un escritor influido por el simbolismo decadente de raíz francesa, frente al antiguo prerrafaelismo. En *Una casa de granadas* es ya el opulento escritor del triunfo; cuando se consideraba —pero lleno de angustias— el rey de la vida. Mórbido, pagano, sensual, la compasión se le presenta no en sí, sino como un camino más hacia la belleza. Sólo ésta existe realmente para él; cuanto es bello es visto como una prolongación del reino del cuerpo. Todo el decadentismo, en fin, que logrará su cima en la inminente *Salomé*.

*

Lo que acaso pudiéramos denominar última estética de Oscar Wilde, está muy vinculada al espíritu de sus cuentos. Cuando en mayo de 1895 Wilde entra en prisión, siente que todo su mundo de lujo y escarlata se derrumba. El «rey de la vida» —como él mismo se dijo— tiene que visitar el lado sombrío del jardín. El esplendor, el vicio convertido en arte, la magnificencia, todo ha desaparecido. Wilde se considera un proscrito, y en tal consideración se mantendrá lo que le resta de vida. Pues al salir de prisión, sobre su nombre pesa la ignominia, y sigue siendo despreciado. (Los turistas ingleses —gente acomodada y burguesa, por supuesto— se marchaban si le veían entrar en un restaurante, o exigían al dueño que lo echase).

Pero Oscar ha adoptado ya entonces una suerte de ética franciscana, situándose —frente a su antiguo personaje, y plenamente ahora— en el lado de los humildes y de los marginados. Naturalmente, tal actitud tiene precedentes clarísimos en la anterior obra wildeana: de un lado, el fondo ético de sus cuentos, y muy especialmente, los de la primera colección, *El Príncipe Feliz.* De otro, su ensayo *El alma del hombre bajo el socialismo,* visión estetizante e individualista de un socialismo futuro, publicado a comienzos de 1895, y en fin, los relatos orales —algunos recogidos por escrito— en que Wilde hablaba del valor del sufrimiento o de la redención de los humildes. Así, por ejemplo, el titulado *El maestro de la sabiduría,* en que un eremita llega a conocer que el amor de Dios es más importante y más alto que su mero conocimiento. Y que la generosidad, el desprenderse de tal conocimiento, es lo que le conduce al amor. Esta nueva estética busca la exaltación de la bondad y de la humildad, la preponderancia de la sencillez y el valor ético y gnoseológico del sufrimiento. Siguiendo aquellos versos de Wordsworth que decían: «El sufrimiento es permanente, oscuro y tenebroso / y tiene la naturaleza de la infinitud». A Wilde le ha surgido una actitud —franciscana, dije, pero siempre buscadora de belleza— que le conduce, sin embargo, muy cerca de la mística. En esa nueva etapa, inaugurada en la cárcel, Oscar soñó multitud de obras, especialmente dramas sobre historias bíblicas. Sabemos que no llegó a realizar ninguno. En realidad, el trayecto literario de la etapa es muy breve: *La Epístola in carcere et vinculis* (habitualmente llamada *De Profundis,* y especialmente su parte menos biográfica, es decir, la que habla menos de lord Alfred Douglas), la *Balada de la cárcel de Reading,* concluida al salir de la prisión, sobre quien mata por amor, y el par de cartas que escribió a periódicos de Londres sobre el «caso del vigilante Martin». Un celador de la cárcel de Reading, que había sido expulsado y sancionado por buena conducta (o exceso de bondad) con los reclusos. Nada más. El drama final de Wilde es que la cárcel y sus sufrimientos echaron arena al antiguo hontanar, feliz y carismático, del que manaba su genio brillante. Hundido por el dolor, y no rehabilitado al salir de presidio, Oscar —lleno de apuros económicos— inicia a partir de 1898 (menos de un año después de su excarcelación), como dijimos, el lento camino de un suicidio sin armas ni veneno. Un suicidio en el que su propia falta de estímulo creador y su decepción ante el mundo obran de estilete. Su sentimiento estético último no ha variado (sigue considerándosele, y con razón, un proscrito), pero es incapaz de acción. Y así, como pedigüeño y contumaz amante de los muchachos —y por una sífilis que se le había recrudecido, y una dolencia ótica, producida por una caída en la prisión, probablemente el golpe de un desvanecimiento—, Wilde muere en la pobreza añorada.

Se había convertido (como casi todos los creadores) en uno de sus propios personajes. Probablemente, en su caso, en uno de cuento: el de quien murió al alcanzar la bondad, y no ser comprendido, tras una vida de fasto y fulgor.

*

Como dijo Borges —continuo admirador de Wilde— en uno de los textos que le dedicara: «Leyendo y releyendo, a lo largo de los años, a Wilde, noto un hecho que sus panegiristas no parecen haber sospechado siquiera: el hecho comprobable y elemental de que Wilde casi siempre tiene razón».

El lector lo percibirá en seguida.

LUIS ANTONIO DE VILLENA

NOTA A LA EDICIÓN

Hemos basado nuestra traducción de los *Cuentos y poemas en prosa,* de Oscar Wilde, en la edición de Oxford University Press, en su colección The World's Classics, que tiene como fuente la última que revisó el autor y excluye los relatos que se recogieron de viva voz y pueden considerarse apócrifos, comparando los textos, en el caso de otras versiones existentes, con los de la edición de Robert Ross de 1908.

El orden en que los cuentos se presentan aquí ha sido orientado por razones estilísticas más que cronológicas, teniendo en cuenta, además, que el orden de su composición no corresponde con el de su publicación. Hemos seguido, eso sí, la secuencia de los relatos de cada volumen según la dispuso Oscar Wilde, aunque en repetidas ocasiones hubieran aparecido individualmente y en otro orden cronológico en diversas revistas.

Los cinco primeros cuentos, los más conocidos quizá, corresponden al volumen *El Príncipe Feliz y otros cuentos* —«El ruiseñor y la rosa», «El gigante egoísta», «El amigo abnegado» y «El insigne cohete»—, publicados por primera vez juntos en 1888. Les siguen los cuatro que forman *Una casa de granadas:* «El joven rey», «El cumpleaños de la infanta», «El pescador y su alma» y «El niño-estrella», publicados en noviembre de 1891, seis meses más tarde que *El crimen de lord Arthur Savile y otras historias,* que apareció en mayo de ese mismo año, pero cuyas historias, que incluyen, además, de esa primera, «La esfinge sin secreto», «El fantasma de Canterville» y «El millonario modelo», se habían publicado todas individualmente en diversas revistas en 1887.

El retrato de míster W. H., que cierra los relatos, es traducción de la versión de 1889, considerada por muchos de mayor calidad literaria que la siguiente, que no se publicó hasta 1921, a causa de la pérdida del manuscrito.

Finalmente, presentamos los bellísimos poemas en prosa, que publicó juntos por primera vez la *Fortnightly Review* en julio de 1894, si bien otra revista, *The Spirit Lamp,* había publicado «La Sala del Juicio» en febrero de 1893 y «El discípulo» en junio de ese mismo año.

Hemos juzgado conveniente mantener los nombres propios en inglés. En cuanto a expresiones en francés y en alguna ocasión en italiano o español —como en el cuento «El cumpleaños de la infanta»—, aparecen en letra cursiva, sin nota aclaratoria cuando son fácilmente comprensibles; en algunos casos han sido traducidos, para mayor fluidez en la lectura.

C. M.

EL PRÍNCIPE FELIZ Y OTROS CUENTOS

EL PRÍNCIPE FELIZ

Dominando la ciudad, sobre una alta columna, se alzaba la estatua del Príncipe Feliz. Estaba sobredorada con láminas delgadas de oro fino, por ojos tenía dos brillantes zafiros, y ardía un gran rubí en la empuñadura de su espada.

Verdaderamente era muy admirado.

—Es tan bello como una veleta —observó uno de los concejales, que quería adquirir fama de tener gustos artísticos—; sólo que no es tan útil —añadió, temiendo que la gente fuera a pensar que carecía de sentido práctico, lo que en realidad no era el caso.

—¿Por qué no te pareces al Príncipe Feliz? —preguntó una madre sensata a un niño que lloraba porque quería la luna—. Al Príncipe Feliz nunca se le ocurriría llorar por nada.

—Me alegro de que haya alguien en el mundo que sea completamente feliz —murmuró un hombre desengañado, mientras contemplaba la maravillosa estatua.

—Parece un ángel —dijeron los niños del hospicio cuando salían de la catedral con sus capas de brillante color escarlata y sus limpios delantales blancos.

—¿Cómo lo sabéis? —dijo el profesor de matemáticas—, nunca habéis visto a ninguno.

—Ah, pero lo hemos visto en sueños —replicaron los niños.

Y el profesor de matemáticas frunció el ceño y tomó un aspecto severo, pues no aprobaba que los niños soñaran.

Una noche, una pequeña golondrina pasó volando por encima de la ciudad. Sus amigas se habían ido a Egipto seis semanas antes, pero ella se había quedado rezagada, pues estaba enamorada del junco[1] más hermoso. Lo había conocido al comienzo de la primavera, cuando volaba río abajo persiguiendo a una gran polilla de color amarillo, y le había atraído tanto el talle esbelto del junco que se había detenido a hablarle.

—¿Te parece bien que te ame? —dijo la golondrina, a quien le gustaba ir directamente al asunto.

Y el junco le hizo una profunda reverencia. Así que voló y voló a su alrededor, rozando el agua con las alas y haciendo ondulaciones de plata. Éste fue su noviazgo y duró todo el verano.

—Es un cariño ridículo —gorjeaban las otras golondrinas—; no tiene dinero y tiene demasiados parientes.

Y en verdad, el río estaba completamente lleno de juncos. Luego, cuando llegó el otoño, todas se fueron volando.

Después de su marcha se sintió sola, y empezó a cansarse de su amado.

«No tiene conversación —se dijo—, y me temo que es casquivano, pues está siempre coqueteando con la brisa».

Y, ciertamente, siempre que soplaba la brisa, le hacía el junco las más graciosas reverencias.

«Tengo que admitir que es hogareño —seguía diciéndose la golondrina—, pero a mí me gusta viajar, y a mi marido, por consiguiente, también debería gustarle».

---

[1] Oscar Wilde ha dado a la golondrina género masculino, y al junco, o caña, femenino. Hemos tenido que hacer, pues, algunas adaptaciones.

—¿Quieres venirte conmigo? —le dijo finalmente.

Pero el junco negó con la cabeza, pues estaba muy apegado a su hogar.

—Has estado jugando con mis sentimientos —gritó la golondrina—. Me voy a las Pirámides. ¡Adiós!

Y se marchó volando.

Voló durante todo el día, y cuando era de noche llegó a la ciudad.

«¿Dónde me albergaré? —se dijo—; espero que la ciudad haya hecho los preparativos».

Entonces vio la estatua sobre su elevada columna.

—Me alojaré ahí —exclamó—; tiene una hermosa situación con abundante aire fresco.

Así es que se posó justamente entre los pies del Príncipe Feliz.

—Tengo un dormitorio de oro —dijo bajito para sí, mirando en torno suyo, y se dispuso a dormir.

Pero precisamente cuando estaba metiendo la cabeza debajo del ala cayó sobre ella una gota de agua.

—¡Qué cosa tan curiosa! —exclamó—, no hay una sola nube en el cielo, las estrellas están claras y brillantes, ¡y, sin embargo, está lloviendo! El clima del norte de Europa es realmente terrible.

Al junco solía gustarle la lluvia, pero era meramente por egoísmo.

Entonces cayó otra gota.

—¿Para qué sirve una estatua si no te puede resguardar de la lluvia? —dijo—. Tengo que buscar una buena chimenea.

Y decidió marcharse.

Pero antes de abrir las alas le cayó una tercera gota; miró hacia arriba y vio... Ah, ¿qué estaba viendo? Los ojos del Príncipe Feliz estaban llenos de lágrimas y las lágrimas rodaban por sus doradas mejillas. Su rostro era tan hermoso a la luz de la luna que la pequeña golondrina se llenó de compasión.

—¿Quién eres?

—Soy el Príncipe Feliz.

—Entonces, ¿por qué estás llorando? —preguntó la golondrina—; me has dejado empapada.

—Cuando yo vivía y tenía un corazón humano —respondió la estatua—, no sabía lo que era el llanto, pues habitaba en el palacio de Sans-Souci, que es el palacio de la Despreocupación[2], donde al dolor no se le permite entrar. De día jugaba con mis compañeros en el jardín, y por la tarde dirigía la danza en el gran salón. Rodeando el jardín había un muro muy alto, pero nunca me cuidé de inquirir qué había más allá, tan hermoso era todo en torno mío. Mis cortesanos me llamaban el Príncipe Feliz, y feliz era, en verdad, si el placer fuera la felicidad. Así viví y así me llegó la muerte. Y ahora que estoy muerto me han puesto aquí tan alto que puedo ver toda la fealdad y toda la miseria de mi ciudad, y aunque mi corazón sea de plomo, no puedo por menos de llorar.

«¡Cómo!, ¿no es de oro macizo?», se dijo la golondrina hablando para sí, pues era demasiado educada para hacer observaciones personales en voz alta.

—Allá lejos —continuó la estatua en tono bajo y musical—, allá lejos, en una callejuela hay una casa pobre. Una de las ventanas está abierta, y a través de ella puedo ver a una mujer sentada ante una mesa. Tiene la cara delgada y demacrada y las manos ásperas y enrojecidas, completamente picoteadas por la aguja, pues es costurera. Está bor-

---

[2] Hemos juzgado conveniente dar la traducción de *Sans-Souci.*

dando pasionarias en un vestido de raso para que la más bella de las damas de honor de la reina lo lleve en el próximo baile de la corte. En un lecho, en un rincón de la habitación, su niño yace enfermo. Tiene fiebre y está pidiendo naranjas; su madre no tiene nada que darle más que agua del río, así es que el pequeño está llorando. Golondrina, golondrina, pequeña golondrina, ¿no puedes llevarle el rubí de la empuñadura de mi espada? Mis pies están tan sujetos a este pedestal que no puedo moverme.

—Me esperan en Egipto[3] —dijo la golondrina—. Mis amigas están volando Nilo arriba y Nilo abajo, y charlan con las grandes flores de loto. Pronto se irán a dormir a la tumba del gran rey. El rey mismo está allí en su sarcófago decorado con pinturas, envuelto en lino amarillo y embalsamado con especias. Lleva en torno a su cuello una cadena de jade verde pálido, y sus manos son como hojas marchitas.

—Golondrina, golondrina, pequeña golondrina —dijo el Príncipe—, ¿no quieres quedarte conmigo por una noche y ser mi mensajera? ¡El muchacho tiene tanta sed y la madre está tan triste!

—No creo que me gusten los muchachos —replicó la golondrina—. El verano pasado, cuando estaba sobre el río, había chicos maleducados, los hijos del molinero, que siempre me estaban tirando piedras. Nunca me dieron, por supuesto; nosotras las golondrinas volamos demasiado bien para que suceda eso y, además, yo desciendo de una familia famosa por su agilidad; pero, no obstante, era una muestra de falta de respeto.

---

[3] Los pasajes en que la golondrina hace alusiones a Egipto tienen una clara influencia del poema «Ce que disent les hirondelles», del poeta parnasiano francés Théophile Gautier (1811-1872).

Pero el Príncipe Feliz parecía tan triste que la pequeña golondrina sintió pena.

—Hace mucho frío aquí —dijo—, pero me quedaré contigo por una noche y seré tu mensajera.

—Gracias, pequeña golondrina —dijo el Príncipe.

Y así la golondrina arrancó el gran rubí de la espada del Príncipe y se fue volando con él en el pico por encima de los tejados de la ciudad.

Pasó junto a la torre de la catedral, donde estaban esculpidos los ángeles de blanco mármol. Pasó junto al palacio, y oyó la música del baile. Una bella muchacha salió al balcón con su amado.

—¡Qué maravillosas son las estrellas! —le dijo él—, ¡y qué maravilloso es el poder del amor!

—Espero que mi vestido esté a tiempo para el baile de gala —respondió ella—; he encargado que le borden pasionarias; pero ¡las bordadoras son tan perezosas!

Pasó sobre el río y vio las linternas suspendidas en los mástiles de los barcos. Pasó por encima de la judería, y vio a los judíos viejos haciendo tratos entre sí y pesando monedas en balanzas de cobre. Llegó por último a la casa pobre y miró hacia adentro: el muchacho se estaba agitando febrilmente en el lecho y la madre se había quedado dormida, de cansada que estaba.

Entró de un vuelo y dejó el gran rubí sobre la mesa, al lado del dedal de la mujer. Luego revoloteó suavemente alrededor del lecho, abanicando la frente del niño con sus alas.

—¡Qué fresquito me siento! —dijo el muchacho—, debo de estar mejorando.

Y se sumió en un sueño delicioso.

Entonces la golondrina volvió volando junto al Príncipe Feliz y le contó lo que había hecho.

—Es extraño —observó—, pero ahora siento calor, a pesar de que hace tanto frío.

—Eso es porque has hecho una buena acción —dijo el Príncipe.

Y la golondrina se puso a pensar, y se quedó dormida. El pensar siempre le daba sueño.

Cuando rompió el día bajó volando al río y se bañó.

—¡Qué fenómeno tan notable! —dijo el profesor de ornitología, que pasaba por el puente—. ¡Una golondrina en invierno!

Y escribió una larga carta al periódico local tratando de ello. Todo el mundo la citó, ¡tan plagada estaba de palabras que no podían entender!

«Esta noche me voy a Egipto», se dijo la golondrina.

Y se puso contenta sólo con pensarlo.

Visitó todos los monumentos públicos y estuvo posada un largo rato en lo más alto del campanario de la iglesia. Dondequiera que iba, los gorriones piaban y se decían unos a otros:

—¡Qué forastera tan distinguida!

Así es que disfrutó muchísimo.

Cuando salió la luna, volvió volando hasta el Príncipe Feliz.

—¿Tienes algún encargo para Egipto? —le preguntó—. Me marcho ahora mismo.

—Golondrina, golondrina, pequeña golondrina —dijo el Príncipe—, ¿no quieres quedarte conmigo una noche más?

—Me esperan en Egipto —respondió la golondrina—. Mañana mis amigas remontarán el río hasta la segunda catarata. El hipopótamo se acuesta allí entre las espadañas, y el dios Memnón está sentado en un gran trono de granito. Toda la noche observa las estrellas, y cuando brilla el lucero del alba, lanza un grito de alegría y luego vuelve a quedarse silencioso. A mediodía, los rubios leones bajan a beber al borde del agua; tienen los ojos como verdes berilos, y su rugido es más sonoro que el estrépito de la catarata.

—Golondrina, golondrina, pequeña golondrina —dijo el Príncipe—, allá lejos, al otro lado de la ciudad, veo a un joven en una buhardilla; está inclinado sobre una mesa cubierta de papeles, y en un vaso a su lado hay un ramillete de violetas marchitas. Tiene el cabello castaño y rizado, los labios rojos como una granada y grandes ojos soñadores. Está intentando terminar una obra para el director del teatro, pero tiene demasiado frío para seguir escribiendo. No hay fuego en los llares, y el hambre le ha debilitado.

—Me quedaré contigo una noche más —dijo la golondrina, que realmente tenía buen corazón—. ¿Tengo que llevarle otro rubí?

—¡Ay! Ya no tengo rubíes —dijo el Príncipe—. Todo lo que me queda son los ojos. Son zafiros excepcionales, traídos de la India hace mil años. Arranca uno de ellos y lléváselo; se lo venderá al joyero, y comprará alimentos y leña, y terminará su obra.

—Querido Príncipe —dijo la golondrina—, no puedo hacer eso.

Y se echó a llorar.

—Golondrina, golondrina, pequeña golondrina —dijo el Príncipe—, haz lo que te ordeno.

Así es que la golondrina arrancó un ojo del Príncipe y se fue volando a la buhardilla del estudiante.

Fue muy fácil entrar, ya que había un boquete en el tejado. Se lanzó a través de él y entró en la habitación. El joven tenía la cabeza hundida entre las manos, así que no oyó el aleteo del pájaro, y cuando alzó la mirada encontró el hermozo zafiro sobre las violetas marchitas.

—Están empezando a estimarme —exclamó—; esto viene de algún ferviente admirador. Ya puedo terminar mi obra.

Y parecía muy feliz.

Al día siguiente, la golondrina bajó volando al puerto. Se posó sobre el mástil de un gran navío y estuvo observando cómo los marineros subían grandes cajones de la bodega tirando de cuerdas.

—¡Ízalo! —gritaban cuando subía cada cajón.

—Me voy a Egipto —gritó la golondrina.

Pero nadie le prestaba atención, y cuando salió la luna volvió volando junto al Príncipe Feliz.

—He venido a decirte adiós —exclamó.

—Golondrina, golondrina, pequeña golondrina —dijo el Príncipe—, ¿no quieres quedarte conmigo una noche más?

—Es invierno —respondió la golondrina—, y pronto estará aquí la fría nieve. En Egipto, el sol es tibio sobre las palmeras verdes, y los cocodrilos yacen en el cieno mirando perezosamente en torno suyo. Mis compañeras están haciendo el nido sobre el Templo de Baalbec, y las tórtolas blancas y rosadas las observan y se arrullan. Querido Príncipe, debo dejarte, pero nunca me olvidaré de ti, y la próxima primavera te traeré a mi regreso dos bellas joyas a cambio de las que tú has dado. El rubí será más rojo que una rosa roja, y el zafiro será tan azul como el vasto mar.

—Abajo, en la plaza —dijo el Príncipe Feliz—, está una pequeña vendedora de cerillas. Se le han caído las cerillas al arroyo, y se han estropeado todas. Su padre le pegará si no lleva dinero a casa, y está llorando. Va descalza, sin medias ni zapatos, y lleva la cabecita descubierta. Arráncame el otro ojo y dáselo, y así su padre no le pegará.

—Me quedaré contigo una noche más —dijo la golondrina—, pero no puedo arrancarte el ojo; te quedarías completamente ciego.

—Golondrina, golondrina, pequeña golondrina —dijo el Príncipe—, haz lo que te ordeno.

Así es que arrancó el otro ojo del Príncipe y se lanzó de un vuelo llevándoselo.

Descendió rauda ante la cerillera y le deslizó la joya en la palma de la mano.

—¡Qué trocito de cristal tan hermoso! —exclamó la muchacha.

Y se fue a casa corriendo y riéndose.

Entonces volvió la golondrina con el Príncipe.

—Ahora estás ciego —dijo—, así que me quedaré contigo para siempre.

—No, pequeña golondrina —dijo el pobre Príncipe—; debes irte a Egipto.

—Me quedaré siempre contigo —dijo la golondrina.

Y se durmió a los pies del Príncipe.

Todo el día siguiente estuvo posada en el hombro del Príncipe contándole historias de lo que había visto en tierras extrañas. Le habló de los rojos ibis, que están en largas hileras a las orillas del Nilo y pescan peces de oro con el pico; de la Esfinge, que es tan vieja como el mundo mismo y habita en el desierto, y lo sabe todo; de los mercaderes, que caminan lentamente al lado de sus camellos, y llevan en las manos sartas de cuentas de ámbar; del rey de las Montañas de la Luna, que es tan negro como el ébano, y que adora a un enorme cristal; de la gran serpiente verde, que duerme en una palmera, y tiene veinte sacerdotes para alimentarla con pasteles de miel; de los pigmeos que navegan en un gran lago sobre grandes hojas planas, y están siempre en guerra con las mariposas.

—Querida golondrina —dijo el Príncipe—, me estás contando cosas maravillosas, pero más admirable que ninguna otra cosa es el sufrimiento de los seres humanos. No hay ningún misterio tan grande como la miseria[4]. Vuela sobre la ciudad, pequeña golondrina, y cuéntame lo que veas en ella.

Así es que la golondrina voló sobre la ciudad, y vio a los ricos pasándoselo bien en sus casas hermosas, mientras que los mendigos estaban sentados a las puertas. Voló por callejuelas oscuras, y vio las caras pálidas de los niños hambrientos que miraban sin alegría alguna las calles negras. Bajo el arco de un puente dos niños estaban tumbados en brazos uno del otro intentando darse calor.

—¡Qué hambre tenemos! —decían.

—¡No podéis tumbaros aquí! —gritó el vigilante.

Y se fueron a vagar bajo la lluvia.

Entonces volvió volando la golondrina y contó al Príncipe lo que había visto.

—Estoy recubierto de oro fino —dijo el Príncipe—; debes arrancarlo hoja por hoja y dárselo a mis pobres; los que viven siempre creen que el oro puede hacerles felices.

Hoja por hoja, arrancó la golondrina el oro fino, hasta que el Príncipe Feliz se volvió mate y gris. Hoja tras hoja, llevó a los pobres el oro fino, y los rostros de los niños se volvieron más rosados, y reían y jugaban en la calle.

—¡Ahora tenemos pan! —gritaban.

Luego llegó la nieve, y después de la nieve vino la helada. Las calles parecían de plata, de tan brillantes y relucientes que estaban; largos carámbanos semejantes a dagas de cristal pendían de los aleros de las casas. Todo el mundo iba cubierto de pieles, y los niños llevaban gorros escarlata y patinaban sobre el hielo.

La pobre golondrina tenía cada vez más frío, pero no quería abandonar al Príncipe, de tanto como le amaba. Picoteaba las

---

[4] En inglés misterio —*mystery*— y miseria —*misery*— son parófonos.

migas de la puerta de la panadería cuando no estaba mirando el panadero, y trataba de entrar en calor batiendo las alas.

Pero al fin supo que iba a morir. Sólo le quedaban fuerzas para volar hasta el hombro del Príncipe una vez más.

—¡Adiós, querido Príncipe! —musitó—, ¿me permites que te bese la mano?

—Me alegro de que te vayas a Egipto por fin, pequeña golondrina —dijo el Príncipe—; te has quedado aquí demasiado tiempo; pero debes besarme en los labios, pues te amo.

—No es a Egipto a donde voy —dijo la golondrina—. Me voy a la Casa de la Muerte. La muerte es la hermana del sueño, ¿no es así?

Y besó al Príncipe Feliz en los labios y cayó muerta a sus pies.

En ese momento sonó un extraño crujido en el interior de la estatua, como si algo se hubiera roto dentro. Y en verdad el corazón de plomo había estallado partiéndose en dos. Ciertamente era una helada terriblemente fuerte.

Al día siguiente, muy de mañana, paseaba el alcalde por la plaza acompañado de los concejales. Al pasar junto a la columna, alzó los ojos hacia la estatua.

—¡Válgame Dios! ¡Qué aspecto tan descuidado tiene el Príncipe Feliz! —dijo.

—¡Qué descuidado, efectivamente! —exclamaron los concejales, que siempre estaban de acuerdo con el alcalde. Y subieron a mirarlo.

—Se le ha caído el rubí de la espada, le han desaparecido los ojos y ya no es de oro —dijo el alcalde—; ¡realmente, casi parece un mendigo!

—¡Casi parece un mendigo! —dijeron los concejales.

—¡Y hasta un pájaro muerto a sus pies! —continuó el alcalde—. Ciertamente tenemos que promulgar un bando prohibiendo a los pájaros que mueran aquí.

Y el secretario del Ayuntamiento tomó nota de la propuesta.

Así es que derribaron la estatua del Príncipe Feliz.

—Como ya no es hermoso, ha dejado de ser útil —dijo el profesor de arte de la universidad.

Luego fundieron la estatua en un horno, y el alcalde celebró una sesión de la corporación municipal para decidir qué iba a hacerse con el metal.

—Debemos tener otra estatua, desde luego —dijo—, y ha de ser una estatua mía.

—¡Mía! —dijeron los concejales.

Y empezaron a discutir. La última vez que tuve noticias de ellos, estaban discutiendo todavía.

—¡Qué cosa tan extraña! —dijo el capataz de la fundición—. Este corazón roto de plomo no se funde en el horno. Tenemos que tirarlo.

Así es que lo tiraron a un montón de basura donde estaba también la golondrina muerta.

—Tráeme las dos cosas más valiosas de la ciudad —dijo Dios a uno de sus ángeles.

Y el ángel le llevó el corazón de plomo y el pájaro muerto.

—Has elegido rectamente —dijo Dios—, pues en mi jardín del paraíso cantará eternamente este pajarillo y en mi ciudad de oro dirá mis alabanzas el Príncipe Feliz.

EL RUISEÑOR Y LA ROSA

—Dijo que bailaría conmigo si le llevaba rosas rojas —exclamó el joven estudiante—; pero no hay ni una sola rosa roja en todo mi jardín.

Desde su nido en la encina le oyó el ruiseñor, y miró a través de las hojas y se quedó extrañado.

—Ni una sola rosa roja en todo mi jardín —exclamó el estudiante; y sus hermosos ojos se llenaron de lágrimas—. ¡Ah, de qué cosas tan pequeñas depende la felicidad! He leído todo lo que han escrito los sabios, y son míos todos los secretos de la filosofía; sin embargo, por no tener una rosa roja, mi vida se ha vuelto desdichada.

—He aquí por fin un verdadero enamorado —dijo el ruiseñor—. Noche tras noche le he cantado, aunque no le conocía; noche tras noche he contado su historia a las estrellas, y ahora le estoy viendo. Tiene el cabello oscuro como la flor del jacinto y los labios tan rojos como la rosa de sus deseos; pero la pasión ha hecho que su rostro parezca de pálido marfil, y el dolor le ha puesto su sello sobre la frente.

—El príncipe da un baile mañana por la noche —musitó el estudiante—, y mi amada estará entre los invitados. Si le llevo una rosa roja, bailará conmigo hasta el alba. Si le llevo una rosa roja, la tendré entre mis brazos, y reclinará la cabeza en mi hombro, y su mano estará prisionera en la mía. Pero no hay ni una sola rosa roja en mi jardín, así es que estaré sentado solo, y ella pasará desdeñándome. No me prestará atención alguna y se me romperá el corazón.

—He aquí ciertamente el verdadero enamorado —dijo el ruiseñor—. Lo que yo canto, él lo sufre; lo que es para mí alegría es dolor para él. En verdad el amor es maravilloso; es más precioso que las esmeraldas y más costoso que los finos ópalos. No se puede comprar con perlas ni con granates, ni está a la venta en el mercado, no lo pueden comprar los mercaderes, ni se puede pesar en la balanza a peso de oro.

—Los músicos estarán sentados en su estrado —dijo el joven estudiante—, y tocarán sus instrumentos de cuerda y mi amada danzará al son del arpa y del violín. Danzará tan ligera que sus pies no rozarán el suelo, y los caballeros de la corte, con sus trajes alegres, estarán todos rodeándola. Pero conmigo no bailará, pues no tengo una rosa roja para darle.

Y se arrojó sobre la hierba, y ocultó el rostro entre las manos y lloró.

—¿Por qué llora? —preguntó una lagartija verde, cuando pasaba corriendo junto a él con el rabo en el aire.

—Eso, ¿por qué? —dijo una mariposa que revoloteaba persiguiendo a un rayo de sol.

—Sí, ¿por qué? —susurró una margarita a su vecina, con una voz suave y baja.

—Está llorando por una rosa roja —dijo el ruiseñor.

—¡Por una rosa roja! —exclamaron—; ¡qué ridículo!

Y la lagartija, que era algo cínica, se rió abiertamente.

Pero el ruiseñor comprendía el secreto de la pena del estudiante, y permaneció posado silencioso en la encina, y pensó en el misterio del amor.

De pronto desplegó sus alas pardas para emprender el vuelo y hendió los aires. Pasó por la arboleda como una sombra, y como una sombra voló a través del jardín.

En el medio del césped crecía un hermoso rosal, y al verlo voló hacia él y se posó sobre una rama.

—Dame una rosa roja —exclamó—, y te cantaré mi más dulce canción.

Pero el rosal negó con la cabeza.

—Mis rosas son blancas —respondió—; tan blancas como la espuma del mar, y más blancas que la nieve de la montaña. Pero ve a ver a mi hermano, el que trepa alrededor del viejo reloj de sol y te dará tal vez lo que deseas.

Así es que el ruiseñor se fue volando hasta el rosal que crecía en torno al viejo reloj de sol.

—Dame una rosa roja —exclamó—, y te cantaré mi más dulce canción.

Pero el rosal negó con la cabeza.

—Mis rosas son amarillas —respondió—; tan amarillas como el cabello de la sirena que se sienta en un trono de ámbar y más amarillas que el narciso que florece en el prado antes de que llegue el segador con su guadaña. Pero ve a ver a mi hermano, el que crece al pie de la ventana del estudiante, y te dará tal vez lo que deseas.

Así es que el ruiseñor se fue volando hasta el rosal que crecía al pie de la ventana del estudiante.

—Dame una rosa roja —exclamó—, y te cantaré mi más dulce canción.

Pero el arbusto negó con la cabeza.

—Mis rosas son rojas —respondió—; tan rojas como los pies de la tórtola y más rojas que los grandes abanicos de coral que se mecen y mecen en la sima del océano; pero el invierno me ha congelado las venas, y la escarcha me ha helado los capullos, y la tormenta me ha roto las ramas, y no tendré rosas este año.

—Una rosa roja es todo lo que necesito —exclamó el ruiseñor—, ¡sólo una rosa roja! ¿No hay ningún medio por el que pueda conseguirla?

—Hay un medio —respondió el rosal—, pero es tan terrible que no me atrevo a decírtelo.

—Dímelo —dijo el ruiseñor—, no tengo miedo.

—Si quieres una rosa roja —dijo el rosal—, tienes que hacerla con música, a la luz de la luna, y teñirla con la sangre de tu propio corazón. Debes cantar para mí con el pecho apoyado en una de mis espinas. A lo largo de toda la noche has de cantar para mí, y la espina tiene que atravesarte el corazón, y la sangre que te da la vida debe fluir por mis venas y ser mía.

—La muerte es un alto precio para pagar una rosa roja —exclamó el ruiseñor—, y la vida nos es muy querida a todos. Es grato posarse en el bosque verde, y contemplar al sol en su carro de oro y a la luna en su carro de perla. Dulce es la fragancia del espino, y dulces son las campanillas azules que se esconden en el valle y el brazo que el viento hace ondear en la colina. Sin embargo, el amor es mejor que la vida, ¿y qué es el corazón de un pájaro comparado con el corazón de un hombre?

Así es que desplegó las alas pardas para emprender el vuelo y hendió los aires. Pasó veloz sobre el jardín como una sombra, y como una sombra atravesó volando la arboleda.

El joven estudiante todavía estaba echado en la hierba, donde le había dejado, y las lágrimas aún no se habían secado en sus hermosos ojos.

—¡Sé feliz! —exclamó el ruiseñor—; ¡sé feliz!; tendrás tu rosa roja. Te la haré de música a la luz de la luna y la teñiré con la sangre de mi propio corazón. Todo lo que te pido a cambio es que seas un verdadero enamorado, pues el amor es más sabio que la filosofía, por sabia que ésta sea, y más fuerte que el poder, por potente que sea éste. Del color de la llama son sus alas, y de color de llama tiene el cuerpo. Sus labios son dulces como la miel y su aliento es como el incienso.

El estudiante alzó los ojos de la hierba y escuchó, mas no pudo entender lo que le estaba diciendo el ruiseñor, pues sólo sabía las cosas que están escritas en los libros.

Pero la encina comprendió y se puso triste, porque quería mucho al pequeño ruiseñor que había hecho su nido entre sus ramas.

—Cántame una última canción —musitó—; me sentiré muy sola cuando te hayas ido.

Así es que el ruiseñor cantó para la encina, y su voz era como el agua que sale a borbotones de una jarra de plata.

Cuando hubo terminado su canción, el estudiante se levantó, y sacó un cuaderno y un lápiz de su bolsillo.

—Ella tiene estilo —dijo para sí, mientras caminaba a través de la arboleda—, eso no se le puede negar, pero ¿tiene sentimientos? Me temo que no. De hecho, es como la mayoría de los artistas, es toda estilo, sin ninguna sinceridad. No se sacrificaría por los demás. Piensa tan sólo en la música, y todo el mundo sabe que las artes son egoístas. Sin embargo, es preciso admitir que hay notas hermosas en su voz. ¡Qué lástima que no signifiquen nada, ni tengan ninguna utilidad práctica!

Y entró en su habitación y se echó sobre el pequeño jergón, y se puso a pensar en su amor, y al cabo de un tiempo se quedó dormido.

Y cuando la luna brilló en el cielo, fue volando al rosal el ruiseñor y puso su pecho contra la espina. Cantó toda la noche con el pecho contra la espina, y la luna de frío cristal se asomó para escuchar. A lo largo de toda la noche estuvo cantando, y la espina penetraba más y más profundamente en su pecho, y la sangre, que era su vida, fluía fuera de él.

Cantó primero el nacimiento del amor en el corazón de un adolescente y de una muchacha. Y en la rama más alta del rosal floreció una rosa admirable, pétalo a pétalo, a medida que una canción seguía a otra canción. Pálida era al principio, como la bruma suspendida sobre el río; pálida como los pies de la mañana, y de plata, como las alas de la aurora. Como la sombra de una rosa en un espejo de plata, como la sombra de una rosa en el estanque, así era la rosa que florecía en la rama más alta del rosal.

Pero el rosal gritó al ruiseñor que se apretara más contra la espina.

—¡Apriétate más, pequeño ruiseñor! —gritaba el rosal—, o llegará el día antes de que esté terminada la rosa!

Así es que el ruiseñor se apretó más contra la espina, y su canto se hizo cada vez más sonoro, pues cantaba el nacimiento de la pasión en el alma de un hombre y de una doncella.

Y un delicado arrebol rosado vino a los pétalos de la rosa, como el rubor del rostro del novio cuando besa los labios de la novia. Pero la espina no había llegado aún al corazón del pájaro, así que el corazón de la rosa seguía siendo blando, pues sólo la sangre del corazón de un ruiseñor puede teñir de carmesí el corazón de una rosa.

Y el rosal gritó al ruiseñor que se apretara más contra la espina.

—¡Apriétate más, pequeño ruiseñor —gritaba el rosal—, o llegará el día antes de que esté terminada la rosa!

Así es que el ruiseñor se apretó más contra la espina, y la espina tocó su corazón, y sintió que le atravesaba una intensa punzada de dolor. Amargo, amargo era el dolor, y más y más salvaje se elevó su canto, pues cantaba al amor que se hace perfecto por la muerte, al amor que no muere en la tumba.

Y la rosa admirable se volvió carmesí, como la rosa del cielo en el oriente. Carmesí era el ceñidor de pétalos, y carmesí como un rubí era su corazón.

Pero la voz del ruiseñor se volvió más débil, y sus pequeñas alas empezaron a batir, y un velo le cubrió los ojos. Más y más débil se tornó su canto, y sintió que algo le ahogaba en la garganta.

Moduló entonces un último arpegio musical. La luna blanca lo oyó, y se olvidó del alba, y se quedó rezagada en el cielo. La rosa roja lo oyó, y tembló toda de arrobamiento, y abrió sus pétalos al aire frío de la mañana. El eco se lo llevó a su caverna púrpura de las colinas, y despertó de sus sueños a los pastores dormidos. Flotó a través de los juncos del río, y ellos llevaron su mensaje al mar.

—¡Mira, mira! —gritó el rosal—. ¡La rosa ya está terminada!

Pero el ruiseñor no respondió, pues yacía muerto en la hierba alta, con la espina en el corazón.

Y al mediodía el estudiante abrió la ventana y se asomó.

—¡Mira!, ¡qué suerte tan maravillosa! —exclamó—, ¡he aquí una rosa roja! No había visto en mi vida una rosa semejante. Es tan bella que estoy seguro de que tiene un largo nombre latino.

Y se inclinó y la arrancó.

Se puso luego el sombrero y se fue corriendo a casa del profesor con la rosa en la mano.

La hija del profesor estaba sentada en el umbral, devanando seda azul alrededor de un carrete, con su perrito echado a sus pies.

—Dijiste que bailarías conmigo si te traía una rosa roja —exclamó el estudiante—. He aquí la rosa más roja del mundo entero. La llevarás prendida esta noche cerca de tu corazón, y cuando bailemos juntos ella te dirá cuánto te quiero.

Pero la muchacha frunció el ceño.

—Temo que no me vaya bien con el vestido —respondió—, y, además, el sobrino del chambelán me ha enviado joyas auténticas, y todo el mundo sabe que las joyas cuestan mucho más que las flores.

—¡Bien, a fe mía que eres una ingrata! —dijo el estudiante muy enfadado.

Y arrojó la rosa a la calle, donde cayó en el arroyo, y la rueda de un carro pasó por encima de ella.

—¿Ingrata? —dijo la muchacha—. Y yo te digo que tú eres un grosero, y, después de todo, ¿quién eres tú? Sólo un estudiante. ¡Cómo!, no creo que tengas ni siquiera hebillas de plata para los zapatos, como tiene el sobrino del chambelán.

Y se levantó de la silla y entró en la casa.

—¡Qué cosa tan necia es el amor! —se dijo el estudiante mientras se marchaba—. No es ni la mitad de útil que la lógica, pues no prueba nada, y siempre nos dice cosas que no van a suceder, y nos hace creer cosas que no son ciertas. De hecho, es muy poco práctico, y como en estos tiempos ser práctico lo es todo, me volveré a la filosofía y estudiaré metafísica.

Así es que volvió a su habitación, y sacó un gran libro polvoriento, y se puso a leer.

EL GIGANTE EGOÍSTA

Todas las tardes al salir de la escuela tenían los niños la costumbre de ir a jugar al jardín del gigante.

Era un jardín grande y bello, con suave hierba verde. Acá y allá sobre la hierba brotaban hermosas flores semejantes a estrellas, y había doce melocotoneros que en primavera se cubrían de flores delicadas rosa y perla y en otoño daban sabroso fruto. Los pájaros se posaban en los árboles y cantaban tan melodiosamente que los niños dejaban de jugar para escucharlos.

—¡Qué felices somos aquí! —se gritaban unos a otros.

Un día regresó el gigante. Había ido a visitar a su amigo el ogro de Cornualles, y se había quedado con él durante siete años. Al cabo de los siete años había agotado todo lo que tenía que decir, pues su conversación era limitada, y decidió volver a su castillo. Al llegar vio a los niños que estaban jugando en el jardín.

—¿Qué estáis haciendo aquí? —gritó con voz muy bronca.

Y los niños se escaparon corriendo.

—Mi jardín es mi jardín —dijo el gigante—; cualquiera puede entender eso, y no permitiré que nadie más que yo juegue en él.

Así que lo cercó con una alta tapia, y puso este letrero:

PROHIBIDA LA ENTRADA
BAJO PENA DE LEY

Era un gigante muy egoísta.

Los pobres niños no tenían ya dónde jugar. Intentaron jugar en la carretera, pero la carretera estaba muy polvorienta y llena de duros guijarros, y no les gustaba. Solían dar vueltas alrededor del alto muro cuando terminaban las clases y hablaban del bello jardín que había al otro lado.

—¡Qué felices éramos allí! —se decían.

Luego llegó la primavera y todo el campo se llenó de florecillas y de pajarillos. Sólo en el jardín del gigante egoísta seguía siendo invierno. A los pájaros no les interesaba cantar en él, ya que no había niños, y los árboles se olvidaban de florecer. En una ocasión una hermosa flor levantó la cabeza por encima de la hierba, pero cuando vio el letrero sintió tanta pena por los niños que se volvió a deslizar en la tierra y se echó a dormir. Los únicos que se alegraron fueron la nieve y la escarcha.

—La primavera se ha olvidado de este jardín —exclamaron—, así que viviremos aquí todo el año.

La nieve cubrió la hierba con su gran manto blanco, y la escarcha pintó todos los árboles de plata. Luego invitaron al viento del Norte a vivir con ellas, y acudió. Iba envuelto en pieles, y bramaba todo el día por el jardín, y soplaba sobre las chimeneas hasta que las tiraba.

—Éste es un lugar delicioso —dijo—. Tenemos que pedir al granizo que nos haga una visita.

Y llegó el granizo. Todos los días, durante tres horas, repiqueteaba sobre el tejado del castillo hasta que rompió casi toda la pizarra, y luego corría dando vueltas y más vueltas por el jardín tan deprisa como podía. Iba vestido de gris, y su aliento era como el hielo.

—No puedo comprender por qué la primavera se retrasa tanto en llegar —decía el gigante egoísta cuando sentado a la ventana contemplaba su frío jardín blanco—. Espero que cambie el tiempo.

Pero la primavera no llegaba nunca, ni el verano. El otoño dio frutos dorados a todos los jardines, pero al jardín del gigante no le dio ninguno.

—Es demasiado egoísta —decía.

Así es que siempre era invierno allí, y el viento del Norte y el granizo y la escarcha y la nieve danzaban entre los árboles.

Una mañana, cuando estaba el gigante en su lecho, despierto, oyó una hermosa música. Sonaba tan melodiosa a su oído que pensó que debían de ser los músicos del rey que pasaban. En realidad era sólo un pequeño pardillo que cantaba delante de su ventana, pero hacía tanto tiempo que no oía cantar a un pájaro en su jardín que le pareció la música más bella del mundo. Entonces el granizo dejó de danzar sobre su cabeza, y el viento del Norte dejó de bramar, y llegó hasta él un perfume delicioso a través de la ventana abierta.

—Creo que la primavera ha llegado por fin —dijo el gigante.

Y saltó del lecho y se asomó.

¿Y qué es lo que vio?

Vio un espectáculo maravilloso. Por una brecha de la tapia, los niños habían entrado arrastrándose, y estaban sentados en las ramas de los árboles. En cada árbol de los que podía ver había un niño pequeño. Y los árboles estaban tan contentos de tener otra vez a los niños, que se habían cubierto de flores y mecían las ramas suavemente sobre las cabezas infantiles. Los pájaros revoloteaban y gorjeaban de gozo, y las flores se asomaban entre la hierba verde y reían. Era una bella escena. Sólo en un rincón seguía siendo invierno. Era el rincón más apartado del jardín, y había en él un niño pequeño; era tan pequeño, que no podía llegar a las ramas del árbol, y daba vueltas a su alrededor, llorando amargamente. El pobre árbol estaba todavía enteramente cubierto de escarcha y de nieve, y el viento del Norte soplaba y bramaba sobre su copa.

—Trepa, niño —decía el árbol, e inclinaba las ramas lo más que podía.

Pero el niño era demasiado pequeño.

Y el corazón del gigante se enterneció mientras miraba.

—¡Qué egoísta he sido! —se dijo—; ahora sé por qué la primavera no quería venir aquí. Subiré a ese pobre niño a la copa del árbol y luego derribaré la tapia, y mi jardín será el campo de recreo de los niños para siempre jamás.

Realmente sentía mucho lo que había hecho.

Así que bajó cautelosamente las escaleras y abrió la puerta principal muy suavemente y salió al jardín. Pero cuando los niños le vieron se asustaron tanto que se escaparon todos corriendo, y en el jardín volvió a ser invierno. Sólo el niño pequeño no corrió, pues tenía los ojos tan llenos de lágrimas que no vio llegar al gigante. Y el gigante se acercó a él silenciosamente por detrás y le cogió con suavidad en su mano y le subió al árbol. Y al punto el árbol rompió en flor, y vinieron los pájaros a cantar en él; y el niño extendió sus dos brazos y rodeó con ellos el cuello del gigante, y le besó.

Y cuando vieron los otros niños que el gigante ya no era malvado, volvieron corriendo, y con ellos llegó la primavera.

—El jardín es vuestro ahora, niños —dijo el gigante.

Y tomó un hacha grande y derribó la tapia.

Y cuando iba la gente al mercado a las doce encontró al gigante jugando con los niños en el más bello jardín que habían visto en su vida.

Jugaron todo el día, y al atardecer fueron a decir adiós al gigante.

—Pero ¿dónde está vuestro pequeño compañero —preguntó él—, el niño que subí al árbol?

Era al que más quería el gigante, porque le había besado.

—No sabemos —respondieron los niños—; se ha ido.

—Tenéis que decirle que no deje de venir mañana —dijo el gigante.

Pero los niños replicaron que no sabían dónde vivía, y que era la primera vez que le veían; y el gigante se puso muy triste.

Todas las tardes, cuando terminaban las clases, los niños iban a jugar con el gigante. Pero al pequeño a quien él amaba no se le volvió a ver. El gigante era muy cariñoso con todos los niños; sin embargo, echaba en falta a su primer amiguito, y a menudo hablaba de él.

—¡Cómo me gustaría verle! —solía decir.

Pasaron los años, y el gigante se volvió muy viejo y muy débil. Ya no podía jugar, así que se sentaba en un enorme sillón y miraba jugar a los niños, y admiraba su jardín.

—Tengo muchas bellas flores —decía—, pero los niños son las flores más hermosas.

Una mañana de invierno miró por la ventana mientras se vestía. Ya no odiaba el invierno, pues sabía que era tan sólo la primavera dormida, y que las flores estaban descansando.

De pronto, se frotó los ojos, como si no pudiera creer lo que veía, y miró, y miró. Ciertamente era un espectáculo maravilloso. En el rincón más lejano del jardín había un árbol completamente cubierto de flores blancas; sus ramas eran todas de oro, y de ellas colgaba fruta de plata, y al pie estaba el niño al que el gigante había amado.

Bajó corriendo las escaleras el gigante con gran alegría, y salió al jardín. Atravesó presurosamente la hierba y se acercó al niño. Y cuando estuvo muy cerca su rostro enrojeció de ira, y dijo:

—¿Quién se ha atrevido a herirte?

Pues en las palmas de las manos del niño había señales de dos clavos, y las señales de dos clavos estaban asimismo en sus piececitos.

—¿Quién se ha atrevido a herirte? —gritó el gigante—; dímelo y cogeré mi gran espada para matarle.

—¡No! —respondió el niño—; éstas son las heridas del amor.

—¿Quién eres tú? —dijo el gigante, y le embargó un extraño temor, y se puso de rodillas ante el niño.

Y el niño sonrió al gigante y le dijo:

—Tú me dejaste una vez jugar en tu jardín; hoy vendrás conmigo a mi jardín, que es el paraíso.

Y cuando llegaron corriendo los niños aquella tarde, encontraron al gigante que yacía muerto bajo el árbol, completamente cubierto de flores blancas.

EL AMIGO ABNEGADO

Una mañana, la vieja rata de agua sacó la cabeza fuera de su madriguera. Tenía ojos brillantes como bolas de cristal e hirsutos bigotes grises, y su rabo parecía una larga tira de goma negra. Los patitos estaban nadando en el estanque, semejantes a una bandada de canarios amarillos, y su madre, que era de un blanco puro, con patas rojas, intentaba enseñarles a sostenerse cabeza abajo en el agua.

—Nunca entraréis en la alta sociedad si no sabéis sosteneros cabeza abajo —les decía y repetía.

Y de vez en cuando les mostraba cómo se hacía. Pero los patitos no le hacían caso. Eran tan jóvenes que no sabían qué ventajas tiene pertenecer a la sociedad.

—¡Qué niños tan desobedientes! —exclamó la rata de agua—; realmente les estaría bien merecido que se ahogaran.

—¡De ninguna manera! —respondió la pata—, todo el mundo tiene que aprender, y por mucha paciencia que tengan los padres nunca tienen suficiente.

—¡Ah! Yo no sé nada de los sentimientos de los padres —dijo la rata de agua—; no soy madre de familia[1]. En rea-

---

[1] Oscar Wilde ha dado a la rata género masculino, y no dice «madre de familia», sino «hombre», «cabeza de familia». Hemos hecho, pues, las alteraciones necesarias.

lidad, nunca he estado casada ni tengo intención de estarlo nunca. El amor está muy bien, a su manera, pero la amistad es muy superior a él. En verdad, no conozco nada en el mundo que sea ni más noble ni más raro que una amistad leal.

—Y dime, por favor, ¿qué idea tienes de cuáles son los deberes de un amigo leal? —preguntó un pardillo verde que estaba posado en un sauce muy cerca de allí y había oído la conversación.

—Sí, eso es precisamente lo que deseo yo saber —dijo la pata, y se fue nadando hasta el extremo del estanque, poniéndose cabeza abajo para dar un buen ejemplo a sus hijos.

—¡Qué pregunta más tonta! —replicó la rata de agua—. Yo esperaría que mi amigo fuera leal conmigo, naturalmente.

—¿Y qué harías tú a cambio? —dijo el pajarillo, columpiándose en una ramita de plata y batiendo sus alas diminutas.

—No te entiendo —contestó la rata de agua.

—Déjame que te cuente una historia sobre eso —dijo el pardillo.

—¿Habla de mí esa historia? —preguntó la rata de agua—. En ese caso la escucharé, pues las historias me gustan muchísimo.

—Se te puede aplicar —respondió el pardillo.

Y bajando de un vuelo a la orilla contó el cuento del Amigo Abnegado.

—Érase una vez —dijo el pardillo— un honrado hombrecillo que se llamaba Hans.

—¿Era muy distinguido? —preguntó la rata de agua.

—No —respondió el pardillo—, no creo que fuera nada distinguido, excepto por su corazón bondadoso y por su divertida cara redonda rebosante de alegría. Vivía solo en una casita muy pequeña, y todos los días trabajaba en su jardín.

En toda la comarca no había un jardín tan hermoso como el suyo; crecían en él minutisas y alhelíes y saxífragas y campanillas de invierno; había rosas de Damasco rojas y rosas de té amarillas, flores de azafrán color lila, y violetas de oro y púrpura, y violetas blancas. Los agavanzos y las cardaminas, las mejoranas y la albahaca, la vellorita y el iris, el narciso y el clavel doble florecían sucesivamente según pasaban los meses, reemplazando una flor a la otra, de tal modo que siempre había cosas hermosas para la vista y gratas fragancias para el olfato.

El pequeño Hans tenía muchísimos amigos, pero entre todos ellos el más íntimo era el gran Hugh, el molinero. Realmente, el rico molinero era un amigo tan íntimo del pequeño Hans, que no pasaba nunca por su jardín sin inclinarse sobre la tapia y coger un gran ramo de flores, o un puñado de hierbas olorosas, o sin llenarse los bolsillos de ciruelas y cerezas si era la temporada de la fruta.

—Los verdaderos amigos debieran tener todo en común —solía decir el molinero.

Y el pequeño Hans asentía con la cabeza y sonreía, y se sentía muy orgulloso de tener un amigo con ideas tan nobles.

A veces, a decir verdad, los vecinos pensaban que era extraño que el rico molinero nunca diera nada a cambio al pequeño Hans, aunque tenía cien sacos de harina almacenados en su molino y seis vacas lecheras y un gran rebaño de ovejas cubiertas de lana; pero a Hans nunca le pasaban por la cabeza tales pensamientos, y nada le daba mayor placer que escuchar todas las cosas admirables que solía decir el molinero sobre la ausencia de egoísmo de la amistad verdadera.

Así es que el pequeño Hans trabajaba en su jardín. Durante la primavera, el verano y el otoño era muy dichoso, pero cuando llegaba el invierno, y no tenía ni fruta ni flores que llevar al mercado, sufría mucho por el frío y el hambre, y frecuentemente tenía que irse a la cama sin más cena que unas cuantas peras secas o unas nueces duras. En invierno, además, se sentía muy solo, ya que entonces no iba nunca a verle el molinero.

—No es conveniente que vaya a ver al pequeño Hans en lo que dure la nieve —solía decir el molinero a su mujer—, pues cuando la gente está en apuros es mejor dejarla sola y no importunarla con visitas. Ésa es, al menos, la idea que yo tengo de la amistad, y estoy seguro de que tengo razón. Así es que esperaré hasta que llegue la primavera, y entonces le haré una visita, y él podrá darme una gran cesta de velloritas, y eso le hará feliz.

—Realmente, te preocupas mucho por los demás —respondió su esposa, que estaba sentada en un cómodo sillón junto a un gran fuego de leña de pino—; te preocupas mucho, verdaderamente. Es una delicia oírte hablar de la amistad. Estoy segura de que el cura mismo no sabría decir cosas tan hermosas como tú, aunque viva en una casa de tres pisos y lleve un anillo de oro en el dedo meñique.

—Pero ¿no podríamos invitar al pequeño Hans a que viniera aquí? —preguntó el hijo menor del molinero—. Si el pobre Hans está en apuros yo le daré la mitad de mi sopa y le enseñaré mis conejos blancos.

—¡Qué chico tan tonto eres! —gritó el molinero—; realmente no sé de qué sirve mandarte a la escuela; parece que no aprendes nada. ¡Mira!, si el pequeño Hans viniera aquí y viera nuestro fuego confortable, y nuestra buena cena, y nuestro gran barril de vino tinto, puede que se volviera envidioso, y la envidia es una cosa terrible, que echaría a perder el carácter de cualquiera. Yo, ciertamente, no permitiré que se eche a perder el carácter de Hans. Soy su mejor amigo y siempre velaré por él, y vigilaré para que no caiga en ninguna tentación. Además, si Hans viniera aquí, puede que me pidiera que le dejara llevarse algo de harina a crédito, y yo no podría hacer eso; la harina es una cosa y la amistad es otra, y no debieran confundirse. ¡Está claro!, las dos palabras se escriben de modo diferente, y significan cosas completamente distintas. Todo el mundo puede entender eso.

—¡Qué bien hablas! —dijo la mujer del molinero, mientras se servía un gran vaso de cerveza caliente—; me siento completamente adormilada; es lo mismo que si estuviera en la iglesia.

—Mucha gente obra bien —respondió el molinero—; pero hay muy poca gente que hable bien; lo que prueba que hablar es, con mucho, lo más difícil de estas dos cosas, y con mucho, también, la más hermosa.

Y miró severamente por encima de la mesa a su hijo pequeño, que se sentía tan avergonzado de sí mismo que bajó la cabeza y se puso muy colorado, y empezó a llorar, dejando caer las lágrimas en el té. Sin embargo, era tan joven que debéis disculparle.

—¿Es ese el final de la historia? —preguntó la rata de agua.

—Ciertamente que no —respondió el pardillo—, ése es el comienzo.

—Entonces, no estás al día —dijo la rata de agua—. Ahora todos los buenos narradores empiezan por el final y luego siguen por el principio, y terminan por el medio. Es la nueva técnica narrativa. Me enteré de todo esto el otro día por un crítico que paseaba alrededor del estanque con un joven. Habló largamente del asunto, y estoy seguro de que debía tener razón, pues llevaba gafas azules y era calvo, y cada vez que el joven hacía alguna observación, contestaba siempre: «¡bah!». Pero, por favor, sigue con tu historia. Me agrada enormemente el molinero. Yo tengo también toda clase de hermosos sentimientos, así es que hay una gran simpatía entre nosotros dos.

—Pues bien —dijo el pardillo, brincando ya sobre una pata, ya sobre la otra—, tan pronto como acabó el invierno y las velloritas empezaron a abrir sus estrellas de color amarillo pálido, el molinero dijo a su mujer que bajaría a ver al pequeño Hans.

—¡Ah, qué buen corazón tienes! —exclamó su mujer—; siempre estás pensando en los demás. Y no te olvides de llevar la cesta grande para las flores.

Así es que el molinero sujetó las aspas del molino con una fuerte cadena de hierro y bajó la colina con la cesta al brazo.

—Buenos días, pequeño Hans —dijo el molinero.

—Buenos días —dijo Hans, apoyándose en su azada y sonriendo de oreja a oreja.

—¿Y cómo te ha ido en todo el invierno? —dijo el molinero.

—Bueno, verdaderamente —exclamó Hans—, eres muy amable al preguntármelo, muy amable, ciertamente. A decir verdad, lo he pasado bastante mal, pero ya ha llegado la primavera y me siento completamente feliz, y todas mis flores van bien.

—Hemos hablado muchas veces de ti durante el invierno, Hans —dijo el molinero—, y nos preguntábamos cómo te irían las cosas.

—Habéis sido muy amables —dijo Hans—, casi temía que me hubieras olvidado.

—Hans, ¡me dejas sorprendido! —dijo el molinero—, la amistad nunca olvida. Eso es lo maravilloso que tiene; pero me temo que tú no entiendes la poesía de la vida. Y, a propósito, ¡qué hermosas están tus velloritas!

—Sí, están verdaderamente muy hermosas —dijo Hans—, y es una suerte para mí el tener tantas. Voy a llevarlas al mercado para vendérselas a la hija del burgomaestre, y así con ese dinero volveré a comprar mi carretilla.

—¿Que volverás a comprar tu carretilla? ¿No querrás decir que la has vendido? ¡Qué cosa más tonta se te ha ocurrido hacer!

—Bueno, la verdad es que me vi obligado a hacerlo. Ya sabes, el invierno fue una temporada muy mala para mí y en realidad no tenía dinero para comprar pan. Así que primero vendí los botones de plata de mi chaqueta de los domingos, y luego vendí la cadena de plata, y después vendí mi pipa grande, y por último vendí mi carretilla. Pero voy a volver a comprarlo todo ahora.

—Hans —dijo el molinero—, te voy a dar mi carretilla. No está en buen estado; a decir verdad, uno de los dos lados ha desaparecido, y algo no va bien en los radios de la rueda; pero a pesar de eso te la voy a regalar. Sé que soy muy generoso al hacer esto, y que mucha gente me creería tonto de remate por desprenderme de ella, pero yo no soy como el resto del mundo. Creo que la generosidad es la esencia de la amistad, y, además, tengo una carretilla nueva. Sí, puedes quedarte tranquilo, te daré mi carretilla.

—Bueno, realmente eres muy generoso —dijo el pequeño Hans, y su divertida cara redonda se puso toda radiante de placer—. Me va a ser muy fácil repararla, porque tengo una tabla en casa.

—¡Una tabla! —dijo el molinero—; ¡caramba!, eso es precisamente lo que necesito para el tejado de mi granero. Tiene un boquete muy grande y todo el grano se mojará si no lo tapo. ¡Qué suerte que lo hayas mencionado! Es sorprendente cómo una buena acción siempre produce otra. Yo te he dado la carretilla, y ahora tú me vas a dar tu tabla. Desde luego, la carretilla vale mucho más que la tabla, pero la verdadera amistad nunca se fija en esas cosas. Haz el favor de ir a buscarla en seguida, y me pondré a trabajar en mi granero hoy mismo.

—Ciertamente —exclamó el pequeño Hans.

Y corrió al cobertizo y sacó la tabla.

—No es una tabla muy grande —dijo el molinero mirándola—, y me temo que después de que haya reparado el tejado de mi granero no te quedará nada para que arregles la carretilla; pero, desde luego, eso no es culpa mía. Y ahora que te he dado la carretilla, estoy seguro de que te gustaría darme unas flores a cambio. Aquí tienes la cesta, y procura llenarla del todo.

—¿Llenarla del todo? —dijo el pequeño Hans, un poco afligido, pues realmente era una cesta muy grande, y sabía que si la llenaba no le quedarían flores para el mercado, y estaba deseando volver a tener sus botones de plata.

—Bueno, en realidad —replicó el molinero—, como te he dado la carretilla, no creo que sea mucho pedirte unas cuantas flores. Puede que me equivoque, pero yo había pensado que la amistad, la verdadera amistad, estaba completamente libre de cualquier clase de egoísmo.

—Mi querido amigo, mi mejor amigo —exclamó el pequeño Hans—, todas las flores de mi jardín están a tu disposición. Prefiero con mucho que tú tengas una buena opinión de mí a tener yo mis botones de plata, y eso en cualquier ocasión.

Y corrió a coger todas sus lindas velloritas y llenó la cesta del molinero.

—Adiós, pequeño Hans —dijo el molinero, mientras subía la cuesta con la tabla al hombro y la gran cesta en la mano.

—Adiós —dijo el pequeño Hans.

Y se puso a cavar alegremente, de contento que estaba por la carretilla.

Al día siguiente, estaba sujetando madreselvas al porche cuando oyó la voz del molinero que le llamaba desde el camino. Así que saltó de la escalera, corrió al fondo del jardín y miró por encima de la tapia.

Allí estaba el molinero con un gran saco de harina a la espalda.

—Querido pequeño Hans —dijo el molinero—, ¿te importaría llevarme este saco de harina al mercado?

—¡Oh, cuánto lo siento! —dijo Hans—, pero la verdad es que estoy muy ocupado hoy. Tengo que sujetar todas mis enredaderas, y regar todas mis flores, y pasar el rodillo a todo mi césped.

—Bueno, realmente —dijo el molinero—, yo creo que teniendo en cuenta que voy a darte mi carretilla es una falta de amistad que te niegues a hacerlo.

—¡Oh, no digas eso! —exclamó el pequeño Hans—, no querría faltar a la amistad por nada del mundo.

Y entró corriendo en la casa para coger la gorra, y se fue caminando penosamente con el gran saco sobre los hombros.

Era un día de mucho calor, y la carretera estaba terriblemente polvorienta, y antes de que Hans hubiera llegado al sexto mojón estaba tan cansado que tuvo que sentarse a descansar. Sin embargo, siguió animosamente su camino, y al fin llegó al mercado.

Después de esperar allí algún tiempo vendió el saco de harina a muy buen precio, y entonces se volvió a casa en seguida, pues temía que si se retrasaba demasiado podría encontrar ladrones por el camino.

—Ha sido ciertamente un día muy duro —se dijo el pequeño Hans al meterse en la cama—, pero me alegro de no haber dicho que no al molinero, porque es mi mejor amigo y, además, me va a dar su carretilla.

A la mañana siguiente, muy temprano, bajó el molinero a recoger el dinero de su saco de harina, pero el pequeño Hans estaba tan cansado que todavía seguía en la cama.

—¡A fe mía —dijo el molinero—, eres muy perezoso! Teniendo en cuenta que te voy a regalar mi carretilla, creo que podrías trabajar más. La ociosidad es la madre de todos los vicios, y a mí, ciertamente, no me gusta que ninguno de mis amigos sea holgazán ni perezoso. No debe parecerte mal que te hable con toda claridad. Desde luego no se me ocurriría hacerlo así si no fuera amigo tuyo; pero ¿de qué sirve la amistad si uno no puede decir exactamente lo que piensa? Cualquiera puede decir cosas agradables y tratar de complacer y de halagar; en cambio, un verdadero amigo siempre dice las cosas molestas, y no le importa dar un disgusto. En verdad, si es realmente un amigo sincero lo prefiere, pues sabe que en este caso está obrando bien.

—Lo siento muchísimo —dijo el pequeño Hans, frotándose los ojos y quitándose el gorro de dormir—, pero estaba tan cansado que pensé quedarme en la cama un poco más y oír cantar a los pájaros. ¿No sabes que siempre trabajo mejor después de oír cantar a los pájaros?

—Bueno, me alegro de oír eso —dijo el molinero, dando una palmada en la espalda al pequeño Hans—, porque quiero que subas al molino en cuanto te vistas y arregles el tejado de mi granero.

El pobre pequeño Hans estaba deseando ir a trabajar en su jardín, pues hacía dos días que las flores estaban sin regar, pero no quería decir que no al molinero, puesto que era tan buen amigo suyo.

—¿Crees que faltaría a la amistad si dijera que estoy ocupado? —preguntó con voz vergonzosa y tímida.

—Bueno, en realidad —respondió el molinero— no me parece que sea mucho pedirte, teniendo en cuenta que te voy a dar mi carretilla, pero naturalmente, si tú dices que no, iré y lo haré yo.

—¡Oh, de ninguna manera! —exclamó el pequeño Hans.

Y saltó de la cama y se vistió y se fue al granero.

Trabajó allí todo el día, hasta la puesta del sol, y a la puesta del sol fue el molinero a ver cómo iba la cosa.

—¿Has arreglado ya el boquete del tejado, pequeño Hans? —gritó el molinero con voz jovial.

—Está arreglado del todo —respondió el pequeño Hans, bajando de la escalera.

—¡Ah —dijo el molinero—, no hay trabajo tan agradable como el trabajo que se hace por los demás!

—Es verdaderamente un gran privilegio oírte hablar —replicó el pequeño Hans, sentándose y enjugándose la frente—, un privilegio muy grande, pero me temo que yo no tendré nunca ideas tan hermosas como las que tienes tú.

—¡Oh, ya te vendrán! —dijo el molinero—, pero has de esforzarte más. Ahora tienes sólo la práctica de la amistad; algún día tendrás la teoría también.

—¿Crees realmente que la tendré? —preguntó el pequeño Hans.

—No me cabe la menor duda respecto a eso —contestó el molinero—, pero ahora que has arreglado el tejado, sería mejor que fueras a casa a descansar, pues quiero que mañana lleves mis ovejas a la montaña.

El pobre pequeño Hans no se atrevió a decir nada, y a la mañana siguiente, muy temprano, el molinero le llevó las ovejas hasta la casita, y Hans se puso en camino con ellas hacia el monte. Le llevó el día entero llegar allí y volver; y cuando regresó estaba tan cansado que se quedó dormido en una silla, y no se despertó hasta que era pleno día.

—¡Qué tiempo tan delicioso voy a pasar en mi jardín! —se dijo.

Y se puso inmediatamente a trabajar.

Pero por una cosa o por otra nunca podía cuidar sus flores de ninguna manera, pues siempre llegaba su amigo el molinero y le mandaba a largos recados, o le llevaba a que le ayudase en el molino. El pobre Hans estaba muy angustiado algunas veces, pues temía que sus flores creyeran que se había olvidado de ellas, pero se consolaba con el pensamiento de que el molinero era su mejor amigo.

—Además —solía decirse—, me va a regalar su carretilla, y eso es un acto de pura generosidad.

Así es que el pequeño Hans trabajaba para el molinero, y el molinero decía toda clase de cosas hermosas sobre la amistad, las cuales anotaba Hans en un cuaderno y releía por la noche, pues era todo un intelectual.

Ahora bien, sucedió que una tarde estaba el pequeño Hans sentado junto a su fuego cuando sonó un fuerte golpe seco en la puerta. Era una noche muy tormentosa, y el viento soplaba y rugía alrededor de la casa tan terriblemente que en un primer momento pensó que era sólo la tormenta. Pero vino un segundo golpe seco, y luego un tercero, más fuerte que los otros.

—Será algún pobre viajero —se dijo el pequeño Hans, y corrió a la puerta.

Allí estaba el molinero, con una linterna en una mano y un gran bastón en la otra.

—Querido pequeño Hans —exclamó el molinero—, estoy en un gran apuro: mi hijo pequeño se ha caído de una escalera y se ha hecho daño, y voy a buscar al médico. Pero vive tan lejos y hace una noche tan mala, que se me acaba de ocurrir que sería mucho mejor si fueras tú en mi lugar. Ya sabes que voy a darte mi carretilla, y por tanto sería justo que hicieras algo por mí a cambio.

—¡No faltaría más! —exclamó el pequeño Hans—; considero un cumplido que recurras a mí, y me pondré en camino inmediatamente. Pero debes prestarme tu linterna, porque la noche es tan oscura que me da miedo que pueda caerme a la acequia.

—Lo siento mucho —replicó el molinero—, pero es mi linterna nueva, y sería una gran pérdida si algo le ocurriera.

—Bueno, no importa. Me las arreglaré sin ella —exclamó el pequeño Hans.

Y cogió su gran abrigo de pieles y su gorra escarlata que le abrigaba tanto, se enrolló una bufanda alrededor del cuello y se puso en marcha.

¡Qué tormenta más espantosa! La noche era tan negra que el pequeño Hans casi no podía ver, y el viento era tan fuerte que a duras penas podía mantenerse en pie. Sin embargo, era muy animoso, y después de haber andado unas tres horas llegó a casa del médico y llamó a la puerta.

—¿Quién es? —gritó el médico, asomando la cabeza por la ventana de su alcoba.

—El pequeño Hans, doctor.

—¿Qué quieres, pequeño Hans?

—El hijo del molinero se ha caído de una escalera y se ha hecho daño, y el molinero quiere que vaya en seguida.

—Muy bien —dijo el médico.

Y ordenó que le llevaran el caballo, las grandes botas y la linterna, y bajó las escaleras, y empezó a cabalgar en dirección a la casa del molinero, mientras el pequeño Hans caminaba penosamente detrás de él.

Pero la tormenta arreciaba cada vez más, y la lluvia caía a torrentes, y el pequeño Hans no podía ver por dónde iba, ni ir al paso del caballo. Al final perdió el camino, y se extravió dando vueltas por el páramo, que era un lugar muy peligroso, pues estaba lleno de hoyos profundos. Y allí se ahogó el pobre pequeño Hans.

Unos cabreros encontraron su cuerpo al día siguiente, flotando en una gran charca de agua, y lo llevaron ellos mismos a la casita.

Hans era tan popular que todo el mundo fue a su entierro, y el molinero fue el principal doliente.

—Como yo era su mejor amigo —dijo el molinero—, justo es que ocupe el mejor puesto.

Así es que iba a la cabeza del cortejo con una larga capa negra y de vez en cuando se enjugaba los ojos con un gran pañuelo.

—La muerte del pequeño Hans es indudablemente una gran pérdida para todos —dijo el herrero, cuando hubo terminado el funeral y todos estaban sentados cómodamente en la taberna, bebiendo vino con especias y comiendo bollos dulces.

—Una gran pérdida al menos para mí —replicó el molinero—; ¡mira!, yo me porté tan bien con él que le ofrecí mi carretilla, y ahora realmente no sé qué hacer con ella. Me estorba en casa, y está en tal mal estado que no podría sacar nada por ella si la vendiera. Ciertamente tendré mucho cuidado en no volver a dar nada a nadie; uno siempre sufre por generoso.

—Bueno, ¿y qué más? —dijo la rata de agua, después de una larga pausa.

—Bueno, pues nada más; ese es el final —dijo el pardillo.

—Pero ¿qué fue del molinero? —preguntó la rata de agua.

—¡Oh, realmente no lo sé! —replicó el pardillo—; ni me importa, de eso estoy seguro.

—Es evidente que la simpatía no forma parte de tu carácter —dijo la rata de agua.

—Me temo que no has entendido la moraleja de la historia —observó el pardillo.

—¿La qué? —chilló la rata de agua.

—La moraleja.

—¿Quieres decir que el cuento tiene una moraleja?

—Ciertamente —dijo el pardillo.

—Bueno —dijo la rata de agua, con aire furioso—, creo que realmente debieras habérmelo dicho antes de empezar. En ese caso, ten por seguro que no te hubiera escuchado; de hecho hubiera dicho «¡bah!», como el crítico. Pero puedo decirlo ahora.

Así es que gritó «¡bah!», a voz en cuello, hizo un movimiento brusco con el rabo y se volvió a meter en su madriguera.

—¿Y qué opinas de la rata de agua? —preguntó la pata, que llegó chapoteando unos minutos después—. Tiene muy buenas cualidades, pero yo, por mi parte, tengo sentimientos maternales, y no puedo ver nunca a una solterona empedernida sin que se me salten las lágrimas.

—Me temo que le he aburrido —contestó el pardillo—. El hecho es que le conté una historia con una moraleja.

—¡Ah, eso es siempre algo muy peligroso! —dijo la pata.

Y yo estoy completamente de acuerdo con ella [2].

---

[2] El esteticismo de Wilde se opone a cualquier finalidad en el arte que no sea el arte mismo. El prefacio de su única novela, *El retrato de Dorian Gray,* termina con estas palabras: «Todo arte es completamente inútil».

EL INSIGNE COHETE

El hijo del rey iba a casarse, así es que los regocijos eran generales. Había esperado un año entero a la novia, y por fin había llegado. Era una princesa rusa, y había hecho todo el camino desde Finlandia en un trineo tirado por seis renos. El trineo tenía la forma de un gran cisne dorado, y entre las alas del cisne iba la princesa misma. Su largo manto de armiño le caía hasta los pies y en la cabeza llevaba un gorrito diminuto de tisú de plata. Era tan pálida como el palacio de nieve en el que había vivido siempre. Tan pálida era que al recorrer las calles toda la gente se quedaba admirada.

—Es como una rosa blanca —exclamaba la gente.

Y le arrojaban flores desde los balcones.

A la entrada del castillo estaba esperando el príncipe para recibirla. Tenía ojos soñadores color violeta y cabellos como oro fino. Cuando la vio hincó una rodilla en tierra y le besó la mano.

—Vuestro retrato era hermoso —musitó—, pero sois más hermosa que vuestro retrato.

Y la princesita se ruborizó.

—Antes parecía una rosa blanca —dijo un joven paje al que tenía más próximo—, pero ahora parece una rosa roja.

Y toda la corte estaba complacida.

Durante los tres días que siguieron todo el mundo iba diciendo:

—Rosa blanca, rosa roja; rosa roja, rosa blanca.

Y el rey dio la orden de que doblaran la paga del paje. Como no recibía paga alguna esto no le sirvió de mucho, pero se consideró un gran honor, y se publicó debidamente en la *Gaceta de la Corte.*

Transcurridos tres días se celebraron las bodas. Fue una ceremonia magnífica, y los novios iban de la mano andando bajo un palio de terciopelo púrpura bordado con pequeñas perlas. Luego se celebró un banquete oficial que duró cinco horas. El príncipe y la princesa se sentaron a la cabecera del gran salón y bebieron en copa de claro cristal. Sólo los verdaderos enamorados podían beber en esa copa, pues si la tocaran labios falaces se empañaría, tornándose gris y turbia.

—Está claro que se aman —dijo el pajecillo—, ¡tan claro como el cristal!

—¡Qué honor! —exclamaron todos los cortesanos.

Después del banquete iba a haber un baile. La novia tenía que bailar la danza de la rosa con el novio, y el rey había prometido tocar la flauta. La tocaba muy mal, pero nadie se había atrevido a decírselo nunca, porque era el rey. En verdad, sólo sabía dos melodías, y nunca estaba completamente seguro de cuál de las dos estaba tocando, pero daba lo mismo, pues hiciera lo que hiciera todo el mundo exclamaba:

—¡Encantador!, ¡encantador!

El final del programa era una gran quema de fuegos artificiales, que debían dispararse exactamente a medianoche. La princesita no había visto nunca fuegos artificiales, así es que el rey había ordenado que el pirotécnico de palacio estuviera de servicio en el día de la boda.

—¿Cómo son los fuegos artificiales? —había preguntado ella al príncipe una mañana cuando paseaba por la terraza.

—Son como la aurora boreal —dijo el rey, que siempre respondía a las preguntas que se hacían a los demás—, sólo que mucho más naturales. Yo los prefiero a las estrellas, pues siempre se sabe cuándo van a aparecer, y son tan deliciosos como las melodías que yo toco con mi flauta. Ciertamente, debéis verlos.

Así es que al fondo de los jardines reales habían levantado un gran tablado. Y tan pronto como el piroctécnico de palacio hubo puesto cada cosa en su sitio, los fuegos artificiales empezaron a charlar.

—El mundo es ciertamente muy hermoso —exclamó un pequeño buscapiés—. Y si no, mirad esos tulipanes amarillos; si fueran petardos de verdad, no podrían ser más bonitos de lo que son. Me alegro mucho de haber viajado; viajar desarrolla el espíritu de un modo asombroso, y acaba con todos los prejuicios.

—El jardín del rey no es el mundo, necio buscapiés —dijo una gran candela romana—; el mundo es un lugar enorme y tardarías tres días en verlo del todo.

—Cualquier lugar que se ame es el mundo para uno —exclamó una girándula taciturna, que de jovencita había estado muy unida a un viejo cajón de madera de pino, y hacía alarde de tener el corazón hecho pedazos—; pero el amor ya no está de moda, lo han matado los poetas. Han escrito tanto sobre él, que nadie les cree, y a mí no me sorprende. El amor verdadero sufre y guarda silencio. Yo recuerdo que una vez... Pero no importa ahora. Lo romántico pertenece al pasado.

—¡Qué tontería! —dijo la candela romana—, lo romántico nunca muere. Es como la luna, y vive siempre. Los reción casados, por ejemplo, se aman tiernamente. Se lo oí decir esta mañana a un cartucho de papel de estraza, que estaba casualmente en el mismo cajón que yo, y que sabía las últimas noticias de la corte.

Pero la girándula negó con la cabeza:

—Lo romántico ha muerto, lo romántico ha muerto, lo romántico ha muerto —musitaba.

Era una de esas que piensan que si se dice la misma cosa una y otra vez repitiéndolo muchísimas veces acaba siendo verdad.

De pronto, se oyó una tos fuerte y seca, y todos miraron a su alrededor.

Procedía de un cohete alto y de porte arrogante, que estaba atado al extremo de una larga varilla. Siempre tosía antes de hacer alguna observación, con el fin de llamar la atención.

—¡Ejem!, ¡ejem! —dijo.

Y todo el mundo se puso a escuchar, excepto la pobre girándula, que estaba todavía meneando la cabeza y murmurando:

—Lo romántico ha muerto.

—¡Orden!, ¡orden en la sala! —gritó un petardo.

Tenía algunas cualidades de político, y siempre había desempeñado un papel relevante en las elecciones locales, de modo que sabía usar las expresiones parlamentarias convenientes.

—Muerto y bien muerto —susurró la girándula; y se quedó dormida.

En cuanto hubo un completo silencio, el cohete tosió por tercera vez y empezó a hablar. Hablaba con voz muy clara y lenta, como si estuviera dictando sus memorias, y siempre miraba por encima del hombro a la persona a quien se dirigía. Realmente tenía unos modales sumamente distinguidos.

—¡Qué afortunado es el hijo del rey —observó—, que va a casarse el mismo día en que me van a disparar a mí! Verdaderamente, ni aunque lo hubieran dispuesto de antemano hubiera podido resultar mejor para él; pero es que los príncipes siempre tienen suerte.

—¡Válgame Dios! —dijo el pequeño buscapiés—, yo creía que era justo lo contrario, y que nos iban a disparar en honor del príncipe.

—Puede que sea ese tu caso —respondió—; a decir verdad, no me cabe duda de que es así, pero en el mío es diferente. Yo soy un cohete extraordinario, y desciendo de padres insignes. Mi madre fue la girándula más célebre de su tiempo, y era famosa por su grácil danza. Cuando hizo su gran aparición en público giró diecinueve veces antes de dispararse, y cada vez que lo hacía lanzaba al aire siete estrellas color de rosa. Tenía tres pies y medio de diámetro, y estaba cargada con pólvora de primera calidad. Mi padre era un cohete, como yo, y de origen francés. Voló tan alto que la gente temía que no volviera a bajar. Bajó, sin embargo, pues era amable por naturaleza, e hizo un descenso muy brillante, en una cascada de lluvia de oro. Los periódicos dieron cuenta de su actuación en términos muy halagüeños; de hecho, la *Gaceta de la Corte* lo llamó un triunfo del arte *pilotécnico*.

—Pirotécnico, pirotécnico, querrás decir —corrigió una bengala—. Sé que se dice pirotécnico porque lo he visto escrito en mi caja de hojalata.

—Bien, *pilotécnico* es lo que he dicho —respondió el cohete en tono severo.

Y la bengala se sintió tan humillada que al punto empezó a intimidar a los pequeños buscapiés, para mostrar que era todavía una persona de cierta importancia.

—Estaba diciendo —prosiguió el cohete—, estaba diciendo... ¿Qué estaba yo diciendo?

—Estabas hablando de ti mismo —replicó la candela romana.

—Naturalmente; ya sabía yo que estaba tratando de algún asunto interesante cuando fui tan descortésmente interrumpido. Detesto la descortesía y cualquier falta de educación, pues soy sensible en extremo. No hay nadie en el mundo entero tan sensible como yo, estoy completamente seguro de ello.

—¿Qué es una persona sensible? —preguntó el petardo a la candela romana.

—Una persona que porque tiene ella callos siempre pisa a los demás —respondió la candela romana en un susurro apenas audible.

Y el petardo casi explotó de risa.

—Haz el favor de decirme de qué te ríes —preguntó el cohete—; yo no me estoy riendo.

—Me río porque soy feliz —replicó el petardo.

—Ésa es una razón muy egoísta —dijo el cohete airadamente—. ¿Qué derecho tienes a ser feliz? Debieras pensar en los demás; de hecho, debieras estar pensando en mí. Yo siempre pienso en mí, y espero que todos los demás hagan lo mismo, eso es lo que se llama simpatía. Es una hermosa virtud, y yo la poseo en alto grado. Supón, por ejemplo, que me ocurriera algo esta noche, ¡qué desgracia sería para todos! El príncipe y la princesa no volverían a ser felices, toda su vida matrimonial se echaría a perder; y en cuanto al rey, yo sé que no lo soportaría. Realmente, cuando me pongo a reflexionar sobre la importancia de mi posición social me conmuevo hasta casi derramar lágrimas.

—Si quieres agradar a los demás —exclamó la candela romana—, harías bien en mantenerte seco.

—Ciertamente —corroboró la bengala, que estaba ya de mejor humor—; eso es de sentido común.

—¡Sentido común!, ¡vaya cosa! —dijo el cohete indignado—; olvidas que yo no soy común, sino extraordinario. Cualquiera puede tener sentido común, con tal de que no tenga imaginación, pero yo sí tengo imaginación, pues no pienso nunca en las cosas como son en realidad; siempre pienso en ellas como si fueran completamente diferentes. En cuanto a mantenerme seco, evidentemente no hay nadie aquí que pueda apreciar en absoluto un carácter emotivo. Por fortuna para mí, me tiene sin cuidado. Lo único que le sostiene a uno en la vida es el ser consciente de la inmensa inferioridad de todos los demás, y éste es un sentimiento que yo he cultivado siempre. Pero ninguno de vosotros tiene corazón, aquí estáis riéndoos y divirtiéndoos precisamente como si los príncipes no acabaran de casarse.

—Bueno, en realidad, ¿y por qué no? —exclamó un pequeño globo de fuego—. Es una ocasión del mayor regocijo, y cuando yo me remonte en el aire tengo la intención de contárselo a las estrellas. Veréis cómo parpadean cuando yo les hable de la linda novia.

—¡Ah, qué modo tan trivial de considerar la vida! —dijo el cohete—; pero es justo lo que yo me esperaba. No hay nada dentro de vosotros, estáis huecos y vacíos. ¡Cómo!, tal vez el príncipe y la princesa se vayan a vivir a un país en que haya un río profundo, y acaso tengan sólo un hijo, un niño de cabello rubio y ojos violeta como los del príncipe, y quizá un día salga a pasear con la niñera; y tal vez la niñera se quede dormida al pie de un gran saúco; y quizá el niño se caiga al río profundo y se ahogue. ¡Qué desgracia tan terrible! ¡Pobre gente!, ¡perder a su único hijo! ¡Es verdaderamente demasiado terrible! Yo nunca podré soportarlo.

—Pero no han perdido a su hijo único —dijo la candela romana—; no les ha ocurrido ninguna desgracia.

—Yo nunca dije que les hubiera ocurrido —replicó el cohete—; dije que pudiera ocurrirles. Si hubieran perdido a su hijo único, no serviría de nada hablar más sobre el asunto. Detesto a la gente que llora por el cántaro roto, como en el cuento de la lechera. Pero cuando pienso que pudieran perder a su único hijo, ciertamente me siento muy afectado.

—¡Ciertamente, afectado lo eres! —exclamó la bengala—. En realidad eres la persona más afectada que he visto en mi vida.

—Y tú eres la persona más grosera que he visto yo en la mía —dijo el cohete—, y no puedes entender mi amistad con el príncipe.

—¡Cómo, si ni siquiera le conoces! —rezongó la candela romana.

—Yo nunca dije que le conociera —respondió el cohete—. Me atrevo a decir que si le conociera no sería amigo suyo de ningún modo. Es muy peligroso conocer a los amigos.

—Realmente, sería mejor que no te mojaras —dijo el globo de fuego—. Eso es lo importante.

—Muy importante para ti, no me cabe duda —replicó el cohete—, pero yo lloraré si me place.

Y, en efecto, rompió a llorar con auténticas lágrimas que rodaban por su varilla como gotas de lluvia, y casi ahogaron a dos pequeños escarabajos que estaban precisamente pensando en crear un hogar, y buscaban un bonito lugar seco para vivir.

—Debe ser verdaderamente romántico por naturaleza —dijo la girándula—, pues llora cuando no hay nada por que llorar.

Y lanzó un hondo suspiro, y pensó en el cajón de madera de pino.

Pero la candela romana y la bengala estaban muy indignadas, y no hacían más que decir lo más alto que podían:

—¡Paparruchas!, ¡paparruchas!

Eran extremadamente prácticas, y siempre que tenían algo que objetar llamaban a las cosas paparruchas.

Entonces salió la luna, semejante a un maravilloso escudo de plata; y comenzaron a brillar las estrellas, y llegó del palacio el sonido de la música.

El príncipe y la princesa dirigían el baile. Danzaban de un modo tan hermoso que los esbeltos lirios blancos se asomaban a verlos por la ventana, y las grandes amapolas rojas movían la cabeza llevando el compás.

Luego dieron las diez, y después las once, y más tarde las doce, y a la última campanada de medianoche todo el mundo salió a la terraza, y el rey mandó llamar al pirotécnico de palacio.

—¡Que empiecen los fuegos artificiales! —dijo el rey.

Y el pirotécnico de palacio hizo una profunda reverencia y fue al fondo del jardín. Le acompañaban seis ayudantes, cada uno de los cuales llevaba una antorcha encendida al extremo de una larga vara.

Fue ciertamente un espectáculo magnífico.

—¡Ssss! ¡Ssss! —silbó la girándula, mientras giraba y giraba.

—¡Bum! ¡Bum! —tronó la candela romana.

Luego los buscapiés danzaron por todas partes, y las bengalas hicieron que todo pareciera escarlata.

—¡Adiós! —gritó el globo de fuego, mientras se remontaba dejando caer diminutas chispas azules.

—¡Bang! ¡Bang! —respondieron los petardos, que estaban divirtiéndose muchísimo.

Todos tuvieron un gran éxito, menos el cohete insigne. Estaba tan mojado por el llanto que no pudo dispararse. Lo mejor de él era la pólvora, y ésta estaba tan húmeda por las lágrimas que era inservible. Todos sus parientes pobres, a quienes nunca dirigía la palabra si no era con desdén, se dispararon al cielo como maravillosas flores de oro con corazón de fuego.

—¡Bravo! ¡Bravo! —gritaba la corte.

Y la princesa reía de placer.

—Supongo que me reservan para alguna gran ocasión —dijo el cohete—; indudablemente, eso es lo que esto significa.

Y tomó un aire más arrogante que nunca.

Al día siguiente fueron los obreros a limpiar y a ordenar las cosas.

—Esto es evidentemente una comisión —se dijo el cohete—; les recibiré con la dignidad que conviene.

Irguió, pues, la cabeza, y empezó a fruncir el entrecejo con aire grave, como si estuviera pensando en algún asunto muy importante. Pero no le prestaron atención alguna hasta que no estaban a punto de irse. Entonces uno de ellos se fijó en él.

—¡Caramba! —exclamó—, ¡aquí tenemos un mal cohete!

Y lo tiró por encima del muro a la acequia.

—*¿Mal cohete?, ¿mal cohete?* —se dijo, mientras daba vueltas vertiginosas por el aire—; ¡imposible! *¡Gran cohete!,* eso es lo que ha dicho el hombre. *Mal* y *gran* suenan muy parecido, y, a decir verdad, con frecuencia son la misma cosa.

Y cayó en el lodo.

—No se está cómodo aquí —observó—, pero indudablemente es algún balneario de moda, y me habrán enviado a recobrar la salud. Tengo los nervios destrozados, y necesito descanso.

Entonces llegó hasta él nadando una ranita de ojos como joyas brillantes y vestida con un verde manto jaspeado.

—¡Recién llegado, ya veo! —dijo la rana—. ¡Bueno!, después de todo no hay nada como el barro. ¡Dadme un tiempo lluvioso y una acequia y soy completamente feliz! ¿Crees que va a ser una tarde de agua? Yo no he perdido las esperanzas de que sea así; pero el cielo está enteramente azul y despejado. ¡Qué lástima!

—¡Ejem!, ¡ejem! —dijo el cohete airadamente, poniéndose a toser.

—¡Qué voz tan deliciosa tienes! —exclamó la rana—. Realmente parece como si croaras, y desde luego el sonido que se hace al croar es el más musical del mundo. Ya oirás nuestro orfeón esta noche. Nos instalamos en el viejo estanque de los patos, muy cerca de la casa de labranza, y en cuanto sale la luna empezamos. Es tan delicioso que todo el mundo se queda despierto para escucharnos. De hecho, ayer mismo oí a la mujer del labrador decir a su madre que no había podido pegar un ojo en toda la noche por causa nuestra. Es muy agradable saberse tan popular.

—¡Ejem!, ¡ejem! —dijo el cohete airadamente.

Estaba muy molesto por no poder decir una palabra.

—Una voz deliciosa, ciertamente —prosiguió la rana—. Espero que vengas a vernos al estanque de los patos. Me voy en busca de mis hijas. Tengo seis bellas hijas, y me da mucho miedo que las encuentre el lucio; es un verdadero monstruo, y no vacilaría en comérselas para desayunar. Bueno, ¡adiós!; he disfrutado mucho con nuestra conversación, te lo aseguro.

—Conversación —dijo el cohete—. Si has estado tú hablando todo el tiempo. Eso no es conversación.

—Alguien tiene que escuchar —respondió la rana—, y a mí me gusta decirlo todo, eso ahorra tiempo y evita las discusiones.

—Pero a mí me gustan las discusiones —dijo el cohete.

—Confío en que no —repuso la rana con aire satisfecho—. Las discusiones son extremadamente vulgares, pues toda la gente de la buena sociedad tiene exactamente las mismas opiniones. Adiós por segunda vez; estoy viendo a mis hijas allá lejos.

Y la ranita se fue nadando.

—Eres una persona irritante —dijo el cohete—, y muy mal educada. Odio a la gente que habla de sí misma, como haces tú, cuando uno quiere hablar de sí mismo, como me ocurre a mí. Eso es lo que yo llamo egoísmo, y el egoísmo es algo absolutamente detestable, en especial para alguien que tenga mi temperamento, pues yo soy muy conocido por ser amable por naturaleza. De hecho, deberías tomarme como ejemplo; no podrás tener un modelo mejor. Ahora que se te presenta la ocasión harías bien en aprovecharla, pues me voy a volver a la corte casi inmediatamente. Soy un gran favorito de la corte; de hecho, los príncipes se casaron ayer en honor mío. Naturalmente tú no sabes nada de estas cosas, pues eres una provinciana.

—Es inútil que hables con ella —dijo una libélula, que estaba posada en lo alto de una elevada espadaña parda—, absolutamente inútil, pues se ha ido.

—Bueno, peor para ella, no para mí —respondió el cohete—. No voy a dejar de hablarle meramente porque no preste atención. Me gusta escucharme cuando hablo; es uno de mis grandes placeres. A menudo sostengo largas conversaciones conmigo mismo, y soy tan inteligente que a veces no entiendo ni una sola palabra de lo que me digo.

—Entonces debieras dar conferencias sobre filosofía, ciertamente —dijo la libélula.

Y extendió un par de hermosas alas de gasa y se remontó en el cielo.

—¡Qué tonta es no quedándose aquí! —dijo el cohete—. Estoy seguro de que no tiene a menudo la ocasión de cultivar su mente. Sin embargo, no me importa nada; un genio como el mío ha de apreciarse algún día, con toda seguridad.

Y se hundió un poco más en el cieno.

Al cabo de un rato llegó nadando hasta él una gran pata blanca. Tenía patas amarillas y pies palmeados, y se la consideraba una gran belleza por su modo de andar contoneándose.

—¡Cuac!, ¡cuac!, ¡cuac! —dijo—. ¡Qué tipo tan curioso tienes! ¿Puedo preguntarte si es de nacimiento o es el resultado de un accidente?

—Es evidente que has vivido siempre en el campo —respondió el cohete—, de otro modo sabrías quién soy. Sin embargo, disculpo tu ignorancia. No sería justo esperar que los demás fueran tan extraordinarios como uno mismo. Sin duda te sorprenderá oír que puedo subir volando al cielo y bajar en una cascada de lluvia dorada.

—No me parece nada extraordinario —dijo la pata—, pues no veo de qué le sirve eso a nadie. Ahora bien, si supieras arar los campos, como el buey, o tirar de un carro, como el caballo, o cuidar de las ovejas, como el perro del pastor, eso sí que sería algo.

—¡Pero criatura —exclamó el cohete en un tono de voz muy altanero—, veo que perteneces a las clases más bajas! Una persona de mi rango no es nunca útil. Tenemos ciertas dotes y eso es más que suficiente. En cuanto a mí, no tengo simpatía por el trabajo de ninguna clase, y mucho menos por la clase de trabajos que parece que recomiendas. A decir verdad, yo he opinado siempre que los trabajos de carga son simplemente el refugio de la gente que no tiene otra cosa que hacer.

—Bueno, bueno —repuso la pata, que era de carácter muy pacífico, y nunca reñía con nadie—, cada cual tiene sus gustos. Espero, de cualquier modo, que fijes tu residencia aquí.

—¡Oh, no! —exclamó el cohete—; soy solamente un visitante, un visitante distinguido. La verdad es que encuentro este lugar bastante aburrido. Aquí no hay ni sociedad ni soledad. De hecho, es un lugar esencialmente suburbano. Volveré probablemente a la corte, pues sé que estoy destinado a causar sensación en el mundo.

—Yo tuve una vez pensamientos de entrar en la vida pública —observó la pata—. ¡Hay tantas cosas que necesitan reforma! Por cierto, presidí una asamblea hace algún tiempo, y aprobamos resoluciones condenando todo lo que no nos gustaba. Sin embargo, no parece que hayan tenido mucho efecto. Ahora me he metido en casa, y cuido a mi familia.

—Yo estoy hecho para la vida pública —dijo el cohete—, lo mismo que todos mis parientes, incluso los más humildes. Siempre que aparecemos atraemos una gran atención. Yo en realidad no he hecho todavía mi aparición, pero cuando la haga será un espectáculo magnífico. En cuanto a meterse en casa, le hace a uno envejecer rápidamente, y distrae la mente de cosas más altas.

—¡Ah, las cosas más altas de la vida, qué bellas son! —dijo la pata—, y eso me recuerda qué hambre tengo.

Y se fue nadando corriente abajo, diciendo:

—¡Cuac!, ¡cuac!, ¡cuac!

—¡Vuelve, vuelve! —gritó el cohete—; tengo muchas cosas que decirte.

Pero la pata no le prestó atención.

—Me alegro que se haya ido —se dijo para sí—, tiene una mentalidad claramente de clase media.

Y se hundió un poco más aún en el cieno. Y estaba empezando a pensar en la soledad de los genios cuando, de pronto, dos niños vestidos con delantal blanco llegaron corriendo por la orilla, con una marmita y algo de leña.

—Ésta debe de ser la comisión —dijo el cohete, e intentó adoptar un porte muy digno.

—¡Eh! —gritó uno de los niños—, ¡mira este palo viejo! Me pregunto cómo ha venido a parar aquí.

Y cogió el cohete sacándolo de la acequia.

—¡Palo *viejo!* —dijo el cohete—, ¡imposible! *¡Palo egregio!* [1], eso es lo que dijo. *Palo egregio* es un cumplido. ¡Realmente me confunde con uno de los dignatarios de la corte!

—¡Echémoslo al fuego! —dijo el otro muchacho—, ayudará a que hierva la marmita.

Así que apilaron la leña y pusieron el cohete en lo alto, y encendieron el fuego.

—Esto es magnífico —exclamó el cohete—, van a dispararme a plena luz del día, para que pueda verme todo el mundo.

—Vamos a echarnos a dormir ahora —dijeron los niños—, y cuando despertemos habrá hervido la marmita.

Y se tendieron en la hierba y cerraron los ojos.

El cohete estaba muy mojado, así es que tardó mucho tiempo en arder. Por fin, sin embargo, lo prendió el fuego.

—¡Ahora me voy a disparar! —gritó.

Y se puso muy tieso y derecho.

—Sé que voy a subir mucho más alto que las estrellas, mucho más alto que la luna, mucho más alto que el sol. Sí, subiré tan alto que...

---

[1] Hemos empleado el adjetivo «egregio» por su relativo parecido fónico con «viejo». En el texto original se dice *Gold* (oro), parófono de *old* (viejo). Palo de oro *(Gold Stick)* es además el nombre que se da en Gran Bretaña al jefe de la guardia noble que, llevando un bastón dorado, abre la comitiva en las ceremonias oficiales.

—¡Fiss! ¡Fiss! ¡Fiss! —silbó, y se fue derecho por los aires.

—¡Delicioso! —gritó—, seguiré así para siempre. ¡Qué éxito el mío!

Pero no lo vio nadie.

Entonces empezó a sentir una sensación extraña de hormigueo por todo el cuerpo.

—Ahora voy a explotar —gritó—. Incendiaré el mundo entero, y haré tal ruido que nadie hablará de otra cosa durante todo un año.

Y ciertamente explotó.

¡Bang! ¡Bang! ¡Bang!, hizo la pólvora.

No cabía ninguna duda.

Pero nadie lo oyó, ni siquiera los dos niños, pues estaban profundamente dormidos.

Luego, todo lo que quedó de él fue la varilla, y ésta le cayó encima a una oca que estaba dando un paseo a lo largo de la acequia.

—¡Cielo santo! —gritó la oca—. Van a llover palos.

Y se metió precipitadamente en el agua.

—Sabía que iba a causar una gran sensación —dijo el cohete dando las últimas bocanadas.

Y se apagó.

UNA CASA DE GRANADAS

EL JOVEN REY

Era la noche que precedía al día fijado para la coronación, y el joven rey estaba solo en su hermoso aposento. Sus cortesanos se habían despedido todos de él, inclinando la cabeza hasta el suelo, conforme a la costumbre ceremoniosa de la época, y se habían retirado al gran salón de palacio para recibir unas últimas lecciones del maestro de ceremonias, habiendo entre ellos algunos que todavía tenían modales completamente naturales, lo que en un cortesano, apenas necesito decirlo, es una ofensa muy grave.

El muchacho —pues era sólo un muchacho, teniendo no más de dicieséis años— no sintió que se marcharan, y se había arrojado con un hondo suspiro de alivio sobre los mullidos almohadones de su diván bordado, y yacía allí reclinado, con los ojos agrestes y la boca abierta, como un oscuro fauno de los bosques, o algún joven animal de la selva recién atrapado por los cazadores.

Y, en verdad, eran los cazadores los que le habían encontrado, descubriéndole casi por casualidad cuando descalzo y arremangado y con su caramillo en la mano seguía al rebaño del pobre cabrero que le había criado y de quien siempre se había imaginado que era hijo.

Hijo era de la única hija del anciano rey, fruto de un matrimonio secreto con alguien muy por debajo de su rango —un forastero, decían algunos, que con la magia maravillosa de los sones de su laúd había conseguido que la princesa le amara; mientras que otros hablaban de un artista de Rímini, a quien la princesa había otorgado mucho honor, quizá demasiado, y que había desaparecido repentinamente de la ciudad, dejando inacabada su obra en la catedral—. Una semana tan sólo después de su nacimiento le habían robado del lado de su madre, mientras ella dormía, y le habían entregado a los cuidados de un vulgar campesino y de su mujer, que no tenían hijos propios y que vivían en una parte remota del bosque, a más de un día a caballo desde la ciudad.

El dolor, o la peste, como dictaminó el médico de la corte, o, como sugirieron algunos, un veneno italiano de acción rápida suministrado en una copa de vino con especias mató una hora después de despertar a la blanca joven que le había dado a luz. Y mientras un fiel mensajero llevaba al niño atravesado en su arzón y llamaba a la ruda puerta de la cabaña del cabrero, el cuerpo de la princesa descendía a una tumba abierta que había sido cavada en un cementerio solitario, más allá de las puertas de la ciudad; una tumba en la que, se decía, yacía también otro cuerpo, el de un joven de belleza admirable y de otras tierras, cuyas manos estaban atadas a la espalda con una cuerda con nudos, y cuyo pecho estaba apuñalado con múltiples heridas rojas.

Tal era, al menos, la historia que se cuchicheaban los hombres unos a otros.

Lo cierto era que el viejo rey en su lecho de muerte, bien movido por el remordimiento de su gran pecado, o bien meramente deseando que el reino no pasara de su linaje, había ordenado que fueran a buscar al muchacho, y en presencia del Consejo le había reconocido como su heredero.

Y parece que desde el primer momento de ser reconocido había mostrado signos de esa extraña pasión por la belleza que estaba destinada a tener una influencia tan grande sobre su vida. Los que le acompañaron a las estancias instaladas para su servicio hablaban a menudo del grito de placer que brotó de sus labios cuando vio la ropa delicada y las ricas joyas que le habían sido preparadas, y de la alegría casi feroz con que arrojó a un lado su áspera túnica de cuero y su tosca capa de piel de oveja. A veces echaba en falta, es verdad, la hermosa libertad de su vida en los bosques, y siempre estaba predispuesto a irritarse en las aburridas ceremonias de la corte que ocupaban tanto tiempo cada día, pero el palacio maravilloso —Joyeuse era llamado— del que ahora se encontraba dueño y señor le parecía que era un mundo nuevo recién creado para su deleite, y en cuanto podía escaparse de la mesa del Consejo o de la sala de audiencias descendía corriendo la gran escalinata, con sus leones de bronce sobredorado y sus gradas de brillante pórfido, y vagaba dando vueltas de sala en sala y de corredor en corredor, como si tratara de buscar en la belleza un calmante al dolor, una especie de cura de la enfermedad.

En estos viajes de descubrimiento, como solía llamarlos —y, en verdad, eran para él verdaderos viajes a través de un país de maravillas—, a veces le acompañaban los esbeltos pajes de la corte, de rubios cabellos, con sus capas flotantes y sus alegres cintas revoloteantes; pero más a menudo prefería estar solo, sintiendo con un fino instinto certero, que era casi una adivinación, que los secretos del arte se aprenden mejor en secreto, y que la belleza, lo mismo que la sabiduría, ama al que le rinde culto en solitario.

Muchas historias curiosas corrían sobre él en ese tiempo. Se decía que un grueso burgomaestre que había ido a pronunciar una florida pieza de oratoria en nombre de los ciudadanos le había visto arrodillado en verdadera adoración ante un gran cuadro que acababan de llevar de Venecia, y que parecía ser el heraldo del culto a nuevos dioses. En otra ocasión, se le había echado en falta durante varias horas, y después de una larga búsqueda se le había encontrado en una pequeña cámara de una de las torretas septentrionales del palacio, contemplando, como si estuviera en trance, una gema griega en la que estaba tallada la figura de Adonis. Se le había visto —así circulaba la historia— con sus labios tibios apretados sobre la frente de mármol de una estatua antigua que se había descubierto en el lecho de un río, con motivo de la construcción del puente de piedra, y que llevaba inscrito el nombre del esclavo bitinio de Adriano[1]. Había pasado toda una noche observando el efecto de la luz de la luna sobre una imagen de plata de Endimión.

Todos los materiales raros y costosos ejercían ciertamente una gran fascinación sobre él, y en su avidez en procurárselos había enviado a buscarlos a muchos mercaderes; a unos, a traficar en ámbar con los toscos pescadores de los mares del Norte; a otros, a Egipto, a buscar esa curiosa turquesa verde que se encuentra únicamente en las tumbas de los reyes, y se dice que posee propiedades mágicas; a algunos, a Persia, a por tapices de seda y cerámica decorada, y a otros, a la India, a comprar gasa y marfil teñido en colores, adularias y brazaletes de jade, madera de sándalo y esmalte azul y chales de fina lana.

---

[1] El nombre de este esclavo, famoso por su belleza, era Antínoo. Se ahogó en el Nilo en el año 130.

Pero lo que le había tenido más ocupado era la ropa que iba a llevar en su coronación, la túnica de tisú de oro y la corona engastada de rubíes y el cetro, con sus hileras y anillas de perlas. Ciertamente, era en eso en lo que estaba pensando esa noche mientras estaba reclinado en su lujoso diván contemplando el gran leño de madera de pino que ardía y se consumía en la chimenea. Los diseños, que eran obra de los más famosos artistas de la época, le habían sido sometidos a su aprobación muchos meses antes, y él había dado la orden de que los artesanos se afanaran día y noche para hacerlos, y de que en el mundo entero se buscaran joyas que fueran dignas de su trabajo. Se veía a sí mismo en su imaginación de pie ante el altar mayor de la catedral con el hermoso atavío de un rey, y una sonrisa retozaba y se demoraba en sus labios adolescentes e iluminaba con brillante resplandor sus oscuros ojos montaraces.

Después de algún tiempo se levantó de su asiento, y apoyado en la repisa esculpida de la chimenea miró en derredor suyo el aposento tenuemente iluminado. De los muros pendían ricos tapices que representaban el triunfo de la belleza. Un gran armario, con incrustaciones de ágata y lapislázuli, ocupaba un ángulo, y frente a la ventana había una vitrina curiosamente labrada con paneles de laca trabajada en pan de oro formando una especie de mosaico, y en la que estaban colocados unos vasos delicados de cristal de Venecia y una copa de ónice de vetas oscuras. En la colcha de seda del lecho estaban bordadas amapolas pálidas, como si hubieran caído de las manos cansadas del sueño, y esbeltas columnillas estriadas de marfil sostenían el baldaquino de terciopelo, del que surgían grandes penachos de plumas de avestruz, como espuma blanca de la pálida plata del techo trabajado en calados. Una estatua de bronce verde de Narciso riéndose sostenía sobre su cabeza un espejo bruñido. En la mesa había una copa plana de amatista.

Fuera podía ver la enorme cúpula de la catedral, que surgía como una burbuja sobre las casas en sombra, y a los cansados centinelas marchando arriba y abajo en la terraza que daba al río, envuelta en neblina. Allá lejos, en un huerto, cantaba un ruiseñor. Entraba una tenue fragancia de jazmín por la ventana abierta. Apartó de su frente los rizos castaños y tomando un laúd dejó que sus dedos vagaran por las cuerdas. Sus párpados cayeron pesados y una extraña languidez se apoderó de él. Nunca había sentido antes de un modo tan agudo ni con una alegría tan exquisita la magia y el misterio de las cosas hermosas.

Cuando sonaron las doce campanadas de la medianoche en el reloj de la torre tocó una campanilla y entraron los pajes y le desvistieron con mucha ceremonia, vertiéndole agua de rosas en las manos y esparciendo flores en su almohada. A los pocos minutos de que salieran de la habitación se quedó dormido.

Y mientras dormía tuvo un sueño, y he aquí lo que soñó:

Soñó que estaba en un desván largo y bajo de techo, en medio del zumbido y el estrépito de muchos telares. Entraba una escasa luz del día a través de ventanas enrejadas que le permitía ver las flacas figuras de los tejedores, inclinadas sobre sus bastidores. Niños pálidos, de aspecto enfermizo, estaban acurrucados sobre las enormes vigas transversales. Cuando las lanzaderas se lanzaban a través de la urdimbre, ellos levantaban las pesadas barras de madera, y cuando las lanzaderas se detenían, dejaban caer las barras y apretaban los hilos. Tenían la cara descolorida por el hambre y les temblaban poco firmes las manos delgadas. Unas mujeres ojerosas cosían sentadas alrededor de una mesa. Inundaba el lugar un olor horrible; el aire era viciado y pesado, y las paredes goteaban y chorreaban de humedad.

El joven rey se aproximó a uno de los tejedores y se quedó junto a él y le observó.

Y el tejedor le miró airadamente y le dijo:

—¿Por qué os quedáis mirándome? ¿Sois un espía que ha puesto nuestro amo contra nosotros?

—¿Quién es tu amo? —preguntó el joven rey.

—¡Mi amo! —exclamó el tejedor con amargura—. Es un hombre como yo. Ciertamente no hay más que esta diferencia entre nosotros: que él lleva ropa fina mientras que yo voy vestido de harapos, y que mientras yo estoy debilitado por el hambre, él padece no poco por comer demasiado.

—La tierra es libre —dijo el joven rey—, y no eres esclavo de ningún hombre.

—En la guerra —replicó el tejedor—, los fuertes hacen esclavos a los débiles, y en la paz, los ricos esclavizan a los pobres. Nosotros tenemos que trabajar para vivir y ellos nos dan pagas tan miserables que nos morimos. Nosotros trabajamos agotadoramente para ellos a lo largo de todo el día y ellos amontonan oro en sus cofres, y nuestros hijos se ajan antes de tiempo, y las caras de los que amamos se vuelven duras y malvadas. Nosotros pisamos las uvas y otro se bebe el vino. Nosotros sembramos el trigo y nuestra mesa está vacía. Tenemos cadenas, aunque ninguna mirada las contemple; y somos esclavos, aunque los hombres nos llamen libres.

—¿Les ocurre eso a todos? —preguntó.

—Eso les ocurre a todos —respondió el tejedor—, a los jóvenes lo mismo que a los viejos, a las mujeres lo mismo que a los hombres, a los niños pequeños lo mismo que a los que están cargados de años. Los mercaderes nos oprimen, y tenemos por necesidad que hacer lo que nos ordenan. El sacerdote pasa a caballo rezando el rosario, y ningún hombre se preocupa por nosotros. Por nuestras callejas sin sol se arrastra la pobreza con sus ojos hambrientos, y el pecado, con su cara embrutecida por el alcohol, la sigue, pisándole los talones. La miseria nos despierta por la mañana y la vergüenza se sienta a hacernos compañía por la noche. Pero ¿qué pueden importaros estas cosas? No sois uno de los nuestros. Tenéis una cara demasiado feliz.

Y se volvió de espaldas ceñudo y lanzó la lanzadera a través de la urdimbre, y el joven rey vio que estaba enhebrada con hilo de oro.

Y un gran terror se apoderó de él, y dijo al tejedor:

—¿Qué vestido es éste que estás tejiendo?

—Es la túnica para la coronación del joven rey —respondió—; ¿qué os importa?

Y el joven rey lanzó un fuerte grito, y despertó, y he aquí que estaba en su propia cámara, y a través de la ventana veía la gran luna color de miel suspendida en el aire oscuro de la noche.

Y se durmió de nuevo y soñó, y he aquí lo que soñó:

Soñó que estaba tendido en cubierta de una enorme galera en la que remaban cien esclavos. En una alfombra, a su lado, estaba sentado el patrón de la galera. Era negro como el ébano y su turbante era de seda carmesí. Grandes pendientes de plata pendían de los gruesos lóbulos de sus orejas, y en las manos tenía una balanza de marfil.

Los esclavos estaban desnudos, salvo el calzón harapiento, y cada hombre estaba encadenado a su vecino. El sol ardiente caía deslumbrador sobre ellos, y los negros corrían arriba y abajo entre las hileras de los bancos y los azotaban con látigos de cuero. Ellos extendían sus brazos flacos y golpeaban los pesados remos a través del agua. Volaba de las palas la lluvia de sal.

Por fin llegaron a una pequeña ensenada y empezaron a sondearla. Un viento ligero soplaba de la costa y cubría la cubierta y la gran vela latina triangular de un fino polvo rojo. Salieron tres árabes montados en asnos montaraces y les arrojaron lanzas. El patrón de la galera tomó en sus manos un arco pintado y le disparó a uno de ellos en la garganta. Cayó pesadamente en el rompiente de las olas, y sus compañeros se fueron al galope. Una mujer envuelta en un velo amarillo les seguía lentamente a camello, echando una mirada atrás de vez en cuando al cadáver.

En cuanto echaron el ancla y arriaron la vela, los negros bajaron a la bodega y sacaron una larga escala de cuerda, con pesado lastre de plomo. El patrón de la galera la lanzó sobre la borda, sujetando los extremos a dos puntales de hierro. Entonces los negros cogieron al más joven de los esclavos, le arrancaron los grilletes y le llenaron de cera los orificios de la nariz y de los oídos, y le ataron una gran piedra alrededor de la cintura. Se arrastró pesadamente escaleras abajo y desapareció en el mar. Subieron unas burbujas donde él se había sumergido. Algunos de los otros esclavos miraron con curiosidad por encima de la borda. En la proa de la galera estaba sentado un encantador de tiburones batiendo monótonamente un tambor.

Pasado un tiempo, el buceador salió del agua y se abrazó jadeante a la escala; llevaba una perla en la mano derecha. Los negros se la cogieron y volvieron a lanzarle al agua. Los esclavos se quedaron dormidos sobre sus remos.

Una y otra vez subió, y llevaba consigo cada vez una bella perla. El patrón de la galera las pesaba y las metía en una pequeña bolsa de cuero verde.

El joven rey intentó hablar, pero parecía que se le pegaba la lengua al paladar, y sus labios se negaban a moverse. Los negros charlaban unos con otros, y empezaron a pelearse por una hilera de cuentas brillantes. Dos grullas volaban dando vueltas y más vueltas alrededor del navío.

Luego, el buceador emergió por última vez, y la perla que llevaba consigo era más hermosa que todas las perlas de Ormuz, pues tenía una forma semejante a la luna llena y era más blanca que el lucero del alba. Pero su rostro estaba extrañamente pálido, y cuando cayó en cubierta le manó sangre de los oídos y de la nariz; se estremeció durante un momento, y luego se quedó inmóvil. Los negros se encogieron de hombros y arrojaron el cuerpo por encima de la borda.

Y el patrón de la galera se reía, y alargando la mano cogió la perla, y cuando la vio la apretó contra su frente e inclinó la cabeza.

—Será —dijo— para el cetro del joven rey.

E hizo señas a los negros de que levaran anclas.

Y cuando el joven rey oyó esto lanzó un fuerte grito, y despertó, y a través de la ventana vio los largos dedos grises de la aurora asiéndose a las estrellas que se iban apagando.

Y se durmió de nuevo y soñó, y he aquí lo que soñó:

Soñó que vagaba por un bosque sombrío, en el que pendían frutas extrañas y bellas flores venenosas. Las víboras le silbaban cuando pasaba, y loros abigarrados volaban gritando de rama en rama. Enormes tortugas yacían dormidas en el lodo cálido. Los árboles estaban llenos de monos y de pavos reales.

Él seguía y seguía, hasta que llegó al lindero del bosque, y allí vio a una inmensa multitud de hombres que se afanaban fatigosamente en el lecho seco de un río y se apiñaban arriba en los riscos como hormigas. Cavaban hondos pozos en el suelo y bajaban a ellos. Algunos hendían las rocas con grandes hachas; otros buscaban a gatas en la arena.

Arrancaban los cactus de raíz y pisoteaban las flores escarlata. Se apresuraban, llamándose, y ningún hombre estaba ocioso.

Desde la oscuridad de una caverna, la Muerte y la Avaricia les vigilaban, y la Muerte decía:

—Estoy cansada; dame un tercio de ellos y deja que me vaya.

Pero la Avaricia meneaba la cabeza:

—Son siervos míos —replicaba.

Y la Muerte le dijo:

—¿Qué tienes en la mano?

—Tres granos de trigo —respondió—. ¿Qué más te da a ti?

—Dame uno de ellos —exclamó la Muerte— para plantarlo en mi jardín; sólo uno de ellos, y me iré.

—No te daré nada —dijo la Avaricia.

Y escondió la mano en los pliegues de su túnica.

Y la Muerte se rió, y tomó una copa y la sumergió en un charco de agua, y de la copa salió la fiebre malaria. Pasó entre la gran multitud, y la tercera parte cayó muerta. La seguía una fría neblina, y las culebras de agua corrían a su lado.

Y cuando vio la Avaricia que un tercio de la multitud había muerto se golpeó el pecho y lloró. Golpeó su pecho estéril y gritó con voz sonora:

—Has matado a un tercio de mis siervos —gritó—, ¡vete! Hay guerra en las montañas de Tartaria y te invocan los reyes de los dos bandos. Los afganos han matado al buey negro y marchan al combate. Han batido los escudos con las lanzas y se han puesto los yelmos de hierro. ¿Qué significa para ti mi valle para que te detengas en él? ¡Vete y no vuelvas más!

—No —respondió la Muerte—; hasta que no me hayas dado un grano de trigo no me iré.

Pero la Avaricia cerró la mano y apretó los dientes.

—No te daré nada —susurró.

Y la Muerte se rió. Cogió una piedra negra y la arrojó al bosque, y de una mata de cicuta salió la fiebre, con túnica de llamas. Pasó entre la multitud y la tocó, y moría cada hombre a quien tocaba. La hierba se secaba bajo sus pies según caminaba.

Y la Avaricia se estremeció, y puso ceniza sobre su cabeza.

—Eres cruel —gritaba—, eres cruel. Hay hambre en las ciudades amuralladas de la India, y se han agotado las cisternas de Samarcanda. Hay hambre en las ciudades amuralladas de Egipto, y las langostas han salido del desierto. El Nilo no ha inundado sus orillas, y los sacerdotes han maldecido a Isis y a Osiris. Vete adonde te necesitan y déjame a mis siervos.

—No —respondió la Muerte—; hasta que no me hayas dado un grano de trigo no me iré.

—No te daré nada —dijo la Avaricia.

Y la Muerte se rió de nuevo, y silbó llevándose los dedos a los labios y llegó una mujer volando por los aires. Llevaba en la frente escrito: «plaga», y una gran bandada de flacos buitres volaba en círculo en torno suyo. Ella cubrió el valle con sus alas y no quedó vivo ningún hombre. Y la Avaricia huyó gritando a través del bosque, y la Muerte saltó a su caballo rojo y se fue galopando, y su galopar era más raudo que el viento.

Y del légamo del fondo del valle salían arrastrándose dragones y cosas horribles con escamas, y llegaron los chacales corriendo a lo largo de la arena olfateando el aire con las fauces.

Y el joven rey lloró, y dijo:

—¿Quiénes eran esos hombres y qué estaban buscando?

—Rubíes para la corona de un rey —respondió alguien que estaba detrás de él.

Y el joven rey se sobresaltó, y volviéndose vio a un hombre vestido de peregrino que llevaba en la mano un espejo de plata. Y palideció y dijo:

—¿Para qué rey?

Y el peregrino respondió:

—Mirad en este espejo y le veréis.

Y miró en el espejo, y al ver su propio rostro lanzó un fuerte grito y despertó. Y la brillante luz del sol inundaba la estancia, y en los árboles del jardín cantaban los pájaros gozosamente.

Y entraron el chambelán y los altos dignatarios del Estado a rendirle pleitesía, y los pajes le llevaron la túnica de tisú de oro y pusieron ante él la corona y el cetro.

Y el joven rey los miró, y eran hermosos. Más hermosos eran que todo lo que había visto en su vida. Pero recordó sus sueños y dijo a sus nobles:

—Retirad estas cosas, pues no quiero ponérmelas.

Y los cortesanos estaban asombrados, y algunos de ellos se reían, pues pensaban que estaba bromeando.

Pero les habló gravemente de nuevo y dijo:

—Retirad estas cosas y ocultadlas de mi vista. Aunque sea el día de mi coronación no quiero ponérmelas. Pues, en el telar del pesar, las blancas manos del dolor han tejido esta túnica mía. Hay sangre en el corazón del rubí y muerte en el corazón de la perla.

Y les contó sus tres sueños.

Y cuando los cortesanos los oyeron se miraron y murmuraron, diciendo:

—Con toda seguridad está loco, pues ¿qué es un sueño más que un sueño y una visión más que una visión? No son cosas reales a las que se deba prestar atención. ¿Y qué tenemos nosotros que ver con la vida de los que se afanan trabajando para nosotros? ¿Es que un hombre no ha de comer pan hasta que no haya visto al sembrador y no ha de beber vino hasta que no haya hablado con el viñador?

Y el chambelán habló al joven rey y dijo:

—Majestad, os ruego que alejéis esos negros pensamientos vuestros, y que vistáis esta hermosa túnica y os pongáis esta corona sobre vuestras sienes. Pues ¿cómo va a saber la gente que sois rey si no lleváis el atavío de rey?

Y el joven rey le miró.

—¿Es así, en verdad? —preguntó—. ¿No me reconocerán como rey si no llevo el atavío de rey?

—No os reconocerán, Majestad —exclamó el chambelán.

—Yo creía que había hombres que tenían porte de reyes —respondió—, pero puede que sea como decís. A pesar de todo, no vestiré esta túnica ni me coronarán con esta corona, sino que lo mismo que llegué a este palacio así saldré de él.

Y rogó a todos que se retiraran, a excepción de un paje a quien retuvo como compañero, un muchacho un año más joven que él. Le retuvo para su servicio. Y, después de haberse bañado sin ayuda de nadie en agua clara, abrió un gran cofre decorado en colores y sacó de él la túnica de cuero y la burda capa de piel de oveja que llevaba cuando cuidaba en la colina las cabras peludas del cabrero. Estas prendas se puso, y en la mano tomó su rudo cayado de pastor.

Y el pajecillo abrió asombrado sus grandes ojos azules, y dijo sonriendo:

—Majestad, veo vuestra túnica y vuestro cetro, pero ¿dónde está vuestra corona?

Y el joven rey arrancó una rama de espino silvestre que trepaba por el balcón y la curvó e hizo un círculo con ella, y se la puso sobre las sienes.

—Ésta será mi corona —respondió.

Y así ataviado salió de su aposento y entró en el gran salón, donde los nobles estaban esperándole.

Y los nobles se echaron a reír, y algunos le gritaron:

—Majestad, la gente espera a su rey y vos vais a mostrarles a un mendigo.

Y otros se encolerizaron y dijeron:

—Trae la vergüenza a nuestro Estado y es indigno de ser nuestro señor.

Pero él no les respondió una palabra y siguió su camino; y descendió la escalinata de brillante pórfido y atravesó las puertas de bronce, y montó en su caballo y cabalgó hacia la catedral, y el pajecillo iba corriendo junto a él.

Y la gente se reía y decía:

—El que va a caballo es el bufón del rey.

Y hacían mofa de él.

Y él detenía al caballo, sujetándolo por la brida, y decía:

—No. Yo soy el rey.

Y les contaba sus tres sueños.

Y salió un hombre de entre la multitud y le habló amargamente:

—Majestad, ¿no sabéis que del lujo de los ricos viene la vida de los pobres? Por vuestra pompa nos nutrimos y vuestros vicios nos dan el pan. Trabajar penosamente para un amo duro es amargo, pero no tener un amo para quien trabajar es más amargo todavía. ¿Pensáis que nos van a alimentar los cuervos? ¿Y qué remedio tenéis para estas cosas? ¿Diréis al comprador: «Comprarás a tanto», y al vendedor: «Venderás a este precio»? No lo creo. Por tanto, volved a vuestro palacio y poneos vuestra púrpura y vuestro lino fino. ¿Qué tenéis que ver vos con nosotros y con nuestros sufrimientos?

—¿No somos hermanos los pobres y los ricos? —preguntó el rey joven.

—Sí —respondió el hombre—, y el hermano rico se llama Caín.

Y al joven rey se le llenaron los ojos de lágrimas, y siguió cabalgando entre los murmullos de la gente. Y al pajecillo le entró miedo y le abandonó.

Y cuando llegó al gran pórtico de la catedral, los soldados le cerraron el paso con sus alabardas y le dijeron:

—¿Qué buscas aquí? Nadie entra por esta puerta más que el rey.

Y su rostro se encendió de ira, y les dijo:

—Yo soy el rey.

Y apartó sus alabardas y entró.

Y cuando el anciano obispo le vio llegar con sus ropas de cabrero se levantó asombrado de su sitial y fue a su encuentro y le dijo:

—Hijo mío, ¿es éste un atavío de rey? ¿Y con qué corona os voy a coronar, y qué cetro voy a poner en vuestra mano? Con toda certeza éste debiera ser para vos un día de alegría y no un día de humillación.

—¿Debe llevar la alegría lo que ha moldeado el dolor? —dijo el joven rey.

Y le contó sus tres sueños.

Y cuando el obispo los hubo escuchado frunció las cejas y dijo:

—Hijo mío, soy un hombre viejo y estoy en el invierno de mis días, y sé que se hacen muchas cosas perversas en el ancho mundo. Los ladrones desalmados bajan de las montañas y arrebatan a los niños pequeños, y los venden a los moros. Los leones acechan a las caravanas y saltan sobre los camellos. El jabalí arranca de raíz la semilla del trigo en el valle, y las zorras roen las viñas en el collado. Los piratas asolan la costa marina y queman los barcos de los pescadores, y les quitan las redes. En las marismas viven los leprosos; tienen cabañas hechas con juncos entretejidos, y nadie puede acercarse a ellos. Los mendigos merodean por las ciudades y comen su alimento con los perros. ¿Podéis hacer que no ocurran estas cosas? ¿Vais a tomar al leproso por compañero de lecho y a poner al mendigo a vuestra mesa? ¿Va a hacer el león lo que le ordenéis, y os va a obedecer el jabalí? ¿El que creó la miseria no es más sabio de lo que sois vos? Por tanto, no os alabo por lo que habéis hecho, y os ruego, en cambio, que cabalguéis otra vez a palacio, y alegréis vuestro rostro, y os pongáis las vestiduras propias de un rey; y con la corona de oro os coronaré y el cetro de perlas lo pondré en vuestra mano. Y en cuanto a vuestros sueños, no penséis más en ellos. La carga de este mundo es demasiado grande para que la lleve un solo hombre, y el dolor del mundo, demasiado pesado para que lo sufra un solo corazón.

—¿Decís eso en esta casa? —dijo el joven rey.

Y pasó delante del obispo y subió las gradas del altar, y permaneció en pie ante la imagen de Cristo.

Permaneció en pie ante la imagen de Cristo, y a su mano derecha y a su izquierda estaban los maravillosos vasos de oro, el cáliz con el vino dorado, y el frasco con los sagrados óleos. Se arrodilló ante la imagen de Cristo, y los grandes cirios ardían con un vivo resplandor junto al sagrario, cubierto de piedras preciosas, y el humo del incienso se enrollaba en finas volutas azules escalando la bóveda. Inclinó la cabeza en oración, y los sacerdotes con sus rígidas capas pluviales se retiraron sigilosamente del altar.

Y, de pronto, llegó desde la calle un tumulto feroz, y entraron los nobles con sus espadas desenvainadas y agitando sus penachos y blandiendo sus escudos de acero bruñido.

—¿Dónde está el soñador? —gritaron—. ¿Dónde está el rey que se viste de mendigo, ese muchacho que acarrea la vergüenza a nuestro Estado? Le mataremos, ciertamente, pues es indigno de gobernar sobre nosotros.

Y el joven rey inclinó la cabeza de nuevo y oró, y cuando hubo concluido sus plegarias se alzó y, volviéndose, les miró con tristeza.

Y, ¡oh, milagro! A través de las vidrieras de colores entró el sol y le inundó de luz, y los rayos del sol tejieron en torno de él una vestidura que era más hermosa que la vestidura que le habían confeccionado para su placer. El cayado floreció, y le nacieron azucenas que eran más blancas que las perlas. Floreció el espino seco, y dio rosas que eran más rojas que rubíes. Más blancas que perlas finas eran las azucenas, y sus tallos eran de plata brillante. Más rojas que rubíes púrpura eran las rosas, y sus hojas eran de oro batido.

Estaba allí con el atavío de rey, y se abrieron de par en par las puertas del sagrario, cubierto de piedras preciosas, y del cristal del viril de la custodia, rematada de múltiples rayos, resplandeció una luz maravillosa y mística. Estaba él allí con el atavío de rey, y la gloria de Dios llenaba el lugar, y los santos en sus nichos tallados parecían moverse. Con el hermoso atavío de rey estaba él ante ellos, y el órgano salmodiaba su música, y los heraldos hicieron sonar sus trompetas, y cantaron los niños del coro.

Y el pueblo cayó de rodillas sobrecogido de temor, y los nobles envainaron las espadas y rindieron homenaje, y el rostro del obispo se tornó pálido, y le temblaron las manos.

—Uno más grande que yo os ha coronado —exclamó.

Y se arrodilló ante él.

Y el joven rey bajó del altar mayor y regresó a palacio pasando entre su pueblo. Pero nadie se atrevió a mirar su rostro, pues era como el rostro de un ángel.

EL CUMPLEAÑOS DE LA INFANTA

Era el cumpleaños de la infanta. Cumplía doce años, ni más ni menos, y lucía el sol resplandeciente en los jardines de palacio.

Aunque era princesa real e infanta de España, sólo tenía un cumpleaños al año, exactamente igual que los hijos de la gente más pobre, así que era, naturalmente, un asunto de gran importancia para todo el reino que tuviera ella un día muy hermoso en tal ocasión. Y ciertamente hacía un día hermoso. Los esbeltos tulipanes rayados se erguían en sus tallos, como largas filas de soldados, y miraban desafiantes a través del césped a las rosas, y les decían:

—Somos ahora igual de espléndidos que vosotras.

Las mariposas púrpura revoloteaban alrededor, con polvo de oro en las alas, haciendo una visita a cada flor una tras otra; las lagartijas salían arrastrándose de las hendiduras del muro y se tumbaban a tomar el sol a plena luz blanca deslumbradora; y las granadas se abrían y estallaban por el calor, y mostraban sus rojos corazones sangrantes. Hasta los limones amarillo pálido, que colgaban con tal profusión de las espalderas casi desmoradas y a lo largo de las arcadas sombrías, parecía que habían tomado un color más intenso de la maravillosa luz del sol, y los magnolios abrían sus grandes flores semejantes a globos de marfil macizo, y llenaban el aire de una densa fragancia dulzona.

La princesita paseaba arriba y abajo por la terraza con sus compañeros, y jugaba al escondite alrededor de los jarrones de piedra y de las viejas estatuas cubiertas de musgo. En días ordinarios sólo le estaba permitido jugar con niños de su propio rango, así que siempre tenía que jugar sola, pero su cumpleaños era una excepción, y el rey había dado órdenes para que pudiera invitar a cualquiera de sus amiguitos que tuviera a bien que fueran a divertirse con ella. Había una gracia majestuosa en los suaves movimientos de aquellos esbeltos niños españoles; los muchachos, con sus sombreros de gran airón y sus capas cortas revoloteantes; las niñas, recogiéndose la cola de sus largos vestidos de brocado y protegiéndose los ojos del sol con enormes abanicos negro y plata. Pero la infanta era la más grácil de todos y la que iba ataviada con más gusto, según la moda algo recargada de aquella época. Su vestido era de raso gris, con la falda y las anchas mangas abullonadas bordadas en plata, y el rígido corselete guarnecido de hileras de perlas finas. Dos chapines diminutos con grandes escarapelas color de rosa le asomaban debajo del vestido al andar. Rosa y perla era su gran abanico de gasa, y en los cabellos, que como una aureola de oro desvaído brotaban espesos en torno a su carita pálida, llevaba una hermosa rosa blanca.

Desde una ventana del palacio el triste rey melancólico les contemplaba. En pie, detrás de él, estaba su hermano, don Pedro de Aragón, a quien el rey odiaba, y sentado a su lado estaba su confesor, el Gran Inquisidor de Granada. Más triste aún que de costumbre estaba el rey, pues cuando miraba a la infanta haciendo reverencias con gravedad infantil a los cortesanos allí reunidos, o riéndose detrás de su abanico de la severa duquesa de Alburquerque, que la acompañaba siempre, le venía al pensamiento la joven reina, su madre, que hacía tan sólo poco tiempo —así le parecía a él— había llegado de la alegre Francia, y se había marchitado en el sombrío esplendor de la corte española, muriendo seis meses justos después del nacimiento de su hija, y antes de haber visto florecer dos veces los almendros del vergel o de haber recogido el segundo año el fruto de la vieja higuera retorcida que crecía en el centro del patio, cubierto ahora de maleza. Tan grande había sido su amor por ella, que no había soportado que ni siquiera la tumba se la ocultara. Había sido embalsamada por un médico moro, a pesar de que le había condenado ya, se decía, el Santo Oficio por herejía y por la sospecha de que practicaba la magia. Y el cuerpo de la reina todavía yacía en su catafalco montado sobre tapices, en la capilla de mármol negro de palacio, exactamente igual que como lo habían dejado allí los monjes aquel día ventoso de marzo, hacía casi doce años. Una vez al mes entraba el rey, embozado en un manto oscuro y con una linterna sorda en la mano, y se arrodillaba junto a ella, llamándola a gritos:

—*¡Mi reina! ¡Mi reina!*[1].

Y, a veces, rompiendo el protocolo que gobierna en España todos los actos particulares de la vida y pone límites incluso al sufrimiento de un rey, estrechaba las lívidas manos enjoyadas con una agonía irreprimida de dolor, e intentaba despertar a fuerza de besos enloquecidos el frío rostro maquillado.

Ese día le parecía que volvía a verla, como la había visto por vez primera en el castillo de Fontainebleau, cuando

---

[1] En español en el original. Las siguientes expresiones en español van también en letra cursiva, con las correcciones necesarias en el caso de error del autor.

sólo contaba él quince años y ella era aún más joven. Habían sido formalmente desposados por el nuncio papal en presencia del rey de Francia y de toda la corte, y él había regresado a El Escorial, llevando consigo un pequeño bucle de cabellos dorados y el recuerdo de dos labios infantiles inclinados para besarle la mano cuando montaba él en su carroza. Después había seguido la boda, celebrada apresuradamente en Burgos, una pequeña ciudad situada en la frontera entre los dos países[2], y la gran entrada pública en Madrid con la celebración acostumbrada de una Misa Mayor en la iglesia de Atocha, y un *auto de fe* más solemne que lo acostumbrado, en el que se había entregado al brazo secular casi trescientos herejes, entre los que se contaba un buen número de ingleses, para que los quemara en la hoguera.

Verdaderamente la había amado con locura, para ruina —pensaban muchos— de su país, que estaba entonces en guerra con Inglaterra por el dominio del Nuevo Mundo. Apenas le habían permitido que se apartara un momento de su vista; por ella había olvidado, o parecía haber olvidado, todos los graves asuntos de Estado; y, con la terrible ceguera que la pasión acarrea a sus esclavos, no se había dado cuenta de que las complicadas ceremonias con las que procuraba complacerla no hacían sino agravar el extraño mal que la aquejaba. Cuando ella murió, él estuvo por un tiempo como si hubiera perdido la razón. En verdad, no cabe duda alguna de que hubiera abdicado solemnemente y se hubiera retirado al monasterio trapense de Granada, del que era ya prior titular, si no hubiera temido dejar a la pequeña

---

[2] No hemos considerado oportuno corregir este error geográfico, ni tampoco otras inexactitudes en la recreación poética que hace Oscar Wilde de la España de los Austrias.

infanta a merced de su hermano, cuya crueldad era notoria incluso en un país como España, y que muchos sospechaban que había causado la muerte de la reina, por medio de un par de guantes emponzoñados que le había ofrecido como regalo cuando visitó su castillo de Aragón. Incluso después de que expiraron los tres años de luto oficial que había ordenado por edicto real a lo ancho y a lo largo de todos sus dominios, no permitió nunca que sus ministros hablaran de una nueva alianza; y cuando el emperador mismo le envió a su sobrina, la hermosa archiduquesa de Bohemia, y le ofreció su mano en matrimonio, rogó a los embajadores que dijeran a su señor que el rey de España estaba ya desposado con la aflicción, y que aunque era ésta una esposa estéril, la amaba más que a la hermosura; una respuesta que costó a su corona las ricas provincias de los Países Bajos, que pocos después, a instigación del emperador, se alzaron contra él bajo el liderazgo de algunos fanáticos de la Iglesia reformada.

Toda su vida matrimonial, con sus intensas alegrías apasionadas y la terrible agonía de su final repentino, parecía volver a él en este día, mientras contemplaba a la infanta, que jugaba en la terraza. Tenía toda la bonita petulancia de modales de la reina, el mismo modo voluntarioso de mover la cabeza, la misma bella boca de altivas curvas, la misma sonrisa maravillosa —*vrai sourire de France*[3], en verdad—, al alzar la mirada de vez en cuando a la ventana, o cuando tendía su pequeña mano para que se la besaran los majestuosos hidalgos españoles.

Pero la risa aguda de los niños hería los oídos del rey, y el despiadado sol deslumbrador se mofaba de su dolor,

---

[3] «Verdadera sonrisa de Francia». En francés en el original.

y una fragancia densa de especias extrañas, especias tales como las que usan los embalsamadores, parecía viciar —¿o era su imaginación?— el aire limpio de la mañana. Ocultó su rostro entre las manos, y cuando la infanta levantó de nuevo la mirada se habían dejado caer los cortinajes, y el rey se había retirado.

Ella hizo un pequeño mohín[4] de desencanto, y alzó los hombros. Bien podía haberse quedado con ella el día de su cumpleaños. ¿Qué importaban los estúpidos asuntos de Estado? ¿O había ido a aquella lóbrega capilla en la que ardían siempre cirios y donde nunca se le permitía a ella entrar? ¡Qué tonto era!, ¡cuando brillaba el sol tan resplandeciente, y todo el mundo era tan dichoso! Además, se perdería el simulacro de corrida de toros para la que ya estaba sonando la trompeta, por no decir nada de las marionetas y de las otras cosas maravillosas. Su tío y el Gran Inquisidor eran mucho más sensatos; habían salido a la terraza y le hacían bonitos cumplidos. Así que sacudió su linda cabeza y, tomando a don Pedro de la mano, descendió lentamente las gradas hacia un largo pabellón de seda púrpura que habían levantado al fondo del jardín, siguiendo los demás niños en orden estricto de precedencia, yendo primero los que tenían apellidos más largos.

Un cortejo de niños nobles, vestidos fantásticamente de toreros[5], salió a su encuentro, y el joven conde de Tierra-Nueva, un muchacho de unos catorce años, de extraordinaria belleza, descubriéndose con toda la gracia de un hidalgo de cuna y grande de España, la condujo solemnemente a un pequeño sitial decorado en oro y marfil, colocado sobre un alto estrado que dominaba el ruedo. Las niñas se agru-

---

[4] El texto original da el término en francés: *moue*.

[5] *Toreadors,* en el texto, con el término usual francés.

paron en derredor suyo, haciendo revolotear sus grandes abanicos y cuchicheando unas con otras, y don Pedro y el Gran Inquisidor se quedaron de pie y riendo a la entrada. Incluso la duquesa —la camarera mayor, como se la llamaba—, una mujer enjuta y de facciones duras, con gorguera amarilla, no se mostraba tan malhumorada como de costumbre, y algo parecido a una fría sonrisa vagaba en su rostro arrugado y contraía sus delgados labios descoloridos.

Era ciertamente una corrida maravillosa, y mucho más bonita, pensaba la infanta, que la corrida de verdad a la que la habían llevado en Sevilla con ocasión de la visita del duque de Parma a su padre. Algunos de los muchachos hacían cabriolas montados en caballos de juguete ricamente enjaezados, blandiendo largas picas anudadas con alegres caídas de cintas brillantes; les seguían otros a pie que movían sus capotes escarlata delante del toro y saltaban con ligereza la barrera cuando les embestía. Y en cuanto al toro mismo, era exactamente como un toro vivo, aunque estaba hecho sólo de mimbre y cuero tensado, y a veces insistiera en correr dando la vuelta al ruedo sobre las patas traseras, lo que jamás se le hubiera ocurrido hacer a ningún toro vivo. Se prestó espléndidamente a la lidia, también, y los niños se excitaron tanto que se pusieron de pie en los bancos, y agitando sus pañuelos de encaje gritaban: *¡Bravo toro! ¡Bravo toro!*, con la misma seriedad que si hubieran sido personas adultas. Finalmente, sin embargo, después de una lidia prolongada durante la cual varios de los caballos de cartón fueron atravesados a cornadas y sus jinetes desmontados, el joven conde de Tierra-Nueva hizo humillar al toro y, habiendo obtenido permiso de la infanta para darle el golpe de gracia[6],

[6] En francés en el original: *coup de grâce.*

hundió su estoque de madera en el cuello del animal, con tal violencia que arrancó la cabeza de un tajo, y descubrió el rostro risueño del pequeño monsieur de Lorraine, hijo del embajador francés en Madrid.

Despejaron entonces el ruedo en medio de grandes aplausos, y los caballos de juguete muertos fueron retirados, arrastrados solemnemente por dos pajes moros con librea amarilla y negra, y después de un breve intermedio, durante el cual un acróbata francés hizo ejercicios en la cuerda floja, aparecieron unas marionetas italianas representando la tragedia semiclásica de *Sofonisba* en el escenario de un teatrillo que había sido construido con ese propósito. Actuaron tan bien, y sus gestos eran tan extremadamente naturales, que al final de la obra los ojos de la infanta estaban completamente empañados por las lágrimas. Realmente algunos de los niños lloraron de veras, y hubo que consolarles con dulces, y el mismo Gran Inquisidor estuvo tan afectado que no pudo por menos de decir a don Pedro que le parecía intolerable que cosas hechas simplemente de madera y de cera de colores, y movidas mecánicamente con alambres, fueran tan desgraciadas y tuvieran infortunios tan terribles.

Siguió un malabarista africano que llevaba una gran cesta plana cubierta con un paño rojo, y habiéndola colocado en el centro del redondel sacó del turbante una curiosa flauta de caña y se puso a tocarla. A los pocos instantes empezó a moverse el paño, y a medida que el sonido de la flauta se hacía más y más agudo, dos serpientes verde y oro sacaron sus extrañas cabezas de forma de cuña y se alzaron lentamente, balanceándose al ritmo de la música como se balancea una planta en el agua. Los niños, sin embargo, estaban bastante asustados de sus capuchas moteadas y sus lenguas de movimientos veloces como saetas, y estuvieron mucho más contentos cuando el malabarista hizo que brotara de la arena un naranjo diminuto y diera bonitas flores blancas y racimos de fruta de verdad; y cuando cogió el abanico de la hijita del marqués de Las Torres y lo convirtió en un pájaro azul que voló dando vueltas por el pabellón cantando, su delicia y su asombro no conocieron límites. También fue encantador el solemne minué bailado por los niños danzantes de la iglesia de Nuestra Señora del Pilar. La infanta no había visto nunca en su vida esta admirable ceremonia, que tiene lugar todos los años en mayo ante el altar mayor de la Virgen y en su honor; y en verdad ninguno de los miembros de la familia real española había vuelto a entrar en la gran basílica de Zaragoza desde que un sacerdote demente, que algunos suponían que había sido pagado por Isabel de Inglaterra, había intentado dar de comulgar con una forma envenenada al príncipe de Asturias. Así es que ella conocía sólo de oídas la «danza de Nuestra Señora», como se la llamaba, y ciertamente era un hermoso espectáculo. Los niños llevaban trajes de corte de terciopelo blanco, a la moda antigua, y sus curiosos tricornios iban ribeteados de plata y rematados por enormes airones de plumas de avestruz; y cuando se movían bajo la luz del sol se acentuaba aún más la blancura deslumbradora de sus trajes, en contraste con sus rostros morenos y sus cabellos negros. Todo el mundo quedó fascinado por la grave dignidad con que se movían siguiendo las intrincadas figuras de la danza y por la gracia minuciosa de sus lentos gestos y majestuosas reverencias, y cuando terminaron su actuación y se descubrieron quitándose los grandes sombreros con airones ante la infanta, ella correspondió con una gran gentileza a su pleitesía, e hizo voto de enviar un gran cirio de cera al altar de Nuestra Señora del Pilar, a cambio del placer que ella le había proporcionado.

Un grupo de hermosos egipcios —como se llamaba en aquellos tiempos a los gitanos— avanzó luego en el redondel y, sentándose en círculo con las piernas cruzadas, empezaron a tocar suavemente sus cítaras, moviendo el cuerpo a su ritmo y cantando en un murmullo a boca cerrada, casi para sus adentros, en notas graves, una melodía soñadora. Cuando vieron a don Pedro le miraron ceñudos, y algunos parecieron aterrorizados, pues hacía solamente unas semanas que había hecho ahorcar por hechicería a dos de su tribu en la plaza del mercado de Sevilla. Pero les encantó la bella infanta, que estaba inclinada hacia atrás y miraba por encima de su abanico con sus grandes ojos azules; y tuvieron la seguridad de que alguien tan hermoso como era ella no podría ser nunca cruel con nadie. Así es que siguieron tocando muy suavemente, rozando apenas las cuerdas de las cítaras con sus largas uñas puntiagudas, y empezaron a mover la cabeza de arriba abajo como si se estuvieran quedando dormidos. De pronto, con un grito tan agudo que se sobrecogieron todos los niños y don Pedro echó mano al pomo de ágata de su daga, se pusieron en pie de un salto y dieron vueltas locamente alrededor del recinto, haciendo sonar las panderetas y salmodiando una frenética canción de amor en su extraña lengua gutural. Luego, a una nueva señal, se lanzaron todos otra vez al suelo y se quedaron tendidos allí, completamente inmóviles, siendo el rasgueo apagado de las cítaras el único sonido que rompía el silencio. Después de haber hecho esto varias veces desaparecieron un momento, y volvieron llevando a un oso pardo peludo, que conducían con una cadena, y sobre los hombros, pequeños monos de Berbería. El oso se puso cabeza abajo con la mayor gravedad, y los monos de piel rugosa hicieron toda clase de juegos divertidos con dos chicos gitanos que parecían sus amos; se batieron con espadas diminutas, dispararon mosquetones e hicieron la instrucción exactamente igual que la propia guardia del rey. Los gitanos tuvieron realmente un gran éxito.

Pero la parte más divertida de todos los festejos de la mañana fue indudablemente el baile del enanito. Cuando entró en el redondel dando traspiés, contoneándose sobre sus piernas torcidas y meneando de un lado a otro su enorme cabeza deforme, los niños lanzaron un fuerte grito de complacencia, y la misma infanta se rió tanto que la camarera mayor se vio obligada a recordarle que aunque había muchos precedentes en España de que llorara la hija de un rey ante sus iguales, no había ninguno de que una princesa de sangre real se divirtiera en presencia de los que eran inferiores suyos en alcurnia. El enano, no obstante, era en realidad completamente irresistible, e incluso en la corte española, notable siempre por cultivar su pasión por lo horrible, nunca se había visto un pequeño monstruo tan fantástico. Era su primera aparición, además. Le habían descubierto sólo la víspera, corriendo salvaje por el bosque, dos nobles que cazaban a la sazón en una parte remota del gran bosque de alcornoques que circundaba la ciudad, y se lo habían llevado a palacio para dar una sorpresa a la infanta; alegrándose mucho su padre, que era un pobre carbonero, de librarse de un hijo tan feo y tan inútil. Quizá lo más divertido en él era su completa inconsciencia de su propio aspecto grotesco. Parecía en verdad absolutamente feliz y lleno de optimismo. Cuando los niños se reían, él se reía tan espontánea y alegremente como ellos, y al final de cada danza les hacía a cada uno la más divertida de las reverencias, sonriendo y saludándoles con la cabeza como si fuera realmente uno de ellos, y no un pequeño ser deforme que la naturaleza, con cierto sentido del humor, había producido para que se burlaran los demás. En cuanto a la infanta, le fascinaba absolutamente. No podía apartar los ojos de ella, y parecía bailar para ella sola; y cuando al final de la sesión, recordando ella cómo había visto a las grandes damas de la corte arrojar ramilletes de flores al famoso tenor italiano Caffarelli, a quien había enviado el Papa de su propia capilla a Madrid para que curara al rey de su melancolía con la dulzura de su voz, se desprendió del cabello la hermosa rosa blanca y, en parte por broma, en parte por hacer de rabiar a la camarera, se la arrojó a través del redondel con su sonrisa más dulce. Él lo tomó completamente en serio, y apretando la flor contra sus ásperos labios toscos se llevó la mano al corazón e hincó una rodilla en tierra, sonriendo en una mueca de oreja a oreja y chispeándole de placer los ojillos brillantes.

Esto hizo perder de tal modo la gravedad a la infanta, que siguió riéndose mucho tiempo después de que el enanito hubiera salido corriendo del redondel, y expresó a su tío el deseo de que se repitiera inmediatamente el baile. La camarera, no obstante, bajo pretexto de que el sol era demasiado fuerte, decidió que sería mejor que su alteza volviera sin demora al palacio, donde ya se le había preparado un maravilloso festín, que incluía una tarta de cumpleaños con sus iniciales grabadas por encima con almíbar de color y un hermoso banderín de plata ondeando en lo alto. La infanta se puso pues en pie con mucha dignidad y, habiendo ordenado que el enanito volviera a bailar para ella después de la hora de la siesta, y después de haber dado las gracias al joven conde de Tierra-Nueva por su encantadora recepción, volvió a sus aposentos, siguiéndola los niños en el mismo orden en el que habían entrado.

Ahora bien, cuando el enanito oyó que tenía que bailar por segunda vez en presencia de la infanta y por orden expresa suya, se puso tan orgulloso que salió corriendo al jardín, besando la rosa blanca en un absurdo arrebato de placer y haciendo los gestos de complacencia más toscos y desmañados.

Las flores estaban completamente indignadas de su atrevimiento a meterse en su hermoso hogar, y cuando le vieron hacer cabriolas arriba y abajo de los paseos y mover los brazos por encima de la cabeza de un modo tan ridículo, no pudieron contener por más tiempo sus sentimientos.

—Realmente es demasiado feo para que se le permita jugar en el mismo sitio en que estamos nosotros —exclamaron los tulipanes.

—Debiera beber jugo de adormideras y quedarse dormido durante mil años —dijeron los grandes lirios escarlata, y se pusieron acalorados y furiosos.

—¡Es un perfecto horror! —chilló el cactus—. ¡Mirad, es torcido y achaparrado, y tiene la cabeza completamente desproporcionada con las piernas! Realmente hace que se me pongan todos los pinchos de punta por el malhumor, y si se acerca a mí le pincharé con mis púas.

—Y de hecho ha cogido una de mis mejores flores —exclamó el rosal blanco—. Yo mismo se la di a la infanta esta mañana, de regalo de cumpleaños, y él se la ha robado.

Y se puso a gritar lo más alto que pudo:

—¡Ladrón, ladrón, ladrón!

Hasta los geranios rojos, que no solían darse importancia, y se sabía que tenían muchos parientes pobres, se enrollaron en un gesto de repugnancia al verle, y cuando las violetas hicieron mansamente la observación de que aunque ciertamente era en extremo vulgar, sin embargo, no podía remediarlo, replicaron, con toda justicia, que ese era su principal defecto, y que no había razón alguna por la que se debiera admirar a una persona porque fuera incurable; y, en verdad, entre las violetas mismas algunas tenían la sensación de que la fealdad del enanito era casi ostentosa, y que hubiera dado pruebas de mucho mejor gusto si hubiera tenido un aspecto triste, o al menos pensativo, en vez de ir dando saltos alegremente y agitándose con actitudes tan grotescas e insensatas.

En cuanto al viejo reloj de sol, que era un individuo extremadamente notable, y había dicho antaño la hora nada menos que al mismo emperador Carlos V, se quedó tan desconcertado con la aparición del enanito que casi se olvidó de señalar dos minutos enteros con su largo dedo de sombra, y no pudo por menos de decir al gran pavo real, blanco como la leche, que estaba tomando el sol en la balaustrada, que todo el mundo sabía que los hijos de los reyes eran reyes, y que los hijos de los carboneros eran carboneros, y que era absurdo pretender que no fuera así; una afirmación con la que estuvo completamente de acuerdo el pavo real, que gritó: «ciertamente, ciertamente», con una voz tan penetrante y áspera que las carpas que vivían en el cuenco de la fresca fuente chapoteante sacaron la cabeza del agua y preguntaron a los enormes tritones de piedra qué diablos ocurría.

Pero en cambio a los pájaros les gustaba. Le habían visto a menudo en el bosque, danzando como un duendecillo tras las hojas que el viento llevaba en remolino, o subido acurrucado en la concavidad de algún viejo roble, compartiendo las bellotas con las ardillas. No les importaba ni pizca que fuera feo. ¡Cómo!, el mismo ruiseñor, que cantaba tan melodiosamente por la noche en los naranjales que a veces la luna se inclinaba para escuchar, no era gran cosa a la vista, al fin y al cabo; y además, él había sido bueno con ellos, y durante aquel invierno terriblemente crudo, en que no había bayas en los arbustos y el suelo estaba tan duro como el hierro y los lobos habían bajado hasta las mismas puertas de la ciudad en busca de alimento, él no les había olvidado ni una sola vez, sino que por el contrario les había dado siempre migajas de su pequeño rebojo de pan negro, y había repartido con ellos el pobre desayuno que tuviera.

Así que volaban dando vueltas y más vueltas a su alrededor, rozándole la mejilla con las alas al pasar, y parloteaban unos con otros; y el enanito estaba tan complacido que no podía por menos de mostrarles la hermosa rosa blanca y de decirles que la infanta misma se la había dado porque le amaba.

Ellos no entendían una sola palabra de lo que él decía, pero eso no importaba, pues ladeaban la cabeza y tomaban el aire de sabios, lo que viene a valer tanto como entender una cosa, y es mucho más fácil.

También las lagartijas le tenían cariño, y cuando se cansó de correr y se tumbó en la hierba a descansar, jugaron y retozaron por encima de él, y trataron de divertirle del mejor modo que pudieron.

—Todo el mundo no puede ser tan guapo como una lagartija —exclamaban—, eso sería esperar demasiado. Y, aunque parezca absurdo decirlo, al fin y al cabo no es tan feo, con tal, claro está, de que uno cierre los ojos y no le mire.

Las lagartijas eran extremadamente filosóficas por naturaleza, y a menudo se quedaban sentadas todas juntas pensando durante horas y más horas, cuando no había nada más que hacer, o cuando el tiempo era demasiado lluvioso para salir.

Las flores, sin embargo, estaban excesivamente molestas por su comportamiento, y por el comportamiento de los pájaros.

—Esto muestra únicamente —decían— qué efecto tan vulgar tiene ese incesante moverse y volar precipitadamente. La gente bien educada siempre se queda exactamente en el mismo sitio, como hacemos nosotras. Nadie nos vio nunca saltando arriba y abajo por los paseos, ni galopando alocadamente por el césped persiguiendo a las libélulas. Cuando queremos cambiar de aires avisamos al jardinero y él nos lleva a otro parterre. Esto tiene dignidad, como debiera ser. Pero los pájaros y las lagartijas no tienen sentido de reposo y, en verdad, los pájaros ni siquiera tienen un domicilio permanente. Son meros vagabundos, como los gitanos, y debiera tratárselos exactamente de la misma manera.

Así es que irguieron la cabeza y tomaron aspecto altanero, y estuvieron encantadas cuando, después de un rato, vieron al enanito levantarse de la hierba y dirigirse al palacio atravesando la terraza.

—Ciertamente debieran encerrarle en casa durante el resto de sus días —dijeron—. ¡Mirad su joroba y sus piernas torcidas! —y empezaron a reírse con disimulo.

Pero el enanito no sabía nada de todo esto. Le gustaban muchísimo los pájaros y las lagartijas, y pensaba que las flores eran las cosas más maravillosas del mundo entero, a excepción naturalmente de la infanta, pero es que ella le había dado la bella rosa blanca y le amaba, y eso era muy diferente. ¡Cómo deseaba volver a estar con ella! Le haría ponerse a su derecha y le sonreiría, y él nunca se apartaría de su lado, sino que la tendría por compañera de juegos y le enseñaría toda clase de travesuras deliciosas. Pues, aun cuando él no había estado nunca antes en un palacio, sabía muchas cosas maravillosas. Sabía hacer jaulitas con juncos para que cantaran dentro los grillos y hacer con larga caña nudosa de bambú la flauta que le gusta oír al dios Pan. Conocía el grito de todas las aves, y podía llamar a los estorninos de la copa de los árboles y a la garza real de la laguna.

Conocía el rastro de todos los animales, y podía rastrear a la liebre por sus huellas delicadas y al oso por las hojas holladas. Todas las danzas del viento las conocía: la danza con blancas guirnaldas de nieve en el invierno y la danza de las flores a través de los vergeles en primavera. Sabía dónde hacían el nido las palomas torcaces, y en una ocasión en que un cazador había cogido en una trampa a los padres, él mismo había criado a los pichones y había construido para ellos un pequeño palomar en la hendidura de un olmo desmochado. Eran completamente mansas y solían comer en su mano todas las mañanas. A ella le gustarían, y los conejos que corrían veloces en los largos helechos, y los arrendajos con sus plumas aceradas y su pico negro, y los erizos, que podían hacerse un ovillo convirtiéndose en una bola de púas, y las grandes tortugas sabias que iban arrastrándose lentamente, moviendo la cabeza a derecha y a izquierda y mordisqueando las hojas tiernas. Sí, ciertamente ella debía ir al bosque a jugar con él. Le daría su propia camita, y él vigilaría afuera al pie de la ventana hasta el amanecer, para ver que no le hicieran daño las reses bravas ni se deslizaran los lobos flacos acercándose demasiado a la cabaña. Y al alba daría unos golpecitos en las contraventanas y la despertaría, y saldrían a danzar juntos todo el día.

El bosque, en realidad, no era nada solitario. A veces lo atravesaba un obispo montado en su mula blanca, leyendo en un libro ilustrado con dibujos de colores. Otras veces pasaban los halconeros con su gorra de terciopelo verde y sus jubones de gamuza curtida, con halcones encapuchados al puño. En tiempo de la vendimia llegaban los que pisaban la uva, con manos y pies de púrpura, coronados de hiedra satinada y llevando pellejos de vino que goteaban; y los carboneros, que hacían carbón de leña, sentados alrededor de sus inmensas hogueras por la noche, vigilando cómo se carbonizaban los leños secos lentamente en el fuego, y asando castañas en las cenizas, y los ladrones salían de sus cuevas y pasaban buenos ratos con ellos. En una ocasión, también, había visto un hermoso cortejo serpenteando en la larga calzada polvorienta que iba a Toledo. Iban delante los monjes cantando dulcemente, y llevando pendones brillantes y cruces de oro, y luego, con armadura de plata, con mosquetones y picas, venían los soldados, y en medio de ellos caminaban tres hombres descalzos, con extrañas túnicas amarillas pintadas todo por encima con figuras maravillosas, y llevando cirios encendidos en la mano. Ciertamente había mucho que ver en el bosque; y cuando ella estuviera cansada encontraría para ella un suave terraplén cubierto de musgo, o la llevaría en brazos, pues él era muy fuerte, aunque sabía que no era alto. Le haría un collar de rojas bayas de brionia, que serían igual de bonitas que las bayas blancas que llevaba en el vestido, y cuando se cansara de ellas podría tirarlas, y él le encontraría otras. Le llevaría copas de bellota y anémonas empapadas de rocío y gusanos de luz diminutos para que fueran estrellas en el oro pálido de su cabello.

Pero ¿dónde estaba ella? Preguntó a la rosa blanca, y ésta no le respondió. Todo el palacio parecía dormido, e incluso donde no habían cerrado las contraventanas, habían corrido pesados cortinajes sobre las ventanas para que no entrara la luz deslumbradora. Dio vueltas todo alrededor buscando algún sitio por el que poder entrar, y al fin vio una pequeña puerta de servicio que estaba abierta. La atravesó cautelosamente, y se encontró en un salón espléndido, mucho más espléndido, se temía, que el bosque, pues había muchas más cosas doradas por todas partes, y hasta el suelo estaba hecho de grandes piedras de colores, dispuestas en una especie de dibujo geométrico. Pero la pequeña infanta no estaba allí; sólo había unas maravillosas estatuas blancas que le miraban desde sus pedestales de jaspe, con tristes ojos vacíos y labios que sonreían de modo extraño.

Al fondo del salón pendía un cortinaje de terciopelo negro ricamente bordado, recamado de soles y estrellas, los emblemas favoritos del rey, y bordados en su color preferido. ¿Quizá estaba ella escondida detrás? Probaría, de todos modos.

Así es que llegó hasta allí sigilosamente y descorrió el cortinaje. No, había sólo otra estancia, aunque más bonita, pensó, que la que acababa de dejar. Los muros estaban cubiertos con tapices de Arras, hechos a trabajo de aguja, con muchas figuras que representaban una cacería, obra de artistas flamencos que habían empleado más de siete años en su confección. Había sido antaño el aposento de *Juan el Loco*[7], como llamaban a aquel rey demente, tan enamorado de la caza, que a menudo había intentado en su delirio montar en los enormes caballos encabritados y abatir al ciervo sobre el que estaban saltando los grandes podencos, haciendo sonar su cuerno de caza y clavándole la daga al pálido ciervo que huía. Se usaba ahora de sala del Consejo, y en la mesa del centro estaban las carpetas de los ministros, selladas con los tulipanes de oro de España y con las armas y emblemas de la casa de Habsburgo.

El enanito miraba asombrado todo a su alrededor, y estaba medio asustado de seguir. Los extraños jinetes silenciosos que galopaban tan velozmente por los largos claros sin hacer ruido le parecían como los terribles fantasmas de los que había oído hablar a los carboneros —los comprachos—, que cazan sólo de noche y que si encuentran a un hombre le con-

---

[7] En francés en el original: *Jean le Fou.*

vierten en ciervo, y le cazan. Pero pensó en la bonita infanta, y se armó de valor. Quería encontrarla sola y decirle que él también la amaba. Tal vez estaría en la sala contigua.

Corrió sobre las mullidas alfombras morunas y abrió la puerta. ¡No! No estaba allí tampoco. La estancia estaba completamente vacía.

Era el salón del trono, que servía para la recepción de embajadores extranjeros, cuando el rey, cosa que no ocurría con frecuencia últimamente, accedía a concederles una audiencia personal; la misma estancia en que, muchos años antes, se habían presentado legados venidos de Inglaterra para hacer los acuerdos concernientes a las nupcias de su reina, entonces una de las soberanas católicas de Europa, con el hijo primogénito del emperador. Las colgaduras eran de cordobán trabajado en oro, y una pesada araña sobredorada con brazos para trescientas velas colgaba del techo blanco y negro. Bajo un gran dosel de tejido de oro, en el que estaban bordados en aljófares los castillos y leones de Castilla, estaba el trono mismo, cubierto con un rico dosel de terciopelo negro recamado de tulipanes de plata y orlado con una complicada cenefa de plata y perlas. En la segunda grada del trono estaba colocado el escabel de la infanta, con su cojín forrado de tisú de plata y, por debajo de éste y fuera del dosel, estaba el asiento del nuncio del Papa, el único que tenía derecho a sentarse en presencia del rey con ocasión de ceremonias públicas, y cuyo capelo cardenalicio estaba colocado delante, en un taburete[8] de púrpura, con su maraña de borlas escarlata. En el muro, frente al trono, colgaba un retrato de tamaño natural de Carlos V en traje de caza, con un gran mastín a su lado, y un retrato de Felipe II recibiendo

---

[8] En francés en el original: *tabouret.*

el homenaje de los Países Bajos ocupaba el centro de otro de los muros. Entre las ventanas había un bargueño de negro ébano, con incrustaciones de placas de marfil, en las que estaban grabadas las figuras de *La danza de la muerte,* de Holbein —de mano, se decía, del famoso maestro mismo.

Pero al enanito no le interesaba nada toda esta magnificencia. Él no hubiera dado su rosa por todas las perlas del dosel, ni un solo pétalo blanco de su rosa por el trono mismo. Lo que él quería era ver a la infanta antes de que bajase al pabellón y decirle que se fuera con él cuando hubiera terminado su baile. Aquí, en el palacio, el aire era denso y pesado, pero en el bosque el viento soplaba libre, y el sol apartaba con manos errantes de oro las hojas trémulas. Había flores también en el bosque, no tan espléndidas acaso como las flores del jardín, pero más dulcemente perfumadas, en cambio: jacintos al comienzo de la primavera, que inundaban de púrpura ondulate las frescas cañadas y los oteros cubiertos de hierba, velloritas amarillas, que se apretaban en pequeños ramilletes alrededor de las raíces retorcidas de los robles, brillante celidonia, y verónica azul, e iris color lila y oro. Había amentos grises sobre los avellanos, y las dedaleras azules se inclinaban por el peso de sus corolas moteadas llenas de abejas. El castaño tenía sus capiteles de estrellas blancas, y el espino sus pálidas lunas de belleza. ¡Sí, seguro que ella iría, con tal de que pudiera encontrarla! Iría con él al hermoso bosque, y todo el día bailaría él para delicia suya. Una sonrisa le iluminó los ojos al pensar en ello, y pasó al salón siguiente.

De todas las estancias ésta era la más radiante y la más hermosa. Los muros estaban cubiertos de damasco de Lucca estampado en tono rosa con un diseño de pájaros y salpicado de delicadas flores de plata, los muebles eran de plata maciza, festoneada con guirnaldas de flores y Cupidos meciéndose; delante de las dos grandes chimeneas había magníficos guardafuegos con loros y pavos reales bordados, y el suelo, que era de ónice verde mar, parecía extenderse a lo lejos en la distancia. No estaba él solo. De pie, bajo la sombra del quicio de la puerta, al fondo de la habitación, vio una pequeña figura que le estaba mirando. Su corazón tembló, un grito de alegría se escapó de sus labios, y se movió, poniéndose en la zona iluminada por los rayos del sol. Al hacerlo, la figura se movió también y la vio claramente.

¡Sí, sí, la infanta! Era un monstruo, el monstruo más grotesco que había visto él en su vida. Sin forma apropiada, como la de las demás personas, sino jorobado y de piernas torcidas, con una enorme cabeza que colgaba y crines de pelo negro. El enanito frunció el ceño, y el monstruo lo frunció también. Se rió, y rió con él, y se puso en jarras exactamente como él lo estaba haciendo. Le hizo una inclinación burlesca, le devolvió una profunda reverencia. Fue hacia él, y vino a su encuentro, copiando cada paso que daba, y parándose cuando se paraba él. Gritó divertido, y echó a correr hacia adelante, y extendió la mano, y la mano del monstruo tocó la suya, y estaba tan fría como el hielo. Le entró miedo, e hizo un movimiento con la mano, y la mano del monstruo lo siguió rápidamente. Trató de empujarlo, pero algo liso y duro le detuvo. La cara del monstruo estaba ahora pegada a la suya y parecía llena de terror. Se apartó el pelo de los ojos. Le imitó. Lo golpeó, y le devolvió golpe por golpe. Le dio muestras de que lo abominaba, y le hizo a él horribles muecas. Se echó hacia atrás y el monstruo retrocedió.

¿Qué era aquello? Reflexionó un momento y miró en derredor suyo el resto del salón. Era extraño, pero parecía que todo tenía su doble en ese muro invisible de agua clara. Sí, cuadro por cuadro estaba repetido, y sofá por sofá. El fauno dormido que yacía en su hornacina junto al umbral de la puerta tenía su hermano gemelo que dormitaba, y la Venus de plata iluminada por la luz del sol tendía los brazos a una Venus tan hermosa como ella misma.

¿Era el eco? Él le había llamado una vez en el valle, y le había contestado palabra por palabra. ¿Podría hacer burla a los ojos lo mismo que hacía burla a la voz? ¿Podría hacer un mundo de imitación exactamente igual al mundo real? ¿Podría tener color y vida y movimiento la sombra de las cosas? ¿Podría ser que...?

Se sobresaltó, y sacando del pecho la hermosa rosa blanca se dio la vuelta y la besó. ¡El monstruo tenía una rosa suya, igual, pétalo a pétalo! La besaba con besos parecidos y la apretaba contra el corazón con gestos horribles.

Cuando la verdad se hizo luz en él, dio un grito salvaje de desesperación y cayó al suelo sollozando. ¡Así que era él el deforme y jorobado, insoportable a la vista y grotesco! Él mismo era el monstruo, y era de él de quien todos los niños se habían estado riendo; y la princesita que él había creído que le amaba, también ella había estado simplemente burlándose de su fealdad y regocijándose por sus miembros torcidos. ¿Por qué no le habían dejado en el bosque donde no había espejos que le dijeran lo repugnante que era? ¿Por qué no le había matado su padre antes que venderle para vergüenza suya? Lágrimas abrasadoras rodaron por sus mejillas, e hizo pedazos la rosa blanca. El monstruo tumbado en el suelo hizo lo mismo y diseminó en el aire los delicados pétalos. Se arrastró por el suelo, y, cuando el enanito lo miró, se le quedó mirando con una cara contraída por el dolor. Se apartó arrastrándose para no verlo, y se cubrió los ojos con las manos. Avanzó a rastras, como una criatura herida, hasta la sombra, y se quedó allí tendido gimiendo.

Y en ese momento entró la propia infanta con sus compañeros por la puerta-ventana abierta, y cuando vieron al feo enanito tendido en el suelo y golpeándolo con los puños cerrados, del modo más fantástico y exagerado, estallaron en alegres carcajadas, y rodeándole se le quedaron mirando.

—Su baile era divertido —dijo la infanta—; pero su manera de actuar es más divertida aún. Verdaderamente es casi tan bueno como las marionetas, sólo que, desde luego, no es tan natural.

E hizo revolotear su abanico y aplaudió.

Pero el enanito no alzaba nunca la vista, y sus sollozos iban siendo cada vez más débiles y, de pronto, dio una curiosa boqueada y se apretó el costado. Y volvió a caer hacia atrás y se quedó completamente inmóvil.

—¡Eso es magnífico! —dijo la infanta, después de una pausa—; pero ahora tienes que bailar para mí.

—Sí —gritaron todos los niños—, tienes que levantarte y bailar, pues eres tan hábil como los monos de Berbería, y mucho más ridículo.

Pero el enanito no se movía.

Y la infanta golpeó el suelo con el pie, y llamó a su tío, que estaba paseando en la terraza con el chambelán, y leía unos despachos que acababan de llegar de México, donde se había establecido recientemente el Santo Oficio.

—Mi divertido enanito está mohíno —exclamó—, tenéis que despertarle y decirle que baile para mí.

Cruzaron una sonrisa, y entraron con calma, y don Pedro se inclinó y dio un golpecito al enano en la mejilla con su guante bordado.

—Tienes que bailar —dijo—, pequeño monstruo[9]. Tienes que bailar. La infanta de España y de las Indias desea que se la divierta.

Pero el enanito no se movió a pesar de todo.

---

[9] «Pequeño monstruo». En francés en el original: *petit monstre.*

—Debieran llamar al encargado de los azotes —dijo con talante molesto.

Y se volvió a la terraza.

Pero el chambelán tomó un aire grave, y se arrodilló junto al enanito y le puso la mano sobre el corazón. Y después de unos instantes se encogió de hombros y se levantó, y habiendo hecho una profunda reverencia a la infanta, dijo:

—Mi bella princesa, vuestro divertido enanito nunca volverá a bailar. Es lástima, pues es tan feo que puede que hubiera hecho sonreír al rey.

—¿Pero por qué no volverá a bailar? —preguntó la infanta, riendo.

—Porque se le ha roto el corazón —respondió el chambelán.

Y la infanta frunció el ceño, y sus delicados labios de hoja de rosa se curvaron en un bonito gesto de desdén.

—En el futuro, que los que vengan a jugar conmigo no tengan corazón —exclamó.

Y salió corriendo al jardín.

EL PESCADOR Y SU ALMA

Todas las tardes salía al mar el joven pescador y arrojaba sus redes al agua. Cuando el viento soplaba de tierra, no cogía nada, o poca cosa, en el mejor de los casos, pues era un viento cortante de alas negras, y olas encrespadas subían a su encuentro. Pero cuando soplaba el viento hacia la costa, salían los peces de las profundidades y entraban nadando en la trampa de sus redes, y él los llevaba al mercado para venderlos.

Todas las tardes salía al mar, y una tarde la red pesaba tanto que apenas podía arrastrarla para subirla a la barca. Y riéndose se dijo:

—Seguramente he cogido todos los peces que nadan, o he atrapado a algún monstruo torpe que será una cosa asombrosa para los hombres, o algo horroroso que la reina deseará tener.

Y juntando todas sus fuerzas tiró de las ásperas cuerdas hasta que, como líneas de esmalte azul alrededor de un jarrón de bronce, resaltaron las largas venas de sus brazos. Tiró de las cuerdas delgadas, y más y más se acercaba el círculo de corchos planos, y la red subió al fin a la superficie del agua.

Pero no había dentro pez alguno, ni monstruo ni cosa que diera horror, sino solamente una sirenita profundamente dormida.

Tenía los cabellos como húmedo vellón de oro, y era cada cabello por separado como un hilo de oro fino en una copa de cristal. Su cuerpo parecía de blanco marfil, y su cola era de plata y perla.

Plata y perla era su cola, y las verdes algas marinas se enroscaban en ella; y como conchas marinas eran sus orejas, y sus labios como el coral del mar. Las frías olas rompían sobre sus pechos fríos, y brillaba la sal sobre sus párpados.

Tan bella era, que cuando el joven pescador la vio se llenó de asombro, y extendió la mano y atrajo la red junto a él, y apoyándose en la borda la cogió en sus brazos. Y, al tocarla, lanzó ella un grito como una gaviota asustada y despertó, y le miró aterrorizada con sus ojos de amatista malva, y forcejeó para escapar. Pero él la tenía sujeta, y no consintió que se marchara.

Y cuando vio ella que no podía escapar en modo alguno de él, se echó a llorar y dijo:

—Te suplico que me dejes que me vaya, pues soy la hija única de un rey, y mi padre es anciano y está solo.

Pero el joven pescador respondió:

—No te dejaré ir a no ser que me hagas la promesa de que siempre que te llame vendrás a cantar para mí, pues a los peces les deleita escuchar el canto de los que habitan en el mar, y así se llenarán mis redes.

—¿De verdad dejarás que me vaya si te lo prometo? —exclamó la sirena.

—De verdad que dejaré que te vayas —dijo el joven pescador.

Así es que ella le prometió lo que él deseaba, y lo juró con el juramento de los habitantes del mar. Y él aflojó los brazos en torno de ella, y la sirena se sumergió en el agua, temblando con un extraño temor.

Todas las tardes salía al mar el joven pescador y llamaba a la sirena; y salía ella del agua y cantaba para él. Dando vueltas y más vueltas en torno suyo nadaban los delfines, y las ariscas gaviotas hacían círculos por encima de su cabeza.

Y ella cantaba un canto maravilloso, pues cantaba acerca de los habitantes del mar que conducen a sus rebaños de cueva en cueva, y llevan a los ternerillos sobre los hombros; de los tritones de largas barbas verdes y pecho velludo, que tocan caracolas retorcidas cuando pasa el rey; del palacio del rey, todo de ámbar, con tejado de esmeralda clara y suelo de perla reluciente; y de los jardines del mar, donde los grandes abanicos de filigrana de coral ondean todo el día, y los peces pasan raudos como pájaros de plata, y se abrazan las anémonas a las rocas, y florecen los claveles en la arena amarilla festoneada. Cantaba, y su canción era sobre las grandes ballenas que bajan de los mares del Norte y llevan agudos carámbanos colgándoles de las aletas; de las sirenas, que cuentan cosas hasta tal punto maravillosas que los mercaderes tienen que taponarse los oídos con cera, pues si las oyeran saltarían al agua y se ahogarían; y era también su canción sobre los galeones hundidos con sus altos mástiles, y los marineros congelados adheridos a las jarcias, y las caballas entrando y saliendo a nado por las portillas; sobre las pequeñas lapas, que son grandes viajeras y se adhieren a las quillas de los barcos y van dando vueltas alrededor del mundo; y sobre las jibias que viven en los flancos de los acantilados y extienden sus largos brazos negros, y pueden hacer que venga la noche cuando quieren. Cantó al nautilo, que tiene su propia barca, talada en un ópalo, y está propulsada por una vela de seda; a los felices tritones que tocan el arpa y pueden hacer dormir por encantamiento al gran Kraken; a los niños pequeños que sujetan a las resbaladizas marsopas y cabalgan sobre ellas riendo; a las sirenas que se acuestan en la espuma blanca y tienden los brazos a los marineros; y a los leones de mar con sus colmillos curvos, y a los hipocampos con sus crines flotantes.

Y, mientras cantaba, todos los atunes llegaban desde las profundidades a escucharla, y el joven pescador arrojaba las redes en torno a ellos y los cogía, y a otros los capturaba con un arpón. Y cuando su barca estaba bien cargada, la sirena se sumergía en el mar, sonriéndole.

No obstante, nunca quiso acercarse a él tanto que pudiera tocarla. Él a menudo la llamaba y le rogaba, pero ella no se acercaba; y cuando intentaba cogerla se zambullía en el agua como pudiera hacerlo una foca, y no volvía a verla ese día. Y cada día el sonido de su voz se hacía más dulce a sus oídos. Tan dulce era su voz que olvidaba sus redes y su astucia, y no se cuidaba de su oficio.

Con aletas bermellón y ojos tachonados de oro pasaban en bancos los atunes, pero él no les prestaba atención: su arpón yacía a su lado sin uso alguno, y estaban vacías sus nasas de mimbre trenzado. Con los labios abiertos y los ojos empañados por el asombro, se quedaba sentado ocioso en su barca y escuchaba; escuchaba hasta que la neblina del mar se arrastraba en torno suyo, y la luna merodeadora teñía de plata sus miembros morenos.

Y un atardecer la llamó y le dijo:

—Sirenita, sirenita, te amo. Acéptame por esposo, pues te amo.

Pero la sirenita negó con la cabeza.

—Tú tienes un alma humana —respondió—. Si quisieras arrojar tu alma lejos de ti, podría amarte.

Y el joven pescador se dijo: «¿De qué me sirve el alma? No puedo verla. No puedo tocarla. No la conozco. Ciertamente la arrojaré lejos de mí, y será mía una gran alegría».

Y estalló en sus labios un grito de júbilo y, poniéndose en pie en su barca pintada, tendió sus brazos a la sirena.

—Arrojaré mi alma lejos de mí —gritó—, y tú serás mi novia y yo seré tu novio en los esponsales, y juntos viviremos en lo profundo del mar, y todo aquello que has cantado me lo mostrarás, todo lo que tú desees yo lo haré, y nuestras vidas no habrán de separarse.

Y la sirenita rió de placer y ocultó el rostro entre las manos.

—Pero ¿cómo arrojaré el alma fuera de mí? —exclamó el joven pescador—. Dime cómo puedo hacerlo, y ¡hala!, lo haré.

—¡Ay! No lo sé —dijo la sirenita—; los habitantes del mar no tienen alma.

Y se sumergió en la profundidad, mirándole anhelante.

Y a la mañana siguiente temprano, antes de que el sol hubiera recorrido el espacio de la mano de un hombre por encima del collado, el joven pescador fue a casa del sacerdote y llamó tres veces a la puerta.

El novicio miró por el postigo, y, cuando vio quién era, descorrió el pestillo y dijo:

—Entra.

Y entró el joven pescador, y se puso de rodillas en los junquillos del suelo, que exhalaba un suave olor, y dijo a gritos al sacerdote, que estaba leyendo el libro sagrado:

—Padre, estoy enamorado de una que habita en el mar y mi alma me impide realizar mi deseo. Decidme cómo puedo arrojar mi alma lejos de mí, pues en verdad no la necesito para nada. ¿Qué valor tiene mi alma para mí? No puedo verla. No puedo tocarla. No la conozco.

Y el sacerdote se dio golpes de pecho y exclamó:

—¡Ay, ay! Tú estás loco o has comido alguna hierba venenosa, pues el alma es la parte más noble del hombre, y nos la dio Dios para que la usáramos noblemente. No existe cosa de más precio que un alma humana, y no hay cosa terrena con la que pueda ponerse en la misma balanza. Vale lo que todo el oro que hay en el mundo, y es de más precio que los rubíes de los reyes. Por tanto, hijo mío, no pienses más en este asunto, pues es un pecado que no puede ser perdonado. Y en cuanto a los que habitan en el mar, están condenados, y los que mantienen trato con ellos están perdidos también. Son como las bestias del campo que no distinguen el bien del mal, y por ellos no ha muerto el Señor.

Al joven pescador se le llenaron los ojos de lágrimas al oír las amargas palabras del sacerdote, y se puso en pie y le dijo:

—Padre, los faunos viven en el bosque y están alegres, y en las rocas se sientan los tritones con sus arpas de oro de ley. Dejadme que sea como ellos, os lo suplico, pues sus días son como los días de las flores. Y en cuanto a mi alma, ¿de qué me aprovecha, si se interpone entre lo que amo y yo?

—El amor del cuerpo es vil —exclamó el sacerdote, frunciendo las cejas—, y viles y perversas son esas cosas que Dios tolera que vaguen por el mundo suyo. ¡Malditos sean los faunos del bosque, y sean malditas las que cantan en el mar! Las he oído de noche y han intentado ser un señuelo que me apartara de mi rosario. Dan quedos golpes a la ventana y ríen. Musitan en mi oído la historia de sus gozos peligrosos. Me inducen con tentaciones y, cuando quiero rezar, me hacen muecas. Están condenadas, te digo, están condenadas. Para ellas no hay cielo ni hay infierno, y en ninguno de los dos alabarán el nombre de Dios.

—Padre —exclamó el joven pescador—, no sabéis lo que decís. Una vez atrapé en mi red a la hija de un rey. Es más hermosa que el lucero del alba, y más blanca que la luna. A cambio de su cuerpo daría mi alma, y por su amor renunciaría al cielo. Decidme lo que os pregunto, y dejad que vaya en paz.

—¡Fuera! ¡Fuera! —gritó el sacerdote—; tu amada está condenada, y tú te condenarás con ella.

Y sin darle su bendición le condujo fuera de su puerta.

Y el joven pescador bajó a la plaza del mercado, y caminaba lentamente y con la cabeza baja, como quien está abatido por el dolor.

Y cuando le vieron llegar los mercaderes, empezaron a cuchichear unos con otros, y uno de ellos avanzó a su encuentro, le llamó por su nombre y le dijo:

—¿Qué tienes que vender?

—Te venderé mi alma —respondió—. Te ruego que la compres y te la lleves lejos de mí, pues estoy harto de ella. ¿De qué me sirve el alma? No puedo verla. No puedo tocarla. No la conozco.

Pero los mercaderes se burlaban de él, y decían:

—¿Para qué queremos un alma humana? No vale lo que una moneda hendida de plata. Véndenos tu cuerpo como esclavo, y te vestiremos de púrpura marina y te pondremos un anillo en el dedo, y te haremos favorito de la gran reina. Pero no hables del alma, pues no es nada para nosotros, ni tiene valor alguno para nuestro servicio.

Y el joven pescador se dijo por lo bajo:

«¡Qué cosa tan extraña es ésta! El sacerdote me dice que el alma vale todo el oro del mundo y los mercaderes dicen que no vale ni una moneda de plata hendida».

Y salió de la plaza del mercado y bajó a la playa del mar, y se puso a meditar en lo que debía hacer.

Y a mediodía recordó cómo uno de sus compañeros, que recogía hinojo marino, le había hablado de cierta hechicera joven que vivía en una cueva a la entrada de la bahía y era muy ingeniosa en sus hechicerías. Y se encaminó allí echándose a correr, tan ansioso estaba de librarse de su alma; y una nube de polvo le seguía cuando iba presuroso por la arena de la playa. Por el picor de la palma de su mano supo la joven bruja su llegada, y rió y se soltó la roja cabellera. Con su roja cabellera cayendo en torno suyo, estaba en pie a la entrada de la cueva, y en la mano tenía una ramita de cicuta silvestre que estaba floreciendo.

—¿Qué necesitas? ¿Qué necesitas? —gritó, mientras él subía la pendiente jadeante, y se inclinaba ante ella—. ¿Peces para tu red, cuando el viento es insoportable? Tengo un pequeño caramillo hecho con una caña, y cuando lo toco los salmonetes vienen nadando a la bahía. Pero tiene un precio, hermoso muchacho, tiene un precio. ¿Qué necesitas? ¿Qué necesitas? ¿Una tormenta que haga zozobrar los barcos y arrastre a la playa los cofres de ricos tesoros? Yo tengo más tormentas de las que tiene el viento, pues sirvo a uno que es más fuerte que el viento, y con un cedazo y un cubo de agua puedo enviar a las grandes galeras al fondo del mar. Pero tengo un precio, hermoso muchacho, tengo un precio. ¿Qué necesitas? ¿Qué necesitas? Conozco una flor que crece en el valle, y nadie la conoce más que yo. Tiene hojas de púrpura y una estrella en el corazón, y su jugo es tan blanco como la leche. Si tocaras con esa flor los labios endurecidos de la reina, te seguiría por todo el mundo. Del lecho del rey se levantaría y saldría, y por el mundo entero te seguiría. Y tiene un precio, hermoso muchacho, tiene un precio. ¿Qué necesitas? ¿Qué necesitas? Puedo machacar un sapo en un mortero, y hacer caldo con él, y dar vueltas al caldo con la mano de un hombre muerto. Rocía con ello a tu enemigo mientras duerme, y se convertirá en víbora negra, y su propia madre le matará. Con una rueda puedo arrastrar la luna del firmamento, y en un cristal puedo mostrarte a la muerte. ¿Qué necesitas? ¿Qué necesitas? Dime tu deseo, y yo te lo concederé; y tú me pagarás un precio, hermoso muchacho, me pagarás un precio.

—Mi deseo es tan sólo una cosa muy pequeña —dijo el joven pescador—; sin embargo, el sacerdote se ha enojado conmigo y me ha echado. No es más que una cosa pequeña, y los mercaderes se han burlado de mí y me la han negado. Por tanto, he venido a ti, aunque los hombres te llaman perversa, y sea cual sea el precio lo pagaré.

—¿Qué es lo que quieres? —preguntó la hechicera, acercándose a él.

—Quisiera arrojar mi alma lejos de mí —respondió el joven pescador.

La hechicera se puso pálida y se estremeció, y ocultó el rostro en su manto azul.

—Hermoso muchacho, hermoso muchacho —musitó—, ésa es una cosa terrible de hacer.

Él sacudió sus rizos castaños y se rió.

—Mi alma no es nada para mí —respondió—. No puedo verla. No puedo tocarla. No la conozco.

—¿Qué me darás si te lo digo? —preguntó la hechicera, bajando a él la mirada de sus bellos ojos.

—Cinco monedas de oro —dijo él—, y mis redes, y la casa de zarzo en que vivo, y la barca pintada en que navego. Dime sólo cómo librarme de mi alma, y te daré todo lo que poseo.

Ella se rió mofándose de él, y le dio un golpecito con la rama de cicuta.

—Puedo convertir las hojas de otoño en oro —respondió—, y puedo tejer con los pálidos rayos de la luna un tejido, si quiero. Aquel a quien sirvo es más rico que todos los reyes de este mundo y posee los dominios de ellos.

—¿Qué debo darte entonces —exclamó él—, si tu precio no es oro ni plata?

La hechicera le rozó el cabello con su delgada mano blanca.

—Debes danzar conmigo, hermoso muchacho —murmuró.

Y le sonrió mientras le hablaba.

—¿Nada más que eso? —exclamó el joven pescador lleno de asombro, y se puso en pie.

—Nada más que eso —repuso ella, y volvió a sonreírle.

—Entonces, a la puesta del sol bailaremos juntos en algún lugar secreto —dijo él—, y después de haber bailado me dirás la cosa que deseo saber.

Ella negó con la cabeza.

—Cuando haya plenilunio, cuando haya plenilunio —musitó.

Luego escudriñó todo en derredor suyo, y escuchó. Un pájaro azul se levantó chillando de su nido e hizo círculos sobre las dunas, y tres aves moteadas hicieron crujir la hierba gris y áspera y se silbaron una a otra. No había otro sonido, salvo el sonido de una ola que desgastaba los lisos guijarros abajo. Así que extendió ella la mano, y le atrajo cerca de él y puso sus labios secos junto a su oído.

—Esta noche has de venir a la cima de la montaña —cuchicheó—. Hay aquelarre, y él estará allí.

El joven pescador se sobresaltó y la miró, y ella le mostró sus dientes blancos al reírse.

—¿De quién hablas cuando dices «él»? —preguntó.

—No importa —respondió ella—. Ve esta noche, y ponte bajo las ramas del carpe, y espera mi llegada. Si corre hacia ti un perro negro, golpéale con una vara de sauce, y se irá. Si te habla una lechuza, no le des respuesta alguna. Cuando llene la luna estaré contigo, y danzaremos juntos sobre la hierba.

—¿Pero quieres jurarme que me dirás cómo puedo arrojar mi alma lejos de mí? —inquirió él.

Se movió ella, poniéndose a plena luz del sol, y a través de su cabellera roja susurraba el viento.

—Por las pezuñas del macho cabrío lo juro —dijo ella como respuesta.

—Eres la mejor de las brujas —exclamó el joven pescador—, y bailaré contigo esta noche en la cima de la montaña. Preferiría verdaderamente que me hubieras pedido oro o plata. Pero tal y como es tu precio lo tendrás, pues es muy poca cosa.

Y se descubrió ante ella, quitándose la gorra, e inclinó la cabeza en un profundo saludo, y volvió corriendo a la ciudad lleno de gran alegría.

Y la hechicera le contempló mientras se iba, y cuando le hubo perdido de vista entró en su cueva, y sacando un espejo de una caja de madera de cedro tallada, lo puso en alto en un marco, y quemó ante él flor de verbena sobre carbones encendidos, y examinó las volutas del humo. Y después de un rato apretó los puños llena de ira.

—Debiera haber sido mío —musitó—; yo soy tan hermosa como ella.

Y aquel atardecer, cuando salió la luna, subió el joven pescador a la cima de la montaña, y se puso bajo las ramas del carpe. Como un escudo de metal bruñido, el mar redondo yacía a sus pies, y las sombras de las barcas pesqueras se movían en la pequeña bahía. Una lechuza, de amarillos ojos de sulfuro, le llamó por su nombre, pero él no le dio respuesta alguna. Corrió hacia él un perro negro y gruñó. Le golpeó con una vara de sauce, y se fue quejumbroso.

A medianoche llegaron las brujas volando por el aire como murciélagos.

—¡Fiuu! —gritaban, cuando se posaban en el suelo—; ¡hay alguien a quien no conocemos!

Y olfateaban alrededor y parloteaban unas con otras y se hacían señas. La última de todas fue la joven hechicera, con sus cabellos rojos ondeando al viento. Llevaba un vestido de tisú de oro con bordado de ojos de pavo real, y tenía en la cabeza un gorrito de terciopelo.

—¿Dónde está, dónde está? —chillaron las brujas cuando la vieron.

Pero ella sólo reía, y corrió al carpe, y tomando al pescador de la mano le sacó a la luz de la luna, y empezó a danzar.

Giraban y giraban dando vueltas y más vueltas, y la joven hechicera saltaba tan alto que podía ver él los tacones escarlata de sus zapatos. Luego llegó, precisamente a través de los bailarines, el ruido del galope de un caballo, pero no se veía caballo alguno, y él sintió miedo.

—¡Más deprisa! —gritó la hechicera.

Y le echó los brazos alrededor del cuello, y él sintió sobre su rostro el cálido aliento de ella.

—¡Más deprisa, más deprisa! —gritaba.

Y parecía que la tierra daba vueltas bajo sus pies, y se le turbó el cerebro, y le sobrecogió un gran terror, como una sensación de algo perverso que le estuviera vigilando; y al fin fue consciente de que bajo la sombra de un peñasco había una figura que no estaba allí antes. Era un hombre vestido con un traje de terciopelo negro, cortado a la moda española. Su rostro era extrañamente pálido, pero tenía los labios como una altiva flor roja. Parecía cansado, y apoyaba la espalda, jugueteando de un modo lánguido con el pomo de su daga. En la hierba, a su lado, había un sombrero con un airón de plumas y un par de guanteletes de montar con puño de encaje dorado, y con un extraño emblema bordado con aljófares. Colgaba de su hombro una capa corta forrada de piel de cebellina, y sus delicadas manos blancas estaban enjoyadas con anillos. Caían sobre sus ojos unos párpados pesados.

El joven pescador se le quedó mirando, como quien está atrapado en un conjuro. Finalmente, cruzaron la mirada, y dondequiera que bailara le parecía que los ojos del hombre estaban fijos sobre él. Oyó reír a la hechicera, y la tomó por el talle y giró con ella dando vueltas y más vueltas.

De pronto, aulló un perro en el bosque, y los que bailaban se detuvieron y, yendo de dos en dos, se arrodillaron y besaron las manos del hombre. Según lo hacían, una pequeña sonrisa tocaba sus labios orgullosos, a la manera que el ala de un pájaro roza el agua y la hace reír. Pero había desdén en aquella sonrisa. No hacía más que mirar al joven pescador.

—¡Ven, adorémosle! —susurró la hechicera.

Y le llevó; y a él le entró un gran deseo de hacer lo que ella le pedía, y la siguió. Pero cuando estuvo cerca, y sin saber por qué lo hacía, hizo sobre su pecho la señal de la cruz, e invocó el nombre santo.

Apenas lo había hecho, cuando chillaron las brujas como halcones y huyeron, y el pálido rostro que había estado observándole se retorció en un espasmo de dolor. El hombre se dio la vuelta hacia un bosquecillo y silbó. Un caballo ligero de raza española corrió a su llamada. Al saltar a la silla se volvió y miró al joven pescador con tristeza.

Y la hechicera de cabello rojo intentó escapar también, pero el pescador la cogió por las muñecas y la sujetó.

—¡Suéltame —gritaba ella—, y deja que me vaya! Pues tú has nombrado lo que no se debe nombrar, y has mostrado la señal que no se puede mirar.

—No —replicó él—, no dejaré que te vayas hasta que no me hayas dicho el secreto.

—¿Qué secreto? —dijo la hechicera, forcejeando con él como un gato salvaje, y mordiéndose los labios salpicados de espuma.

—Ya lo sabes —respondió él.

Sus ojos del color de la hierba verde se enturbiaron por las lágrimas, y dijo al pescador:

—Pídeme cualquier cosa menos ésa.

Él se rió y la sujetó con más fuerza.

Y cuando vio ella que no podría liberarse, le susurró:

—Con toda seguridad yo soy tan hermosa como las hijas del mar, y tan gentil como las que moran en las aguas azules.

Y le acarició, y puso la cara junto a la suya.

Pero él la apartó frunciendo el ceño, y le dijo:

—Si no cumples la promesa que me hiciste, te mataré por bruja falsa.

Ella se volvió gris como una flor del árbol que unos llaman de Judas y otros del amor [1], y se estremeció.

—Sea —musitó—. Es tu alma y no la mía. Haz con ella lo que quieras.

Y sacó de su cinto una navajilla con mango de piel de víbora verde, y se la dio.

—¿De qué me servirá esto? —le preguntó él, sorprendido.

Se quedó ella silenciosa durante unos instantes, y se extendió sobre su rostro un aire de terror. Luego se apartó el cabello de la frente, y sonriendo de un modo extraño le dijo:

—Lo que llamáis los hombres la sombra del cuerpo no es la sombra del cuerpo, sino que es el cuerpo del alma. Ponte en pie en la playa de espaldas a la luna y recorta alrededor de tus pies tu sombra, que es el cuerpo de tu alma, y pide a tu alma que te abandone, y lo hará.

---

[1] *Judas-tree,* en inglés.

El joven pescador tembló.

—¿Es verdad eso? —murmuró.

—Es verdad, y preferiría no habértelo dicho —exclamó ella.

Y se abrazó a las rodillas de él llorando.

Él la apartó de sí y la dejó sobre la hierba tupida, y yendo hasta la pendiente de la montaña se puso la navaja en el cinturón y empezó a descender.

Y su alma, que estaba en su interior, le llamaba y le decía:

—¡Ay! He vivido contigo todos estos años, y he sido sierva tuya. No me arrojes de ti ahora, pues ¿qué mal te he hecho?

Y el joven pescador reía.

—No me has hecho ningún mal, pero no te necesito para nada —respondía—. El mundo es ancho, y hay un cielo además y un infierno, y esa morada en tenue penumbra que está entre los dos. Ve donde quieras, pero no me molestes, pues mi amor me está llamando.

Y su alma le suplicaba lastimeramente, pero él no le hacía caso, sino que iba saltando de risco en risco, siendo como era de pies firmes como una cabra montés y, finalmente, llegó a la tierra llana y al borde amarillo del mar.

Fornido y con miembros de bronce, como una estatua esculpida por un griego, estaba en la arena de espaldas a la luna, y de la espuma salían brazos blancos que le llamaban haciéndole señas, y de las olas emergían formas difuminadas que le rendían homenaje. Ante él yacía su sombra, que era el cuerpo de su alma, y detrás de él estaba la luna suspendida en el aire color de miel.

Y su alma le dijo:

—Si de verdad tienes que arrojarme lejos de ti, no me envíes sin darme un corazón. El mundo es cruel, dame tu corazón para llevarlo conmigo.

Él sacudió la cabeza y sonrió.

—¿Con qué amaría a mi amor si te diera el corazón? —exclamó.

—Sé compasivo —dijo su alma—; dame tu corazón, pues el mundo es cruel y tengo miedo.

—Mi corazón es de mi amada —respondió—; por tanto, no te hagas la remolona y vete.

—¿No debiera yo también amar? —preguntó su alma.

—¡Vete!, pues no te necesito —exclamó el joven pescador.

Y cogió la navajita con el mango de piel de víbora verde, y recortó la sombra alrededor de sus pies, y la sombra se puso en pie y se plantó ante él y le miró, y era exactamente igual a él.

Él se echó lentamente hacia atrás, y se puso rápidamente la navaja en el cinto, y le embargó un sentimiento de pavor.

—¡Vete! —murmuró—, y que no vea más tu cara!

—No; debemos volver a vernos —dijo el alma.

Su voz era apagada y parecida a la de la flauta, y apenas movía los labios para hablar.

—¿Cómo nos encontraremos? —exclamó el joven pescador—. ¿No irás a seguirme a las profundidades del mar?

—Una vez al año vendré a este lugar, y te llamaré —dijo el alma—. Puede ocurrir que me necesites.

—¿Para qué voy a necesitarte? —exclamó el joven pescador—; pero sea como deseas.

Y se sumergió en el agua, y los tritones hicieron sonar sus caracolas, y la sirenita emergió para recibirle, y le echó los brazos al cuello y le besó en la boca.

Y el alma se quedó en la playa solitaria y los miró. Y cuando se sumergieron en el agua se fue llorando por las marismas.

Y al cabo de un año bajó el alma a la orilla del mar y llamó al joven pescador, y éste salió del abismo y dijo:

—¿Por qué me llamas?

Y el alma respondió:

—Acércate más, para que pueda hablar contigo, pues he visto cosas asombrosas.

Así que se acercó y se tendió en las aguas poco profundas, y apoyó la cabeza en la mano y escuchó.

Y el alma le dijo:

—Cuando me separé de ti volví el rostro hacia el oriente y emprendí el camino. Del oriente viene todo lo que es sabio. Seis días viajé, y en la mañana del séptimo día llegué a una colina del país de los tártaros. Me senté a la sombra de un tamarindo para resguardarme del sol. La tierra estaba reseca y requemada por el calor. Las gentes iban de acá para allá en la llanura semejantes a moscas arrastrándose sobre un disco de cobre bruñido.

Cuando llegó el mediodía subió del borde llano de la tierra una nube de polvo rojo. Al verla, los tártaros tensaron sus arcos pintados y, después de saltar a sus pequeños caballos, galoparon a su encuentro. Las mujeres huyeron gritando a las carretas, y se ocultaron detrás de las cortinas de fieltro.

Al crepúsculo regresaron los tártaros, pero faltaban cinco, y de los que volvían no pocos habían sido heridos. Engancharon los caballos a las carretas y se fueron apresuradamente.

Salieron tres chacales de una cueva y se pusieron a mirar detrás de ellos; y olfatearon el aire y se fueron trotando en dirección opuesta.

Cuando salió la luna vi un fuego de campamento que ardía en la llanura, y fui hacia él. Alrededor había un grupo de mercaderes sentados sobre alfombras. Detrás de ellos estaban sus camellos atados a estacas, y los negros que tenían por siervos estaban armando sobre la arena tiendas de piel curtida, y haciendo una alta cerca con nopales.

Al acercarme a ellos, el jefe de los mercaderes se levantó y sacó la espada, y me preguntó qué me llevaba allí.

Yo respondí que era príncipe en mi propia tierra, y que había escapado de los tártaros, que habían intentado hacerme su esclavo. El jefe se sonrió, y me mostró cinco cabezas clavadas en largas cañas de bambú.

Luego me preguntó quién era el profeta de Dios, y le respondí que era Mahoma.

Cuando oyó el nombre del falso profeta, inclinó la cabeza y me tomó de la mano, y me colocó a su lado. Un negro me llevó leche de yegua en una escudilla de madera, y un pedazo de carne de cordero asada.

Al rayar el día proseguimos el viaje. Yo cabalgaba en un camello de pelo rojizo, junto al jefe, y un corredor corría delante de nosotros llevando una lanza. Iban los guerreros a ambos lados, y seguían las mulas con la mercancía. Había cuarenta camellos en la caravana, y el número de mulas era dos veces cuarenta.

Del país de los tártaros fuimos al país de los que maldicen a la luna. Vimos a los grifos guardando su oro sobre las rocas blancas, y a los dragones durmiendo en sus cavernas. Al pasar por las montañas conteníamos la respiración para que no cayeran las nieves sobre nosotros, y todos los hombres se anudaban un velo de gasa delante de los ojos. Cuando pasábamos por los valles, los pigmeos nos disparaban flechas desde las concavidades de los árboles, y de noche oíamos a los salvajes que redoblaban los tambores. Al llegar a la Torre de los Monos pusimos frutas ante ellos, y no nos hicieron daño. Cuando llegamos a la Torre de las Serpientes, les dimos leche caliente en cuencos de latón, y nos dejaron pasar. Tres veces en nuestro viaje llegamos a las orillas del Oxo; lo cruzamos en balsas de madera con grandes vejigas de pellejo hinchado. Los hipopótamos se llenaban de rabia contra nosotros e intentaban matarnos, y al verlos los camellos temblaban.

Los reyes de todas las ciudades nos hacían pagar impuestos, pero no solían tolerar que entráramos por sus puertas. Nos arrojaban pan por encima de las murallas, bollitos de maíz cocidos con miel y bizcochos de flor de harina rellenos de dátiles. Por cada cien cestos les dábamos una cuenta de ámbar.

Al vernos llegar, los habitantes de los pueblos envenenaban las fuentes y huían a las cumbres de las colinas. Luchamos con los magadenses, que nacen viejos y se vuelven jóvenes cada año que pasa y mueren cuando son niños pequeños; y con los lactros, que se dicen hijos de los tigres, y se pintan de negro y amarillo; y con los aurantes, que entierran a sus muertos en las copas de los árboles, y viven ellos en cavernas oscuras para que no los mate el sol, que es su dios; y con los crimnianos, que adoran a un cocodrilo, y le regalan pendientes de cristal verde, y le alimentan con mantequilla y aves recién matadas; y con los agazombanos, que tienen cara de perro; y con los sibanos, que tiene pies de caballo, y corren más raudos que ellos. Un tercio de nuestro grupo murió en el combate, y un tercio murió de necesidad. El resto murmuraba contra mí, y decía que yo les había llevado una fortuna adversa. Saqué a una víbora con cuernos de debajo de una piedra y dejé que me picara, y cuando vieron que no enfermaba les entró miedo.

Al cuarto mes llegamos a la ciudad de Illel. Era de noche cuando llegamos a la arboleda que hay fuera de sus muros, y el aire era sofocante, pues la luna estaba en su curso por Escorpión. Cogimos las granadas maduras de los árboles, y las abrimos y bebimos su dulce jugo. Luego nos echamos en nuestras alfombras y esperamos al alba.

Y al alba nos levantamos y llamamos a las puertas de la ciudad. Eran de bronce rojo y llevaban esculpidos dragones marinos y dragones con alas. Los centinelas nos miraron desde las almenas y nos preguntaron qué queríamos. El intérprete de la caravana respondió que habíamos llegado de la isla de Siria con abundante mercancía. Tomaron rehenes, y nos dijeron que nos abrirían la puerta a mediodía, y nos pidieron que nos quedáramos allí hasta entonces.

Al mediodía abrieron la puerta, y cuando entramos salió la gente en tropel de las casas para mirarnos; y un pregonero recorrió la ciudad voceando a través de una caracola. Nosotros estábamos en la plaza del mercado, y los negros desataron los fardos de tela estampada con figuras y abrieron los cofres tallados de madera de sicomoro. Y cuando hubieron terminado su tarea, sacaron los mercaderes sus extrañas mercancías: el lino encerado de Egipto y el lino pintado del país de los etíopes, las esponjas púrpura de Tiro y los tapices azules de Sidón, las copas de frío ámbar y las finas vasijas de cristal y las curiosas vasijas de arcilla cocida y quemada. Desde la azotea de una casa un grupo de mujeres nos observaba. Una de ellas llevaba una máscara de cuero sobredorado.

Y el primer día vinieron los sacerdotes y comerciaron con nosotros, y el segundo día vinieron los nobles, y el tercer día, los artesanos y los esclavos. Y esta es la costumbre que tienen respecto a todos los mercaderes mientras están en la ciudad.

Y permanecimos allí durante una luna, y cuando la luna estaba en el cuarto menguante, me cansé y me puse a vagar por las calles de la ciudad, y llegué al jardín de su dios. Los sacerdotes, con sus túnicas amarillas, se movían silenciosamente entre los verdes árboles, y sobre un pavimento de mármol negro se levantaba la casa de color rojo rosado en la que el dios tenía su morada. Sus puertas estaban revestidas de laca, y toros y pavos reales estaban esculpidos en ellas en relieves de oro pulido. El tejado era de tejas de porcelana verde mar, y las cornisas, muy salientes, están festoneadas de campanillas. Al pasar volando las palomas, sus alas tropezaban con las campanas y las hacían repiquetear.

Delante del templo había un estanque de agua clara pavimentado con ónice veteado. Yo me recosté junto a él, y con mis dedos pálidos toqué las anchas hojas. Uno de los sacerdotes vino hasta donde yo estaba y se quedó de pie detrás de mí. Tenía sandalias en los pies, una de suave piel de serpiente y la otra de plumas de ave. En la cabeza llevaba una mitra de fieltro negro adornado con dibujos de la media luna en plata. Siete tonos diferentes de amarillo estaban tejidos en su túnica, y su cabello crespo estaba teñido con antimonio.

Después de una breve pausa me habló, y me preguntó qué deseaba.

Le dije que mi deseo era ver al dios.

—El dios está cazando —dijo el sacerdote, mirándome con extrañeza con sus pequeños ojos oblicuos.

—Dime en qué bosque y cabalgaré con él —respondí. Él peinó los suaves flecos de su túnica con sus largas uñas puntiagudas.

—El dios está dormido —susurró.

—Dime en qué lecho, y velaré junto a él —respondí yo.

—El dios está en el festín —exclamó.

—Si el vino es dulce lo beberé con él, y si es amargo, lo beberé con él también —fue mi respuesta.

Inclinó la cabeza admirado y, tomándome de la mano, me alzó, y me condujo al templo.

Y en la primera cámara vi un ídolo sentado en un trono de jaspe bordeado de grandes perlas orientales. Estaba tallado en ébano, y su estatura era la estatura de un hombre. En su frente había un rubí, y óleo espeso goteaba de su cabello hasta los muslos. Tenía los pies enrojecidos con la sangre de un cabrito recién sacrificado y la cintura ceñida con un cinturón de cobre tachonado con siete berilos.

Y dije al sacerdote:

—¿Es este el dios?

Y él me respondió:

—Éste es el dios.

—Enséñame el dios —grité—, o ten por seguro que te mataré.

Y le toqué la mano y ésta se secó.

Y el sacerdote me rogaba diciendo:

—Que mi señor cure a su siervo y le mostraré el dios.

Así que exhalé mi aliento sobre su mano, y volvió a estar sana, y él, temblando, me condujo a la segunda cámara, y vi un ídolo en pie sobre un loto de jade del que pendían grandes esmeraldas. Estaba tallado en marfil y su tamaño era dos veces la estatura de un hombre. En la frente tenía una gema olivina, y sus pechos estaban ungidos con mirra y canela. En una mano sostenía un cetro de jade en forma de gancho, y en la otra un redondo cristal. Llevaba coturnos de bronce, y su grueso cuello estaba rodeado por un collar de selenitas.

Y dije al sacerdote:

—¿Es este el dios?

Y me respondió:

—Éste es el dios.

—Muéstrame el dios —grité—, o ten por seguro que te mataré.

Y le toqué los ojos y se quedó ciego.

Y el sacerdote me suplicó, diciendo:

—Que mi señor cure a su siervo y le mostraré el dios.

Así que exhalé mi aliento sobre sus ojos, y volvió a ellos la vista, y él tembló de nuevo, y me condujo a la tercera cámara, y, ¡qué sorpresa!, no había ídolo alguno en ella, ni imagen de ninguna clase, sino sólo un espejo de metal redondo puesto sobre un altar de piedra.

Y dije al sacerdote:

—¿Dónde está el dios?

Y me respondió:

—No hay más dios que este espejo que ves, pues éste es el Espejo de la Sabiduría, y refleja todas las cosas del cielo y de la tierra, excepto solamente el rostro del que mira en él. Éste no lo refleja, de modo que el que mira en él puede ser sabio. Otros muchos espejos hay, pero son espejos de opinión. Éste sólo es el Espejo de la Sabiduría, y quienes poseen este espejo conocen todo, no hay nada que les esté oculto. Y los que no lo poseen no tienen sabiduría. Por tanto, es el dios, y nosotros lo adoramos.

Y miré en el espejo, y era exactamente como me había dicho.

E hice una cosa extraña, pero lo que hice no viene al caso, pues en un valle que está no más que a un día de viaje de este lugar he escondido yo el Espejo de la Sabiduría. Permíteme sólo que entre de nuevo en ti y que sea tu sierva, y serás el más sabio de todos los sabios, y la sabiduría será tuya. Permíteme que entre en ti, y nadie será tan sabio como tú.

Pero el joven pescador se rió.

—El amor es mejor que la sabiduría —exclamó—, y la sirenita me ama.

—No, no hay nada mejor que la sabiduría —dijo el alma.

—El amor es mejor —respondió el joven pescador.

Y se sumergió en el abismo, y el alma se fue llorando por las marismas.

Y cuando hubo transcurrido el segundo año bajó el alma a la orilla del mar y llamó al joven pescador, y él salió del abismo y dijo:

—¿Por qué me llamas?

Y el alma respondió:

—Acércate más para que pueda hablar contigo, pues he visto cosas maravillosas.

Así que se acercó más y se tendió en las aguas poco profundas, y apoyó la cabeza en la mano y escuchó.

Y el alma le dijo:

—Cuando me separé de ti volví mi rostro hacia el Sur y emprendí el camino. Del Sur viene todo lo que es precioso. Seis días viajé a lo largo de las rutas que conducen a la ciudad de Aster, a lo largo de los caminos polvorientos teñidos de rojo por los que van los peregrinos viajé yo; y en la mañana del séptimo día levanté los ojos, y, ¡oh sorpresa!, la ciudad yacía a mis pies, pues está en un valle.

Hay nueve puertas en esta ciudad, y delante de cada puerta hay un caballo de bronce que relincha cuando bajan los beduinos de las montañas. Las murallas están revestidas de cobre, y las torres vigía de las murallas están cubiertas con tejado de latón. En cada torre hay un arquero con un arco en la mano. Y a la salida del sol percute con una flecha sobre un gong, y a la puesta del sol sopla en un cuerno de asta.

Cuando traté de entrar, los centinelas me detuvieron y me preguntaron quién era. Yo les respondí que era un derviche, en camino a la Meca, donde había un velo verde en el que estaba bordado el Corán con letras de plata por manos de los ángeles. Se llenaron de asombro, y me rogaron que entrara.

Dentro, la ciudad es semejante a un bazar. Ciertamente debieras haber estado conmigo. A través de las calles estrechas, alegres farolillos de papel revolotean como grandes mariposas; cuando sopla el viento sobre los tejados se alzan y caen como burbujas pintadas. Delante de sus puestos se sientan los mercaderes sobre alfombras de seda. Llevan barba negra lacia, y el turbante cubierto de lentejuelas doradas, y largas sartas de ámbar y huesos de melocotón se deslizan entre sus dedos fríos. Algunos vendes gálbano y nardo, y extraños perfumes de las islas del océano Índico; y el bálsamo denso de rosas rojas y mirra y clavo menudo. Cuando se para uno a hablar con ellos, echan una pizca de incienso en un brasero de carbón vegetal y perfuman el aire. Vi a un sirio que tenía en las manos una varilla delgada como una caña, hebras grises de humo salían de ella, y su fragancia al arder era la fragancia de la flora rosa del almendro en primavera. Otros venden brazaletes de plata cubiertos de turquesas azul cremoso engastadas en relieve todo por encima, y ajorcas para los tobillos de hilo de bronce bordeado de perlas, y garras de tigre engarzadas en oro, y garras de ese felino de oro, el leopardo, montadas también en oro, y pendientes de esmeraldas taladradas, y anillos de jade hueco. De las casas de té llega el son de la guitarra, y los fumadores de opio, con sus blancos rostros sonrientes, miran a los transeúntes.

—En verdad debieras haber estado conmigo. Los vendedores de vino se abren paso a codazos entre la multitud, llevando grandes odres negros sobre los hombros. La mayoría de ellos venden vino de Chiraz, que es dulce como la miel. Lo sirven en pequeñas tazas de metal y esparcen pétalos de rosa sobre él. En la plaza del mercado están en pie los vendedores de fruta, y la venden de todas clases: higos maduros, con su pulpa púrpura magullada; melones, oliendo a almizcle y amarillos como topacios; cidras y pomarrosas, y racimos de uvas blancas; redondas naranjas de oro rojizo, y limones ovalados de oro verde. En una ocasión vi pasar a un elefante; llevaba la trompa pintada de bermellón y cúrcuma, y sobre las orejas llevaba una red de cordón de seda carmesí. Se paró delante de uno de los puestos y empezó a comerse las naranjas, y el hombre no hizo otra cosa que reírse. No puedes imaginarte qué gente tan extraña es. Cuando están alegres van a los que venden pájaros y les compran un pájaro enjaulado y lo ponen en libertad para que aumente su alegría, y cuando están tristes se azotan con espinas para que su dolor no decrezca.

Una tarde encontré a unos negros que llevaban un pesado palanquín a través del bazar. Era de bambú sobredorado, y las varas eran de laca bermellón tachonadas con pavos reales de bronce. De las ventanillas colgaban finos visillos de muselina bordada con alas de escarabajo y con aljófares diminutos, y al pasar, una circasiana de pálido rostro se asomó y me sonrió. Yo la seguí, y los negros apresuraron el paso y fruncieron el ceño. Pero no me importó. Sentía una gran curiosidad. Al fin se detuvieron ante una casa blanca cuadrada. No tenía ventanas, sólo una puerta pequeña como la puerta de una tumba. Dejaron en el suelo el palanquín y golpearon tres veces con un martillo de cobre. Un armenio con caftán de cuero verde miró por el postigo, y al verles les abrió, y extendió una alfombra en el suelo, y la mujer salió. Al entrar se volvió y volvió a sonreírme. Nunca había visto a nadie tan pálido.

Cuando salió la luna regresé al mismo lugar y busqué la casa, pero ya no estaba allí. Al ver eso supe quién era la mujer y por qué me había sonreído.

Ciertamente deberías haber estado conmigo. En la fiesta de la luna nueva salió el joven emperador de su palacio y entró en la mezquita para orar. Tenía los cabellos y la barba teñidos con pétalos de rosa, y las mejillas empolvadas con fino polvo de oro. Las palmas de sus pies y de sus manos estaban amarillas por el azafrán.

A la salida del sol salió de palacio con túnica de plata, y al ocaso volvió a él de nuevo con túnica de sol. La gente se lanzaba a tierra y escondía el rostro, pero yo no quise hacerlo. Me quedé de pie junto al puesto de un vendedor de dátiles y esperé. Cuando me vio el emperador alzó las cejas pintadas y se detuvo. Yo estaba completamente inmóvil, y no le rendí pleitesía. La gente se maravilló de mi osadía y me aconsejó que huyera de la ciudad. No les hice caso alguno, sino que fui a sentarme con los que vendían dioses extranjeros, que a causa de su negocio son abominados. Cuando les conté lo que había hecho me dieron un dios cada uno y me rogaron que me apartara de ellos.

Aquella noche, cuando estaba recostado en un cojín en la casa de té que está en la calle de las Granadas, entraron los guardias del emperador y me llevaron a palacio. Según avanzaba, iban cerrando cada puerta que pasaba, y ponían una cadena atravesándola. Dentro había un gran patio con una columnata todo alrededor; los muros eran de alabastro blanco, combinado acá y allá con azulejos azules y verdes; los pilares eran de mármol verde y el pavimento de una clase de mármol del color de la flor del melocotón. Nunca en mi vida había visto nada semejante.

Cuando atravesaba el patio, dos mujeres con el rostro oculto por un velo miraron hacia abajo desde un balcón y me maldijeron. Los guardias se apresuraron, y el extremo de sus lanzas sonaba sobre el suelo pulido. Abrieron una puerta de marfil tallado, y me encontré en un jardín regado, colgante en siete terrazas. Tenía plantados tulipanes y grandes margaritas, y áloes tachonados de plata. Como una grácil caña de cristal, un surtidor estaba suspendido en el aire oscuro. Eran los cipreses como antorchas apagadas; en uno de ellos cantaba un ruiseñor.

Al fondo del jardín había un pequeño pabellón. Al acercanos a él, dos eunucos salieron a nuestro encuentro. Sus cuerpos obesos se balanceaban al andar, y me miraban con curiosidad con sus ojos de párpados amarillos. Uno de ellos tomó en un aparte al capitán de la guardia, y le cuchicheó en voz baja. El otro no dejaba de mascar pastillas olorosas, que sacaba con un gesto afectado de una caja ovalada de esmalte lila.

Después de unos instantes despachó el capitán de la guardia a los soldados, que volvieron al palacio, siguiéndoles los eunucos lentamente y arrancando moras dulces de los árboles al pasar.

El mayor de los dos se volvió una vez, y me sonrió con malévola sonrisa.

Luego, el capitán de la guardia me hizo ir hasta la entrada del pabellón. Caminé sin temblar, y apartando a un lado el pesado cortinaje entré.

El joven emperador estaba tendido en un diván de piel de león teñida, y tenía encaramado en el puño un gran halcón. Detrás de él estaba en pie un nubio con turbante de latón, desnudo hasta la cintura, y con pesados pendientes en las orejas abiertas. En una mesa junto al diván había una enorme cimitarra de acero.

Al verme, el emperador frunció el ceño y me dijo:

—¿Cómo te llamas? ¿No sabes que soy el emperador de esta ciudad?

Pero yo no le di respuesta alguna.

Señaló con el dedo la cimitarra, y el nubio la cogió y avanzando rápidamente me atacó con ella con gran violencia. La hoja me atravesó silbando, y no me hizo daño alguno. El hombre cayó derribado al suelo y, cuando se levantó, le castañeteaban los dientes de terror y se escondió detrás del diván.

El emperador se puso en pie de un salto, y tomando una lanza de una panoplia me la arrojó. La cogí al vuelo, y rompí el fuste en dos pedazos. Me lazó una flecha, pero yo extendí las manos y la detuve en el aire. Entonces sacó una daga de un cinturón de cuero blanco y apuñaló al nubio en la garganta, no fuera que el esclavo contara su deshonor. El hombre se retorció como una culebra pisoteada, y una espuma roja salió a borbotones de sus labios.

En cuanto hubo muerto, el emperador se volvió hacia mí y, después de enjugarse el sudor brillante de la frente con un pequeño paño de seda púrpura con orla, me dijo:

—¿Eres un profeta, para que no pueda hacerte daño, o el hijo de un profeta, para que no me sea posible herirte? Te ruego que abandones mi ciudad esta noche, pues mientras estés tú en ella yo no soy ya su señor.

Y yo le respondí:

—Me iré a cambio de la mitad de tus tesoros. Dame la mitad de tus tesoros y me marcharé.

Me tomó de la mano y me condujo al jardín. Cuando el capitán de la guardia me vio se quedó sorprendido. Cuando me vieron los eunucos les temblaron las rodillas y cayeron al suelo llenos de temor.

Hay una cámara en el palacio que tiene ocho muros de pórfido rojo y techo con láminas de bronce del que penden lámparas. Tocó el emperador uno de los muros y se abrió, y pasamos a un pasadizo que estaba iluminado con muchas antorchas. En nichos, a ambos lados, había grandes jarros de vino llenos hasta los bordes de monedas de plata. Cuando llegamos a la mitad del pasadizo, el emperador profirió la palabra que no puede proferirse y se abrió de par en par una puerta de granito con un resorte secreto, y él se llevó las manos al rostro para no quedar deslumbrado.

No podrías creer qué lugar tan maravilloso era. Había enormes conchas de tortuga llenas de perlas, y adularias cóncavas de gran tamaño amontonadas con rojos rubíes. El oro estaba almacenado en cofres de piel de elefante, y el oro en polvo en redomas de cuero. Había ópalos y zafiros, aquéllos en copas de cristal, y éstos en copas de jade. Verdes esmeraldas redondas estaban alineadas ordenadamente sobre diáfanas bandejas de marfil, y en un rincón había bolsas de seda repletas, algunas de turquesas y otras de berilos. Los cuerpos de marfil estaban llenos hasta los bordes de amatistas púrpura, y los cuernos de bronce, de calcedonias y cornalinas. Los pilares, que eran de cedro, tenían colgadas hileras de piedras lincurias amarillas. En los planos escudos ovalados había carbunclos, de color de vino y de color de hierba. Y, a pesar de todo lo que te he contado, no te he dicho más que la décima parte de lo que había allí.

Y después de que el emperador hubo retirado las manos de delante del rostro me dijo:

—Ésta es mi cámara del tesoro, y la mitad de lo que hay en ella es tuyo, justamente como te lo prometí. Y te daré camellos y camelleros, y cumplirán tus órdenes y llevarán tu parte del tesoro a cualquier parte del mundo a que desees ir. Y esto se hará esta noche, pues no quisiera que el sol, que es mi padre, viera que hay en la ciudad un hombre al que no puedo matar.

Pero yo le respondí:

—El oro que hay aquí es tuyo, y la plata es tuya también, y tuyas son las joyas preciosas y las cosas de valor. En cuanto a mí, no las necesito. No tomaré nada de ti excepto el pequeño anillo que llevas en el dedo de la mano.

Y el emperador frunció el ceño.

—Es sólo un anillo de plomo —exclamó—, y no tiene ningún valor. Toma por tanto la mitad de mis tesoros y vete de mi ciudad.

—No —respondí—, no cogeré más que ese anillo de plomo, pues sé lo que hay escrito en su interior, y con qué propósito.

Y el emperador tembló, y me suplicó diciendo:

—Toma mis tesoros y vete de mi ciudad. La mitad que era mía será tuya también.

Yo hice una cosa extraña, pero lo que hice no viene al caso, pues en una cueva que está sólo a un día de camino de este lugar he escondido el Anillo de las Riquezas. Está sólo a un día de camino de este lugar, y espera tu llegada. El que posee este anillo es más rico que todos los reyes del mundo. Ven, por tanto, y tómalo, y serán tuyas las riquezas del mundo.

Pero el joven pescador se rió.

—El amor es mejor que las riquezas —exclamó—, y la sirenita me ama.

—No, no hay nada mejor que las riquezas —dijo el alma.

—El amor es mejor —respondió el joven pescador.

Y se sumergió en el abismo, y el alma se fue llorando por las marismas.

Y cuando hubo transcurrido el tercer año bajó el alma a la orilla del mar, y llamó al joven pescador, y él salió del abismo y dijo:

—¿Por qué me llamas?

Y el alma respondió:

—Acércate más, para que pueda hablar contigo, pues he visto cosas maravillosas.

Así es que se acercó más, y se tendió en las aguas poco profundas, y apoyó la cabeza en la mano y escuchó.

Y el alma le dijo:

—En una ciudad que yo conozco hay una posada que está junto a un río. Allí me senté con marineros que bebían vino de dos colores diferentes, y que comían pan de cebada y pescaditos salados servidos en hojas de laurel con vinagre. Y mientras estábamos sentados divirtiéndonos, entró allí un anciano que llevaba una alfombra de cuero y un laúd que tenía dos cuernos de ámbar. Y cuando hubo extendido la alfombra en el suelo, pulsó con una púa de pluma de ave las cuerdas de su laúd; y entró corriendo una muchacha con el rostro cubierto por un velo y empezó a danzar delante de nosotros. Tenía el rostro velado con un velo de gasa, pero llevaba los pies desnudos. Desnudos tenía los pies, y se movían sobre la alfombra como pequeñas palomas blancas. Nunca he visto nada tan maravilloso; y la ciudad en la que danza está sólo a un día de camino de esta ciudad.

Y cuando el joven pescador oyó las palabras de su alma, recordó que la sirenita no tenía pies y no podía bailar. Y se apoderó de él un gran deseo, y se dijo a sí mismo:

«Está sólo a un día de camino, y puedo volver junto a mi amor».

Y rió, y se puso de pie en las aguas poco profundas, y fue a grandes pasos hacia la playa. Y cuando hubo llegado a la orilla seca volvió a reír, y tendió los brazos a su alma. Y su alma dio un gran grito de alegría y corrió a reunirse con él, y entró dentro de él, y el joven pescador vio extendida ante él sobre la arena esa sombra del cuerpo que es el cuerpo del alma.

Y su alma dijo:

—No nos detengamos, y salgamos de aquí inmediatamente, pues los dioses del mar son celosos, y tienen monstruos que cumplen sus mandatos.

Así es que se apresuraron, y toda aquella noche viajaron bajo la luna, y todo el día siguiente viajaron bajo el sol, y al atardecer de aquel día llegaron a una ciudad.

Y el joven pescador dijo a su alma:

—¿Es ésta la ciudad en la que danza aquélla de quien me hablaste?

Y su alma le respondió:

—No es esta ciudad, sino otra. Entremos, no obstante.

Entraron, pues, y atravesaron las calles, y al pasar por la calle de los joyeros el joven pescador vio una hermosa copa de plata que exhibían en un puesto. Y su alma le dijo:

—Coge esa copa de plata y escóndela.

Así que cogió la copa de plata y la escondió entre los pliegues de su túnica, y salieron apresuradamente de la ciudad.

Y cuando hubieron recorrido una legua desde la ciudad, el joven pescador frunció el ceño, arrojó la copa y dijo a su alma:

—¿Por qué me dijiste que cogiera esa copa y la escondiera, siendo una mala acción?

Pero su alma le respondió:

—No te inquietes, no te inquietes.

Y al atardecer del segundo día llegaron a una ciudad, y el joven pescador dijo a su alma:

—¿Es ésta la ciudad en la que danza aquélla de quien me hablaste?

Y su alma le respondió:

—No es esta ciudad, sino otra. Entremos, sin embargo.

Entraron, pues, y atravesaron las calles, y al pasar por la calle de los vendedores de sandalias el joven pescador vio a un niño que estaba de pie junto a un cántaro de agua. Y el alma le dijo:

—Pega a ese niño.

Así es que pegó al niño hasta que se echó a llorar, y cuando lo hubo hecho salieron apresuradamente de la ciudad.

Y después de que hubieron recorrido una legua desde la ciudad el joven pescador se puso furioso, y dijo a su alma:

—¿Por qué me dijiste que pegara al niño, siendo una mala acción?

Pero su alma le respondió:

—No te inquietes, no te inquietes.

Y al atardecer del tercer día llegaron a una ciudad, y el joven pescador dijo a su alma:

—¿Es ésta la ciudad en la que danza aquélla de quien me hablaste?

Y el alma le respondió:

—Puede que sea esta ciudad, por tanto, entremos.

Entraron, pues, y atravesaron las calles, pero en ninguna parte pudo el joven pescador encontrar el río ni la posada que estaba junto a él. Y la gente de la ciudad le miraba con curiosidad, y él tuvo miedo y dijo a su alma:

—Vayámonos de este lugar, pues no está aquí la que danza con pies blancos.

Pero su alma respondió:

—No, quedémonos, pues está la noche oscura y habrá ladrones en el camino.

Así es que se sentó en la plaza del mercado a descansar, y después de un rato pasó un mercader con cabeza encapuchada que llevaba un manto de paño de Tartaria y una linterna de asta perforada al extremo de una caña nudosa. Y el mercader le dijo:

—¿Por qué estás sentado en la plaza del mercado, viendo que están cerrados los puestos y encordados los fardos?

Y el joven pescador le respondió:

—No puedo encontrar posada en esta ciudad, ni tengo ningún pariente que pudiera darme albergue.

—¿No somos todos hermanos? —dijo el mercader—. ¿Y no nos hizo un mismo Dios? Ven, por tanto, conmigo, pues tengo un aposento para invitados.

Así que el joven pescador se levantó y siguió al mercader a su casa. Y cuando hubieron cruzado un jardín de granados y entrado en la casa, el mercader le llevó agua de rosas en una jofaina de cobre para que se lavara las manos, y melones en sazón para que apagara la sed, y puso ante él un cuenco de arroz y un pedazo de cabrito asado.

Y cuando hubo terminado, el mercader le llevó a la alcoba de los invitados, y le pidió que durmiera y descansara. Y el joven pescador le dio las gracias y besó el anillo de su mano, y se dejó caer en las alfombras de pelo de cabra teñido. Y cuando se hubo cubierto con una manta de lana de cordero negro cayó dormido.

Y tres horas antes del alba, y siendo de noche todavía, le despertó su alma y le dijo:

—Levántate y vete al aposento del mercader, al aposento mismo en el que duerme y mátale, y cógele su oro, pues lo necesitamos.

Y el joven pescador se levantó y fue sigilosamente hasta la habitación del mercader, y sobre los pies del mercader había una espada curva, y la bandeja que había al lado del mercader tenía nueve bolsas de oro. Y extendió la mano y tocó la espada, y al tocarla se sobresaltó el mercader y se despertó, y levantándose de un salto agarró la espada y gritó al joven pescador:

—¿Devuelves mal por bien y pagas derramando sangre la bondad que he mostrado contigo?

Y su alma dijo al pescador:

—Golpéale.

Y le golpeó hasta que perdió el conocimiento, y cogió entonces las nueve bolsas de oro y huyó apresuradamente a través del jardín de granados, y orientó su rostro a la estrella que es el lucero del alba.

Y cuando hubieron recorrido una legua desde la ciudad, el joven pescador se dio golpes de pecho y dijo a su alma:

—¿Por qué me ordenaste que matara al comerciante y cogiera su oro? Tengo por seguro que eres malvada.

Pero su alma le respondió:

—No te inquietes, no te inquietes.

—No —gritó el joven pescador—. No puedo dejar de inquietarme, pues todo lo que me has hecho hacer lo aborrezco. A ti también te aborrezco, y te ordeno que me digas por qué te has portado conmigo de este modo.

Y su alma le respondió:

—Cuando me echaste al mundo no me diste corazón, así que aprendí a hacer todas estas cosas y a amarlas.

—¿Qué dices? —murmuró el joven pescador.

—Ya lo sabes —respondió su alma—; lo sabes muy bien. ¿Has olvidado que no me diste corazón? Yo creo que no. Así que no te inquietes ni me inquietes, y quédate tranquilo, pues no hay dolor que no hayas de arrojar lejos de ti ni placer que no hayas de gozar.

Y cuando el joven pescador oyó estas palabras se puso a temblar, y dijo a su alma:

—No; eres perversa, y me has hecho olvidar a mi amor, y me has tentado con tentaciones, y has puesto mis pies en las sendas del pecado.

Y su alma le respondió:

—No habrás olvidado que cuando me echaste al mundo no me diste corazón. Ven, vayamos a otra ciudad, y regocijémonos, pues tenemos nueve bolsas de oro.

Pero el joven pescador cogió las nueve bolsas de oro y las tiró al suelo, y las pisoteó.

—No —exclamó—, y no quiero tener nada que ver contigo, ni quiero viajar contigo a ninguna parte, sino que lo mismo que te arrojé lejos de mí antes, te arrojaré ahora, pues no me has hecho ningún bien.

Y se volvió de espaldas a la luna, y con la navajilla que tenía el mango de piel de víbora verde se esforzó en recortar de sus pies la sombra del cuerpo que es el cuerpo del alma.

Sin embargo, su alma no se movió de él, ni hizo caso de su mandato, sino que le dijo:

—El conjuro que te dijo la hechicera ya no te sirve, pues yo no puedo dejarte, ni me puedes echar tú. Una vez en la vida puede un hombre arrojar su alma lejos de sí, pero el que vuelve a recibir su alma tiene que quedarse con ella para siempre, y éste es su castigo y su recompensa.

Y el joven pescador se puso lívido, y apretando los puños exclamó:

—Era una hechicera falsa, pues no me dijo eso.

—No —respondió su alma—, era fiel a aquel a quien adora, y cuya esclava será para siempre.

Y cuando supo el joven pescador que ya no podría librarse de su alma, y que era un alma perversa, y que moraría siempre con él, se arrojó al suelo llorando amargamente.

Y cuando fue de día se levantó el joven pescador y dijo a su alma:

—Me ataré las manos para no hacer tus mandatos, y cerraré los labios para no decir tus palabras, y volveré al lugar donde tiene su morada la que amo. Al mar es adonde volveré, y a la pequeña bahía en la que acostumbraba ella a cantar, y yo la llamaré y le diré el mal que he hecho y el mal que tú me has hecho.

Y su alma le tentó y dijo:

—¿Quién es tu amada para que vuelvas a ella? El mundo tiene muchas más hermosas. Están las bailarinas de Samaris, que imitan la danza de todos los pájaros y de todos los animales. Tienen los pies pintados con alheña, y llevan en las manos campanillas de cobre. Ríen al danzar, y su risa es tan clara como la risa del agua. Ven conmigo y te las mostraré. Pues, ¿qué sentido tiene esa inquietud tuya sobre las cosas que son pecado? ¿No se han hecho las cosas sabrosas para el que come? ¿Hay veneno en lo que es dulce al beber? No te inquietes y ven conmigo a otra ciudad. Hay otra pequeña ciudad muy cerca con un jardín de tulíperos. Y habitan en ese lindo jardín pavos reales blancos y pavos reales de pecho azul. Su cola, cuando hacen la rueda al sol, es como un disco de marfil y como un disco de oro. Y la que les da el alimento danza para placer de ellos, y a veces danza sosteniéndose en las manos y otras veces danza sobre los pies. Tiene los ojos sombreados con antimonio y las aletas de su nariz tienen la forma de las alas de una golondrina. Colgada de un ganchito en una de las aletas de su nariz pende una flor tallada en una perla. Ríe mientras danza, y las ajorcas de plata que rodean sus tobillos repican como campanas de plata. Así que no te inquietes más, y ven conmigo a esa ciudad.

Pero el joven pescador no respondió a su alma, sino que selló sus labios con el sello del silencio, y con una cuerda apretada ató sus manos, y emprendió el camino de vuelta al lugar del que había salido, a aquella pequeña bahía en que su amor solía cantar. Y siempre le tentaba su alma en el camino, pero él no le respondía, ni quiso hacer ninguna de las maldades que intentaba que hiciera, ¡tan grande era la fuerza del amor que había dentro de él!

Y cuando hubo llegado a la orilla del mar, desató la cuerda de sus manos, y rompió el sello de silencio de sus labios, y llamó a la sirenita. Pero ella no acudió a su llamada, aunque la llamó durante todo el día suplicándole.

Y su alma se burlaba de él y decía:

—Ciertamente tienes poca alegría con tu amor. Eres semejante a quien en tiempo de escasez vierte agua en una vasija rota; rechazas lo que tienes y no se te da nada a cambio. Más te valdría venir conmigo, pues sé dónde está el Valle del Placer, y las cosas que allí existen.

Pero el joven pescador no respondió a su alma, y en una hendidura de la roca se construyó una casa de zarzo, y habitó allí por espacio de un año. Y cada mañana llamaba a la sirena, y cada mediodía la volvía a llamar, y por la noche pronunciaba su nombre. No obstante, ella nunca salió del mar a su encuentro, ni en ningún lugar del mar pudo encontrarla, aunque la buscó en las grutas y en el agua verde, en los charcos que forma la marea y en los pozos del fondo del abismo.

Y siempre su alma le tentaba con el mal, y le musitaba cosas terribles. Sin embargo, no prevalecía contra él, ¡tan grande era la fuerza de su amor!

Y después de transcurrido el año, pensó el alma en su interior:

«He tentado a mi dueño con el mal, y su amor es más fuerte que yo. Le tentaré ahora con el bien, y puede que quiera venirse conmigo».

Así es que habló al joven pescador y dijo:

—Te he hablado de la alegría del mundo, y me has prestado oídos sordos. Permíteme ahora que te hable del sufrimiento del mundo, y puede que quieras escuchar. Pues, en verdad, el sufrimiento es el señor de este mundo, y no hay nadie que escape de sus redes. Hay quien carece de vestido, y quien carece de pan. Hay viudas que se sientan cubiertas de púrpura, y viudas que se sientan cubiertas de harapos. De acá para allá en las tierras pantanosas van los leprosos y son crueles los unos con los otros. Los mendigos recorren arriba y abajo los caminos con las bolsas vacías. Por las calles de las ciudades pasea el hambre, y a sus puertas se sienta la plaga. Ven, vayamos a poner remedio a esas cosas, y a hacer que no existan. ¿Por qué habrías de quedarte aquí llamando a tu amor, viendo que ella no acude a tu llamada? ¿Y qué es el amor para que no pongas esta noble causa por encima de él?

Pero el joven pescador no le respondió, ¡tan grande era la fuerza de su amor! Y cada mañana llamaba a la sirena, y cada mediodía volvía a llamarla, y de noche pronunciaba su nombre. Sin embargo, nunca salió ella del mar a su encuentro, ni en ningún lugar del mar pudo encontrarla, aunque la buscó en los ríos del mar, y en los valles que están bajo las olas, en el mar que la noche convierte en púrpura, y en el mar que el alba torna gris.

Y después de transcurrido el segundo año, dijo el alma al joven pescador una noche, cuando estaba solo sentado en su hogar de zarzo:

—¡Mira!, te he tentado con el mal y te he tentado con el bien, y tu amor es más fuerte que yo. Por tanto, no te tentaré más, pero te ruego que me permitas entrar en tu corazón para que sea uno contigo como era antes.

—Ciertamente puedes entrar —dijo el joven pescador—, pues en los días en que fuiste sin corazón por el mundo debiste sufrir mucho.

—¡Ay! —exclamó el alma—, no puedo encontrar ninguna entrada, tan cercado por el amor está este corazón tuyo.

—Y, sin embargo, quisiera poder ayudarte —dijo el joven pescador.

Y cuando así hablaba vino del mar un grito de duelo, semejante al grito que oyen los hombres cuando muere uno de los que habitan en el mar. Y el joven pescador se puso en pie de un salto, y salió de su casa de zarzo y bajó corriendo a la orilla. Y las negras olas se apresuraron hacia la playa, llevando consigo una carga que era más blanca que la plata. Blanca como el rompiente de las olas era, y como una flor se movía en las aguas. Y el rompiente la tomó de las olas, y la espuma la tomó del rompiente, y la recibió la playa; y, yaciendo a sus pies, el joven pescador vio el cuerpo de la sirenita. Muerto a sus pies yacía.

Llorando como quien ha sido herido por el dolor se lanzó junto a ella, y besó el rojo frío de su boca, y jugueteó con el ámbar húmedo de sus cabellos. Se lanzó junto a ella en la arena, llorando como quien tiembla de alegría, y en sus brazos morenos la sostuvo junto a su pecho.

Fríos eran los labios, no obstante él los besaba. Salada era la miel de los cabellos; sin embargo la saboreaba con amarga alegría. Besaba los párpados cerrados, y la espuma bravía que había sobre las cuencas de sus ojos era menos salada que sus lágrimas.

Y al cadáver hizo él su confesión. En las conchas de sus oídos vertió el vino acerbo de su historia. Puso las pequeñas manos en torno a su cuello, y tocó con sus dedos la esbelta caña de su garganta. Amargo, amargo era su gozo, y lleno de extraña alegría era su dolor.

El negro mar vino más cerca, y la blanca espuma gemía como un leproso. Con blancas garras de espuma buscaba el mar a tientas en la playa. Desde el palacio del rey del mar llegaba de nuevo el grito de duelo, y a lo lejos, en alta mar, los grandes tritones tocaban broncamente sus caracolas.

—¡Huye! —dijo su alma—, pues cada vez se acerca más el mar, y si te detienes te matará. ¡Huye!, que tengo miedo, viendo que tu corazón está cerrado para mí por razón de la grandeza de tu amor. Huye a un lugar seguro. ¿No querrás ciertamente mandarme al otro mundo sin corazón?

Pero el joven pescador no escuchaba a su alma, sino que llamaba a la sirenita y decía:

—El amor es mejor que la sabiduría, y de más precio que las riquezas, y más hermoso que los pies de las hijas de los hombres. Las llamas no pueden destruirlo ni pueden las aguas apagarlo. Te llamé al alba, y tú no acudiste a mi llamada. La luna oyó tu nombre; sin embargo, tú no me hiciste caso. Pues con maldad te abandoné yo, y para mi propio daño me fui a merodear. No obstante, siempre tu amor permaneció conmigo, y siempre fue fuerte y no prevaleció nada contra él, aunque contemplé el mal y contemplé el bien. Y ahora que has muerto, te digo en verdad que moriré yo también contigo.

Y su alma le suplicó que se fuera, pero él no quiso, ¡tan grande era su amor! Y el mar llegó más cerca, y trató de cubrirle con sus olas, y cuando él supo que el final estaba próximo besó con labios enloquecidos los labios fríos de la sirena, y su corazón se hizo pedazos. Y cuando por la plenitud de su amor se rompió su corazón, encontró el alma una entrada, y entró, y fue una con él igual que antes.

Y el mar cubrió con sus olas al joven pescador.

Y a la mañana siguiente fue el sacerdote a bendecir el mar, pues había estado turbulento. Y con él fueron los monjes, y los músicos, y los que portaban los cirios, y los que hacían oscilar los incensarios, y una gran concurrencia.

Y cuando el sacerdote llegó a la orilla del mar vio al joven pescador que yacía ahogado en el rompiente de las olas y, estrechado entre sus brazos, el cuerpo de la sirenita. Y retrocedió frunciendo el ceño y, después de hacer la señal de la cruz, gritó con voz sonora y dijo:

—No quiero bendecir el mar ni a nada de lo que hay en él. ¡Malditos sean los que habitan en el mar, y sean malditos los que trafican con ellos! Y en cuanto a aquél que por amor abandonó a Dios y yace aquí con su amada, y a quien el juicio de Dios dio muerte, llevaos su cuerpo y el cuerpo de su amada, y enterradlos en el rincón del Campo de los Bataneros, y no pongáis marca alguna sobre ellos ni señal de ninguna clase; que no sepa nadie el lugar de su descanso, pues fueron malditos en su vida y serán también malditos en su muerte.

E hicieron lo que ordenó; y en el rincón del Campo de los Bataneros, donde no crecen hierbas frescas, cavaron una honda fosa y dejaron en ella los cadáveres.

Y transcurrido el tercer año, y un día que era sagrado, subió el sacerdote a la capilla para mostrar al pueblo las llagas del Señor y hablarle de la ira de Dios.

Y cuando vestido con los ornamentos sagrados hubo entrado y se hubo prosternado ante el altar, vio que estaba el altar cubierto de extrañas flores que nunca había visto antes. Extrañas eran a la mirada y de extraña belleza, y su belleza le turbó, y su fragancia era dulce a su olfato. Y se sentía alegre, y no comprendía por qué estaba alegre.

Y después de haber abierto el sagrario, e incensado el viril de la custodia que había en él, y mostrado al pueblo la blanca hostia, y de haberla ocultado de nuevo tras el velo de los velos, empezó a hablar al pueblo, deseando hablarles de la ira de Dios. Pero la belleza de las flores blancas le turbaba, y la fragancia era dulce a su olfato; y otra palabra vino a sus labios, y habló, no de la ira de Dios, sino del Dios cuyo nombre es Amor. Y por qué hablaba así, no lo sabía.

Y cuando hubo terminado su homilía lloraba el pueblo; y el sacerdote volvió a la sacristía, y tenía los ojos llenos de lágrimas. Y los diáconos entraron y empezaron a despojarle de sus ornamentos, y le quitaron el alba y el cíngulo, el manípulo y la estola. Y él estaba como quien está en sueños.

Y después de que le hubieron despojado de los ornamentos, les miró y dijo:

—¿Cuáles son las flores que están en el altar, y de dónde vienen?

Y le respondieron:

—Qué flores son no podemos decirlo, pero proceden del rincón del Campo de los Bataneros.

Y el sacerdote se puso a temblar, y regresó a su casa y oró.

Y a la mañana siguiente, cuando era todavía el alba, fue con los monjes, y los músicos, y los que portaban los cirios, y los que hacían oscilar los incensarios, y una gran concurrencia; llegó a la orilla del mar y bendijo el mar y a todos los seres libres que hay en él. A los faunos también los bendijo, y a los pequeños seres que danzan en el bosque, y a las criaturas de ojos brillantes que miran a través de las hojas. A todas las cosas del mundo del Señor bendijo, y la gente estaba llena de alegría y de asombro. No obstante, nunca en el rincón del Campo de los Bataneros brotaron otra vez flores de ninguna especie, sino que el campo se volvió estéril lo mismo que era antes. Ni vinieron los habitantes del mar a la bahía como solían hacer, pues se fueron a otra parte del mar.

EL NIÑO-ESTRELLA

Había una vez dos pobres leñadores que volvían a su casa a través de un gran pinar. Era invierno, y hacía una noche de intenso frío. Había una espesa capa de nieve en el suelo y en las ramas de los árboles; la helada hacía chasquear continuamente las ramitas a ambos lados a su paso; y cuando llegaron a la cascada de la montaña la encontraron suspendida inmóvil en el aire, pues la había besado el rey del hielo.

Tanto frío hacía que ni siquiera los pájaros ni los demás animales entendían lo que ocurría.

—¡Uf! —gruñía el lobo, mientras iba renqueando a través de la maleza con el rabo entre las patas—, hace un tiempo enteramente monstruoso. ¿Por qué no toma medidas el gobierno?

—¡Uit!, ¡uit!, ¡uit! —gorjeaban los verdes pardillos—, la vieja tierra se ha muerto, y la han sacado afuera con su blanca mortaja.

—La tierra se va a casar, y éste es su traje de novia —se decían las tórtolas una a otra cuchicheando.

Tenían las patitas rosas llenas de sabañones, pero sentían que era su deber tomar un punto de vista romántico sobre la situación.

—¡Tonterías! —refunfuñó el lobo—. Os digo que la culpa la tiene el gobierno, y si no me creéis os comeré.

El lobo tenía una mente completamente práctica, y siempre tenía a punto un buen razonamiento.

—Bueno, por mi parte —dijo el picoverde, que era un filósofo nato— no me interesa una teoría pormenorizada de explicaciones. Las cosas son como son, y ahora hace un frío terrible.

Y un frío terrible hacía, ciertamente. Las pequeñas ardillas, que vivían en el interior del alto abeto, no hacían más que frotarse mutuamente el hocico para entrar en calor, y los conejos se hacían un ovillo en sus madrigueras, y no se aventuraban ni siquiera a mirar afuera. Los únicos que parecían disfrutar eran los grandes búhos con cuernos. Tenían las plumas completamente tiesas por la escarcha, pero no les importaba, y movían en redondo sus grandes ojos amarillos, y se llamaban unos a otros a través del bosque:

—¡Tu-uit! ¡Tu-ju! ¡Tu-uit! ¡Tu-ju! ¡Qué tiempo tan delicioso tenemos!

Los dos leñadores seguían su camino, soplándose con fuerza los dedos y golpeando con sus enormes botas con refuerzos de hierro la nieve endurecida. En una ocasión se hundieron en un ventisquero profundo y salieron tan blancos como molineros cuando las muelas están moliendo; y una vez resbalaron en el hielo duro y liso donde estaba helada el agua de la tierra pantanosa, y se les cayeron los haces de su carga, y tuvieron que recogerlos y volverlos a atar; y otra vez pensaron que habían perdido el camino, y se apoderó de ellos un gran terror, pues sabían que la nieve es cruel con los que duermen en sus brazos. Pero pusieron su confianza en el buen San Martín, que vela por todos los viajeros, y volvieron sobre sus pasos, y caminaron con cautela, y al fin llegaron al lindero del bosque, y vieron allá abajo en el valle, a sus pies, las luces del pueblo en el que vivían.

Tan gozosos estaban de haber salido, que se pusieron a reír a carcajadas, y la tierra les pareció como una flor de plata, y la luna como una flor de oro. Sin embargo, después de haberse reído se pusieron tristes, pues recordaron su pobreza, y uno de ellos dijo al otro:

—¿Por qué nos hemos alegrado, viendo que la vida es para los ricos, y no para los que son como nosotros? Más valdría que nos hubiéramos muerto de frío en el bosque, o que alguna bestia salvaje hubiera caído sobre nosotros y nos hubiera matado.

—Verdaderamente —contestó su compañero—, mucho se les da a unos y poco se les da a otros. La injusticia ha parcelado el mundo, y nada está dividido por igual, si no es el sufrimiento.

Pero mientras estaban lamentándose mutuamente de su miseria ocurrió una cosa extraña: cayó del cielo una estrella muy brillante y hermosa. Se deslizó por el firmamento, dejando atrás a las otras estrellas en su curso, y, mientras la miraban asombrados, les pareció que se hundía detrás de un bosquecillo de sauces que había muy cerca de un pequeño redil, no más que a un tiro de piedra de distancia.

—¡Mira! ¡Vaya una vasija llena de oro para el que la encuentre! —gritaron.

Y se echaron a correr, ¡tanta ansia tenían por el oro!

Y uno de ellos corrió más deprisa que su compañero, y le adelantó, y abriéndose paso a través de los sauces salió al otro lado, y ¡qué maravilla!; había de verdad algo que era de oro sobre la nieve blanca. Así que se fue aprisa hacia ello, y agachándose puso las manos encima, y era un manto de tisú de oro, extrañamente tejido con estrellas y doblado en muchos pliegues. Y gritó a su camarada que había encontrado el tesoro que había caído del cielo; y cuando llegó su compañero se sentaron en la nieve y deshicieron los dobleces del manto para repartirse las monedas de oro. Pero, ¡ay!, dentro no había oro, ni plata, ni en verdad ningún tesoro de ninguna clase, sino sólo un niño pequeño que estaba dormido.

Y uno de ellos dijo al otro:

—Éste es un amargo final de nuestras esperanzas, y no tenemos buena fortuna, pues ¿de qué provecho es un niño para un hombre? Dejémoslo aquí y sigamos nuestro camino, dado que somos hombres pobres y tenemos hijos propios cuyo pan no podemos dar a otro.

Pero su compañero le replicó:

—No, sería una mala acción dejar al niño perecer aquí en la nieve, y aunque yo soy tan pobre como tú y tengo muchas bocas que alimentar y muy poco en la olla, sin embargo, me lo llevaré a casa conmigo, y mi mujer le cuidará.

Así que levantó al niño con mucha ternura, y le envolvió en el manto para protegerle del frío crudo, e hizo el camino al pueblo bajando la colina, con su compañero muy sorprendido de su necedad y blandura de corazón.

Y cuando llegaron al pueblo su compañero le dijo:

—Tú tienes el niño; por tanto, dame el manto, pues estaba convenido que nos lo repartiríamos.

Pero él le replicó:

—No, pues el manto no es ni mío ni tuyo, sino sólo del niño.

Y le dijo que fuera con Dios, y fue a su propia casa y llamó a la puerta.

Y cuando su mujer abrió la puerta y vio que su marido había vuelto sano y salvo, le echó los brazos al cuello y le besó, y le quitó de la espalda la carga de haces de leña, y le quitó con un cepillo la nieve de las botas, y le pidió que entrara.

Pero él le dijo:

—He encontrado algo en el bosque y te lo he traído para que lo cuides.

Y no se movió del umbral.

—¿Qué es? —exclamó ella—. Enséñamelo, pues la casa está vacía y necesitamos muchas cosas.

Y él retiró el manto y le mostró al niño dormido.

—¡Ay, buen hombre! —murmuró—, ¿no tenemos bastantes hijos propios, para que tú tengas que traer otro ajeno abandonado que se siente al amor de la lumbre? ¿Y quién sabe si no nos traerá la desgracia? ¿Y cómo le vamos a mantener?

Y se puso furiosa contra él.

—Es un niño-estrella —replicó él.

Y le contó el modo extraño en que le habían encontrado.

Pero ella no quiso apaciguarse, sino que se burlaba de él, y le habló muy enfadada, y gritó:

—Nuestros hijos no tienen pan, ¿y vamos a dar de comer a un hijo ajeno? ¿Quién se preocupa por nosotros? ¿Y quién nos da de comer?

—No, no. Dios cuida hasta de los gorriones, y los alimenta —respondió él.

—¿No se mueren los gorriones de hambre en el invierno? —preguntó ella—. ¿Y no es invierno ahora?

Y el hombre no contestó nada, pero no se meneó del umbral.

Y un viento cortante del bosque entraba por la puerta abierta, y le hacía a ella tiritar; y se estremeció y dijo:

—¿No quieres cerrar la puerta? Entra en la casa un viento cortante, y tengo frío.

—En una casa donde hay un corazón duro ¿no entra siempre un viento cortante?

Y la mujer no contestó nada, pero se deslizó más cerca del fuego.

Y al cabo de un rato se volvió y le miró, y tenía los ojos llenos de lágrimas. Y él entró a toda prisa, y le puso al niño en los brazos, y ella le besó, y le acostó en una camita donde estaba acostado el más pequeño de sus propios hijos. Y por la mañana el leñador, cogió el curioso manto de oro y lo metió en un gran cofre, y una cadena de ámbar que llevaba el niño alrededor del cuello la cogió su mujer y la metió en el cofre también.

Así es que el niño-estrella se crió con los hijos del leñador, y se sentaba a la misma mesa con ellos, y era su compañero de juegos. Y cada año se volvía más hermoso a la mirada, de modo que todos los que vivían en el pueblo estaban llenos de asombro, pues mientras que todos ellos eran morenos y de pelo negro, él era blanco y delicado como el marfil de los cisnes, y sus rizos eran como los anillos del asfódelo. Sus labios, también, eran como los pétalos de una flor roja, y eran sus ojos como violetas junto a un río de agua pura, y su cuerpo como el narciso de un campo al que no va el segador.

Sin embargo, su belleza le acarreó el mal, pues se volvió orgulloso, cruel y egoísta. A los hijos del leñador y a los otros niños del pueblo los despreciaba, diciendo que eran de familia de poca monta, mientras que él era noble, habiendo nacido de una estrella; y se hacía su señor y les llamaba siervos suyos. No tenía compasión de los pobres, ni de los ciegos, ni de los lisiados, ni de los que estaban de algún modo afligidos, sino que acostumbraba a tirarles piedras y echarles al camino, y solía decirles que se fueran a otra parte a mendigar el pan; así que nadie, a excepción de los proscritos, iba dos veces a aquel pueblo a pedir limosna. Verdaderamente estaba como prendado de la belleza, y se burlaba de los achacosos y de los poco favorecidos, y se chanceaba de ellos; y estaba enamorado de sí mismo; y en verano, cuando los vientos estaban en calma, solía recostarse junto al pozo del huerto del cura y mirar la maravilla de su propio rostro, y reír por el placer que encontraba en su propia belleza.

Con frecuencia le reprendían el leñador y su mujer, y decían:

—A ti no te hemos tratado como tratas tú a los que están afligidos y no tienen a nadie que les socorra. ¿Por qué eres tan cruel con todos los que necesitan compasión?

A menudo le mandaba llamar el viejo sacerdote, e intentaba enseñarle el amor a las criaturas vivientes, diciéndole:

—La mosca es hermana tuya, no le hagas daño. Las aves del campo que vagan por el bosque tienen su libertad, no las cojas a lazo para tu placer. Dios hizo al gusano ciego y al topo, y cada uno tiene su puesto. ¿Quién eres tú para llevar el sufrimiento al mundo de Dios? Hasta el ganado del campo le alaba.

Pero el niño-estrella no hacía caso de sus palabras, sino que solía fruncir el ceño y burlarse, y volver con sus compañeros a capitanearles. Y sus compañeros le seguían, pues era hermoso y tenía los pies ligeros, y sabía bailar, tocar el caramillo y hacer música. Y adondequiera que el niño-estrella les dirigiera, le seguían, y cualquier cosa que el niño-estrella les dijera, la hacían. Y cuando atravesó con una caña afilada los ojos turbios del topo, se rieron, y cuando tiraba piedras a los leprosos, se reían también. Y en todas las cosas les gobernaba; y se volvieron duros de corazón, como era él.

Y pasó un día por el pueblo una pobre mendiga. Llevaba la ropa desgarrada y harapienta, y le sangraban los pies por lo áspero del camino en el que había caminado, y estaba en un estado lamentable. Y sintiéndose cansada se sentó al pie de un roble a descansar.

Pero cuando la vio el niño-estrella, dijo a sus compañeros:

—¡Mirad! Ahí está una pordiosera asquerosa sentada bajo ese árbol hermoso de hojas verdes. ¡Venid!, vamos a echarla de ahí, pues es fea y desagradable.

Así es que se acercó y la apedreó, y se mofó de ella; y ella le miró con terror en los ojos, y no apartaba la vista de él. Y cuando vio el leñador, que estaba partiendo leños en una leñera cercana, lo que estaba haciendo el niño-estrella, se echó a correr y le reprendió, diciéndole:

—Verdaderamente eres duro de corazón y no conoces la compasión, pues ¿qué mal te ha hecho esta pobre mujer para que la trates de este modo?

Y el niño-estrella se puso rojo de ira y dio una patada en el suelo, y dijo:

—¿Quién eres tú para preguntarme a mí lo que hago? No soy hijo tuyo para que tenga que hacer lo que tú me mandes.

—Dices verdad —replicó el leñador—; sin embargo, yo te mostré compasión cuando te encontré en el bosque.

Y al oír la mujer estas palabras lanzó un fuerte grito y cayó desmayada. Y el leñador se la llevó a su casa, y su mujer la cuidó, y cuando volvió en sí del desmayo pusieron ante ella comida y bebida y le pidieron que recobrara fuerzas.

Pero ella no quiso ni comer ni beber, y dijo al leñador:

—¿No dijiste que el niño fue encontrado en el bosque? ¿Y no ocurrió eso hoy hace diez años?

Y el leñador contestó:

—Sí, fue en el bosque donde lo encontré, y eso ocurrió hoy hace diez años.

—¿Y qué señales encontraste con él? —exclamó ella—. ¿No llevaba al cuello una cadena de ámbar? ¿No tenía envolviéndole un manto de tisú de oro con estrellas bordadas?

—Así es en verdad —contestó el leñador—; fue como dices.

Y sacó el manto y la cadena de ámbar del cofre donde estaban y se los enseñó.

Y cuando ella los vio lloró de alegría y dijo:

—Es mi hijito al que perdí en el bosque. Te ruego que le mandes llamar en seguida, pues en su busca he vagado por el mundo entero.

Así que el leñador y su mujer salieron y llamaron al niño-estrella, y le dijeron:

—Entra en casa y encontrarás allí a tu madre, que te está esperando.

Entró, pues, corriendo, lleno de sorpresa y con gran alegría. Pero cuando vio a la que estaba esperando allí, se rió desdeñosamente y dijo:

—Y bien, ¿dónde está mi madre? No veo a nadie aquí más que a esta asquerosa mendiga.

Y la mujer le replicó:

—Yo soy tu madre.

—Tú estás loca para decir tal cosa —gritó el niño-estrella furioso—. Yo no soy hijo tuyo, pues tú eres una mendiga fea y harapienta. Así que ¡vete de aquí!, ¡y que no vea más tu sucia cara!

—No, tú eres de verdad mi hijito, a quien di a luz en el bosque —exclamó.

Y cayó de rodillas y le tendió los brazos.

—Los ladrones te robaron llevándote de mi lado y te abandonaron para que murieras —murmuró—, pero yo te reconocí en cuanto te vi, y las señales también las he reconocido: el manto de tisú de oro y la cadena de ámbar. Por tanto, te ruego que vengas conmigo, pues por el mundo entero he vagado en busca tuya. ¡Ven conmigo, hijo mío!, porque tengo necesidad de tu cariño.

Pero el niño-estrella no se movió de su sitio, sino que cerró para ella las puertas de su corazón; ni tampoco se oyó sonido alguno, excepto el que hacía la mujer llorando de aflicción. Y al fin le habló él, y su voz era dura y amarga:

—Si de verdad eres mi madre —dijo—, hubiera sido mejor que te hubieras quedado lejos y no hubieras venido aquí a avergonzarme, puesto que yo creía que era hijo de alguna estrella, y no el hijo de una mendiga, como me dices que soy. Por tanto, vete de aquí y que no te vea más.

—¡Ay, hijo mío! —exclamó ella—, ¿no quieres besarme antes de que me vaya?, pues he sufrido mucho para encontrarte.

—No —dijo el niño-estrella—, eres demasiado repugnante para mirarte, y preferiría besar a una víbora o a un sapo mejor que a ti.

Así es que la mujer se levantó y se fue al bosque llorando amargamente; y cuando el niño-estrella vio que se había ido se alegró, y volvió corriendo con sus compañeros de juegos para jugar con ellos. Pero al verle llegar, se burlaron de él y dijeron:

—¡Mira!, eres tan feo como un sapo, y tan repugnante como una víbora. Vete de aquí, pues no te dejaremos jugar con nosotros.

Y le echaron del jardín.

Y el niño-estrella frunció el ceño y se dijo por lo bajo:

«¿Qué es lo que me dicen? Iré al pozo de agua y me miraré en él, y él me hablará de mi belleza».

Así que fue al pozo de agua y miró en él, y ¡vaya sorpresa!, su cara era como la cara de un sapo, y su cuerpo tenía escamas como el de una víbora. Y se arrojó sobre la hierba y se echó a llorar, y se dijo a sí mismo:

«Seguro que esto me ha pasado por mi pecado, pues he renegado de mi madre y la he echado, y he sido orgulloso y cruel con ella. Por tanto, iré a buscarla por el mundo entero y no descansaré hasta que no la haya encontrado».

Y vino a él la hija pequeña del leñador, y poniéndole la mano en el hombro le dijo:

—¿Qué importa que hayas perdido tu hermosura? Quédate con nosotros, y yo no me reiré de ti.

Y él le dijo:

—No; he sido cruel con mi madre, y como castigo se me ha enviado este mal. Por ello debo irme de aquí, y vagar por el mundo hasta que la encuentre y me perdone.

Así que se fue corriendo al bosque y llamó a su madre para que acudiera adonde él estaba, pero no hubo ninguna respuesta. Todo el día la estuvo llamando, y cuando se puso el sol se echó a dormir en un lecho de hojas, y los pájaros y los demás animales huían de él, porque recordaban su crueldad; y estaba solo, a excepción del sapo que le miraba y de la lenta víbora que pasaba arrastrándose.

Y a la mañana se levantó, y recogió moras amargas de los árboles y las comió, y emprendió el camino a través del gran bosque, llorando con gran aflicción. Y a todos los seres que veía les preguntaba si por casualidad habían visto a su madre.

Le dijo al topo:

—Tú que puedes meterte dentro de la tierra, dime: ¿está mi madre allí?

Y el topo replicó:

—Tú has cegado mis ojos, ¿cómo habría de saberlo yo?

Le dijo al pardillo:

—Tú que puedes volar sobre las copas de los altos árboles y puedes ver el mundo entero, dime: ¿puedes ver a mi madre?

Y el pardillo replicó:

—Tú me has cortado las alas para divertirte, ¿cómo podría yo volar?

Y a la pequeña ardilla que vivía en el abeto y estaba sola le dijo:

—¿Dónde está mi madre?

Y la ardilla contestó:

—Tú has matado a la mía. ¿Estás intentando matar a la tuya también?

Y el niño-estrella lloraba y bajaba la cabeza, y pedía perdón a las criaturas de Dios, y seguía a través del bosque buscando a la mendiga. Y al tercer día llegó al otro lado del bosque y bajó a la llanura.

Y cuando pasaba por los pueblos los niños se reían de él y le tiraban piedras, y los campesinos no le dejaban ni siquiera dormir en los graneros, no fuera que llevara el moho al grano almacenado, tan repugnante era a la vista; y los jornaleros le echaban, y no había nadie que se compadeciera de él. Ni podía tener noticias en ninguna parte de la mendiga que era su madre, aunque por espacio de tres años vagó por el mundo, y con frecuencia le parecía que la veía en el camino enfrente de él, y solía llamarla y correr tras ella hasta que los guijarros cortantes le hacían sangrar los pies. Pero no podía alcanzarla, y los que vivían al borde del camino siempre negaban haberla visto, o haber visto a alguien que se pareciera a ella, y se burlaban de su dolor.

Por espacio de tres años vagó por el mundo, y en el mundo no había para él ni amor ni tierna bondad ni caridad, sino que era un mundo tal como el que se había hecho para sí en los días de su gran orgullo.

Y un atardecer llegó a la puerta de una ciudad fuertemente amurallada, situada junto a un río, y aunque estaba cansado y con los pies doloridos quiso entrar en ella. Pero los soldados que estaban de guardia cruzaron la entrada con sus alabardas y le dijeron con brusquedad:

—¿Qué te trae por la ciudad?

—Estoy buscando a mi madre —contestó—, y os ruego que me permitáis pasar, pues puede que esté en esta ciudad.

Pero ellos se burlaron de él, y uno sacudió su negra barba, dejó en el suelo su escudo y exclamó:

—Verdaderamente, tu madre no se va a poner contenta cuando te vea, pues eres más feo que el sapo de las tierras encharcadas, o que la víbora que se arrastra en el pantano. ¡Fuera de aquí!, ¡fuera de aquí! Tu madre no vive en esta ciudad.

Y otro, que tenía un pendón amarillo en la mano, le dijo:

—¿Quién es tu madre y por qué la estás buscando?

Y él contestó:

—Mi madre es una mendiga, lo mismo que yo, y la he tratado mal, y os ruego que me permitáis pasar para que ella me perdone, si es que se aloja en esta ciudad.

Pero no quisieron, y le pincharon con sus lanzas.

Y al volverse llorando, llegó uno, cuya armadura llevaba incrustadas flores doradas y en cuyo yelmo había un león con alas tumbado, y preguntó a los soldados quién era el que pedía entrada. Y ellos le dijeron:

—Es un mendigo, hijo de una mendiga, y le hemos echado.

—No —exclamó riendo—; venderemos a este ser repugnante como esclavo, y su precio será el precio de un cuenco de vino dulce.

Y un viejo mal encarado que pasaba por allí les gritó y dijo:

—Le compro por ese precio.

Y cuando hubo pagado el precio tomó al niño-estrella de la mano y le condujo dentro de la ciudad.

Y después de que hubieron atravesado muchas calles llegaron a una puertecilla de una tapia que estaba cubierta por un granado. Y el viejo tocó la puerta con un anillo de jaspe grabado y se abrió, y bajaron cinco escalones de bronce y entraron en un jardín lleno de adormideras negras y de verdes jarros de barro cocido. Y el viejo sacó entonces de su turbante una banda de seda estampada con figuras, y tapó con él los ojos del niño-estrella, y le llevó por delante de él. Y cuando le quitaron la banda de los ojos, el niño-estrella se encontró en una mazmorra que estaba iluminada por una linterna de asta.

Y el viejo le puso ante él pan enmohecido en un tajo de madera, y dijo:

—Come.

Y agua salobre en una taza, y dijo:

—Bebe.

Y cuando hubo comido y bebido, salió el viejo, cerrando la puerta tras él y asegurándola con una cadena de hierro.

Y a la mañana, el viejo, que era en realidad el más sutil de los magos de Libia y había aprendido su arte de uno que moraba en las tumbas del Nilo, entró donde él estaba y, frunciendo el ceño, le dijo:

—En un bosque que está cerca de la puerta de esta ciudad de infieles hay tres monedas de oro. Una es de oro blanco, y otra es de oro amarillo, y el oro de la tercera es rojo. Hoy me traerás la moneda de oro blanco, y si no me la traes cuando vuelvas, te daré cien latigazos. Vete deprisa, y a la puesta del sol te estaré esperando a la puerta del jardín. Mira de traer el oro blanco, o lo pasarás mal, pues eres mi esclavo, y te he comprado por el precio de un cuenco de vino dulce.

Y le vendó los ojos al niño-estrella con la banda de seda estampada con figuras, y le guió a través de la casa y a través del jardín de adormideras, y le hizo subir las cinco gradas de bronce. Y habiendo abierto la puertecilla con el anillo le puso en la calle.

Y el niño-estrella salió de la puerta de la ciudad, y llegó al bosque del que le había hablado el mago.

Y este bosque era muy hermoso si se le veía desde afuera, y parecía lleno de aves canoras y de flores de suave fragancia, y el niño-estrella entró en él alegremente. Sin embargo, de poco le sirvió esa belleza, pues dondequiera que iba brotaban del suelo duros escaramujos y espinos y le cercaban, y le picaban ortigas venenosas, y el cardo le pinchaba con sus dagas, de modo que estaba con dolorosa angustia. Y no podía encontrar en ninguna parte la moneda de oro blanco de que había hablado el mago, aunque la estuvo buscando desde la mañana hasta el mediodía y desde el mediodía hasta la puesta del sol. Y a la puesta del sol volvió su rostro hacia la casa, llorando amargamente, pues sabía qué destino le esperaba.

Pero cuando había llegado al lindero del bosque oyó un grito que venía de la maleza, como de quien está presa del dolor. Y olvidando su propio sufrimiento volvió corriendo a aquel lugar, y vio allí a una pequeña liebre cogida en una trampa que algún cazador le había tendido.

Y el niño-estrella se compadeció de ella y la soltó; y le dijo:

—Yo mismo no soy más que un esclavo, pero, sin embargo, puedo darte a ti la libertad.

Y la liebre le contestó:

—Ciertamente, tú me has dado la libertad, ¿y qué voy a darte yo a cambio?

Y el niño-estrella le dijo:

—Estoy buscando una moneda de oro blanco, y no puedo encontrarla en ninguna parte, y si no se la llevo a mi amo me pegará.

—Ven conmigo —dijo la liebre—, y te llevaré hasta ella, pues sé dónde está escondida y con qué fin.

Así que el niño-estrella se fue con la liebre, y, ¡vaya sorpresa!, en la cavidad de un gran roble vio la moneda de oro blanco que estaba buscando. Y se llenó de alegría y la cogió, y dijo a la liebre:

—El servicio que yo te he prestado tú me lo has devuelto con creces, y la bondad que te mostré me la has pagado cien veces.

—No, no —replicó la liebre—; según me trataste, así te traté yo.

Y se fue corriendo velozmente, y el niño-estrella se fue hacia la ciudad.

Ahora bien: a la puerta de la ciudad estaba sentado uno que era leproso. Sobre el rostro llevaba colgado un capuchón de lino gris, y a través de las aberturas le brillaban los ojos como carbones encendidos. Y al ver llegar al niño-estrella, golpeó en una escudilla de madera, e hizo sonar la campanilla, y le llamó a gritos, y dijo:

—Dame una moneda, o me moriré de hambre, pues me han arrojado de la ciudad y no hay nadie que se apiade de mí.

—¡Ay! —exclamó el niño-estrella—. No tengo más que una moneda en mi bolsa, y si no se la llevo a mi amo me pegará, pues soy su esclavo.

Pero el leproso le imploró y le rogó, hasta que el niño-estrella se apiadó y le dio la moneda de oro blanco.

Y cuando llegó a casa del mago, le abrió él, y le condujo dentro y le dijo:

—¿Tienes la moneda de oro blanco?

Y el niño-estrella contestó:

—No la tengo.

Así es que el mago se arrojó sobre él y le pegó, y le puso delante un tajo vacío, y dijo:

—Come.

Y una taza vacía, y dijo:

—Bebe.

Y le volvió a arrojar a la mazmorra.

Y a la mañana fue el mago en su busca, y dijo:

—Si no me traes hoy la moneda de oro amarillo, te aseguro que seguiré teniéndote como esclavo y te daré trescientos latigazos.

Así que el niño-estrella fue al bosque, y a lo largo de todo el día estuvo buscando la moneda de oro amarillo, pero en ninguna parte pudo encontrarla. Y a la puesta del sol se sentó y se echó a llorar, y cuando estaba llorando se le acercó la pequeña liebre que había rescatado de la trampa.

Y la liebre le dijo:

—¿Por qué lloras? ¿Y qué estás buscando en el bosque?

Y el niño-estrella contestó:

—Estoy buscando una moneda de oro amarillo que está escondida aquí, y si no la encuentro mi amo me pegará, y hará que siga siendo esclavo.

—Sígueme —exclamó la liebre.

Y corrió por el bosque hasta que llegó a una charca de agua. Y en el fondo de la charca estaba la moneda de oro amarillo.

—¿Cómo he de darte las gracias? —dijo el niño-estrella—, pues, ¡mira!, ésta es la segunda vez que has venido en mi socorro.

—No, no. Tú te compadeciste de mí primero —dijo la liebre.

Y se fue corriendo velozmente.

Y el niño-estrella cogió la moneda de oro amarillo y la metió en su bolsa, y fue presuroso a la ciudad. Pero el leproso le vio llegar y corrió a su encuentro, se puso de rodillas y gritó:

—Dame una moneda o me moriré de hambre.

Y el niño-estrella le dijo:

—No tengo más que una moneda de oro amarillo en mi bolsa, y si no se la llevo a mi amo me pegará, y hará que siga siendo su esclavo.

Pero el leproso le imploró dolorosamente, de modo que el niño-estrella se apiadó de él y le dio la moneda de oro amarillo.

Y cuando llegó a casa del mago, le abrió él, y le hizo entrar, y le dijo:

—¿Tienes la moneda de oro amarillo?

Y el niño-estrella le dijo:

—No la tengo.

Así es que el mago se arrojó sobre él y le pegó, y le cargó de cadenas y le echó de nuevo a la mazmorra.

Y al día siguiente llegó a él el mago, y dijo:

—Si hoy me traes la moneda de oro rojo te daré la libertad, pero si no la traes ten por seguro que te mataré.

Así que el niño-estrella se fue al bosque, y a lo largo de todo el día estuvo buscando la moneda de oro rojo, pero no pudo encontrarla en parte alguna. Y al atardecer se sentó y se echó a llorar, y cuando estaba llorando se le acercó la pequeña liebre.

Y la liebre le dijo:

—La moneda de oro rojo que buscas está en la caverna que hay detrás de ti. Por tanto, no llores más y ponte alegre.

—¿Cómo he de recompensarte? —exclamó el niño-estrella—, pues, ¡mira!, ésta es la tercera vez que has venido en mi socorro.

—No, no. Tú te compadeciste de mí primero —dijo la liebre.

Y se fue corriendo velozmente.

Y el niño-estrella entró en la caverna, y en el rincón del fondo encontró la moneda de oro rojo. Así es que la metió en su bolsa y se fue presuroso a la ciudad. Y el leproso al verle llegar se puso en medio del camino, y le dijo a grandes gritos:

—Dame la moneda de oro rojo, o de lo contrario tengo que morir.

Y el niño-estrella volvió a apiadarse de él, y le dio la moneda de oro rojo diciendo:

—Tu necesidad es mayor que la mía.

No obstante, tenía el corazón oprimido, pues sabía la suerte que le esperaba.

Pero, ¡oh, maravilla!, al pasar por la puerta de la ciudad, los centinelas se inclinaron y le rindieron pleitesía, diciendo:

—¡Qué hermoso es nuestro señor!

Y una multitud de ciudadanos le seguía y gritaba:

—¡Ciertamente no hay nadie tan hermoso en el mundo entero!

Así que el niño-estrella se puso a llorar, y se decía: «Se están mofando de mí, y tomando a broma mi tristeza».

Y tan grande era la concurrencia de gente, que perdió el camino, y se encontró finalmente en una gran plaza, en la que había un palacio real.

Y la puerta del palacio se abrió, y los sacerdotes y los altos dignatarios de la ciudad corrieron a su encuentro, y se prosternaron ante él, y le dijeron:

—Tú eres nuestro señor, a quien esperábamos, y el hijo de nuestro rey.

Y el niño-estrella les respondió y dijo:

—Yo no soy hijo de rey, sino hijo de una pobre mendiga. ¿Y cómo decís que soy hermoso, sabiendo como sé que soy horrible a la vista?

Entonces, aquel cuya armadura llevaba incrustadas flores doradas y en cuyo yelmo había un león con alas tumbado, sostuvo en alto un escudo, y exclamó:

—¿Cómo dice mi señor que no es hermoso?

Y el niño-estrella miró, y ¡qué prodigio! Su rostro era lo mismo que había sido en otro tiempo, y había vuelto su belleza; y vio en sus ojos lo que no había visto antes.

Y los sacerdotes y los altos dignatarios hincaron la rodilla y le dijeron:

—Estaba profetizado desde antiguo que en este día llegaría el que había de gobernar sobre nosotros. Por tanto, tome vuestra señoría esta corona y este cetro, y sea en justicia y en misericordia nuestro rey sobre nosotros.

Pero él les dijo:

—Yo no soy digno, pues he renegado de la madre que me dio el ser, y no puedo descansar hasta que la haya encontrado, y sepa que me perdona. Por tanto, dejad que me vaya, pues debo seguir vagando por el mundo, y no puedo detenerme aquí aunque me deis la corona y el cetro.

Y mientras así hablaba apartó el rostro de ellos y lo volvió hacia la calle que conducía a la puerta de la ciudad y, ¡oh, sorpresa!, entre la multitud que se apiñaba alrededor de los soldados vio a la mendiga que era su madre, y a su lado el leproso que estaba sentado a la vera del camino.

Y un grito de alegría se escapó de sus labios, y se echó a correr, y arrodillándose besó las heridas de los pies de su madre y los bañó con sus lágrimas. Humilló la cabeza en el polvo y, sollozando como quien tiene el corazón a punto de romperse, le dijo:

—Madre, renegué de ti en la hora de mi orgullo. Acéptame en la hora de mi humildad. Madre, yo te di odio. ¿Me darás tú amor, madre? Yo te rechacé. Recibe ahora a tu hijo.

Pero la mendiga no le respondía una palabra.

Y él tendió las manos y abrazó los blancos pies del leproso, y le dijo:

—Tres veces tuve misericordia de ti, ruega a mi madre que me hable una vez.

Pero el leproso no le respondió palabra alguna.

Y él volvió a sollozar y dijo:

—Madre, mi sufrimiento es mayor de lo que puedo soportar. Dame tu perdón y deja que me vuelva al bosque.

Y la mendiga le puso la mano sobre la cabeza y le dijo:

—¡Levántate!

Y el leproso le puso la mano sobre la cabeza y le dijo también:

—¡Levántate!

Y se puso en pie y les miró, y, ¡oh, maravilla!: eran un rey y una reina.

Y la reina le dijo:

—Éste es tu padre a quien tú has socorrido.

Y dijo el rey:

—Ésta es tu madre, cuyos pies has bañado con tus lágrimas.

Y se arrojaron a su cuello y le besaron, y le llevaron a palacio, y le vistieron con hermosos ropajes, y le pusieron la corona en la cabeza y el cetro en la mano. Y sobre la ciudad que estaba edificada junto al río gobernó, y fue su señor. Mucha justicia y misericordia mostró a todos, y al mago malvado le desterró, y al leñador y a su mujer les envió muchos ricos dones, y a sus hijos les concedió altos honores. Y no consintió que nadie fuera cruel con los pájaros ni con ningún animal; por el contrario, enseñó el amor y la tierna bondad y la caridad, y a los pobres les dio pan, y a los desnudos les dio vestido, y hubo paz y abundancia en el país.

No obstante, no gobernó mucho tiempo; tan grandes habían sido sus sufrimientos, y tan amargo el fuego de su prueba, que murió al cabo de tres años.

Y el que le sucedió gobernó perversamente.

EL CRIMEN DE LORD ARTHUR SAVILE Y OTRAS HISTORIAS

EL CRIMEN DE LORD ARTHUR SAVILE

UN ESTUDIO SOBRE EL DEBER

I

Era la última recepción de lady Windermere antes de Pascua Florida, y la mansión Bentrinck estaba más abarrotada aún que de costumbre. Seis ministros del gobierno habían llegado directamente de la sesión de la Cámara de los Comunes, una vez terminada la interpelación del *speaker,* con sus estrellas y sus bandas; todas las mujeres hermosas lucían sus vestidos más elegantes, y al fondo de la galería de los retratos estaba la princesa Sophia de Carlsrühe, una dama maciza de aspecto tártaro, de diminutos ojos negros y con maravillosas esmeraldas, hablando mal francés a puro grito, y riéndose exageradamente de todo lo que se le decía. Ciertamente, era una asombrosa mezcolanza de gente. Damas nobles arrogantes charlaban afablemente con radicales acerbos, predicadores populares rozaban los faldones de su levita con los de escépticos eminentes, un grupo perfecto de obispos seguía a una robusta *prima-donna* de salón en salón; en la escalera estaban varios miembros de la Real Academia, disfrazados de artistas, y se decía que en un momento dado estaba el comedor absolutamente atestado de genios. De hecho, era una de las mejores veladas de lady Windermere, y la princesa se quedó hasta cerca de las once y media.

Apenas se hubo ido, volvió lady Windermere a la galería de los retratos, donde un famoso economista político estaba explicando con aire solemne la teoría científica de la música a un indignado solista húngaro, y se puso a charlar con la duquesa de Paisley. Lady Windermere estaba maravillosamente hermosa, con su magnífico cuello de marfil, sus grandes ojos azules como los miosotis y sus espesos bucles de cabello dorado. Oro puro eran, *or pur* —no ese pálido color pajizo que usurpa hoy en día el gracioso nombre de oro, sino un oro tal como el que se teje en los rayos del sol, o el que está oculto en el extraño ámbar—, y daban a su rostro algo así como el nimbo de una santa, con no poco de la fascinación de una pecadora. Era ella todo un tema de curioso estudio psicológico. Muy pronto en la vida había descubierto la importante verdad de que nada se parece tanto a la inocencia como el atrevimiento; y por una serie de aventuras imprudentes, la mitad de ellas completamente inofensivas, había adquirido todos los privilegios de una personalidad. Había cambiado de marido más de una vez; a decir verdad, Debrett[1] pone en su haber tres matrimonios; pero, como no había cambiado nunca de amante, hacía tiempo que el mundo había dejado de hablar de sus escándalos. Era ahora una mujer de cuarenta años, sin hijos, y con esa pasión desmedida por el placer que constituye el secreto para seguir siendo joven.

De pronto, recorrió la habitación con la mirada llena de ansiedad, y dijo con su clara voz de contralto:

---

[1] Guía nobiliaria.

—¿Dónde está mi quiromántico?

—¿Su qué, Gladys? —exclamó la duquesa con un sobresalto involuntario.

—Mi quiromántico, duquesa; no puedo vivir sin él ahora.

—¡Querida Gladys! Usted siempre tan original —musitó la duquesa, tratando de recordar qué era en realidad un quiromántico, y con la esperanza de que no fuera lo mismo que un podólogo.

—Viene a leerme la mano dos veces por semana regularmente —continuó lady Windermere— y es sumamente interesante en sus resultados.

«¡Santo cielo! —se dijo la duquesa para sí—, es una especie de podólogo, al fin y al cabo. ¡Qué terrible! Espero que en cualquier caso sea extranjero. La cosa no sería tan mala entonces».

—Ciertamente debo presentárselo a usted.

—¡Presentármelo! —exclamó la duquesa—; ¿no estará usted diciendo que está aquí?

Y se puso a buscar un pequeño abanico de carey y un chal de encaje casi hecho jirones, a fin de estar a punto para irse en el acto.

—Desde luego que está aquí, ni en sueños se me ocurriría dar una fiesta sin él. Me dice que tengo una mano psíquica pura, y que si mi dedo pulgar hubiera sido sólo un poquito más corto sería una pesimista recalcitrante, y me hubiera metido en un convento.

—¡Ah, ya! —dijo la duquesa, sintiéndose muy aliviada—; ¿dice la buenaventura, supongo?

—Y la malaventura, también —respondió lady Windermere—, en pequeñas y grandes cantidades. El próximo año, por ejemplo, voy a estar en gran peligro, tanto en tierra como por mar, así que me voy a ir a vivir en un globo, y haré que me suban la comida en un cesto todas las tardes.

Está todo escrito en mi dedo meñique, o en la palma de la mano; se me ha olvidado en cuál de los dos.

—Pero, con toda seguridad, eso es tentar a la Providencia, Gladys.

—Mi querida duquesa, con toda seguridad la Providencia puede resistir la tentación a estas alturas. Creo que a todo el mundo le debieran leer las manos una vez al mes, para saber qué no se debe hacer. Desde luego, se hace, a pesar de todo, pero ¡es tan agradable que le adviertan a uno! Y bien, si no va alguien inmediatamente a buscar a míster Podgers, tendré que ir yo.

—Permítame que vaya yo, lady Windermere —dijo un joven alto y apuesto que estaba de pie junto a ellas, escuchando su conversación con una sonrisa divertida.

—Muchas gracias, lord Arthur; pero me temo que usted no le reconocería.

—Si es tan asombroso como dice, lady Windermere, no podría escapárseme. Dígame cómo es y se lo traeré a usted inmediatamente.

—Bien, no tiene ningún aspecto de quiromántico. Quiero decir que no es misterioso, ni esotérico, ni tiene aire romántico. Es un hombre bajo y grueso, con una cabeza calva y graciosa, y grandes gafas con montura de oro; algo entre un médico de cabecera y un abogado rural. Lo siento mucho, realmente, pero no es culpa mía. ¡La gente es tan fastidiosa! Todos mis pianistas parecen exactamente poetas, y todos mis poetas parecen exactamente pianistas; y recuerdo que la temporada pasada invité a cenar a un temible conspirador, un hombre que había hecho volar por los aires a tanta gente, y que llevaba siempre cota de malla, y un puñal escondido en la manga de la camisa; ¿y sabe que cuando vino parecía un viejo clérigo bonachón, y estuvo haciendo chistes toda la velada? Desde luego, era un hombre muy divertido, y todo eso, pero estuve terriblemente decepcionada; y cuando le pregunté por la cota de malla no hizo más que reírse, y dijo que era demasiado fría para llevarla en Inglaterra. ¡Ah, aquí está míster Podgers! Ahora, míster Podgers, quiero que le lea la mano a la duquesa de Paisley. Duquesa, tiene que quitarse el guante. No, la mano izquierda, no; la otra.

—Querida Gladys, realmente no creo que esté bien —dijo la duquesa desabrochando con desgana un guante de cabritilla bastante sucio.

—Nunca está bien nada que sea interesante —dijo lady Windermere—; así han hecho el mundo[2]. Pero debo presentársele a usted, duquesa: míster Podgers, mi quiromántico favorito; míster Podgers, la duquesa de Paisley, y si le dice que tiene «el monte de la luna» mayor que el que tengo yo, nunca volveré a creer en usted.

—Estoy segura, Gladys, de que no hay nada de eso en mi mano —dijo la duquesa gravemente.

—Su gracia tiene razón —dijo míster Podgers, mirando la mano gordezuela de dedos cortos y cuadrados—, no está desarrollado «el monte de la luna». «La línea de la vida», en cambio, es excelente. Tenga la bondad de doblar la muñeca. Gracias. ¡Tres líneas claras en la *rascette!*[3]. Va a vivir hasta una edad avanzada, duquesa, y va a ser extremadamente feliz. Ambición muy moderada, línea de inteligencia no exagerada, línea del corazón...

—Sea indiscreto ahora, míster Podgers —exclamó lady Windermere.

—Nada me daría mayor placer —dijo míster Podgers, inclinándose—, si la duquesa lo hubiera sido alguna vez,

---

2 En francés en el texto original: *on a fait le monde ainsi.*

3 Línea de la unión de la muñeca con la mano.

pero siento decir que veo una gran constancia en su afecto, combinada con un fuerte sentido del deber.

—Por favor, siga usted, míster Podgers —dijo la duquesa, mostrándose muy satisfecha.

—El ahorro no es la menor de las virtudes de su gracia —continuó míster Podgers.

Y lady Windermere soltó la carcajada.

—El ahorro es una cosa muy buena —observó la duquesa con complacencia—; cuando me casé con Paisley tenía él once castillos y ni una sola casa adecuada para vivir.

—Y ahora tiene doce casas y ni un solo castillo —exclamó lady Windermere.

—Bueno, querida —dijo la duquesa—, me gusta...

—La comodidad —concluyó míster Podgers—, y las ventajas modernas, y el agua caliente en todos los dormitorios. Su gracia tiene toda la razón. La comodidad es lo único positivo que nuestra civilización puede darnos.

—Ha explicado usted admirablemente el carácter de la duquesa, míster Podgers, y ahora debe decir el de lady Flora.

Y, en respuesta a una señal con la cabeza de la sonriente anfitriona, se adelantó desmañadamente, saliendo de detrás del sofá, una muchacha alta, con pelo color de arena, como suelen tenerlo los escoceses, y altos omóplatos, y extendió una mano larga y huesuda con dedos de espátula.

—¡Ah!, ¡una pianista!, ya veo —dijo míster Podgers—, una excelente pianista, pero acaso con poco sentido musical. Muy reservada, muy honesta, y con un gran cariño a los animales.

—¡Completamente cierto! —exclamó la duquesa, volviéndose a lady Windermere—, ¡absolutamente cierto! Flora tiene dos docenas de perros de pastor en Macloskie y convertiría nuestra casa de Londres en una casa de fieras si su padre se lo permitiera.

—Bueno, eso es precisamente lo que hago yo con mi casa todos los jueves por la tarde —exclamó lady Windermere riéndose—. Sólo que me gustan más los leones que los perros de pastor.

—Su único error, lady Windermere —dijo míster Podgers, con una pomposa reverencia.

—Si una mujer no puede hacer que sus propios errores sean encantadores, es sólo una hembra —fue la respuesta—. Pero debe usted leer más manos para nosotros. Venga, sir Thomas, muestre la suya a míster Podgers.

Y un caballero anciano de aspecto afable, con chaleco blanco, se adelantó y extendió una mano gruesa y vigorosa con un dedo corazón muy largo.

—Una naturaleza aventurera; cuatro largos viajes en el pasado, y uno en el futuro. Ha naufragado tres veces. No, sólo dos, pero está en peligro de naufragio en el próximo viaje. Conservador fervoroso, muy puntual y con la pasión de coleccionar curiosidades. Tuvo una enfermedad grave entre los dieciséis y los dieciocho años. Heredó una fortuna cuando tenía unos treinta. Gran aversión por los gatos y por los radicales.

—¡Extraordinario! —exclamó sir Thomas—; realmente debe leer también la mano de mi mujer.

—De su segunda mujer —dijo míster Podgers con calma, manteniendo todavía en la suya la mano de sir Thomas—. De su segunda mujer. Estaré encantado.

Pero lady Marvel, una señora de aspecto melancólico, de pelo castaño y pestañas sentimentales, se negó rotundamente a que se expusiera su pasado o su futuro. Y nada que pudiera hacer lady Windermere convenció a monsieur de Koloff, el embajador ruso, ni siquiera para quitarse los guantes. De hecho, muchas personas parecían tener miedo a enfrentarse con el extraño hombrecillo de sonrisa estereotipada, de gafas de oro y ojos como dos gotas brillantes; y cuando dijo a la pobre lady Fermor, precisamente delante de todo el mundo, que no le interesaba la música ni pizca, pero que tenía sumo interés por los músicos, fue el sentir general que la quiromancia era una ciencia sumamente peligrosa, y que no se la debiera fomentar a no ser en un *tête-à-tête*.

No obstante, lord Arthur Savile, que se había enterado de la desafortunada historia de lady Fermor y que había estado observando a míster Podgers con un vivo interés, se llenó de una inmensa curiosidad por que le leyera la mano y, sintiéndose algo tímido para presentarse él mismo, atravesó la habitación hasta donde estaba sentada lady Windermere y, con un sonrojo encantador, le preguntó si creía que a míster Podgers le importaría hacerlo.

—Claro que no le importará —dijo lady Windermere—; para eso está aquí. Todos mis leones, lord Arthur, son leones domados y saltan por el aro siempre que se lo ordeno. Pero debo advertirle de antemano que se lo contaré todo a Sybil. Va a venir a comer conmigo mañana para hablar de sombreros, y si míster Podgers averigua que tiene usted mal carácter, o que es propenso a la gota, o que tiene una mujer que vive en Bayswater, dé por seguro que se lo haré saber todo.

Lord Arthur sonrió y meneó la cabeza.

—No me da miedo —respondió—. Sybil me conoce tan bien como yo a ella.

—¡Ah! Lamento un poco oírle decir eso. La base adecuada para el matrimonio es la incomprensión mutua [4]. No, no soy nada cínica, meramente tengo experiencia, lo cual,

---

[4] La frase procede del novelista Henry James, en *El retrato de una dama* (1881).

sin embargo, viene a ser lo mismo. Míster Podgers, lord Arthur Savile se muere de ganas de que le lea la mano. No diga que está prometido a una de las muchachas más bellas de Londres, porque eso hace un mes que apareció en el *Evening Post.*

—Querida lady Windermere —exclamó la marquesa de Jedburgh—, deje que se quede míster Podgers un poco más. Acaba de decirme que voy a actuar en el teatro, ¡y me interesa tanto!

—Si le ha dicho eso, lady Jedburgh, ciertamente se lo quitaré. ¡Venga inmediatamente, míster Podgers, a leer la mano de lord Arthur!

—Bueno —dijo lady Jedburgh, haciendo un pequeño mohín [5] mientras se levantaba del sofá—, si no se me permite salir al escenario, se me ha de permitir que forme parte del auditorio, en cualquier caso.

—Desde luego, todos vamos a formar parte del auditorio —dijo lady Windermere—; y ahora, míster Podgers, asegúrese de decirnos algo agradable; lord Arthur es uno de mis mayores favoritos.

Pero cuando míster Podgers vio la mano de lord Arthur se puso singularmente pálido y no dijo nada. Pareció que le recorría un escalofrío, y sus grandes cejas pobladas se contrajeron convulsivamente de un modo extraño e irritante, como solía hacerlo cuando estaba perplejo. Luego brotaron de su frente amarilla gruesas gotas de sudor, semejantes a un rocío venenoso, y sus gruesos dedos se tornaron fríos y húmedos.

A lord Arthur no le pasaron inadvertidos estos extraños signos de agitación y, por primera vez en su vida, él mismo

---

[5] En francés en el texto original: *moue.*

tuvo miedo. Su primer impulso fue salir precipitadamente del salón, pero se dominó. Era mejor saber lo peor, fuese lo que fuese, que quedarse con esta horrible incertidumbre.

—Estoy esperando, míster Podgers —dijo.

—Todos estamos esperando —exclamó lady Windermere, con su modo de hablar rápido e impaciente.

Pero el quiromántico no dio respuesta alguna.

—Creo que lord Arthur va a dedicarse al teatro —dijo lady Jedburgh—, y que después de su reprimenda, lady Windermere, a míster Podgers le da miedo decírselo.

De pronto míster Podgers soltó la mano derecha de lord Arthur y le cogió la izquierda, inclinándose tanto para examinarla que la montura de oro de sus gafas parecía casi tocarle la palma de la mano. Por un instante su rostro se convirtió en la blanca máscara del horror, pero pronto recuperó su sangre fría[6] y, levantando la vista a lady Windermere, dijo con una sonrisa forzada:

—Es la mano de un joven encantador.

—¡Desde luego que lo es! —exclamó lady Windermere—, pero ¿será un marido encantador? Eso es lo que yo quiero saber.

—Todos los jóvenes encantadores lo son —dijo míster Podgers.

—Yo no creo que un marido debiera ser demasiado fascinante —musitó pensativamente lady Jedburgh—, es demasiado peligroso.

—Mi querida niña, nunca son demasiado fascinantes —exclamó lady Windermere—. Pero lo que yo quiero son detalles; los detalles son lo único que interesa. ¿Qué le va a ocurrir a lord Arthur?

---

[6] En francés en el original: *sang froid.*

—Bien, en los próximos meses lord Arthur hará un viaje por mar...

—¡Oh, sí, su viaje de luna de miel, naturalmente!

—Y va a perder a un pariente.

—¡Espero que no a su hermana! —dijo lady Jedburgh, con un tono de voz lastimero.

—Ciertamente, su hermana no —respondió míster Podgers, haciendo con la mano un gesto de desaprobación—; meramente un pariente lejano.

—Bueno, estoy terriblemente decepcionada —dijo lady Windermere—. No tengo absolutamente nada que decir a Sybil mañana. A nadie le preocupan los parientes lejanos hoy en día; hace años que se pasaron de moda. Sin embargo, supongo que haría bien en tener un vestido de seda negra; siempre resulta adecuado para la iglesia, ya saben. Y ahora vayamos a tomar algo. Seguro que se lo han comido todo, pero puede que encontremos sopa caliente. François hacía antes una sopa excelente, pero ahora está tan agitado por la política que nunca me siento completamente segura con él. ¡Ojalá el general Boulanger[7] se mantuviera en paz! Duquesa, tengo la seguridad de que está usted cansada.

—En absoluto, querida Gladys —respondió la duquesa, andando como un pato hacia la puerta—. He disfrutado inmensamente, y el podólogo, quiero decir el quiromántico, es la mar de interesante. Flora, ¿dónde puede estar mi abanico de carey? ¡Oh, muchas gracias, sir Thomas! ¿Y mi chal de encaje, Flora? ¡Oh, gracias, sir Thomas, ciertamente es usted muy amable!

Y la digna señora se las arregló para bajar la escalera sin dejar caer su esenciero más de dos veces.

---

[7] Ministro francés de la Guerra en esa época, de ideas radicales.

Entre tanto, lord Arthur Savile había permanecido de pie junto a la chimenea, embargado por el mismo sentimiento de temor, el mismo sentido enfermizo de amenaza de mal. Sonrió débilmente a su hermana cuando ésta pasó silenciosamente a su lado del brazo de lord Plymdale, muy guapa con su brocado de color rosa y sus perlas, y apenas oyó a lady Windermere cuando le llamó para que la siguiera. Pensaba en Sybil Merton, y la idea de que algo pudiera interponerse entre los dos hacía que se le empañaran los ojos de lágrimas.

Al verle, se hubiera dicho que Némesis había robado el escudo de Palas Atenea y le había mostrado la cabeza de la Gorgona. Parecía petrificado y tenía el rostro como de mármol, en cuanto a melancolía se refiere. Había vivido la vida delicada y lujosa de un joven de buena cuna y fortuna, una vida exquisitamente libre de sórdidos cuidados, una hermosa adolescencia despreocupada; y ahora, por primera vez, era consciente del terrible misterio del destino, del pavoroso significado de la fatalidad.

¡Qué malo y qué monstruoso le parecía todo! ¿Sería posible que estuviera escrito en su mano con caracteres que él mismo no sabía leer, pero que otro podía descifrar, algún terrible secreto de pecado, alguna señal de delito roja de sangre? ¿No había escapatoria posible? ¿No seríamos más que piezas de ajedrez movidas por un poder invisible, vasijas que modela a su antojo el alfarero para honor o vergüenza? Su razón se sublevaba contra ello y, sin embargo, sentía que alguna tragedia se cernía sobre él y que de pronto había sido llamado para llevar una carga intolerable. Los actores son más afortunados a este respecto: pueden elegir entre representar tragedia o comedia, entre sufrir o divertirse, reír o derramar lágrimas. Pero en la vida real es diferente: la mayoría de los hombres y de las mujeres están obligados a representar papeles para los que no están cualificados. Nuestros Guidensterns hacen el papel de Hamlet ante nosotros, y nuestros Hamlets tienen que bromear como el príncipe Hal. El mundo es un escenario, pero la obra tiene un mal reparto.

De pronto entró míster Podgers en el salón. Al ver a lord Arthur se sobresaltó y su tosca cara regordeta se puso de un color amarillo verdoso. Se encontraron las miradas de los hombres, y hubo un momento de silencio.

—La duquesa se ha dejado aquí uno de sus guantes, lord Arthur, y me ha pedido que se lo lleve —dijo finalmente míster Podgers—. ¡Ah, ya lo veo, está sobre el sofá! ¡Buenas noches!

—Míster Podgers, debo insistir en que me responda sin rodeos a la pregunta que voy a hacerle.

—En otra ocasión, lord Arthur; la duquesa está preocupada. Me temo que he de irme.

—Usted no se irá; la duquesa no tiene ninguna prisa.

—No se debe hacer esperar a las señoras, lord Arthur —dijo míster Podgers con una sonrisa forzada—. El bello sexo tiene propensión a ser impaciente.

Los labios finamente cincelados de lord Arthur se curvaron con impaciente desdén. La pobre duquesa le pareció en aquel momento de muy poca importancia. Cruzó la habitación hasta donde estaba míster Podgers, y extendió la mano ante él.

—Dígame lo que vio aquí —dijo—. Dígame la verdad. Debo saberla; no soy un niño.

Los ojos de míster Podgers parpadearon tras las gafas de montura de oro, y se balanceó incómodo pasando su peso de un pie al otro, mientras sus dedos jugueteaban nerviosamente con una reluciente cadena de reloj.

—¿Qué le hace pensar, lord Arthur, que vi algo en su mano más de lo que dije?

—Sé que lo vio e insisto en que me diga qué era. Le pagaré; le daré a usted un cheque de cien libras.

Los ojos verdes brillaron un momento y luego se volvieron mates otra vez.

—¿Cien guineas?[8] —dijo al fin míster Podgers en voz baja.

—De acuerdo. Le enviaré un cheque mañana. ¿Cuál es su club?

—No pertenezco a ningún club; es decir, no precisamente ahora. Mis señas son... Pero permítame que le dé mi tarjeta.

Y sacando un trozo de cartulina de canto dorado del bolsillo del chaleco se lo entregó con una profunda reverencia a lord Arthur, que leyó escrito en ella:

Mr. Septimus R. Podgers

Quiromántico profesional

103a *West Moon Street*

—Mis horas de visita son de diez a cuatro —murmuró míster Podgers de modo mecánico—, y hago un descuento a las familias.

—¡Dese prisa! —exclamó lord Arthur poniéndose muy pálido y extendiendo la mano.

Míster Podgers miró nerviosamente en torno suyo y corrió la pesada *portière* a través de la puerta.

---

[8] Antigua moneda inglesa, de valor de una libra y un chelín. Se siguió usando el nombre para ese valor mucho tiempo después de que la moneda hubiera dejado de estar en circulación.

—Tardaré un poco de tiempo, lord Arthur; sería mejor que se sentara.

—¡Dese prisa, señor! —exclamó de nuevo lord Arthur, golpeando airadamente con el pie el suelo pulido.

Míster Podgers sonrió, sacó de su bolsillo superior una pequeña lupa y la limpió cuidadosamente con el pañuelo.

—Estoy dispuesto —dijo.

II

Diez minutos más tarde, con el rostro lívido de terror y los ojos enloquecidos por el dolor, lord Arthur Savile salía precipitadamente de la mansión Bentrinck, abriéndose camino entre la multitud de lacayos con librea adornada de piel que rodeaban la gran marquesina listada. Parecía no ver ni oír nada. La noche era intensamente fría, y las farolas de gas de alrededor de la plaza llameaban y parpadeaban en el viento afilado; pero lord Arthur tenía las manos calientes por la fiebre, y le ardía la frente como el fuego. Seguía y seguía andando casi como un beodo. Un guardia le miró con curiosidad cuando pasaba, y un mendigo, que salió de un soportal arrastrando los pies para pedir limosna, se asustó, viendo una miseria mayor que la suya. En una ocasión, se paró debajo de un farol y se miró las manos. Creyó que podía ver ya en ellas la mancha de sangre, y un débil grito brotó de sus labios temblorosos.

¡Crimen!, eso es lo que el quiromántico había leído en su mano. ¡Crimen! La noche misma parecía saberlo, y el viento desolado parecía aullárselo al oído. Los rincones oscuros de las calles estaban llenos de ese conocimiento, y le hacía muecas desde los tejados de las casas.

Llegó primero al parque, cuya arboleda sombría parecía fascinarle. Se apoyó cansado en la verja, refrescando su frente con el metal húmedo y escuchando el trémulo silencio de los árboles.

¡Crimen!, ¡crimen!, no hacía más que repetir, como si su repetición pudiera mitigar el horror de la palabra. El sonido de su propia voz le hacía estremecerse, y, sin embargo, casi esperaba que le oyera el eco y despertara a la ciudad dormida de sus sueños. Sentía un loco deseo de detener al transeúnte casual y de contárselo todo.

Luego se puso a deambular, atravesando Oxford Street y metiéndose por callejuelas estrechas y vergonzosas. Dos mujeres con la cara pintada le hicieron burla cuando pasó. De un patio oscuro le llegó el ruido de juramentos y de golpes, seguido por agudos chillidos, y apiñadas en el húmedo quicio de una puerta vio a la pobreza y a la vejez con sus espaldas encorvadas, y le embargó una extraña compasión. ¿Estos hijos del pecado y de la miseria estaban predestinados a su destino como él lo estaba al suyo? ¿Eran, como él, meramente marionetas de un espectáculo monstruoso?

Y, sin embargo, lo que le impresionaba no era el misterio del sufrimiento, sino su comedia, su absoluta inutilidad, su grotesca falta de sentido. ¡Qué incoherente parecía todo!, ¡qué carente de toda armonía! Estaba asombrado por la discordancia entre el optimismo superficial de su época y la realidad de la vida. ¡Era todavía muy joven!

Al cabo de un tiempo se encontró frente a la iglesia de Marylebone. La calle silenciosa semejaba una larga cinta de plata bruñida punteada acá y allá por los oscuros arabescos de las sombras ondulantes. Allá lejos en la distancia se curvaba la línea de las farolas de gas, y delante de una pequeña casa rodeada de una tapia había un coche de alquiler solitario, con el cochero dormido en su interior. Se encaminó apresuradamente en dirección a Portland Place, mirando de vez en cuando en torno suyo, como si temiera que le fueran siguiendo. En la esquina de Rich Street había dos hombres leyendo un pequeño anuncio puesto en una valla. Le entró una extraña sensación de curiosidad y cruzó hasta allí. Cuando se acercó, sus ojos se encontraron con la palabra «Crimen», impresa en letras negras. Se sobresaltó, y un intenso sonrojo le cubrió las mejillas. Era un bando, ofreciendo una recompensa por cualquier información que llevara a la detención de un hombre de mediana estatura, entre treinta y cuarenta años, con sombrero hongo, chaqueta negra y pantalones a cuadros, y con una cicatriz en la mejilla derecha. Lord Arthur lo leyó una y otra vez, preguntándose si cogerían al malvado, y cómo se habría hecho la cicatriz. Acaso algún día su nombre estaría anunciado en las paredes de Londres; algún día, tal vez, también se pondría precio a su cabeza.

Ese pensamiento le hizo sentirse enfermo de terror; giró sobre sus talones y se adentró apresuradamente en la oscuridad.

Apenas sabía adónde iba. Tenía un vago recuerdo de haber vagado por un laberinto de casas sórdidas, de haberse perdido en una red gigantesca de calles oscuras, y era el alba clara cuando se encontró al fin en Piccadilly Circus. Al encaminarse a su casa, en dirección a Belgrave Square, se encontró con los grandes carromatos que iban camino del mercado de Covent Garden. Los carreteros, con sus blusones blancos, con sus caras agradables curtidas por el sol y su áspero cabello rizado, iban andando vigorosamente a zancadas, haciendo chasquear sus látigos y llamándose a gritos de vez en cuando; a la grupa de un enorme caballo gris, delantero de un tiro ruidoso por el repiqueteo de los cencerros, iba montado un muchacho gordinflón, con un ramillete de prímulas en el sombrero ajado, agarrándose firme a las crines con sus manos menudas y riéndose. Y los grandes montones de hortalizas semejaban montones de jade verde sobre los pétalos rosados de alguna rosa maravillosa. Lord Arthur se sintió extrañamente turbado, sin poder decir por qué. Había algo en la delicada belleza del alba que le parecía inefablemente patético; y pensó en todos los días que nacían en belleza y morían en tormenta. Esos aldeanos de voces ásperas y alegres y de ademanes impasibles ¡qué Londres tan extraño veían! Un Londres libre del pecado de la noche y del humo del día, una ciudad pálida, fantasmal, una desolada ciudad de sepulcros. Se preguntaba qué pensarían de ella, y si sabían algo de su esplendor y de su vergüenza, de sus intensas alegrías de color ardiente, y de su hambre atroz, de todo lo que hace y deshace desde la mañana hasta la noche. Probablemente era para ellos un mercado tan sólo, al que llevaban sus frutos para venderlos y donde se quedaban unas cuantas horas a lo sumo, dejando las calles todavía silenciosas, las casas aún dormidas. Era un placer para él contemplarles según pasaban. Por rudos que fueran, con su pesado calzado con tachuelas y sus andares desmañados, llevaban consigo un poco de la Arcadia. Sentía lord Arthur que habían vivido con la naturaleza, que les había enseñado la paz. Les envidiaba por todo lo que no sabían.

Cuando llegó a Belgrave Square, el cielo era de un azul desvaído, y los pájaros empezaban a gorjear en los jardines.

III

Cuando lord Arthur despertó eran las doce y entraba el sol del mediodía a través de las cortinas de seda de color marfil. Se levantó y miró por la ventana. Una débil neblina de calor se suspendía sobre la gran ciudad, y los tejados de las casas parecían de plata mate. A sus pies, en el verde vibrante de la plaza, revoloteaban unos niños como mariposas blancas, y las aceras estaban abarrotadas de gente que iba camino del parque. Nunca le había parecido más hermosa la vida, nunca le había parecido más remota la maldad.

Entonces su ayuda de cámara le llevó una taza de chocolate en una bandeja. Cuando lo hubo bebido, corrió a un lado una pesada *portière* de felpa color melocotón y pasó al cuarto de baño. La luz se deslizaba suavemente, cenital, a través de finas láminas de ónice transparente, y el agua de la bañera de mármol brillaba con luz trémula como una adularia. Se sumergió rápidamente hasta que las frescas ondulaciones le tocaron el cuello y el cabello, y entonces metió la cabeza, como si hubiera querido lavar la mancha de algún recuerdo vergonzoso. Cuando salió del baño se sentía casi en paz. El exquisito bienestar físico del momento le había dominado, como ocurre a menudo, a decir verdad, cuando se trata de naturalezas finamente forjadas, pues los sentidos, como el fuego, pueden purificar lo mismo que destruir.

Después del desayuno se arrojó en un diván y encendió un cigarrillo. En la repisa de la chimenea, enmarcada en primoroso brocado antiguo, había una gran fotografía de Sybil Merton, como la había visto por primera vez en el baile de gala de lady Noel. La pequeña cabeza, exquisitamente moldeada, se inclinaba ligeramente hacia un lado, como si el cuello, delgado como un junco, apenas pudiera soportar el peso de tanta belleza; los labios estaban un poco entreabiertos y parecían hechos para dulce música; y toda la tierna pureza de la doncellez parecía asomarse maravillada a los ojos soñadores. Con su suave vestido ajustado de *crèpe-de-chiney* su gran abanico en forma de hoja, se asemejaba a una de esas delicadas figurillas que se encuentran en los olivares de cerca de Tanagra; y había un toque de gracia griega en su postura y actitud. Sin embargo, no era *petite,* era simple y perfectamente proporcionada, cosa rara en una época en que tantas mujeres o sobrepasan el tamaño natural o son insignificantes.

Y cuando lord Arthur la miró se llenó de la terrible piedad que nace del amor. Le pareció que casarse con ella con el sino del crimen cerniéndose sobre su cabeza sería una traición como la de Judas, un pecado peor que cualquiera de los que los Borgias hubieran soñado nunca en cometer. ¿Qué felicidad podría haber para ellos, cuando en cualquier momento pudiera ser llamado él a llevar a cabo la terrible profecía escrita en su mano? ¿Qué modo de vida sería el de los dos mientras el destino tuviera todavía su terrible suerte en la balanza? Había que aplazar la boda a toda costa; estaba completamente resuelto a ello. Aunque amaba ardientemente a la muchacha, y el solo roce de los dedos de ella, cuando estaban sentados juntos, hacía que se estremecieran todos sus nervios con una alegría exquisita, no por ello dejaba de reconocer claramente dónde estaba su deber, y era plenamente consciente de que no tenía derecho alguno a casarse hasta que no hubiera perpetrado el crimen. Cometido éste, podría ir al altar con Sybil Merton y poner su vida en manos de ella sin terror a hacer el mal. Hecho esto, podría estrecharla entre sus brazos, sabiendo que ella nunca tendría que sonrojarse por su causa, nunca tendría que bajar la cabeza de vergüenza. Pero antes había que llevarlo a cabo; y cuanto más pronto, tanto mejor para ambos.

Muchos hombres en su situación hubieran preferido el camino de rosas de la frivolidad a las alturas escarpadas del deber; pero lord Arthur era demasiado concienzudo para poner el placer por encima de los principios. Había en su amor más que mera pasión, y Sybil simbolizaba para él todo lo que hay de bueno y de noble. Durante un momento tuvo una repugnancia natural contra lo que se le pedía que hiciera, pero pronto se disipó. Su corazón le decía que no se trataba de pecado, sino de sacrificio; su razón le recordaba que no tenía otra alternativa. Tenía que elegir entre vivir para sí o vivir para los demás, y aunque indudablemente fuera terrible la tarea impuesta sobre él, sabía no obstante que no debía permitir que venciera el egoísmo sobre el amor. Tarde o temprano todos estamos llamados a decidir sobre esta misma cuestión, a todos se nos plantea el mismo problema. A lord Arthur le vino a una edad temprana, antes de que se hubiera estropeado su naturaleza por el cinismo calculador de la madurez, o de que se hubiera corroído su corazón por el frívolo culto al yo, tan de moda en nuestros días, y no sintió ninguna vacilación en cumplir con su deber. Afortunadamente para él, además, no era un mero soñador ni un diletante ocioso. De haberlo sido, hubiera titubeado, como Hamlet, y hubiera permitido que la irresolución echara a perder su propósito. Pero era esencialmente práctico; la vida para él significaba acción, más que pensamiento. Tenía la más rara de todas las cosas: sentido común.

Los alocados sentimientos desordenados de la noche anterior habían desaparecido completamente para entonces, y consideró casi con una sensación de vergüenza su demencial vagabundeo de calle en calle, su intensa agonía emocional. La sinceridad misma de sus sufrimientos hacía que ahora le parecieran irreales; se preguntaba cómo podía haber sido tan necio para vociferar y desvariar sobre lo inevitable. La única cuestión que parecía turbarle era a quién eliminar; pues no era ciego ante el hecho de que el crimen, lo mismo que las religiones del mundo pagano, requiere una víctima además de un sacerdote. No siendo un genio, no tenía enemigos, y, a decir verdad, sentía que no era el momento de desquite por ningún resentimiento ni ninguna antipatía personales, siendo la misión en la que estaba involucrado de grande y grave solemnidad. Por consiguiente, hizo una lista de sus amigos y parientes en una hoja de papel de notas y, después de una cuidadosa atención, se decidió en favor de lady Clementina Beauchamp, una dama anciana muy simpática que vivía en Curzon Street y era prima segunda suya por línea materna. Siempre había tenido un gran cariño a lady Clem, como todos la llamaban, y como él era muy rico, habiendo entrado en posesión de los bienes de lord Rugby al cumplir la mayoría de edad, no había la posibilidad de que sacara ninguna vulgar ventaja monetaria con su muerte. De hecho, cuanto más pensaba en el asunto, más le parecía que era la persona adecuada y, sintiendo que cualquier demora sería injusta para Sybil, tomó la determinación de preparar las cosas inmediatamente.

Lo primero que había que hacer, desde luego, era liquidar sus cuentas con el quiromántico, así es que se sentó ante un pequeño escritorio de severo estilo XVIII que había cerca de la ventana, extendió un cheque por ciento cinco libras, pagadero a la orden de míster Septimus Podgers y, metiéndolo en un sobre, ordenó a su ayuda de cámara que lo llevara a West Moon Street. Telefoneó luego a las caballerizas para que le tuvieran preparado su carruaje, y se vistió para salir. Al dejar la habitación se volvió para mirar la fotografía de Sybil Merton, y juró que ocurriera lo que ocurriese nunca le haría saber lo que estaba haciendo por ella, sino que guardaría el secreto del sacrificio de sí mismo oculto siempre en su corazón.

En el camino a su club de Buckingham se detuvo en una floristería y envió a Sybil una bella cesta de narcisos de hermosos pétalos blancos y ojos abiertos de faisán; y al llegar al club, se fue directamente a la biblioteca, tocó la campanilla y encargó al camarero que le llevara una limonada con soda y un libro sobre toxicología. Había decidido resueltamente que el veneno era el mejor medio que debía adoptar en este molesto asunto. Cualquier cosa que semejara violencia personal le era extremadamente desagradable, y además tenía gran ansiedad por no asesinar a lady Clementina de ningún modo que pudiera atraer la atención pública, pues odiaba la idea de que le trataran en casa de lady Windermere como a una celebridad, o de ver su nombre figurando en las columnas de los vulgares periódicos de sociedad. Tenía también que pensar en los padres de Sybil, que eran personas más bien anticuadas y pudieran poner objeciones a la boda si se produjera algo parecido a un escándalo; aunque tenía la seguridad de que si les daba una cuenta detallada de los hechos serían los primeros en apreciar los motivos que le habían impulsado.

Tenía, pues, todas las razones para decidirse a favor del veneno; era seguro, infalible y sigiloso, y suprimía cualquier necesidad de escenas penosas, a las que, como la mayoría de los ingleses, ponía firmes objeciones.

Sin embargo, no sabía absolutamente nada de la ciencia de los venenos, y como el camarero parecía completamente incapaz de encontrar cosa alguna en la biblioteca, excepto la *Guía* de Ruff y la *Revista* de Bailey[9], examinó las estanterías él mismo y, finalmente, tropezó con una edición hermosamente encuadernada de la *Farmacopea* y un ejemplar de la *Toxicología,* de Erskine, editada por sir Mathew Reid, presidente del Real Colegio de Médicos, y uno de los miembros más antiguos del club de Buckingham, habiendo sido elegido por error, en vez de algún otro; un *contre-*

---

9 Publicaciones de deportes, las dos.

temps [10] que puso tan furioso al Comité, que cuando apareció el verdadero candidato le dieron la bola negra del voto en contra por unanimidad.

Lord Arthur estaba muy desconcertado por los términos técnicos empleados en ambos libros, y había empezado a lamentar no haber prestado más atención a sus clásicos en Oxford cuando, en el segundo tomo de Erskine, encontró una relación completa de las propiedades de la aconitina, escrita en un inglés bastante claro. Le pareció que era exactamente el veneno que necesitaba; era rápido —a decir verdad, de efecto casi instantáneo—, no producía ningún dolor y, tomado en forma de cápsula de gelatina, la manera recomendada por sir Mathew, no dejaba de ser apetitoso. Visto lo cual, anotó en el puño de la camisa la cantidad necesaria para una dosis fatal, volvió a poner los libros en su sitio y se dirigió a St. James's Street, a Pestle y Humbey, los grandes farmacéuticos.

Míster Pestle, que siempre despachaba a la aristocracia personalmente, se sorprendió mucho del encargo, y con gran deferencia musitó algo sobre la necesidad de un certificado médico. Sin embargo, tan pronto como le explicó lord Arthur que era para un gran mastín noruego del que estaba obligado a deshacerse, ya que mostraba signos de incipiente rabia y ya había mordido dos veces al cochero en la pantorrilla, expresó que estaba completamente satisfecho, cumplimentó a lord Arthur por sus maravillosos conocimientos de toxicología e hizo inmediatamente la receta.

Lord Arthur metió la cápsula en una bonita *bombonière* de plata que vio en un escaparate de Bond Street, tiró la fea caja de píldoras de Pestle y Humbey y se fue inmediatamente en su carruaje a casa de lady Clementina.

---

10 «Contratiempo». En francés en el original.

—Y bien, *monsieur le mauvais sujet*[11] —exclamó la anciana al entrar él en el salón—, ¿por qué no has venido a verme en todo este tiempo?

—Mi querida lady Clem, no tengo nunca ni un solo momento para mí —dijo lord Arthur, sonriendo.

—Supongo que quieres decir que vas por ahí todo el día con miss Sybil Merton comprando *chiffones*[12] y diciendo tonterías. No puedo comprender por qué la gente arma tanto jaleo para casarse. En mis tiempos ni en sueños se nos hubiera ocurrido nunca besuquearnos y arrullarnos en público, ni en privado, si vamos a eso.

—Le aseguro que hace veinticuatro horas que no veo a Sybil, lady Clem. Que yo sepa, pertenece por entero a sus modistas y sombrereras.

—Naturalmente, esa es la única razón por la que vienes a ver a una vieja fea como yo. Me maravilla que los hombres no escarmentéis, *on a fait des folies pour moi*[13], y aquí estoy, una pobre criatura reumática, con postizos y con mal genio. ¡Mira!, si no fuera por la querida lady Jansen, que me envía todas las peores novelas francesas que puede encontrar, no creo que pudiera lograr pasar el día. Los médicos no sirven para nada en absoluto, excepto para cobrarle a uno los honorarios; ni siquiera pueden curarme la acidez de estómago.

—Le he traído una cura para eso, lady Clem —dijo lord Arthur gravemente—. Es una cosa maravillosa, inventada por un americano.

—No creo que me gusten los inventos americanos, Arthur. Estoy segura de que no. He leído algunas novelas americanas últimamente y eran completamente disparatadas.

---

[11] «Señor mala persona». En francés en el texto original.

[12] «Trapos», «telas». En francés en el original.

[13] «Se han cometido locuras por mí». En francés en el original.

—¡Oh, pero no hay ningún disparate en esto, lady Clem! Le aseguro a usted que es un remedio infalible. Tiene que prometerme que lo probará.

Y lord Arthur sacó su cajita del bolsillo y se la entregó.

—Bueno, la caja es encantadora, Arthur. ¿Es de veras un regalo? Eres muy amable. ¿Y es ésta la medicina maravillosa? Parece un *bonbon*[14]. Lo voy a tomar ahora mismo.

—¡Cielo santo!, lady Clem —exclamó lord Arthur, sujetándole la mano—, ¡no debe hacer tal cosa! Es una medicina homeopática, y si la toma sin tener acidez pudiera hacerle un daño incalculable. Espere a tenerla y tómesela entonces. Se quedará atónita del resultado.

—Me gustaría tomarlo ahora —dijo lady Clementina, poniendo a contraluz la pequeña cápsula transparente, con su burbuja flotante de aconitina líquida—. Estoy segura de que es delicioso. El hecho es que, aunque odio a los médicos, me encantan las medicinas. Sin embargo, guardaré ésta hasta mi próximo ataque.

—¿Y cuándo será eso? —preguntó Arthur ansiosamente—. ¿Será pronto?

—Espero que no sea antes de una semana. Lo pasé muy mal ayer por la mañana por esa causa. Pero nunca se sabe.

—¿Está usted segura entonces de que va a tener un ataque antes de fin de mes, lady Clem?

—Me temo que sí. Pero ¡qué afectuoso estás hoy, Arthur! Realmente, Sybil te ha hecho mucho bien. Y ahora debes irte corriendo, pues voy a cenar con gente muy aburrida, que no hablará de escándalos, y yo sé que si no concilio el sueño ahora no podré mantenerme despierta durante la

---

[14] «Caramelo». Ese término francés ha dado origen al español bombón.

cena. Adiós, Arthur, dale mi cariño a Sybil, y muchas gracias por la medicina americana.

—No se olvide de tomarla, lady Clem, ¿eh? —dijo Arthur, levantándose de su asiento.

—Desde luego que no, tonto. Creo que eres muy amable al pensar en mí. Ya te escribiré diciéndote si necesito más.

Lord Arthur salió de la casa muy contento y con una sensación de inmenso alivio.

Esa noche tuvo una entrevista con Sybil Merton. Le dijo que se le había puesto una situación terriblemente difícil que ni el honor ni el deber le permitirían no afrontar. Le dijo que debía aplazarse la boda de momento, ya que hasta que no se librara de sus terribles embrollos no sería un hombre libre. Le suplicó que confiara en él y no tuviera dudas sobre el futuro; todo resultaría bien, pero era necesario tener paciencia.

La escena tuvo lugar en el invernadero de la casa de míster Merton, en Park Lane, donde lord Arthur había cenado, como de costumbre. Sybil no había parecido nunca más feliz, y por un momento había estado tentado lord Arthur de hacer el papel de cobarde, de escribir a lady Clementina en relación con la cápsula, y hacer que siguieran los preparativos de la boda como si no hubiera en el mundo persona tal como míster Podgers. Sin embargo, pronto se reafirmó lo mejor de su naturaleza, y aun cuando Sybil se arrojó en sus brazos llorando, no flaqueó. La belleza que turbaba sus sentidos había conmovido también su conciencia; sentía que hacer naufragar una vida tan hermosa por unos cuantos meses de placer sería hacer una cosa mal hecha.

Se quedó con Sybil hasta casi la medianoche, consolándola y dejándose consolar alternativamente, y a la mañana siguiente temprano salió para Venecia, después de escribir a míster Merton una carta firme y varonil referente a la necesidad de aplazar la boda.

IV

En Venecia encontró a su hermano, lord Surbiton, que a la sazón había llegado en su yate de Corfú. Los dos jóvenes pasaron juntos quince días deliciosos. Por la mañana cabalgaban por el Lido o se deslizaban por los canales verdes en su larga góndola negra; después del almuerzo, generalmente recibían visitas en el yate, y por la tarde cenaban en Florian y fumaban innumerables cigarrillos en la Piazza. Sin embargo, de algún modo lord Arthur no era feliz; todos los días examinaba la columna de defunciones del *Times,* esperando ver una esquela de la muerte de lady Clementina, pero todos los días tenía una decepción. Empezaba a temer que le hubiera ocurrido algún accidente y lamentaba con frecuencia el haberle impedido que tomara la aconitina cuando estaba tan deseosa de probar su efecto. También las cartas de Sybil, aunque llenas de cariño, de confianza y de ternura, eran a menudo tristes en el tono, y a veces pensaba él insistentemente que se había separado de ella para siempre.

Al cabo de dos semanas, lord Surbiton se cansó de Venecia y decidió navegar a lo largo de la costa hasta Rávena, ya que había oído decir que había un estupendo tiro de gallos en el Pinetum. Lord Arthur, al principio se negó rotundamente a ir, pero Surbiton, a quien quería mucho, le persuadió al fin de que si se quedaba él solo en su hotel de Danielli le iba a entrar un abatimiento de muerte; y partieron el día quince por la mañana, con un fuerte viento Nordeste y un mar bastante picado. El deporte era excelente, y la vida a pleno aire libre devolvió el color a las mejillas de lord Arthur; pero hacia el día veintidós se sintió ansioso respecto a lady Clementina y, a pesar de las protestas de Surbiton, se volvió a Venecia en tren.

Cuando bajaba de la góndola y ponía el pie en las gradas del hotel, salió el dueño a recibirle con un fajo de telegramas. Lord Arthur se los arrebató de la mano y los abrió rasgándolos. Todo había sido un éxito, ¡lady Clementina había muerto de repente en la noche del día diecisiete!

Su primer pensamiento fue para Sybil, y le envió un telegrama anunciando su inmediato regreso a Londres. Luego ordenó a su ayuda de cámara que le hiciera el equipaje para el correo de la noche, envió a los gondoleros aproximadamente cinco veces el precio de sus servicios y subió corriendo a su habitación con paso ligero y corazón alegre. Allí encontró esperándole tres cartas: una era de Sybil, llena de compasión y de condolencia; las otras eran de su madre y del procurador de lady Clementina. Parecía que la anciana señora había cenado con la duquesa la misma noche de su muerte; había dejado a todos encantados con su ingenio y *esprit,* pero había regresado a casa algo temprano, quejándose de acidez. Por la mañana la encontraron muerta en el lecho, sin haber sufrido aparentemente ningún dolor. Habían llamado inmediatamente a sir Mathew Reid, pero, claro está, no había nada que hacer, e iba a ser enterrada el día veintidós en Beauchamp Chalcote. Unos días antes de su muerte había hecho testamento, y dejaba a lord Arthur su casita de Curzon Street, con todo su mobiliario, efectos personales y cuadros, a excepción de su colección de miniaturas, que pasaba a su hermana, lady Margaret Rufford, y de su collar de amatistas, que heredaba Sybil Merton. La propiedad no era de gran valor, pero el procurador, míster Mansfield, deseaba vehemente que lord Arthur volviera en seguida, si le era posible, ya que había muchas facturas por pagar, y lady Clementina nunca había llevado sus cuentas con regularidad.

A lord Arthur le conmovió mucho que lady Clementina le recordara tan bondadosamente, y pensó que míster Podgers tenía mucho por lo que responder en aquel asunto. Su amor por Sybil, sin embargo, dominó todas las demás emociones, y la conciencia de que había cumplido con su deber le dio paz y sosiego. Al llegar a Charing Cross se sentía completamente feliz.

Los Merton le recibieron con gran afabilidad. Sybil le hizo prometer que nunca más permitiría que nada se interpusiera entre ellos, y se fijó la boda para el siete de junio. La vida le pareció, una vez más, radiante y hermosa, y toda su antigua alegría volvió a él de nuevo.

Un día, sin embargo, cuando estaba dando una vuelta a la casa de Curzon Street en compañía del procurador de lady Clementina y de Sybil, quemando paquetes de cartas desvaídas y volcando cajones de extrañas naderías, la muchacha lanzó de pronto un pequeño grito de placer.

—¿Qué has encontrado, Sybil? —dijo lord Arthur, alzando la vista de su tarea y sonriendo.

—Esta preciosa pequeña *bonbonnière* de plata, Arthur. ¿No te parece holandesa y original! ¡Dámela! Yo sé que las amatistas no me irán bien hasta que no tenga más de ochenta años.

Era la caja que había contenido la aconitina.

Lord Arthur se sobresaltó, y un débil sonrojo le subió a las mejillas. Casi se había olvidado por completo de lo que había hecho, y le pareció una curiosa coincidencia que hubiera sido Sybil, por quien había pasado por toda aquella terrible ansiedad, la primera en recordárselo.

—¡Claro que puedes quedarte con ella, Sybil! Se la regalé yo a la pobre lady Clem.

—¡Oh, gracias, Arthur! ¿Y puedo comerme el caramelo también? No tenía ni idea de que a lady Clementina le gustaran los dulces. Pensaba que era demasiado intelectual para eso.

Lord Arthur se puso mortalmente lívido, y una idea terrible cruzó por su mente.

—¿Un caramelo, Sybil? ¿Qué quieres decir? —preguntó con voz lenta y ronca.

—Hay uno dentro, uno nada más. Parece rancio y lleno de polvo, y no tengo la más leve intención de comérmelo. ¿Qué pasa, Arthur? ¡Estás muy pálido!

Lord Arthur atravesó precipitadamente la habitación y cogió la caja. Dentro estaba la cápsula color de ámbar con su burbuja de veneno. ¡Lady Clementina había muerto de muerte natural al fin y al cabo!

La impresión de ese descubrimiento fue casi superior a sus fuerzas. Arrojó la cápsula al fuego y se hundió en el sofá con un grito de desesperación.

V

Míster Merton se disgustó mucho por el segundo aplazamiento de la boda, y lady Julia, que había encargado ya su vestido para la ceremonia, hizo cuanto estuvo en su mano para inducir a Sybil a que rompiera el compromiso. No obstante, y por mucho que Sybil amara a su madre, había puesto su vida entera en manos de lord Arthur, y nada de lo que lady Julia le dijera pudo hacerle vacilar en su fidelidad. En cuanto al mismo lord Arthur, tardó días en rehacerse de su tremenda decepción, y durante un tiempo tuvo los nervios completamente trastornados. Sin embargo, su excelente sentido común pronto se reafirmó, y su mente práctica y sana no le dejó mucho tiempo en dudas sobre lo que tenía que hacer. Habiendo resultado el veneno un fallo absoluto, lo más indicado era obviamente probar la dinamita, o algún otro explosivo.

Por tanto, volvió a examinar la lista de sus amigos y parientes y, después de una cuidadosa consideración, decidió hacer volar por los aires a su tío el deán de Chichester. El deán, que era hombre de gran cultura y sabiduría, tenía una extrema afición por los relojes, y poseía una maravillosa colección de ellos, que abarcaba desde el siglo XV hasta nuestros días; y le pareció a lord Arthur que esta afición del buen deán le ofrecía una excelente oportunidad para llevar a cabo su plan. Otro asunto diferente era, desde luego, dónde procurarse una máquina explosiva. El *Directorio de Londres* no le dio información alguna sobre este punto, y pensó que valdría de muy poco dirigirse para ello a los de Scotland Yard, ya que aparentemente no se enteraban nunca de los movimientos de los dinamiteros hasta después de que había tenido lugar la explosión, y ni siquiera entonces se enteraban de mucho.

De pronto se acordó de su amigo Rouvaloff, un joven ruso de tendencias muy revolucionarias a quien había conocido aquel invierno en casa de lady Windermere. Se suponía que el conde Rouvaloff estaba escribiendo una vida de Pedro *el Grande* y que había ido a Inglaterra como carpintero en la construcción de barcos con el fin de estudiar los documentos relativos a la estancia del zar en el país; pero había la sospecha general de que era un agente nihilista, y no cabía duda de que la embajada rusa no veía bien su presencia en Londres. A lord Arthur le pareció que era exactamente el hombre para su propósito, y se dirigió a su casa de Bloomsbury una mañana para pedirle consejo y ayuda.

—¿Así que se va a tomar la política en serio? —dijo el conde Rouvaloff, cuando lord Arthur le hubo dicho el objeto de su visita.

Pero lord Arthur, que odiaba cualquier clase de jactancia, se vio obligado a admitir ante él que no tenía el más mínimo interés por las cuestiones sociales, y que simplemente quería el artefacto explosivo para un asunto puramente familiar que no le concernía a nadie más que a él.

El conde Rouvaloff le miró durante unos instantes asombrado, y luego, viendo que hablaba completamente en serio, escribió unas señas en un trozo de papel, puso sus iniciales en él y se lo entregó a través de la mesa.

—Scotland Yard daría muchísimo por saber esa dirección, querido amigo.

—No la tendrá —exclamó lord Arthur, riendo.

Y después de estrechar calurosamente la mano al joven ruso, examinó el papel y dijo al cochero que le llevara a Soho Square.

Allí le despidió, y recorrió Greek Street hasta llegar a un lugar llamado Bayle's Court. Pasó bajo la arcada y se encontró en un curioso callejón sin salida, un *cul-de-sac,* aparentemente ocupado por una lavandería francesa, ya que una red perfecta de cuerdas de tender ropa se extendía atravesando de casa a casa, y había un revoloteo de ropa blanca en el aire de la mañana. Fue hasta el fondo y llamó en una pequeña casa verde. Después de alguna demora, durante la cual todas las ventanas del patio se volvieron una masa confusa de caras curiosas, abrió la puerta un extranjero de aspecto bastante rudo, que le preguntó en un inglés chapurreado qué deseaba. Lord Arthur le entregó el papel que le había dado el conde Rouvaloff; cuando el hombre lo vio hizo un saludo con la cabeza e invitó a lord Arthur a que pasara a una sala desaseada de la planta baja, con vistas a la calle, y unos momentos después herr Winckelkopf, como se le llamaba en Inglaterra, entró ruidosamente en la habitación, con una servilleta con muchas manchas de vino alrededor del cuello y un tenedor en la mano izquierda.

—El conde Rouvaloff me ha dado una presentación para usted —dijo lord Arthur, saludando con la cabeza—, y estoy deseoso de tener una breve entrevista con usted sobre un asunto de negocios. Me llamo Smith, míster Robert Smith, y quiero que me proporcione un reloj explosivo.

—Encantado de conocerle, lord Arthur —dijo el afable hombrecillo alemán riéndose—. No se alarme tanto, tengo la obligación de conocer a todo el mundo, y recuerdo haberle visto una tarde en casa de lady Windermere. Espero que su señoría esté bien. ¿Le importaría sentarse conmigo mientras termino el desayuno? Hay un *pâté* excelente, y mis amigos son lo bastante amables para decir que mi vino del Rin es mejor que el que les dan en la embajada alemana.

Y antes de que lord Arthur saliera de su sorpresa de que le hubieran reconocido, se encontró sentado en la habitación inferior, paladeando el más delicioso Marcobrünner, servido en una copa de color amarillo pálido, especial para ese vino, que tenía grabado el monograma imperial, y charlando del modo más amistoso posible con el famoso conspirador.

—Los relojes explosivos —dijo herr Winckelkopf— no son muy buenas cosas para exportar al extranjero, pues, aun en el caso en que consigan pasar la aduana, el servicio de trenes es tan irregular que generalmente estallan antes de llegar a su propio destino. Sin embargo, si quiere uno para uso interior del país, puedo proporcionarle un artículo excelente, y garantizarle que quedará satisfecho de los resultados. ¿Puedo preguntarle a quién está destinado? Si es para la policía o para cualquiera que esté conectado con Scotland Yard, me temo que no puedo hacer nada por usted. Los detectives ingleses son en realidad nuestros mejores amigos y siempre me ha parecido que, confiando en su estupidez, podemos hacer exactamente lo que se nos antoje. No me puedo permitir perder a uno de ellos.

—Le aseguro —dijo lord Arthur— que no tiene absolutamente nada que ver con la policía. De hecho, el reloj va destinado al deán de Chichester.

—¡Válgame Dios! No tenía ni idea de que tuviera usted sentimientos tan fuertes en materia religiosa, lord Arthur. Pocos jóvenes los tienen hoy en día.

—Temo que me sobrevalora usted, herr Winckelkopf —dijo lord Arthur sonrojándose—. El hecho es que, en realidad, no sé nada de teología.

—¿Entonces, es un asunto puramente personal?

—Puramente privado.

Herr Winckelkopf se encogió de hombros y salió de la habitación, volviendo a los pocos minutos con un cartucho redondo de dinamita, del tamaño aproximadamente de un penique, y con un bonito reloj francés, rematado por una figura en bronce sobredorado de la libertad pisoteando a la hidra del despotismo.

El rostro de lord Arthur se iluminó cuando lo vio.

—Eso es justamente lo que yo necesito —exclamó—, y ahora dígame cómo explota.

—¡Ah, ése es mi secreto! —respondió herr Winckelkopf, contemplando su invento con una mirada de orgullo bien justificada—; dígame cuándo desea que explote y yo pondré el mecanismo para ese instante.

—Bueno, hoy es martes, y si usted pudiera enviarlo inmediatamente...

—Eso es imposible; tengo mucho trabajo importante entre manos para algunos amigos míos de Moscú. Sin embargo, pudiera enviarlo mañana.

—¡Oh, eso dará bastante tiempo! —dijo lord Arthur cortésmente—, si se entrega mañana por la noche o el jueves por la mañana. En cuanto al momento de la explosión, digamos el viernes a las doce del mediodía, exactamente. El deán siempre está en casa a esa hora.

—El viernes a mediodía —repitió herr Winckelkopf.

Y tomó nota a ese efecto en un gran libro de contabilidad que había en un escritorio cerca de la chimenea.

—Y ahora —dijo lord Arthur, levantándose de su asiento—, le ruego que me diga cuánto le debo.

—Es tan poca cosa, lord Arthur, que no me atrevo a cobrarle nada. La dinamita viene a ser siete chelines y seis peniques, el reloj será tres libras y diez chelines, y los portes, aproximadamente cinco chelines. Estoy muy complacido de servir a cualquier amigo del conde Rouvaloff.

—Pero, ¿y sus molestias, herr Winckelkopf?

—¡Oh, eso no es nada! Es un placer para mí. No trabajo por dinero; vivo enteramente para mi arte.

Lord Arthur dejó sobre la mesa cuatro libras, dos chelines y seis peniques, dio las gracias al hombrecillo alemán por su amabilidad y, habiendo logrado declinar una invitación para reunirse con algunos anarquistas en una fiesta con carne y té el sábado siguiente, salió de la casa y se dirigió al parque.

Los dos días siguientes estuvo en un estado de la mayor agitación, y el viernes a las doce fue en coche a su club de Buckingham para esperar noticias. Toda la tarde estuvo el imperturbable conserje poniendo en el tablón telegramas llegados de diferentes partes del país con los resultados de las carreras de caballos, los veredictos de los procesos de divorcio, el estado del tiempo y cosas similares, mientras la cinta magnética daba pesados detalles sobre una sesión con una duración de toda la noche en la Cámara de los Comunes y de un pequeño pánico en la Bolsa. A las cuatro llegaron los periódicos de la tarde, y lord Arthur desapareció en la biblioteca con el *Pall Mall,* el *St. James's,* el *Globe* y el *Echo,* para inmensa indignación del coronel Goodchild, que por una u otra razón tenía fuertes prejuicios contra el *Evening News,* y que quería leer los informes de un discurso que había pronunciado aquella misma mañana en la Mansion House sobre el tema de las misiones de África del Sur, y lo aconsejable de tener obispos negros en todas las provincias.

Ninguno de los periódicos, sin embargo, contenía ni siquiera la más leve alusión a Chichester, y lord Arthur tuvo la sensación de que debía haber fallado el atentado. Fue un terrible golpe para él, y durante un tiempo estuvo completamente abatido. Herr Winckelkopf, a quien fue a ver al día siguiente, se deshizo en complicadas disculpas y se ofreció a proporcionarle otro reloj gratis, o una caja de bombas de nitroglicerina a precio de coste. Pero él había perdido toda fe en los explosivos, y el mismo herr Winckelkopf reconoció que todo está tan adulterado hoy en día que ni siquiera la dinamita puede conseguirse apenas en estado puro. El hombrecillo alemán, no obstante, aun admitiendo que algo debía haber fallado en el mecanismo, no dejaba de tener esperanzas de que el reloj pudiera explotar todavía, y citó el caso de un barómetro que había enviado en una ocasión a Odessa, al gobernador militar, que, aunque tenía puesto el mecanismo para que explotara a los diez días, había tardado algo así como tres meses. Si bien es verdad que cuando estalló sólo consiguió hacer pedazos a una doncella, habiendo salido de la ciudad el gobernador seis semanas antes; pero al menos demostraba que la dinamita como fuerza destructiva era, bajo control de mecanismo, un agente poderoso, aunque más bien poco puntual. A lord Arthur le consoló algo esta reflexión, pero hasta en esto estaba destinado a una decepción, pues dos días después, cuando subía la escalera, le llamó la duquesa a su salón y le enseñó una carta que acababa de recibir de la casa del deán.

—Jane escribe cartas encantadoras —dijo la duquesa—; realmente debes leer esta última; es tan buena como las novelas que nos envía Mudie [15].

Lord Arthur tomó la carta de su mano. Decía lo siguiente:

«Casa del deán de Chichester, 27 de mayo.

Queridísima tía:

Muchísimas gracias por la franela para la institución Dorcas, y también por la guinga. Estoy completamente de acuerdo con usted en que es una tontería que quieran llevar cosas bonitas, pero todo el mundo es tan radical y tan poco religioso hoy en día que es difícil hacerles ver que no debieran tratar de vestirse como las clases altas. No sé dónde vamos a llegar. Como dice a menudo papá en sus sermones, vivimos en una época de falta de creencias.

Nos hemos divertido mucho con un reloj que envió a papá algún admirador desconocido el jueves pasado. Llegó de Londres en una caja de madera, a porte pagado; y papá tiene la impresión de que debe haberlo mandado alguien que había leído su famoso sermón. "¿Es el libertinaje libertad?", pues en lo alto del reloj había una figura femenina llevando a la cabeza lo que papá llama el gorro frigio de la libertad. A mí no me pareció muy decoroso, pero papá dijo que era histórico, así que supongo que estaba bien. Parker deshizo el paquete, y papá lo puso en la repisa de la chimenea de la biblioteca; y estábamos todos sentados allí el viernes por la mañana, cuando exactamente al dar el reloj las doce oímos un ruido como un zumbido, salió una bocanada

[15] Biblioteca itinerante.

de humo del pedestal de la figura, ¡y la diosa de la libertad se desprendió y se rompió la nariz contra el guardafuego! María se asustó mucho; pero parecía tan ridículo, que James y yo soltamos la carcajada, e incluso papá estaba divertido. Cuando lo examinamos, encontramos que era una especie de despertador, y que poniéndolo a una hora determinada y colocando algo de pólvora y un fulminante bajo un martillete, se disparaba cuando quisieras. Papá dijo que no debía quedarse en la biblioteca, porque hacía ruido, así es que Reggie se lo llevó a la escuela, y no hace más que dar pequeñas explosiones durante todo el día. ¿Cree que le gustaría uno a Arthur como regalo de boda? Supongo que estarán muy de moda en Londres. Papá dice que debieran hacer mucho bien, ya que muestran que la libertad no puede ser duradera, sino que debe venirse abajo. Papá dice que la libertad se inventó en el tiempo de la Revolución francesa. ¡Qué terrible parece!

Tengo que ir ahora a Dorcas, donde les leeré su carta tan instructiva. Qué verdad es, querida tía, su idea de que en su nivel de vida debieran llevar cosas que no favorezcan. Yo debo decir que es absurda su preocupación por la ropa, cuando hay tantas cosas más importantes en este mundo y en el otro. Me alegro de que su popelina de flores resultara tan bien y de que su encaje no estuviera desgarrado. Yo voy a llevar mi vestido de raso amarillo, que tan amablemente me regaló usted, a casa del obispo el miércoles, y creo que hará un gran efecto. ¿Usted pondría lazos o no? Jennings dice que todo el mundo lleva lazos ahora y que las enaguas debieran ir encañonadas. Reggie acaba de tener otra explosión, y papá ha ordenado que se mande el reloj a las caballerizas. No creo que a papá le guste tanto como al principio, aunque está muy halagado de que le hayan enviado un juguete tan bonito e ingenioso.

Eso prueba que la gente lee sus sermones y que saca de ellos un provecho.

Papá le manda su cariño, a lo que se unen todos: James, Reggie y María. Y esperando que la gota del tío Cecil esté mejor, créame, querida tía, siempre su cariñosa sobrina,

JANE PERCY

Posdata.—Por favor, dígame lo de los lazos; Jennings insiste en que están de moda».

Lord Arthur tenía un aire tan serio y parecía tan desdichado con la carta que la duquesa soltó una carcajada.

—Mi querido Arthur —exclamó—, ¡nunca volveré a enseñarte la carta de una muchacha! Pero ¿qué debo decir en lo referente al reloj? Creo que es un invento estupendo y me gustaría a mí tener uno.

—No creo que me vaya a gustar —dijo lord Arthur con una triste sonrisa.

Y salió de la habitación después de besar a su madre.

Cuando llegó arriba se hundió en un sofá y se le llenaron los ojos de lágrimas. Había hecho todo lo que estaba de su parte para cometer el crimen, pero en ambas ocasiones había fallado, y no por culpa suya. Había intentado cumplir con su deber, pero parecía como si el destino mismo se hubiera vuelto traidor. Estaba oprimido por el sentido de la esterilidad de las buenas intenciones, de la futilidad de tratar de jugar limpio. Acaso hubiera sido mejor deshacer la boda. Sybil sufriría, es cierto, pero el sufrimiento no podría realmente echar a perder una naturaleza tan noble como la suya. En cuanto a él, ¿qué importaba? Hay siempre alguna guerra en la que un hombre pueda morir, alguna causa a la que un hombre pueda sacrificar la vida; y como la vida no tenía placer alguno para él, tampoco la muerte tenía ningún terror. ¡Que el destino cumpliera su cometido! No movería un dedo para ayudarlo.

A las siete y media se vistió de etiqueta y se fue al club. Allí estaba Surbiton con un grupo de jóvenes, y se vio obligado a cenar con ellos. Su conversación trivial y sus bromas vanas no le interesaban, y tan pronto como sirvieron el café les dejó, inventándose un compromiso para poder marcharse. Al salir del club, el conserje le entregó una carta. Era de herr Winckelkopf, pidiéndole que fuera a verle la tarde siguiente para examinar un paraguas explosivo que estallaba al abrirlo; era el último invento, y acababa de llegar de Ginebra. Rompió la carta en pedazos. Había decidido no probar más experimentos. Luego vagó por los embarcaderos del Támesis, y estuvo sentado durante horas junto al río. La luna se asomaba a través de una crin de nubes leonadas, como si fuera el ojo de un león, e incontables estrellas tachonaban la bóveda hueca, como polvo de oro esparcido en una cúpula de púrpura. De vez en cuando una barcaza se balanceaba en la corriente túrbida, y se iba deslizando con la marea, y las señales del ferrocarril cambiaban de verde a rojo al correr los trenes gritando a través del puente. Al cabo de un tiempo, dieron estrepitosamente las doce en la alta torre de Westminster, y a cada campanada del sonoro reloj la noche parecía estremecerse. Luego se apagaron las luces del ferrocarril, quedando una lámpara solitaria que brillaba como un gran rubí sobre un mástil gigantesco; y el estruendo de la ciudad se hizo más débil.

A las dos se levantó lord Arthur de su asiento y se encaminó hacia Blackfriars. ¡Qué irreal le parecía todo! ¡Qué semejante a un sueño extraño! Las casas del otro lado del río parecían hechas de oscuridad. Se hubiera dicho que la plata y la sombra habían cincelado de nuevo el mundo. La enorme cúpula de St. Paul se vislumbraba como una burbuja a través del aire oscuro.

Cuando llegaba cerca del obelisco de *Cleopatra's Needle,* vio a un hombre apoyado en el pretil, y al acercarse más alzó el hombre la vista, dándole la luz de gas de pleno en el rostro.

¡Era míster Podgers, el quiromántico! Eran inconfundibles su cara gruesa y fofa, sus gafas con montura de oro, su débil sonrisa enfermiza, su boca sensual.

Lord Arthur se detuvo. Una idea repentina iluminó su mente, y se deslizó cautelosamente por detrás. En un momento había cogido a míster Podgers por las piernas y le había lanzado al Támesis. Hubo un grosero juramento, un pesado chapoteo, y todo volvió a la calma. Lord Arthur escudriñó con ansiedad, pero no pudo ver nada del quiromántico, a excepción de un sombrero de copa que hacía piruetas en un remolino de agua iluminada por la luna. Al cabo de un rato se hundió también y no fue visible ninguna huella de míster Podgers. En un momento dado pensó lord Arthur que veía la abultada figura deforme luchando por llegar a la escalera que había junto al puente, y una horrible sensación de haber fallado se apoderó de él; pero resultó ser meramente un reflejo, y se disipó cuando brilló la luna apareciendo detrás de una nube. Al fin parecía que había llevado a cabo el decreto del destino. Lanzó un profundo suspiro de alivio, y el nombre de Sybil le vino a los labios.

—¿Se le ha caído a usted algo, señor? —dijo de pronto una voz a sus espaldas.

Giró en redondo, y vio a un policía con su linterna sorda.

—Nada importante, sargento —respondió sonriente, y llamando a voces a un coche de alquiler que pasaba, entró en él de un salto y le dijo al cochero que le llevara a Belgrave Square.

Durante los días que siguieron a este suceso, lord Arthur pasaba alternativamente de la esperanza al temor. Había momentos en que casi esperaba que míster Podgers entrara en la habitación, y, sin embargo, en otros momentos sentía que el destino no podía ser tan injusto con él. Dos veces fue hasta la casa del quiromántico, en West Moon Street, pero no pudo decidirse a tocar la campanilla. Suspiraba por tener una seguridad, pero la temía.

Por fin llegó esa seguridad. Estando en la sala de fumadores del club, tomando el té y escuchando bastante cansado el relato de Surbiton de la última canción cómica en Gaiety, entró el camarero con los periódicos de la tarde. Cogió el *St. James's,* y estaba hojeándolo sin ninguna atención, cuando un encabezamiento extraño atrajo su mirada. Era el siguiente:

SUICIDIO DE UN QUIROMÁNTICO

Se puso pálido de excitación y comenzó a leer. El párrafo decía lo siguiente:

«Ayer por la mañana, a las siete, fue devuelto por el agua el cadáver de míster Septimus R. Podgers, quiromántico eminente, en Greenwich, justamente delante del hotel Ship. Hacía días que se había echado en falta al desafortunado señor, y había gran ansiedad respecto a su paradero en círculos quirománticos. Se supone que se suicidó bajo la influencia de alguna perturbación mental pasajera, causada por exceso de trabajo, y los forenses han entregado hoy el dictamen a ese respecto. Míster Podgers acababa de terminar un complicado tratado sobre el tema de la mano humana, que va a ser pronto publicado y sin duda atraerá un gran interés. El fallecido tenía sesenta y cinco años, y parece que no ha dejado parientes».

Lord Arthur salió precipitadamente del club con el periódico todavía en la mano, para inmenso asombro del conserje, que trató en vano de detenerle, y se dirigió en coche en seguida a Park Lane.

Sybil le vio desde la ventana, y algo le dijo que era portador de buenas noticias. Bajó corriendo a su encuentro, y al ver su rostro supo que todo iba bien.

—Mi querida Sybil —exclamó lord Arthur—. ¡Casémonos mañana!

—¡Tonto! ¡Si no se ha encargado todavía la tarta nupcial! —dijo Sybil, riendo a través de las lágrimas.

VI

Cuando la ceremonia tuvo lugar, unas tres semanas más tarde, St. Peter estaba abarrotado de una multitud perfecta de gente elegante. Las palabras rituales fueron leídas de la manera más impresionante por el deán de Chichester, y todo el mundo estuvo de acuerdo en que no habían visto nunca más bonita pareja que la que formaban los novios. Eran más que hermosos y, a pesar de ello, eran felices. Nunca, ni por un solo instante, lamentó lord Arthur todo lo que había padecido por amor a Sybil; y ella, por su parte, le dio lo mejor que una mujer puede dar a un hombre: devoción, ternura y amor. Para ellos la realidad no había matado el romance. Seguían sintiéndose jóvenes.

Algunos años después, cuando habían tenido dos hermosos hijos, un niño y una niña, fue a visitarles lady Windermere a Alton Priory, una hermosa propiedad antigua, regalo de boda del duque a su hijo; y una tarde, cuando estaba sentada con lady Arthur en el jardín debajo de un tilo, viendo jugar a los niños en el paseo de los rosales, semejantes a rayos de sol caprichosos, tomó de pronto la mano de su anfitriona entre las suyas y le preguntó:

—¿Eres feliz, Sybil?

—Querida lady Windermere, ¡claro que soy feliz! ¿Acaso usted no lo es?

—No tengo tiempo de ser feliz, Sybil. Me gusta siempre la última persona que me presentan; pero, por regla general, en cuanto conozco a la gente me canso de ella.

—¿No le satisfacen sus leones, lady Windermere?

—¡Oh, no, querida!, los leones sólo sirven para una temporada. Tan pronto como se les corta la melena se vuelven las criaturas más aburridas. Además se portan muy mal si uno es de verdad amable con ellos. ¿Te acuerdas de aquel horrible míster Podgers? Era un terrible impostor. Desde luego, no es que me importara eso en absoluto, e incluso cuando quiso pedirme prestado dinero le perdoné, pero no podía soportar que me cortejara. Realmente me ha hecho odiar la quiromancia. Ahora me interesa la telepatía; es mucho más divertida.

—No debe decir aquí nada en contra de la quiromancia, lady Windermere; es el único tema del que no le gusta a Arthur que se burle la gente. Le aseguro que él se lo toma muy en serio.

—¿No querrás decir que se lo cree, Sybil?

—Pregúnteselo a él, lady Windermere, aquí está.

Y lord Arthur se aproximaba por el jardín, con un gran ramo de rosas amarillas en la mano y sus dos hijos danzando en torno suyo.

—¿Lord Arthur?

—Dígame, lady Windermere.

—¿No irá usted a decir que cree en la quiromancia?

—Desde luego que sí —dijo el joven, sonriendo.

—Pero ¿por qué?

—Porque le debo a ella toda la felicidad de mi vida —musitó, lanzándose en una silla de mimbre.

—Mi querido lord Arthur, ¿qué es lo que le debe?

—A Sybil —respondió, entregando las rosas a su esposa, y mirando en lo hondo de sus ojos violeta.

—¡Qué tontería! —exclamó lady Windermere—. No había oído una tontería semejante en toda mi vida.

LA ESFINGE SIN SECRETO

UN AGUAFUERTE

Una tarde, estaba yo sentado en la terraza del Café de la Paix contemplando el esplendor y la miseria de la vida parisiense y maravillándome, mientras tomaba mi vermú, del extraño panorama de orgullo y de pobreza que pasaba ante mí, cuando oí que me llamaban por mi nombre. Me volví y vi que era lord Murchison. No nos habíamos vuelto a ver desde que íbamos juntos a la Universidad, hacía casi diez años, así es que estuve encantado de haber dado de nuevo con él, y nos estrechamos cordialmente la mano. En Oxford habíamos sido grandes amigos. Yo le estimaba muchísimo, siendo como era bien parecido, muy alegre y honrado. Solíamos decir de él que hubiera sido el compañero perfecto si no hubiera dicho siempre la verdad, pero creo que en realidad le admirábamos más por su franqueza. Le encontré muy cambiado. Parecía preocupado y confuso, y daba la impresión de que le inquietaba alguna incertidumbre. Yo tuve la sensación de que no podía tratarse del escepticismo moderno, pues Murchison era el más firme de los conservadores, y creía en el Pentateuco con tanta seguridad como en la Cámara de los Pares; así es que saqué la conclusión de que se trataba de una mujer, y le pregunté si se había casado.

—No entiendo suficientemente bien a las mujeres —replicó.

—Mi querido Gerald —dije yo—, las mujeres están para ser amadas, no para ser comprendidas.

—Yo no puedo amar si no puedo confiar —contestó.

—Creo que hay un misterio en tu vida, Gerald —exclamé—; cuéntamelo todo.

—Vamos a dar un paseo en coche —respondió—; hay demasiada gente aquí. No, un coche amarillo no, de cualquier otro color... Ese verde oscuro nos valdrá.

Y unos minutos después íbamos al trote de los caballos por el bulevar, camino de la Madeleine.

—¿Adónde te parece que vayamos? —pregunté yo.

—¡Oh, adonde tú quieras! —contestó él—; al restaurante del Bois de Boulogne; cenaremos allí y me dirás cómo te van las cosas.

—Yo quiero que me hables primero de tu vida —dije—. Cuéntame tu misterio.

Sacó de su bolsillo un pequeño estuche de piel marroquí con cierre de plata y me lo entregó. Lo abrí. Dentro había una fotografía de una mujer. Era alta y delgada, y extrañamente pintoresca, con sus grandes ojos indecisos y sus cabellos sueltos. Parecía una *clairvovante* [1], y estaba envuelta en ricas pieles.

—¿Qué piensas de esa cara? —dijo—, ¿te parece sincera?

La examiné cuidadosamente. Me parecía el rostro de alguien que tuviera un secreto, pero yo no hubiera podido decir si ese secreto era bueno o malo. Su belleza era una belleza

---

[1] «Vidente», «adivinadora». En francés en el original.

moldeada a base de misterios —de hecho, una belleza psicológica, no plástica— y la débil sonrisa que jugueteaba en sus labios era demasiado sutil para ser realmente dulce.

—Y bien —exclamó impaciente—, ¿qué dices?

—Es la Gioconda envuelta en pieles de cebellina [2] —respondí—. Cuéntame todo lo referente a ella.

—Ahora no —dijo—; después de la cena.

Y se puso a hablar de otras cosas.

Cuando el camarero nos hubo servido el café y los cigarrillos recordé a Gerald su promesa. Se levantó de su asiento, recorrió dos o tres veces la habitación, y arrellanándose en un sillón, me contó la siguiente historia:

«Una tarde, aproximadamente a las cinco —dijo—, estaba yo paseando por Bond Street. Había una tremenda aglomeración de carruajes, y el tráfico estaba casi detenido. Cerca de la acera estaba parado un pequeño coche amarillo tirado por un solo caballo que, por alguna razón, atrajo mi atención. Al pasar junto a él se asomó la cara que te mostré esta tarde. Me fascinó inmediatamente. Toda aquella noche no hice más que pensar en ella, y estuve paseando arriba y abajo esa maldita calle todo el día siguiente, escudriñando todos los carruajes, y esperando que fuera el amarillo de un caballo; pero no pude encontrar *ma belle inconnue* [3] y, finalmente, empecé a pensar que no era más que un sueño.

---

[2] Hay en la descripción que se hace del retrato un eco del juicio crítico que hizo de la Gioconda Walter Pater —cuyas ideas estéticas cobran vida en la obra literaria de Oscar Wilde—, en su obra *Estudios en la historia del Renacimiento* (1873).

Pater escribe: «Es una belleza moldeada desde dentro e impuesta sobre la carne, el depósito, célula a célula, de extraños pensamientos y fantásticos ensueños y exquisitas pasiones».

[3] «Mi bella desconocida». En francés en el original.

Aproximadamente una semana después, fui invitado a cenar a casa de madame de Rastail. La cena iba a ser a las ocho, pero a las ocho y media estábamos todavía esperando en el salón. Por fin, el criado abrió la puerta y anunció a lady Alroy. Era la mujer a quien había estado yo buscando. Entró muy lentamente, pareciendo un rayo de luna vestida de encaje gris, y para mi inmenso gozo se me pidió que la acompañara al comedor. Después de habernos sentado, observé con la mayor inocencia:

—Creo que la he visto en Bond Street hace algún tiempo, lady Alroy.

Se puso muy pálida y me dijo en voz baja:

—Por favor, no hable tan alto, pueden oírle.

Me sentí desdichado por haber hecho tan malos comienzos, y me sumergí temerariamente en el tema del teatro francés. Ella hablaba muy poco, siempre con la misma voz baja musical, y parecía como si temiera que alguien estuviera escuchando. Me sentí apasionada y estúpidamente enamorado, y la indefinible atmósfera de misterio que la rodeaba excitaba mi más ardiente curiosidad. Cuando iba a marcharse, lo que hizo muy pronto después de acabada la cena, le pregunté si podría ir a visitarla. Ella vaciló un instante, lanzó una mirada alrededor para ver si había alguien cerca de nosotros y luego dijo:

—Sí, mañana, a las cinco menos cuarto.

Pedí a madame de Rastail que me hablara de ella; pero todo lo que pude saber fue que era una viuda y que tenía una hermosa casa en Park Lane; y como algún pelmazo científico empezó una disertación sobre las viudas, poniéndolas como ejemplo de la supervivencia de los más aptos en la vida matrimonial, abandoné la reunión y me fui a casa.

Al día siguiente, llegué a Park Lane puntualmente a la hora, pero el mayordomo me dijo que lady Alroy acababa de salir. Me fui al club, sintiéndome muy desgraciado y muy desconcertado, y después de mucho considerarlo le escribí una carta, preguntándole si podía tener la esperanza de que se me permitiera probar suerte alguna otra tarde. No obtuve respuesta en algunos días, pero finalmente recibí una pequeña nota diciéndome que estaría en casa el domingo a las cuatro, y con esta extraordinaria posdata: "Por favor, no vuelva a escribirme aquí; se lo explicaré cuando le vea". Aquel domingo me recibió, y estuvo sumamente encantadora; pero cuando me iba, me pidió que si en alguna ocasión volvía a escribirle, dirigiera mi carta a mistress Knox, a la atención de la biblioteca Whittaker, de Green Street.

—Hay razones —dijo— por las que no puedo recibir cartas en mi propia casa.

Durante toda la temporada la vi con frecuencia, y la atmósfera de misterio nunca la abandonaba. Yo a veces pensaba que estaba bajo el poder de algún hombre, pero parecía tan inaccesible que no podía creerlo. Era realmente muy difícil para mí llegar a ninguna conclusión, pues ella era semejante a uno de esos extraños cristales que se ven en algunos museos, que en un momento son transparentes y en el siguiente son opacos. Finalmente, me decidí a pedirle que fuera mi esposa; estaba harto y cansado del incesante sigilo que imponía a todas mis visitas y a las pocas cartas que le enviaba. Le escribí con ese fin a la biblioteca para preguntarle si podría recibirme el lunes siguiente a las seis. Respondió que sí, y yo me sentí transportado al séptimo cielo. Estaba loco por ella, a pesar de su misterio, pensaba yo entonces —a consecuencia de él, me doy cuenta ahora—. No; era a la mujer en sí a quien amaba. El misterio me turbaba, me enloquecía».

—¿Por qué me puso el azar en la pista de ese misterio?

—¿Lo descubriste, entonces? —exclamé.

—Eso me temo —respondió—, puedes juzgar por ti mismo:

«Cuando llegó el lunes fui a almorzar con mi tío, y hacia las cuatro me encontraba en Mary Lebone Road. Mi tío, como sabes, vive en Regent's Park. Yo quería ir a Piccadilly, y acorté atravesando muchas viejas callejuelas. De pronto, vi frente a mí a lady Alroy, con el rostro completamente cubierto por un velo y andando muy deprisa. Al llegar a la última casa de la calle, subió los escalones, sacó un llavín y entró.

"Aquí está el misterio", me dije.

Y avancé apresuradamente y examiné la casa. Parecía una especie de casa de viviendas de alquiler. En el umbral de la puerta estaba su pañuelo, que se le había caído; lo recogí y me lo metí en el bolsillo. Luego empecé a considerar qué debía hacer. Llegué a la conclusión de que no tenía ningún derecho a espiarla, y me dirigí en coche a mi club. A las seis fui a visitarla. Estaba reclinada en un sofá, con un vestido de tarde de tisú de plata sujeto con unas extrañas adularias que siempre llevaba. Estaba muy bella.

—Me alegro mucho de verle —dijo—; no he salido en todo el día.

La miré lleno de asombro, y sacando el pañuelo de mi bolsillo se lo entregué.

—Se le cayó a usted esto en Cunmor Street esta tarde, lady Alroy —dije con toda calma.

Me miró aterrorizada, pero no hizo ninguna intención de coger el pañuelo.

—¿Qué estaba haciendo allí? —pregunté.

—¿Qué derecho tiene usted a hacerme preguntas? —respondió ella.

—El derecho de un hombre que la ama —repliqué—, he venido aquí a pedirle que sea mi esposa.

Ella ocultó el rostro entre las manos y estalló en un mar de lágrimas.

—Debe decírmelo —continué.

Se levantó, y mirándome directamente a la cara, replicó:

—Lord Murchison, no hay nada que decirle.

—Usted fue a reunirse con alguien —exclamé—; ése es su misterio.

Ella se puso terriblemente pálida, y dijo:

—No fui a reunirme con nadie.

—¿No puede decir la verdad? —exclamé.

—Ya la he dicho —respondió.

Yo estaba loco, furioso; no sé lo que dije, pero le dije cosas terribles. Por último, salí precipitadamente de la casa.

Me escribió una carta al día siguiente; se la devolví sin abrir, y emprendí un viaje a Noruega con Alan Colville. Volví al cabo de un mes, y lo primero que vi en el *Morning Post* fue la noticia de la muerte de lady Alroy. Había cogido un enfriamiento en la ópera, y había muerto a los cinco días de congestión pulmonar. Yo me encerré y no quise ver a nadie. ¡Tanto la había querido!, ¡tan locamente la había amado! ¡Dios mío, cómo había amado yo a aquella mujer!».

—¿Fuiste a la casa de aquella calle? —pregunté.

—Sí —respondió.

«Un día fui a Cumnor Street. No pude evitarlo; la duda me torturaba. Llamé a la puerta y me abrió una mujer de aspecto respetable. Le pregunté si tenía habitaciones para alquilar.

—Bueno, señor —replicó—, se supone que los salones están alquilados; pero hace tres meses que no veo a la señora y como debe la renta, puede usted quedarse con ellos.

—¿Es ésta la señora? —dije, enseñándole la fotografía.

—Es ella, con toda seguridad —exclamó—; ¿y cuándo va a volver, señor?

—La señora ha muerto —repliqué.

—¡Oh, señor, espero que no sea así! —dijo la mujer—; era mi mejor inquilina. Pagaba tres guineas a la semana sólo por sentarse en mis salones de vez en cuando.

—¿Se reunía con alguien? —pregunté.

Pero la mujer me aseguró que no, que siempre iba sola y no veía a nadie.

—¿Qué demonios hacía aquí? —exclamé.

—Simplemente se estaba sentada en el salón, señor, leyendo libros, y a veces tomaba el té —contestó la mujer.

Yo no sabía qué decir, así que le di una libra y me marché».

—Ahora bien, ¿qué crees tú que significaba todo eso? ¿No irás a creer que la mujer decía la verdad?

—Pues sí lo creo.

—Entonces, ¿por qué iba allí lady Alroy?

—Mi querido Gerard —respondí—, lady Alroy era simplemente una mujer con la manía del misterio. Alquiló aquellas habitaciones por el placer de ir allí con el velo echado, e imaginarse que era un personaje de novela. Tenía pasión por el ocultamiento, pero era meramente una esfinge sin secreto.

—¿Realmente lo crees así?

—Estoy seguro de ello —repliqué.

Sacó el estuche de piel marroquí, lo abrió y miró la fotografía.

—Sigo cuestionándomelo —dijo al fin.

EL FANTASMA DE CANTERVILLE

UN ROMANCE HILO-IDEALISTA [1]

I

Cuando el ministro americano míster Hiram B. Otis compró Canterville Chase [2] todo el mundo le dijo que estaba haciendo una insensatez, ya que no cabía duda alguna de que había fantasmas en el lugar. En verdad, el mismo lord Canterville, que era hombre con el más puntilloso sentido del honor, había creído su deber mencionar el hecho a míster Otis cuando llegaron a tratar las condiciones.

—A nosotros no nos ha interesado vivir en el lugar —dijo lord Canterville—, desde que mi tía abuela, la duquesa viuda de Bolton, se asustó hasta el punto de que le dio un ataque, del que en realidad nunca se recuperó, al apoyarse en sus hombros dos manos de esqueleto cuando se estaba vistiendo para la cena. Y me siento en la obliga-

---

1 La doctrina hilo-idealista sostiene que la realidad depende del objeto inmediato de la creencia del individuo.

2 Suelen llevar el nombre de *Chase* las propiedades inglesas con terrenos inicialmente dedicados a la caza.

ción de decirle, míster Otis, que al fantasma le han visto varios miembros de mi familia que todavía viven, además del párroco, el reverendo Augustus Dampier, que es profesor del King's College, de la Universidad de Cambridge. Después del desdichado accidente acaecido a la duquesa no quiso quedarse con nosotros ninguno de los más jóvenes de nuestros sirvientes, y lady Canterville frecuentemente no podía conciliar el sueño por la noche a consecuencia de los ruidos misteriosos procedentes del corredor y de la biblioteca.

—¡Milord! —respondió el ministro—, tomaré el mobiliario y el fantasma en la tasación. Yo vengo de un país moderno, donde tenemos todo lo que puede comprarse con dinero; y tenemos a todos nuestros activos individuos jóvenes pintando el viejo mundo en rojo, y llevándose a sus mejores actores y *prima-donnas.* Doy por descontado que si hubiera cosa tal como un fantasma en Europa, lo tendríamos en nuestra patria a muy corto plazo en uno de nuestros museos públicos, o en el camino como espectáculo.

—Me temo que el fantasma existe —dijo lord Canterville, sonriendo—, aunque puede que haya resistido las ofertas de sus empresarios superactivos. Hace tres siglos que es muy conocido, desde 1584, para ser exactos, y siempre hace su aparición antes de la muerte de cualquier miembro de nuestra familia.

—Bueno, también el médico de cabecera en esos casos, lord Canterville. Pero no existe tal cosa como un fantasma, señor, y yo supongo que no van a suspenderse las leyes de la naturaleza para la aristocracia británica.

—Ciertamente ustedes son muy naturales en América —respondió lord Canterville, que no había entendido del todo la última observación de míster Otis—; y si a usted no le importa tener un fantasma en la casa, perfectamente. Sólo que debe usted recordar que yo se lo advertí.

Unas semanas después se había cerrado el trato, y al final de la temporada el ministro y su familia fueron a Canterville Chase. Mistress Otis, que de soltera, como miss Lucretia R. Tappen, de West 53rd Street, había sido una célebre belleza de Nueva York, era ahora una mujer muy hermosa, entrada en años, con bellos ojos y un magnífico perfil. Muchas damas americanas, al salir de su tierra natal, adoptan un aspecto de enfermedad crónica, bajo la impresión de que es una forma de refinamiento europeo; pero mistress Otis no había caído nunca en tal error. Tenía una magnífica constitución y una vitalidad realmente asombrosa. En verdad, en muchos aspectos era completamente inglesa, y un ejemplo excelente del hecho de que realmente lo tenemos todo en común hoy día con América, excepto, desde luego, el idioma. Su hijo mayor, a quien sus padres dieron en el bautismo el nombre de Washington, en un momento de patriotismo, algo que él no dejó jamás de lamentar, era un joven de pelo rubio, bastante bien parecido, que se había cualificado para la diplomacia americana dirigiendo el cotillón a la alemana en el casino de Newport por tres temporadas consecutivas, e incluso en Londres era muy conocido como excelente bailarín. Las gardenias y la nobleza eran sus únicas debilidades; por lo demás, era extremadamente sensato. Miss Virginia E. Otis era una muchacha de quince años, ágil y hermosa como una cervatilla, y con una noble libertad en sus grandes ojos azules. Era una maravillosa amazona, y en una ocasión había hecho una carrera montando su poni con el viejo lord Bilton, dando dos veces la vuelta al parque y ganando por un cuerpo y medio, justo delante de la estatua de Aquiles, para inmenso gozo del joven duque de Chelshire, que se le declaró en el acto, y a quien sus tutores enviaron de nuevo a Eton hecho un mar de lágrimas aquella misma noche. Después de Virginia venían los gemelos, a quienes solían llamar «las estrellas y barras», porque siempre se estaban agitando. Eran unos chicos deliciosos y, a excepción del ministro, los únicos verdaderos republicanos de la familia.

Como Canterville Chase está a siete millas de Ascot, la estación de ferrocarril más próxima, míster Otis había telegrafiado para que les esperara un carruaje descubierto, y se pusieron en marcha alegremente. Era un hermoso atardecer de julio, y el aire era exquisito con la fragancia de los pinares. De vez en cuando oían una paloma torcaz arrullando con su dulce voz, o veían, en la espesura de los helechos que crujían, el pecho bruñido del faisán. Pequeñas ardillas les miraban curiosas desde las hayas al pasar, y los conejos se deslizaban corriendo a través de la maleza y por encima de los montículos cubiertos de musgo, con el rabo blanco en el aire. Al entrar en el camino de Canterville Chase, sin embargo, el cielo de pronto se entoldó de nubes; una quietud extraña parecía suspender la atmósfera, una gran bandada de grajos pasó silenciosamente por encima de su cabeza y, antes de que llegaran a la casa, cayeron algunas grandes gotas de lluvia.

En la escalinata, de pie para recibirles, estaba una mujer anciana, pulcramente vestida de seda negra, con gorro blanco y delantal. Era mistress Umney, el ama de llaves, a quien mistress Otis, ante las vivas súplicas de lady Canterville, había consentido en conservar en su antiguo puesto. Hizo una profunda reverencia a cada uno según se apeaban y dijo con una fórmula singular y anticuada:

—Le doy la bienvenida a Canterville Chase.

Tras ella atravesaron el hermoso vestíbulo de estilo Tudor y entraron en la biblioteca, una sala larga y baja de techos, con paneles de roble negro, en el fondo de la cual había una gran vidriera de colores. Aquí encontraron el té preparado para ellos, y, después de despojarse de sus ropas de viaje, se sentaron y empezaron a mirar en derredor suyo, mientras les atendía mistress Umney.

De pronto, mistress Otis se fijó en una mancha de un rojo apagado que había en el suelo, justo al lado de la chimenea y, completamente inconsciente de su significado real, dijo a mistress Umney:

—Me temo que se ha derramado algo ahí.

—Sí, señora —replicó la vieja ama de llaves con voz apagada—; se ha derramado sangre en ese lugar.

—¡Qué horrible! —gritó mistress Otis—; yo no deseo en absoluto tener manchas de sangre en una sala de estar. Debe quitarse inmediatamente.

La anciana sonrió, y respondió con la misma voz apagada y misteriosa:

—Es la sangre de lady Eleanore de Canterville, que fue asesinada en ese mismísimo sitio por su propio marido, sir Simon de Canterville, en 1575. Sir Simon le sobrevivió nueve años, y desapareció de repente en circunstancias sumamente misteriosas. Su cuerpo nunca ha sido descubierto, pero su espíritu todavía frecuenta la casa. La mancha de sangre ha sido muy admirada por los turistas y por otras gentes, y no puede quitarse.

—Todo eso es una tontería —exclamó Washington Otis—. El quitamanchas Champion de Pinkerton y el detergente Paragon lo limpiarán en un abrir y cerrar de ojos.

Y antes de que pudiera interferir la aterrorizada ama de llaves, se había puesto él de rodillas y estaba rápidamente restregando el suelo con una pequeña barra de algo que parecía un cosmético negro. En unos instantes no podía verse rastro alguno de la mancha de sangre.

—Sabía que Pinkerton lo lograría —exclamó triunfalmente, mirando en torno suyo a su familia, que daba muestras de admiración.

Pero no bien había dicho estas palabras cuando un relámpago terrible iluminó la sombría estancia, un pavoroso trueno les hizo a todos ponerse en pie de un salto, y mistress Umney se desmayó.

—¡Qué clima tan monstruoso! —dijo el ministro americano manteniendo la calma, mientras encendía un largo cigarro—. Me imagino que el viejo país está tan superpoblado que no tienen tiempo decente para todos. Yo siempre he tenido la opinión de que la emigración era el único remedio para Inglaterra.

—Mi querido Hiram —exclamó mistress Otis—, ¿qué podemos hacer con una mujer que se desmaya?

—Descontárselo del sueldo, como las cosas que rompa —respondió el ministro—; no volverá a desmayarse después de eso.

Y, ciertamente, en unos instantes mistress Umney volvió en sí. Sin embargo, no cabía duda de que estaba extremadamente trastornada, y advirtió severamente a mistress Otis que estuviera alerta porque alguna desgracia se estaba cerniendo sobre la casa.

—Yo he visto cosas con mis propios ojos, señor —dijo—, que pondrían a cualquier cristiano los pelos de punta, y muchísimas noches no he podido pegar un ojo por las cosas terribles que pasan aquí.

Sin embargo, míster Otis y su esposa aseguraron calurosamente a la buena mujer que ellos no tenían miedo a los fantasmas, y, después de invocar las bendiciones de la Providencia para sus nuevos amos y de hacer gestiones para un aumento de salario, la vieja ama de llaves se fue a su habitación tambaleándose.

II

La tormenta descargó con furia aquella noche, pero no ocurrió nada digno de mención. A la mañana siguiente, sin embargo, cuando bajaron a desayunar, encontraron la terrible mancha de sangre una vez más en el suelo.

—No creo que haya que echar la culpa al detergente Paragon —dijo Washington—, pues lo he probado con todo. Debe de ser el fantasma.

Por tanto, quitó la mancha por segunda vez frotando, pero a la segunda mañana volvió a aparecer. También estaba allí la tercera mañana, aunque míster Otis mismo había cerrado con llave la biblioteca por la noche y se había llevado la llave al piso de arriba. Toda la familia estaba ahora muy interesada; míster Otis empezaba a sospechar que había sido demasiado dogmático en su negativa a creer en la existencia de los fantasmas; mistress Otis expresó su intención de hacerse miembro de la Sociedad de Psicología, y Washington preparó una larga carta para míster Myers y míster Podmore sobre el tema de la persistencia de las manchas de sangre relacionadas con el crimen. Aquella noche disipó para siempre toda duda sobre la existencia objetiva de los fantasmas.

El día había sido tibio y soleado y, al frescor del atardecer, la familia entera salió a dar un paseo en carruaje. No volvieron a casa hasta las nueve, y tomaron una cena ligera. La conversación no recayó en modo alguno sobre los fantasmas, de manera que no se dieron ni siquiera esas condiciones primarias de expectativa receptiva que preceden con tanta frecuencia a la presentación de fenómenos psíquicos. Los temas que se trataron, como supe más tarde por míster Otis, fueron meramente los que forman la conversación ordinaria de los americanos cultos de la mejor clase social, tales como la inmensa superioridad de miss Fanny Davenport[3] como actriz sobre Sara Bernhardt; la dificultad de conseguir maíz fresco, bizcocho de alforfón y polenta, incluso en las mejores casas inglesas; la importancia de Boston en el desarrollo del alma universal; las ventajas del sistema de consigna de equipajes automáticas al viajar por ferrocarril, y la dulzura del acento de Nueva York cuando se le compara con la lenta pronunciación de Londres. No se hizo absolutamente ninguna mención a lo sobrenatural, ni se aludió en modo alguno a sir Simon de Canterville. A las once se retiró la familia, y a las once y media estaban apagadas todas las luces. Al cabo de un rato le despertó a míster Otis un ruido extraño en el pasillo, fuera de su habitación. Sonaba como un sonido metálico y seco, y parecía acercarse por momentos. Se levantó inmediatamente, encendió un fósforo y miró la hora. Era la una en punto. Estaba completamente tranquilo y se tomó el pulso, que no tenía nada de febril. Todavía continuaba el sonido extraño, y con él oía claramente ruido de pasos. Se puso las zapatillas, sacó de su estuche un pequeño frasco oblongo y abrió la puerta. Justo enfrente de él vio, a la pálida luz de la luna, a un viejo de aspecto terrible. Tenía los ojos como rojos carbones encendidos; largos cabellos grises le caían sobre los hombros en guedejas enmarañadas; su ropa, que era de corte antiguo, estaba sucia y harapienta, y de las muñecas y tobillos colgaban pesadas esposas y argollas cubiertas de herrumbre.

—Mi querido señor —dijo míster Otis—, realmente he de insistir en que engrase esas cadenas, y le he traído con

---

[3] Actriz norteamericana, muy popular en Estados Unidos en el último cuarto del siglo XIX.

ese fin un pequeño frasco de lubricante Tammany Rising Sun[4]. Se dice que es totalmente eficaz con una sola aplicación, y hay en el envase testimonios a ese efecto de varios de los más eminentes teólogos de nuestro país. Se lo dejaré aquí, junto a las velas del dormitorio, y tenga a bien servirse más de ello si lo necesita.

Con estas palabras el ministro de Estados Unidos dejó el frasco en una mesa de mármol y, cerrando la puerta, se retiró a descansar.

Por un instante, el fantasma de Canterville se quedó completamente inmóvil, presa de natural indignación; luego, arrojando violentamente el frasco sobre el suelo pulido, huyó por el pasillo profiriendo gemidos cavernosos y emitiendo una luz verde fantasmal. Sin embargo, precisamente cuando llegaba a lo alto de la gran escalera de roble, se abrió una puerta de repente, aparecieron dos pequeñas figuras vestidas de blanco, ¡y una gran almohada le pasó silbando junto a la cabeza!

Evidentemente no había tiempo que perder, así es que, adoptando apresuradamente como medio de escape la cuarta dimensión espacial, se desvaneció por el zócalo, y la casa se quedó completamente en calma.

Llegado a una pequeña cámara secreta del ala izquierda, se apoyó en un rayo de luna para recobrar el aliento y se puso a hacer el recuento de su situación. Nunca, en una brillante e ininterrumpida carrera de trescientos años, se le había insultado tan groseramente. Pensó en la duquesa viuda, a quien había asustado hasta darle un ataque cuando estaba

---

[4] El nombre, como todo el pasaje, es sumamente irónico, puesto que *Tammany* es el nombre de la sede central del partido demócrata en la ciudad de Nueva York, y en Inglaterra el nombre tiene connotaciones de corrupción política. *Rising sun* significa sol naciente.

ante el espejo cubierta de encaje y de diamantes; en las cuatro doncellas a las que había puesto histéricas cuando meramente les hizo muecas a través de las cortinas de uno de los dormitorios de invitados; en el párroco, a quien había apagado la vela una noche cuando volvía tarde de la biblioteca, y que estaba desde entonces bajo tratamiento de sir William Gull, un perfecto mártir de trastornos nerviosos; y en la anciana madame de Tremouillac, que, despertándose una mañana temprano y viendo a un esqueleto sentado en un sillón junto al fuego leyendo su diario, había estado confinada en su lecho durante seis semanas con un ataque de fiebre cerebral, y, al recuperarse, se había reconciliado con la Iglesia, y había roto su relación con aquel notable escéptico monsieur de Voltaire. Recordó la terrible noche en que se encontraron al malvado lord Canterville ahogándose en su vestidor con la sota de diamantes atravesada en mitad de la garganta, y que confesó, justo antes de morir, que había hecho trampas a Charles James Fox estafándole por un valor de cincuenta mil libras, en Crockford, por medio de aquella misma carta, y juró que el fantasma se la había hecho tragar. Todas sus grandes hazañas volvieron de nuevo a su mente; desde el mayordomo que se había disparado un tiro en la despensa porque había visto una mano verde golpeando en el cristal de la ventana, hasta la hermosa lady Stutfield, que estaba siempre obligada a llevar una cinta de terciopelo negro alrededor del cuello para ocultar la marca de quemadura de cinco dedos sobre su blanca piel, y que finalmente se suicidó ahogándose en el estanque de las carpas al extremo de King's Walk. Con el egotismo entusiasta del verdadero artista, rememoró sus más famosas actuaciones, y sonrió amargamente en su interior cuando trajo a la memoria su última aparición como «Reuben el Rojo, o el Bebé Estrangulado», su *debut* como «Gibeon el Flaco, el Vampiro del páramo de Bexley», y el *furore* que había excitado en un hermoso atardecer de junio, simplemente jugando a los bolos con sus propios huesos en la cancha de tenis. ¡Y después de todo esto, unos miserables americanos modernos iban a venir a ofrecerle el lubricante Rising Sun, y a tirarle almohadas a la cabeza! Era completamente insoportable. Además, a ningún fantasma en la historia se le había tratado nunca de este modo. Por consiguiente, decidió tomar venganza, y permaneció hasta que rompió el día en actitud de reflexión profunda.

III

A la mañana siguiente, cuando se reunió la familia Otis para desayunar, trataron bastante extensamente el asunto del fantasma. El ministro de Estados Unidos estaba naturalmente un poco fastidiado al encontrar que no se había aceptado su regalo.

—No tengo ningún deseo —dijo— de hacer al fantasma ningún agravio personal, y debo decir que, considerando la cantidad de tiempo que hace que está en la casa, no creo que sea de ningún modo cortés tirarle almohadas.

Una observación muy justa, a la que, lamento decir, los gemelos estallaron en carcajadas.

—Por otra parte —continuó míster Otis—, si realmente se niega a usar el lubricante Rising Sun, tendremos que quitarle las cadenas. Sería imposible dormir con tal ruido incesante a la puerta de los dormitorios.

Durante el resto de la semana, no obstante, no fueron molestados, siendo lo único que atraía la atención la continua renovación de la mancha de sangre en el suelo de la biblioteca. Eso ciertamente era muy extraño, ya que míster

Otis cerraba la puerta con llave cada noche y la ventana se mantenía bien cerrada con aldaba. También el color de camaleón de la mancha suscitaba muchos comentarios. Algunas mañanas era de un rojo apagado, casi de color de indio piel roja, luego solía ser bermellón, después de rico color púrpura, y en una ocasión, cuando bajaron para hacer la oración en familia, según los simples ritos de la Iglesia libre episcopaliana reformada americana, la encontraron verde esmeralda brillante. Estos cambios caleidoscópicos naturalmente divertían muchísimo a la familia, y todas las tardes se hacían libremente apuestas sobre el asunto. La única persona que no tomaba parte en la broma era la pequeña Virginia, que, por alguna razón no explicada, siempre estaba muy angustiada a la vista de la mancha de sangre, y estuvo a punto de gritar la mañana en que era verde esmeralda.

La segunda aparición del fantasma fue el domingo por la noche. Poco después de acostarse fueron repentinamente alarmados por un terrible estrépito en el vestíbulo. Bajando precipitadamente las escaleras, encontraron que una gran armadura antigua se había desprendido de su soporte y se había caído sobre el suelo de piedra, mientras que, sentado en una silla de alto respaldo, estaba el fantasma de Canterville, frotándose las rodillas con expresión de aguda agonía en el rostro. Los gemelos, que habían llevado consigo sus tirachinas, al punto le descargaron dos perdigones, con esa precisión de tiro que sólo puede alcanzarse con larga y cuidadosa práctica sobre un maestro de la caligrafía, mientras el ministro de Estados Unidos le cubría con su revólver y le gritaba, al modo californiano, «¡arriba las manos!». El fantasma se puso en pie de un salto, lanzando un salvaje grito de rabia, y se deslizó entre ellos como una neblina, apagando a su paso la vela de Washington Otis y dejándoles así a todos en total oscuridad. Al llegar a lo alto de la escalera se dominó, y decidió lanzar su famosa carcajada demoníaca. Esto le había resultado extremadamente útil en más de una ocasión. Se decía que había vuelto canosa en una sola noche la peluca de lord Raker, y ciertamente había hecho que tres institutrices francesas se despidieran antes de cumplir el mes. En consecuencia, se rió con su risa más horrible, hasta que retumbó el viejo techo abovedado una y otra vez, pero apenas se había desvanecido el temeroso eco cuando se abrió una puerta y salió mistress Otis con una bata azul claro.

—Me temo que no se encuentre usted nada bien —dijo—, y le he traído una botella de tintura del doctor Dobell. Si es indigestión, encontrará un remedio excelente.

El fantasma la miró enfurecido y empezó al punto a hacer preparativos para convertirse en un gran perro negro, un ogro por el que era célebre con toda justicia, y al que el médico de cabecera siempre atribuía la imbecilidad permanente al tío de lord Canterville, el honorable Thomas Horton. Un ruido de pasos que se acercaban, sin embargo, le hizo vacilar en su feroz propósito, así que se contentó con volverse débilmente fosforescente, y se desvaneció con un profundo gemido de ultratumba, justamente cuando los gemelos se aproximaban a él.

Al llegar a su habitación se sintió completamente derrotado, y fue presa de la más violenta agitación. La vulgaridad de los gemelos y el grosero materialismo de mistress Otis eran naturalmente fastidiosos en extremo, pero lo que en realidad le afligía más era que no había podido ponerse la cota de malla. Había tenido la esperanza de que incluso los americanos modernos estarían estremecidos a la vista de un espectro con armadura, si no por otra razón más sensata, al menos por respeto a su poeta nacional

Longfellow[5], con cuya atractiva y graciosa poesía él mismo había matado muchas horas aburridas cuando los Canterville estaban en la ciudad. Además, era su propia armadura; la había llevado puesta con gran éxito en el torneo de Kenilworth, y había sido cumplimentado nada menos que por la Reina Virgen en persona. Sin embargo, al ponérsela había estado completamente abrumado por el peso del inmenso peto y del yelmo de acero, y se había caído pesadamente sobre el suelo de losas, raspándose mucho las dos rodillas y lastimándose los nudillos de la mano derecha.

Durante algunos días después de esto estuvo extremadamente enfermo, y apenas se movió para nada fuera de su habitación, excepto para mantener la mancha de sangre en propio estado. Sin embargo, cuidándose mucho se restableció, y resolvió hacer un tercer intento para asustar al ministro de Estados Unidos y a su familia. Eligió el viernes diecisiete de agosto para su aparición, y se pasó la mayor parte de ese día examinando su ropero, decidiéndose por fin en favor de un gran sombrero chambergo con el ala vuelta y con una pluma roja, un sudario con chorreras en las muñecas y en el cuello y una daga llena de herrumbre. Hacia el atardecer sobrevino una violenta tormenta de lluvia, y el viento era tan fuerte que todas las ventanas y puertas de la vieja casa se sacudían y golpeaban. De hecho, era exactamente el tiempo que a él le encantaba. Su plan de acción era el siguiente: iba a hacer silenciosamente el camino a la habitación de Washington Otis, a farfullarle algo desde los pies de la cama y a apuñalarle tres veces en la garganta al

[5] Henry W. Longfellow (1807-1882), poeta norteamericano de no gran inspiración, pero sumamente famoso en su tiempo. La alusión es sin duda humorística, refiriéndose a su cuento «Esqueleto con armadura», que tiene como protagonista a un fantasma vikingo.

sonido de una música apagada. Tenía a Washington una inquina especial, siendo absolutamente consciente de que era él quien tenía la costumbre de quitar la famosa mancha de sangre de Canterville, por medio de su detergente Paragon de Pinkerton. Una vez reducido el joven imprudente y temerario a una condición de abyecto terror, seguiría luego a la habitación ocupada por el ministro de Estados Unidos y su mujer, y allí pondría una mano fría y húmeda sobre la frente de mistress Otis, mientras silbaba al oído de su marido tembloroso los pavorosos secretos del osario. Respecto a la pequeña Virginia, no se había decidido del todo. Ella no le había insultado nunca en modo alguno, y era bonita y gentil. Unos cuantos gemidos desde el armario, pensó, serían más que suficiente, o, si no conseguía despertarla, podía agarrarse a la colcha con los dedos contraídos por la parálisis. En cuanto a los gemelos, estaba completamente decidido a darles una lección: lo primero que había que hacer era, naturalmente, sentarse encima de su pecho, para producir en ellos la sensación sofocante de una pesadilla; luego, como sus camas estaban muy cerca la una de la otra, se quedaría de pie entre ellos en forma de cadáver verde, tan frío como el hielo, hasta que estuvieran paralizados por el miedo y, finalmente, se quitaría el sudario, y se arrastraría por la habitación con los huesos blancos calcinados y el globo de sus ojos dando vueltas, en el personaje de «Dantel el Mudo o el esqueleto suicida», un *rôle* en el que había producido un gran efecto en más de una ocasión, y que él consideraba exactamente igual a su famoso papel de «Martín el Maníaco o el Misterio de la Máscara».

A las diez y media oyó a la familia que se iba a acostar. Durante algún tiempo le inquietaron las carcajadas de los gemelos, que, con la regocijada alegría de los colegiales, evidentemente se estaban divirtiendo antes de retirarse a descansar; pero a las once y cuarto todo estaba tranquilo, y cuando dieron las doce campanadas de la medianoche salió resueltamente. La lechuza golpeaba los cristales de la ventana, el cuervo graznaba desde el viejo tejo, y el viento vagaba gimiendo alrededor de la casa como ánima en pena; pero la familia Otis dormía inconsciente de su destino, y dominando la lluvia y la tormenta podía él oír los firmes ronquidos del ministro de Estados Unidos. Salió con resolución del zócalo, con una perversa sonrisa en su boca cruel y arrugada, y la luna escondió la cara en una nube al pasar él sigilosamente por el gran ventanal, en cuya vidriera estaban blasonadas en azul y oro sus propias armas y las de su esposa asesinada. Siguió, deslizándose más y más como una sombra perversa, y parecía que la oscuridad misma sentía repugnancia de él cuando pasaba. En una ocasión le pareció que algo le llamaba, y se detuvo; pero era sólo el ladrido de un perro de la granja Red, y siguió murmurando extraños juramentos del siglo XVI y blandiendo de vez en cuando la daga llena de herrumbre en el aire de la medianoche. Finalmente, llegó al recodo del pasillo que conducía a la habitación del infortunado Washington. Se paró un momento allí, mientras el viento agitaba los largos mechones grises alrededor de su cabeza y retorcía en pliegues grotescos y fantásticos el horror sin nombre del fúnebre sudario. El reloj dio entonces el cuarto, y él sintió que había llegado la hora. Se rió entre dientes y dobló el recodo; pero, apenas lo había hecho, cayó hacia atrás con un lastimoso gemido de terror, y ocultó el lívido rostro entre sus manos largas y huesudas. ¡Justo delante de él estaba de pie un espectro horrible, inmóvil como una estatua tallada en madera, y monstruoso como el sueño de un loco! Tenía la cabeza calva y reluciente, la cara redonda y gruesa y blanca; y parecía que una risa horrible había retorcido sus facciones en una mueca eterna. De sus ojos brotaban rayos de luz escarlata, la boca era un ancho pozo de fuego, y una prenda espantosa, semejante a la suya, envolvía con sus nieves silenciosas su forma de Titán. En el pecho había un letrero con una extraña escritura en caracteres antiguos, algún rollo de pergamino infamante, parecía, algún documento de pecados demenciales, algún temible calendario de delito, y con la mano derecha sostenía en alto una ancha cimitarra de doble filo de reluciente acero.

No habiendo visto un fantasma antes de éste, tuvo, naturalmente, un susto terrible, y después de una segunda ojeada rápida al temeroso espectro huyó a su habitación, dando traspiés con su larga sábana enrollada mientras recorría el pasillo a toda prisa, y dejando caer finalmente su daga dentro de las fuertes botas del ministro, donde la encontró el mayordomo por la mañana. Una vez en la intimidad de su propio aposento, se arrojó sobre un pequeño jergón y escondió la cara debajo de las sábanas. Después de un rato, sin embargo, se rearmó el bravo y viejo espíritu de los Canterville, y decidió ir a hablar al otro fantasma tan pronto como fuera de día. Por consiguiente, en el momento en que el alba tocaba con plata las colinas, volvió al sitio en que sus ojos habían visto por primera vez al horripilante fantasma, teniendo la sensación de que, al fin y al cabo, dos fantasmas eran mejor que uno, y de que con ayuda de su nuevo amigo podría agarrar sin peligro a los gemelos. Al llegar al lugar, no obstante, su mirada se encontró con una vista terrible: evidentemente algo le había ocurrido al espectro, pues la luz se había apagado enteramente en sus ojos hueros, se le había caído de las manos la reluciente cimitarra y estaba apoyado en la pared en una actitud forzada e incómoda. Avanzó apresuradamente y le cogió en sus brazos, cuando, para horror suyo, se le desprendió la cabeza y rodó por el suelo; el cuerpo se desplomó, y se encontró agarrando una cortina de grueso algodón blanco del baldaquino de una cama, mientras yacían a sus pies una escoba, un cuchillo de cocina y un nabo hueco. Incapaz de entender esta curiosa transformación, cogió el letrero con una prisa febril, y allí, a la luz gris de la mañana, leyó estas tremendas palabras:

EL FANTASMA OTIS

El solo espectro verdadero y original.

Cuídense Vuesas Mercedes de las imitaciones.

Los otros son todos falsificaciones.

Toda la cuestión se hizo luz en él. Había sido engañado, vejado y burlado. Vino a sus ojos la vieja mirada de los Canterville; hizo rechinar una con otra sus encías desdentadas y, alzando sus manos descarnadas muy por encima de la cabeza, juró, con la pintoresca fraseología de la antigua escuela, que cuando Cantecler [6] hubiera hecho sonar dos veces su alegre cuerno, se forjarían hechos de sangre, y el crimen saldría a caminar con silenciosos pies.

Apenas había concluido este horrible juramento cuando, en el tejado de tejas rojas de un caserío distante, cantó un gallo. Lanzó una larga carcajada apagada y amarga, y es-

[6] Alusión humorística al cuento heroico-cómico del capellán de las monjas, de los *Cuentos de Canterbury,* de Geoffrey Chaucer (1340-1400).

peró. Esperó hora tras hora, pero el gallo, por alguna extraña razón, no volvió a cantar. Finalmente, a las siete y media, la llegada de las doncellas le hizo renunciar a su vigilia pavorosa, y volvió con paso airado a su habitación pensando en su vano juramento y en su fracasado propósito. Allí consultó varios libros de la antigua caballería, a los que era en extremo aficionado, y averiguó que en todas las ocasiones en que se había hecho uso de este juramento Cantecler había cantado siempre por segunda vez.

—¡Que la perdición se apodere de la pícara ave! —murmuró—. Conocí el día en que con mi fuerte lanza le hubiera atravesado la garganta, y le hubiera hecho cantar para mí un canto de muerte.

Luego se retiró a un cómodo ataúd de plomo y permaneció allí hasta el atardecer.

IV

Al día siguiente, el fantasma estaba muy débil y muy cansado. La terrible excitación de las cuatro últimas semanas estaba empezando a hacer su efecto. Tenía los nervios completamente destrozados y se sobresaltaba al más leve ruido. Durante cinco días se quedó en su habitación, y por fin decidió renunciar a la mancha de sangre en el suelo de la biblioteca. Si la familia Otis no la quería, claramente no se la merecía. Evidentemente era gente que vivía en un plano de existencia bajo y material, y era completamente incapaz de apreciar el valor simbólico de los fenómenos sensoriales. La cuestión de apariciones fantasmales y el desarrollo de los cuerpos celestes era, desde luego, un asunto completamente diferente, y en realidad fuera de su control. Tenía la obligación ineludible de aparecer en el corredor una vez por semana, y farfullar desde el gran ventanal el primer miércoles y el tercero de cada mes, y no veía cómo podía escapar honorablemente de sus deberes. Es muy cierto que su vida había sido malvada, pero, por otro lado, era ahora más consciente de todo lo relacionado con lo sobrenatural. Por tanto, los tres sábados siguientes atravesó el pasillo como de costumbre entre la medianoche y las tres de la madrugada, tomando todas las precauciones posibles para no ser ni visto ni oído. Se quitó las botas, caminó tan levemente como le fue posible sobre las tarimas carcomidas, se puso un largo manto de terciopelo negro, y tuvo cuidado de usar el lubricante Rising Sun para engrasar sus cadenas, aunque me veo obligado a reconocer que tuvo gran dificultad en convencerse a sí mismo para usar este último modo de protección; una noche, sin embargo, mientras la familia estaba cenando, se había deslizado al dormitorio de míster Otis y se había llevado el frasco. Se sintió bastante humillado al principio, pero después fue lo bastante sensato como para ver que había mucho que decir en favor del invento, y, hasta cierto punto, le servía a su propósito. Pero a pesar de todo no dejaban de molestarle: continuamente extendían cordeles atravesando el pasillo, con los que tropezaba en la oscuridad, y en una ocasión, cuando estaba vestido para representar el papel de «Isaac el Negro, o el Cazador de los bosques de Hogley», tuvo una caída grave al pisar en una pista de mantequilla que habían preparado los gemelos desde la entrada de la cámara de los tapices hasta lo alto de la escalera de roble. Este último agravio le enrabió tanto que resolvió hacer un esfuerzo final para reafirmar su dignidad y posición social, y decidió visitar a los jóvenes e insolentes estudiantes de Eton la noche siguiente en su famoso personaje de «Rupert el Temerario, o el Conde sin cabeza».

Hacía más de setenta años que no aparecía con ese disfraz; de hecho, desde que había asustado tanto por medio de él a la linda lady Barbara Modish, que repentinamente rompió su compromiso con el abuelo del lord Canterville actual y se fugó a Gretna Green con el apuesto Jack Castletown, declarando que nada en el mundo la induciría a entrar por matrimonio en una familia que permitía que un fantasma tan horrible se paseara arriba y abajo por la terraza a la luz del crepúsculo. Al pobre Jack le mató después lord Canterville en un duelo en Wandsworth Common, y lady Barbara murió con el corazón hecho pedazos antes del cabo de año, así es que, por cualquier lado que se mirara, había sido un gran éxito. No obstante, era un disfraz extremadamente difícil, si puede usarse tal expresión del teatro en relación con uno de los mayores misterios de lo sobrenatural, o, para emplear un término más científico, del mundo hipernatural; y tardó tres horas enteras en hacer sus preparativos. Al fin todo estaba preparado, y él se sentía muy complacido por su aspecto. Las grandes botas de montar de cuero que iban con el traje le estaban algo grandes, y sólo pudo encontrar una de las dos pistolas de arzón, pero, en su conjunto, estaba bastante satisfecho, y a la una y cuarto se deslizó por el zócalo y recorrió cautelosamente el pasillo. Al llegar a la habitación de los gemelos —que debiera mencionar que era llamada la alcoba azul por el color de los cortinajes—, encontró la puerta entornada. Deseando hacer una entrada de efecto, la abrió de par en par, y le cayó encima una pesada jarra de agua, calándole hasta los huesos, y casi rozándole el hombro izquierdo, a un par de pulgadas. En el mismo momento oyó carcajadas sofocadas que procedían de la cama de las cuatro columnas. La conmoción de su sistema nervioso fue tan grande que huyó a su habitación tan deprisa como pudo, y al día siguiente tenía un fuerte resfriado. Lo único que le consolaba de algún modo en todo el asunto era el hecho de que no llevaba la cabeza consigo, pues, de haberlo hecho, las consecuencias podían haber sido muy graves.

Desde entonces, renunció a toda esperanza de atemorizar nunca a esta ruda familia americana, y se contentaba, por regla general, con deslizarse por los pasillos en babuchas rebordeadas, con una gruesa bufanda roja enrollada al cuello, por miedo a las corrientes, y con un pequeño arcabuz, por si le atacaban los gemelos.

El golpe de gracia lo recibió el diecinueve de septiembre. Había bajado al gran salón de entrada, con la seguridad de que allí, en cualquier caso, no sería molestado en absoluto, y se lo estaba pasando bien haciendo observaciones satíricas sobre las grandes fotografías del ministro de Estados Unidos y de su esposa hechas por Saroni [7], que habían sustituido ahora a los retratos de la familia Canterville. Estaba vestido sencilla pero apropiadamente con un largo sudario, salpicado de barro del camposanto, y tenía sujeta la mandíbula por medio de una tira de lino amarillo anudada, y llevaba una pequeña linterna y una pala de sepulturero. De hecho, estaba vestido para el personaje de «Jonás sin tumba, o el Secuestrador de cadáveres del granero de Chertsey», una de sus caracterizaciones más notables, y que los Canterville tenían toda clase de razones para recordar, ya que era el verdadero origen de su pendencia con su vecino, lord Rufford. Eran aproximadamente las dos y cuarto de la madrugada. Al acercarse a la biblioteca, sin embargo, para ver si quedaba algún rastro de la mancha de sangre, saltaron de pronto sobre él desde un rincón oscuro dos figuras

---

[7] Fotógrafo norteamericano que tenía como clientes a los personajes famosos de la época. Fotografió a Oscar Wilde en 1882.

que movían salvajemente los brazos por encima de la cabeza, y le chillaban «¡Buu!» al oído.

Presa de pánico, lo que bajo tales circunstancias era absolutamente natural, se precipitó en dirección a la escalera, pero encontró a Washington Otis que le esperaba allí con la gran jeringa de jardinería; y cercado así a ambos lados por sus enemigos y casi acorralado se desvaneció en la gran estufa de hierro, que, por ventura para él, no estaba encendida, y tuvo que volver a su aposento a través de tubos y de chimeneas, llegando en un estado terrible de suciedad, desorden y desesperación.

Después de esto no se le volvió a ver en ninguna expedición nocturna. Los gemelos estuvieron a su acecho en varias ocasiones, y cubrían los pasillos todas las noches con cáscaras de nuez, para gran fastidio de sus padres y de los sirvientes; pero fue inútil. Era del todo evidente que sus sentimientos estaban tan heridos que no quería aparecer. Así pues, míster Otis reanudó su trabajo sobre la historia del partido demócrata, en lo que se ocupaba desde hacía varios años; mistress Otis organizó un sorprendente festín de almejas al horno, que dejó asombrado a todo el condado; los muchachos se pusieron a su *lacrosse,* a su *euchre,* a su póquer y a los otros juegos nacionales americanos; y Virginia cabalgó por las veredas en su poni, acompañada por el joven duque de Cheshire, que había ido a pasar la última semana de sus vacaciones a Canterville Chase. Todos suponían que el fantasma se había ido y, de hecho, míster Otis escribió una carta a ese respecto a lord Canterville, quien, en respuesta, expresó su gran placer ante la noticia, y envió su más cordial enhorabuena a la digna esposa del ministro.

Los Otis, sin embargo, se habían engañado, pues el fantasma seguía estando en la casa, y aunque casi un inválido ahora, no estaba dispuesto en modo alguno a que las cosas quedaran como estaban, particularmente ya que se había enterado de que entre los invitados estaba el joven duque de Cheshire, cuyo tío abuelo, lord Francis Stilton, había apostado en una ocasión cien guineas con el coronel Carbury a que jugaría a los dados con el fantasma de Canterville, encontrándoselo a la mañana siguiente caído en el suelo de la sala de juego en un estado de parálisis tal que, aunque vivió hasta edad avanzada, no pudo volver a decir nunca nada más que «seis doble». La historia fue muy conocida en su época, si bien, naturalmente, por respeto a los sentimientos de las dos nobles familias se hicieron toda clase de intentos para silenciarla; y se puede encontrar una relación completa de todas las circunstancias relacionadas con el asunto en el tercer tomo del libro de lord Tattle *Recuerdos del Príncipe Regente y de sus amigos.* El fantasma estaba, pues, naturalmente muy deseoso de mostrar que no había perdido su influencia sobre los Stilton, con quienes, a decir verdad, estaba relacionado con parentesco lejano, habiéndose casado en segundas nupcias una prima carnal suya con el señor de Bulkeley, de quien, como todo el mundo sabe, descienden los duques de Cheshire por línea directa. Por consiguiente, hizo sus preparativos para aparecerse al pequeño enamorado de Virginia en su famosa caracterización del «Monje Vampiro, o el Benedictino sin sangre», una representación tan horrible que cuando la vio la anciana lady Startup, lo que ocurrió en una nochevieja fatal, en el año 1764, estalló en los gritos más agudos, lo que culminó en una violenta apoplejía, y murió a los tres días, después de desheredar a los Canterville, que eran sus parientes más cercanos, y dejar todo su dinero a su boticario londinense. Sin embargo, en el último minuto, su terror a los gemelos le impidió salir de su habitación, y el pequeño duque durmió en paz bajo el gran baldaquino de plumas en la alcoba real, y soñó con Virginia.

V

Unos días después, fueron a cabalgar Virginia y su caballero de pelo ensortijado a los prados de Brockley, y allí se rasgó ella tanto el vestido al atravesar un seto que, a su vuelta a casa, decidió subir por la escalera de atrás para que no la vieran. Cuando pasaba corriendo por la cámara de los tapices, cuya puerta estaba abierta, se imaginó que veía a alguien dentro, y pensando que era la doncella de su madre, que tenía la costumbre de llevar a veces su labor allí, se asomó para pedirle que le arreglara el vestido. Para inmensa sorpresa suya, sin embargo, era el fantasma de Canterville en persona. Estaba sentado junto a la ventana, contemplando cómo volaba por los aires el oro maltrecho de los árboles amarillentos y cómo danzaban alocadamente las hojas rojas por la larga avenida. Tenía la cabeza apoyada en la mano, y toda su actitud era de extremo abatimiento. A decir verdad, parecía estar tan desalentado y en tan lamentable estado, que la pequeña Virginia, cuyo primer pensamiento había sido echar a correr y encerrarse en su habitación, se llenó de compasión y decidió intentar consolarle. Tan leve era el pisar de ella y tan profunda la melancolía de él, que no advirtió su presencia hasta que le habló.

—¡Lo siento tanto por usted! —dijo ella—; pero mis hermanos van a volver a Eton mañana, y luego, si usted se porta bien, nadie le molestará.

—Es absurdo pedirme que me porte bien —respondió él, mirando en torno suyo asombrado a la linda muchachita que se había aventurado a dirigirle la palabra—, completamente absurdo. Yo tengo que sacudir mis cadenas y gemir a través del agujero de las cerraduras, y vagar por la noche, si es a eso a lo que os referís. Es mi única razón para existir.

—No es ninguna razón para existir, y usted sabe muy bien que ha sido muy malo. Mistress Umney nos contó, el primer día que llegamos aquí, que había matado usted a su mujer.

—Bien, lo admito enteramente —dijo el fantasma con petulancia—, pero fue un asunto puramente familiar y no concernía a nadie más.

—Está muy mal matar a alguien —dijo Virginia, que tomaba a veces una dulce gravedad puritana, heredada de algún viejo antepasado de Nueva Inglaterra.

—¡Oh, aborrezco la fácil severidad de la ética abstracta! Mi esposa era muy vulgar, nunca me tenía las golas almidonadas como es debido, y no sabía nada del arte culinario. ¡Figuraos!, había un gamo que maté yo de un tiro en los bosques de Hogley, un magnífico ejemplar de dos años, ¿y sabéis cómo hizo que lo presentaran a la mesa...? Empero, eso no hace ahora al caso, pues todo concluyó; pero no creo que sea muy amable, en lo que a vuestros hermanos se refiere, hacerme morir de inanición, aunque yo la matara.

—¿Hacerle morir de inanición? ¡Oh, señor fantasma!, quiero decir, sir Simon, ¿tiene usted hambre? Tengo un bocadillo en mi cartera. ¿Le gustaría?

—No, gracias. Nunca como nada ahora; pero es muy gentil por vuestra parte, a pesar de todo, y sois mucho más amable que el resto de vuestra horrible, tosca, vulgar y felona familia.

—¡Alto ahí! —gritó Virginia golpeando el suelo con el pie—, es usted el que es rudo, y horrible, y vulgar; y en cuanto a falta de honradez, sabe usted muy bien que me robó las pinturas de mi estuche para tratar de renovar esa ridícula mancha de sangre de la biblioteca. Primero me cogió todos los rojos, incluyendo el bermellón, y no pude hacer más puestas de sol; luego cogió usted el verde esmeralda y el amarillo cromo, y, por último, no me quedó nada más que el índigo y el blanco de China, y sólo podía hacer paisajes a la luz de la luna, que siempre deprimen al mirarlos y no son en modo alguno fáciles de pintar. Nunca le acusé a usted, aunque estaba muy molesta, y todo era la mar de ridículo, pues ¿quién ha oído hablar nunca de sangre verde esmeralda?

—Bien, realmente —dijo el fantasma bastante sumiso—, ¿qué había yo de hacer? Es algo muy difícil conseguir sangre auténtica hoy en día, y como vuestro hermano comenzó todo con su detergente Paragon, ciertamente no vi yo razón alguna por la que no debiera tomar vuestras pinturas. Respecto al color, eso es siempre una cuestión de gusto: los Canterville, por ejemplo, tenemos sangre azul, la más azul, con mucho, de Inglaterra; pero sé que los americanos no os cuidáis de cosas de esta índole.

—Usted no sabe nada sobre este particular, y lo mejor que puede hacer es emigrar y cultivar el espíritu. Mi padre estaría muy gustoso en darle un pasaje gratis, y aunque hay un pesado impuesto sobre espíritus de toda clase, no habrá dificultades con la aduana, ya que los oficiales son todos demócratas. Una vez en Nueva York, va a ser usted un éxito, con toda seguridad. Conozco a mucha gente que daría cien mil dólares por tener abuelo, y mucho más de eso por tener un espíritu familiar.

—No creo que me gustase América.

—Supongo que porque no hay ruinas ni curiosidades —dijo Virginia sarcásticamente.

—¡Que no hay ruinas!, ¡que no hay curiosidades! —respondió el fantasma—; tenéis vuestra marina y vuestros modales.

—¡Buenas tardes!; iré a pedir a papá que conceda a los gemelos una semana más de vacaciones.

—Por favor, no os vayáis, miss Virginia —exclamó él—; estoy tan solo y soy tan desgraciado, y en realidad no sé qué hacer. Quiero dormirme y no puedo.

—¡Eso es enteramente absurdo! Simplemente tiene que irse usted a la cama y apagar la vela. Lo difícil es a veces conseguir estar despierto, especialmente en la iglesia, pero no hay ninguna dificultad para dormirse. ¡Cómo!, hasta los niños pequeños saben hacer eso, y no son muy listos.

—Hace trescientos años que no duermo —dijo él tristemente.

Y los hermosos ojos azules de Virginia se abrieron de par en par por el asombro.

—Trescientos años que no duermo, ¡y estoy tan cansado!

Virginia se puso muy seria y le temblaron los pequeños labios, como tiemblan los pétalos de una rosa. Fue hacia él y, arrodillándose a su lado, alzó la mirada a su viejo rostro macilento.

—Pobre, pobre fantasma —musitó—, ¿no tiene ningún sitio donde pueda dormir?

—Allá lejos, más allá de los pinares —respondió él con una voz apagada y soñadora—, hay un pequeño jardín; allí crece la hierba alta y profunda, y brotan las grandes estrellas blancas de la flor de la cicuta; allí canta el ruiseñor durante toda la noche. Toda la noche canta, y se asoma la fría luna de cristal, y extiende el tejo sus brazos de gigante sobre los que duermen.

Los ojos de Virginia se empañaron de lágrimas, y ocultó el rostro entre las manos.

—Está hablando del jardín de la muerte —dijo ella en un susurro.

—Sí, de la muerte. ¡Debe de ser tan hermosa la muerte! Yacer en la suave tierra parda, con la hierba ondeando sobre la cabeza, y escuchar el silencio. No tener ayer ninguno, ni ningún mañana. Olvidar el tiempo, olvidar la vida, estar en paz. Vos podéis ayudarme. Podéis abrirme las grandes puertas de la casa de la muerte, pues con vos está siempre el amor, y el amor es más poderoso que la muerte.

Virginia se puso a temblar; un escalofrío la recorrió de pies a cabeza, y reinó el silencio unos instantes. Se sentía como si estuviera en una terrible pesadilla.

Luego volvió a hablar el fantasma, y su voz sonaba como el suspiro del viento.

—¿Habéis leído alguna vez la vieja profecía de la vidriera de la biblioteca?

—¡Oh!, muchas veces —exclamó la muchachita alzando la mirada—. La conozco muy bien. Está pintada con curiosas letras negras, y es difícil leerla. Tiene sólo seis versos:

> Cuando doncella de oro ganar pueda
> plegaria de los labios del pecado,
> cuando el almendro estéril fértil sea,
> y sus lágrimas vierta un tierno infante,
> quietud tendrá toda la casa entonces
> y reinará la paz en Canterville.

Pero no sé lo que quieren decir.

—Quieren decir —dijo él tristemente— que debéis llorar conmigo por mis pecados, pues no tengo yo lágrimas, y rogar conmigo por mi alma, pues yo no tengo fe, y luego, si habéis sido siempre dulce y buena y gentil, el ángel de la muerte tendrá piedad de mí. Veréis formas pavorosas en las tinieblas, y susurrarán a vuestro oído voces perversas, mas no os harán daño alguno, pues contra la pureza de una niña no pueden prevalecer los poderes del infierno.

Virginia no dio respuesta alguna, y el fantasma se retorció las manos en loca desesperación, mientras miraba su dorada cabeza inclinada. De pronto, se puso en pie, muy pálida, y con una extraña luz en los ojos.

—No tengo miedo —dijo con firmeza—, y pediré al ángel que tenga compasión de usted.

Se levantó él de su asiento con un débil grito de alegría, y tomándole la mano se inclinó sobre ella con una gracia a la antigua usanza y la besó. Sus dedos eran tan fríos como el hielo y le ardían los labios como el fuego, pero Virginia no desfalleció al conducirla él a través de la estancia oscura. En el verde tapiz desvaído estaban bordados pequeños cazadores; tocaban su cuerno adornado con borlas, y con sus manos diminutas le hacían a ella señas de que volviera.

—¡Vuelve!, pequeña Virginia —gritaban—, ¡vuelve!

Pero el fantasma le apretó la mano con más fuerza, y ella cerró los ojos para no verlos. Horribles animales con rabo de lagarto y ojos de gárgola le hacían guiños desde la repisa esculpida de la chimenea, y murmuraban:

—¡Ten cuidado!, pequeña Virginia, ¡ten cuidado!; puede que no volvamos a verte nunca más.

Pero el fantasma se siguió deslizando más aprisa, y Virginia no escuchaba. Cuando llegaron al fondo de la estancia él se detuvo y susurró unas palabras que ella no pudo entender. Abrió los ojos y vio desvanecerse el muro lentamente como si fuera neblina, y vio una gran caverna negra frente a ella. Un frío viento cortante les envolvió, y sintió ella que algo le tiraba del vestido.

—¡Deprisa, deprisa! —gritó el fantasma—, o será demasiado tarde.

Y en un instante se había cerrado el zócalo tras ellos, y la cámara de los tapices se había quedado vacía.

VI

Aproximadamente diez minutos después sonó la campana para el té, y como Virginia no bajaba, envió mistress Otis a uno de sus lacayos para que la avisara. Volvió al cabo de un rato diciendo que no podía encontrar a Virginia en ninguna parte. Como tenía ella la costumbre de salir al jardín todas las tardes a coger flores para la mesa de la cena, no se alarmó mistress Otis al principio, pero cuando dieron las seis, y Virginia seguía sin aparecer, realmente se puso muy alterada y envió a los muchachos a que la buscaran fuera, mientras ella misma y míster Otis registraban todas las habitaciones de la casa. A las seis y media volvieron los muchachos y dijeron que no podían encontrar ningún rastro de su hermana en parte alguna. Estaban ahora todos en el mayor estado de excitación y no sabían qué hacer, cuando de pronto recordó míster Otis que unos cuantos días antes había dado permiso a una tribu de gitanos para que acampara en su parque. Por consiguiente, partió al punto hacia Blackfell Hollow, donde sabía que estaban, acompañado por su hijo mayor y por dos de los criados de la granja. El pequeño duque de Cheshire, que estaba completamente loco de ansiedad, suplicó insistentemente que se le permitiera ir también, pero míster Otis no quiso permitírselo, ya que temía que pudiera haber refriega. Al llegar al lugar, sin embargo, encontró que los gitanos se habían ido, y era evidente que su marcha había sido bastante repentina, puesto que todavía estaba ardiendo el fuego y había algunos platos sobre la hierba. Habiendo enviado a Washington y a los dos hombres a registrar la comarca, corrió a casa, y despachó telegramas a todos los inspectores de policía del país, diciéndoles que buscaran a una muchachita que había sido raptada por vagabundos o gitanos. Ordenó luego que le llevaran el caballo y, después de insistir con su mujer y los tres muchachos para que se sentaran a cenar, se fue por la carretera de Ascot acompañado por un mozo de cuadra. Apenas había recorrido un par de millas cuando oyó a alguien que galopaba tras él, y mirando hacia atrás vio al pequeño duque que llegaba en su poni, con la cara encendida y sin sombrero.

—Lo siento terriblemente, míster Otis —jadeó el muchacho—, pero no puedo cenar mientras no se encuentre a Virginia. Por favor, no se enfade conmigo; si hubiera consentido usted en que nos prometiéramos el año pasado, no hubiera ocurrido toda esta desgracia. No me hará volver, ¿verdad? ¡No puedo irme! ¡No quiero irme!

El ministro no pudo por menos de sonreír al joven y atractivo pícaro, y estuvo muy conmovido por su devoción a Virginia, así que, inclinándose desde el caballo, le dio amablemente unas palmaditas en los hombros, y le dijo:

—Bien, Cecil, si no quieres volver supongo que has de venir conmigo, pero tengo que comprarte un sombrero en Ascot.

—¡Oh!, ¡al cuerno el sombrero! ¡Lo que yo necesito es a Virginia! —exclamó el joven duque riendo.

Y siguieron galopando hasta la estación del ferrocarril. Allí preguntó míster Otis al jefe de estación si se había visto en el andén a alguien que respondiera a la descripción de Virginia, pero no pudo conseguir ninguna noticia sobre ella. No obstante, el jefe de estación telegrafió arriba y abajo de la línea, y le aseguró que se establecería una estricta vigilancia para encontrarla; y después de haber comprado un sombrero para el pequeño duque a un lencero, que estaba precisamente echando las trampas, se fue míster Otis a Bexley, un pueblo que estaba a unas cuatro millas de distancia, y que le dijeron que era un lugar muy conocido como frecuentado por los gitanos, ya que había próximo a él un gran terreno comunal. Allí despertó al guarda rural, pero no pudo obtener de él ninguna información, y, después de recorrer a caballo todo el terreno comunal, encaminaron sus monturas hacia casa, y llegaron a la mansión hacia las once, muertos de cansancio y con el corazón casi hecho pedazos. Encontraron a Washington y a los gemelos en la casa del guarda, junto a la verja de entrada, esperándoles con linternas, ya que la avenida estaba muy oscura. No se había descubierto ni la más ligera huella de Virginia. Habían cogido a los gitanos en los prados de Brockley, pero la muchacha no estaba con ellos, y habían explicado su marcha repentina diciendo que se habían equivocado en la fecha de la feria de Chorton, y que se habían ido a toda prisa por miedo a llegar tarde. A decir verdad, se habían afligido mucho al saber la desaparición de Virginia, ya que estaban muy agradecidos a míster Otis por haberles permitido acampar en su parque, y cuatro de entre ellos se habían quedado para ayudar en la búsqueda. Se había dragado el estanque de las carpas y habían recorrido toda la mansión de cabo a rabo, pero sin resultado alguno. Era evidente que, al menos por esa noche, habían perdido a Virginia. Y en un estado del más profundo abatimiento, míster Otis y los muchachos se encaminaron a la casa, siguiendo el mozo detrás con los dos caballos y el poni. En el vestíbulo encontraron a un grupo de sirvientes asustados, y recostada en un sofá en la biblioteca estaba la pobre mistress Otis, casi fuera de sí por el terror y la ansiedad, y bañándole la frente con agua de colonia estaba la vieja ama de llaves. Míster Otis insistió inmediatamente en que tomara algo de comer, y ordenó que sirvieran la cena a todo el grupo. Fue una comida melancólica, ya que no hablaba casi nadie, e incluso los gemelos estaban sobrecogidos de temor y sumisos, pues tenían gran cariño a su hermana. Cuando hubieron terminado, y a pesar de las súplicas del pequeño duque, míster Otis les ordenó a todos que se fueran a acostar, diciendo que no podía hacerse nada más aquella noche, y que telegrafiaría por la mañana a Scotland Yard para que enviaran algunos detectives inmediatamente.

En el preciso momento en que salían del comedor empezaron a dar las doce campanadas de la medianoche en la torre del reloj, y cuando sonó la última campanada oyeron un crujido y un repentino grito agudo; un trueno terrible sacudió la casa, un arpegio de música no terrenal flotó a través del aire; salió volando un panel de lo alto de la escalera con un fuerte ruido, y en el rellano, muy pálida y muy blanca, estaba Virginia, con un cofrecito en la mano. En un instante todos se precipitaron escaleras arriba hasta ella. Mistress Otis la estrechó apasionadamente en sus brazos, y el duque la ahogó a besos violentos, y los gemelos ejecutaron una salvaje danza guerrera alrededor del grupo.

—¡Cielo santo!, niña, ¿dónde has estado? —dijo míster Otis, con bastante enfado, pensando que les había estado jugando una broma pesada—. Cecil y yo hemos estado cabalgando por toda la comarca buscándote, y tu madre ha tenido un susto de muerte. No debes volver a gastarnos estas bromas pesadas nunca más.

—¡Excepto al fantasma!, ¡excepto al fantasma! —chillaron los gemelos, haciendo cabriolas.

—Querida mía, gracias a Dios que te hemos encontrado; nunca debes volver a separarte de mi lado —susurró mistress Otis, mientras besaba a la niña, temblorosa, y alisaba el oro enredado de sus cabellos.

—Papá —dijo Virginia con toda calma—, he estado con el fantasma. Ha muerto, y debéis venir a verle. Había sido perverso, pero estaba realmente contrito por todo lo que había hecho, y me dio esta caja de hermosas joyas antes de morir.

Toda la familia la miró con mudo asombro, pero estaba enteramente seria y grave; y volviéndose les condujo a través de la abertura del zócalo por un estrecho pasadizo secreto, yendo Washington detrás con una vela encendida que había cogido de la mesa. Finalmente, llegaron a una gran puerta de roble tachonada de clavos herrumbrosos. Cuando Virginia la tocó, giró sobre sus pesados goznes, y se encontraron en una pequeña habitación enrejada. Incrustada en el muro había una enorme argolla de hierro, y encadenado a ella estaba un flaco esqueleto, que yacía extendido todo a lo largo en el suelo de losas, y parecía que intentaba coger con sus largos dedos descarnados un cuenco antiguo y un aguamanil que estaban colocados justo fuera de su alcance. La jarra evidentemente había estado en alguna ocasión llena de agua, ya que estaba cubierta por dentro de verdín. No había nada en el cuenco más que un montón de polvo. Virginia se arrodilló junto al esqueleto y, plegando sus pequeñas manos, empezó a rezar en silencio, mientras el resto del grupo contemplaba asombrado la terrible tragedia cuyo secreto ahora se les desvelaba.

—¡Mirad! —exclamó de pronto uno de los gemelos, que había estado mirando por la ventana para intentar descubrir en qué ala de la casa estaba situada la habitación—. ¡Mirad!, el viejo almendro seco ha florecido. Puedo ver las flores claramente a la luz de la luna.

—¡Dios le ha perdonado! —dijo Virginia gravemente, mientras se alzaba, y una hermosa luz parecía iluminarle el rostro.

—¡Qué ángel eres! —exclamó el joven duque, y le rodeó el cuello con sus brazos y la besó.

VII

Cuatro días después de estos curiosos incidentes salió un cortejo fúnebre de Canterville Chase a las once de la noche. El coche fúnebre iba tirado por ocho caballos, cada uno de los cuales llevaba a la cabeza un gran penacho de ondulantes plumas de avestruz, y el féretro de plomo estaba cubierto por un rico paño de púrpura, en el que estaba bordado en oro el escudo de armas de los Canterville. A los lados del coche fúnebre y de los carruajes caminaban los criados con antorchas encendidas, y todo el cortejo era asombrosamente impresionante. Lord Canterville era el principal doliente, habiendo llegado expresamente de Gales para asistir al sepelio, e iba sentado en el primer carruaje con la pequeña Virginia. Luego venía el ministro de Estados Unidos y su esposa; después, Washington y los tres muchachos, y en el último carruaje iba mistress Umney. Fue el sentimiento general que, ya que había sido atemorizada por el fantasma durante más de cincuenta años de su vida, tenía derecho a presenciar su final. Se había abierto una tumba profunda en un rincón del cementerio, justamente debajo del viejo tejo, y el responso fue leído del modo más impresionante por el reverendo Augustus Dampier. Cuando concluyó la ceremonia, los sirvientes, según una vieja costumbre observada en la familia Canterville, apagaron sus antorchas, y cuando bajaban el ataúd a la fosa se adelantó Virginia y depositó sobre él una gran cruz hecha con flores de almendro blancas y rosadas. Al hacerlo, salió la luna de detrás de una nube e inundó con su plata silenciosa el pequeño camposanto, y en una arboleda lejana rompió a cantar un ruiseñor. Ella pensó en la descripción que hizo el fantasma del jardín de la muerte y se le llenaron los ojos de lágrimas; apenas dijo una palabra durante el recorrido de vuelta a casa.

A la mañana siguiente, antes de que lord Canterville se fuera a la ciudad, míster Otis celebró una entrevista con él respecto al asunto de las joyas que el fantasma había dado a Virginia. Eran absolutamente magníficas, especialmente cierto collar de rubíes con antiguo engaste veneciano, que era realmente una soberbia muestra del trabajo del siglo XVI, y cuyo valor era tan grande que míster Otis sentía considerables escrúpulos en permitir que lo aceptara su hija.

—Milord —dijo el ministro—, sé que en este país se sostiene que el derecho hereditario ha de aplicarse a las chucherías lo mismo que a la tierra, y está completamente claro para mí que estas joyas son, o debieran ser, un legado de su familia. Debo rogarle, conforme a ello, que se las lleve a Londres y las considere simplemente como una parte de su propiedad que le ha sido devuelta bajo ciertas extrañas circunstancias. En cuanto a mi hija, es sólo una niña, y todavía tiene, me alegra decir, muy poco interés en tales accesorios de lujo vano. He sido también puesto al corriente por mistress Otis, que, puedo decir, es una autoridad no pequeña en arte —habiendo tenido el privilegio de pasar varios inviernos en Boston cuando era muchacha—, que estas gemas tienen un gran valor monetario, y si se ofrecieran a la venta alcanzarían un alto precio. Bajo tales circunstancias, lord Canterville, estoy seguro de que usted reconocerá lo imposible que sería para mí permitir que se quedaran en posesión de algún miembro de mi familia; y, a decir verdad, todos estos vanos adornos vistosos y juguetes, por muy adecuados o necesarios que sean a la dignidad de la aristocracia británica, estarán completamente fuera de lugar entre los que han sido educados en los severos, y yo creo que inmortales, principios de la sencillez republicana. Quizá debiera mencionar que Virginia está muy deseosa de que le permita usted retener la caja, en recuerdo de su desafortunado y extraviado antepasado. Como es extremadamente vieja y, consecuentemente, está en un estado lamentable, tal vez pueda juzgar usted conveniente complacer su ruego. Por mi parte, confieso que estoy muy sorprendido de encontrar a una hija mía expresando simpatía por cualquier forma de medievalismo, y sólo puede explicarse por el hecho de que Virginia nació en uno de los barrios residenciales de Londres poco después de que mistress Otis volviera de un viaje a Atenas.

Lord Canterville escuchó con toda seriedad el discurso del digno ministro, atusándose de vez en cuando el bigote canoso para ocultar una sonrisa involuntaria y, cuando hubo terminado míster Otis, le estrechó cordialmente la mano y dijo:

—Mi querido señor, su encantadora hijita prestó a mi desafortunado antepasado, sir Simon, un servicio muy importante, y mi familia y yo hemos contraído con ella una gran deuda por su admirable valor y presencia de ánimo. Las joyas, claramente, son suyas, y, por Dios, creo que si yo fuera lo bastante despiadado para quitárselas, el malvado y viejo individuo estaría fuera de la tumba dentro de dos semanas, dándome una vida endemoniada. Y en cuanto a que sean un legado familiar, nada es legado familiar si no consta en testamento o en algún documento legal, y la existencia de esas joyas ha sido absolutamente desconocida. Le aseguro que no tengo mayor derecho a reclamarlas que el que tiene su mayordomo; y cuando miss Virginia sea mayor me atrevo a decir que estará encantada de tener cosas bonitas que ponerse. Además, olvida usted, míster Otis, que tomó el mobiliario y el fantasma en el valor estimado, y cualquier cosa que perteneciera al fantasma pasó inmediatamente a su posesión, puesto que, sea cual sea la actividad que haya mostrado sir Simon de noche en el corredor, en lo concerniente a la ley estaba realmente muerto, y usted adquirió su propiedad por compra.

Míster Otis estuvo muy disgustado por la negativa de lord Canterville, y le rogó que reconsiderara su decisión, pero el afable aristócrata se mantuvo firme, y finalmente convenció al ministro para que permitiera que su hija se quedara con el regalo que le había hecho el fantasma. Y cuando en la primavera de 1890 fue presentada la joven duquesa de Cheshire en el salón principal de la reina con ocasión de su boda, sus joyas fueron el tema universal de admiración. Pues Virginia recibió la corona ducal, que es la recompensa de todas las muchachas americanas buenas, y se casó con su enamorado apenas alcanzó éste la mayoría de edad.

Eran los dos tan encantadores y se amaban tanto que todo el mundo estaba encantado con la boda, a excepción de la vieja marquesa de Dumbleton, que había tratado de cazar al duque para una de sus siete hijas solteras, y había dado no menos de tres costosos banquetes con ese propósito, y, por extraño que parezca, del mismo míster Otis. A míster Otis le parecía muy bien el duque personalmente, pero teóricamente ponía objeciones a los títulos y, usando sus propias palabras, «no dejaba de tener aprensión de que entre las influencias enervantes de una aristocracia amante del placer se olvidaran los principios de sencillez republicana». Sus objeciones, no obstante, fueron completamente rechazadas, y yo creo que cuando marchaba a lo largo de la nave central de la iglesia de St. George, en Hanover Square, con su hija apoyada en su brazo, no había un hombre más orgulloso a lo largo y a lo ancho de Inglaterra.

El duque y la duquesa, concluida su luna de miel, fueron a Canterville Chase, y al día siguiente de su llegada dieron un paseo por la tarde hasta el pequeño cementerio situado junto a los pinares. Había habido al principio mucha dificultad respecto a la inscripción de la losa de sir Simon, pero por fin se había decidido grabar en ella simplemente las iniciales del nombre del viejo caballero y el verso de la vidriera de la biblioteca. La duquesa había llevado unas bellas rosas, que esparció sobre la tumba y, después de permanecer los dos algún tiempo junto a la tumba, se encaminaron al presbiterio en ruinas de la vieja abadía. Allí se sentó la duquesa en un pilar caído, mientras su marido estaba echado a sus pies, fumando un cigarrillo y mirando sus hermosos ojos. De pronto, arrojó el cigarrillo, le tomó la mano y le dijo:

—Virginia, una esposa no debiera tener secretos para su esposo.

—¡Querido Cecil! No tengo secretos para ti.

—Sí los tienes —respondió él sonriendo—, nunca me has contado qué te ocurrió cuando te encerraste con el fantasma.

—Nunca se lo he contado a nadie, Cecil —dijo Virginia gravemente.

—Ya lo sé, pero podías decírmelo a mí.

—Por favor, no me lo preguntes, Cecil; no puedo decírtelo. ¡Pobre sir Simon! Le debo mucho. Sí, no te rías, Cecil, realmente se lo debo. Me hizo ver lo que es la vida y cuál es el significado de la muerte, y por qué el amor es más fuerte que las dos.

El duque se puso en pie y besó a su mujer amorosamente.

—Puedes mantener tu secreto en tanto que yo posea tu corazón —musitó.

—Siempre lo has tenido, Cecil.

—Y se lo contarás a nuestros hijos algún día, ¿no es así?

Virginia se ruborizó.

EL MILLONARIO MODELO

UNA NOTA DE ADMIRACIÓN

A menos que se sea rico, no sirve de nada ser una persona encantadora. Lo romántico es privilegio de los ricos, no profesión de los desempleados. Los pobres debieran ser prácticos y prosaicos. Vale más tener una renta permanente que ser fascinante. Éstas son las grandes verdades de la vida moderna que Hughie Erskine nunca comprendió. ¡Pobre Hughie!

Intelectualmente, hemos de admitir, no era muy notable. Nunca dijo en su vida una cosa brillante, ni siquiera una cosa mal intencionada. Pero era, en cambio, asombrosamente bien parecido, con su pelo castaño rizado, su perfil bien recortado y sus ojos grises. Era tan popular entre los hombres como entre las mujeres, y tenía todas las cualidades, menos la de hacer dinero. Su padre le había legado su espada de caballería y una *Historia de la guerra peninsular,* en quince volúmenes. Hughie colgó aquélla sobre el espejo, puso ésta en un estante entre la *Guía* de Ruff y la *Revista* de Bailey, y vivió con las doscientas libras al año que le proporcionaba una anciana tía. Lo había intentado todo. Había frecuentado la Bolsa durante seis meses; pero ¿qué iba a hacer una mariposa entre toros y osos?[1]. Había sido comerciante de té algo más de tiempo, pero pronto se había cansado del té chino negro fuerte y del negro ligero. Luego había intentado vender jerez seco; aquello no resultó; el jerez era tal vez demasiado seco. Por último, se dedicó a no hacer nada, y a ser simplemente un joven encantador, inútil, de perfil perfecto y sin ninguna profesión.

Para colmo de males, estaba enamorado. La muchacha que amaba era Laura Merton, hija de un coronel retirado que había perdido el humor y la digestión en la India, y que no había vuelto a encontrar ni lo uno ni la otra.

Laura le adoraba, y él hubiera besado los cordones de los zapatos que ella calzaba. Hacían la más bonita pareja de Londres, y no tenían ni un penique entre los dos. Al coronel le parecía muy bien Hughie, pero no quería oír hablar de noviazgo.

—Muchacho —solía decirle—, ven a verme cuando tengas diez mil libras tuyas, y veremos. Y Hughie tomaba un aspecto taciturno en esos días, y tenía que ir a Laura en busca de consuelo.

Una mañana, cuando se dirigía a Holland Park, donde vivían los Merton, entró a ver a un gran amigo suyo, Alan Trevor. Trevor era pintor. En verdad, poca gente escapa de eso hoy día; pero éste era artista, además, y los artistas son bastante escasos. Como persona era un individuo extraño y rudo, con una cara llena de pecas y una barba roja descuidada. Sin embargo, cuando cogía el pincel era un verdadero maestro, y sus cuadros eran muy solicitados. Hughie le había interesado mucho; en un principio, hay que reconocer, a causa enteramente de su encanto personal.

---

[1] «Toros y osos» —*bulls and bears*—, es el nombre que suele darse en la Bolsa inglesa a los especuladores.

—Un pintor —solía decir— debiera conocer únicamente a las personas que son tontas [2] y hermosas, a las personas que son un placer artístico cuando se las mira y un reposo intelectual cuando se habla con ellas. Los hombres elegantes y las mujeres amadas gobiernan al mundo, al menos debieran gobernarlo.

No obstante, cuando hubo conocido mejor a Hughie, le gustó otro tanto por su radiante optimismo y su generosa naturaleza atolondrada, y le dio entrada [3] libre en su estudio.

Cuando llegó Hughie aquel día encontró a Trevor dando los últimos toques a un magnífico retrato de un mendigo en tamaño natural. El mendigo mismo estaba posando en pie, subido a un estrado, en un ángulo del estudio. Era un viejo seco, con una cara semejante a un pergamino arrugado y una expresión sumamente lastimera. De los hombros le colgaba una tosca capa parda, toda desgarrada y harapienta; sus gruesas botas estaban remendadas y con parches, y con una mano se apoyaba en un áspero bastón, mientras que con la otra sostenía su maltrecho sombrero, pidiendo limosna.

—¡Qué modelo tan asombroso! —susurró Hughie al estrechar la mano a su amigo.

—¿Un modelo asombroso? —gritó Trevor a plena voz—, ¡eso creo yo! No se encuentran todos los días mendigos como él. *Une trouvaille, mon cher* [4]; un Velázquez en carne y hueso! ¡Rayos!, ¡qué aguafuerte hubiera hecho Rembrandt con él!

—¡Pobre viejo! —dijo Hughie—, ¡qué aspecto tan triste tiene! Pero supongo que para vosotros, los pintores, su cara vale una fortuna.

---

2 En francés en el original: *bête.*

3 En francés en el original: *entrée.*

4 «Un hallazgo, querido». En francés en el original.

—Ciertamente —replicó Trevor—, no querrás que un mendigo parezca feliz, ¿verdad?

—¿Cuánto cobra un modelo por posar? —preguntó Hughie, mientras encontraba cómodo asiento en un diván.

Un chelín por hora.

—¿Y cuánto cobras tú por el cuadro, Alan?

—¡Oh, por éste cobro dos mil!

—¿Libras?

—Guineas. Los pintores, los poetas y los médicos siempre cobramos en guineas.

—Bueno, yo creo que el modelo debiera llevar un tanto por ciento —exclamó Hughie riendo—; trabaja, tanto como vosotros.

—¡Tonterías, tonterías!; ¡mira, aunque sólo sea la molestia de extender la pintura, y el estar de pie todo el santo día delante del caballete! Para ti es muy fácil hablar, Hughie, pero te aseguro que hay momentos en que el arte alcanza casi la dignidad del trabajo manual. Pero no debes charlar; estoy muy ocupado. Fúmate un cigarrillo y estate callado.

Al cabo de un rato entró el sirviente y dijo a Trevor que el hombre que le hacía los marcos quería hablar con él.

—No te vayas corriendo, Hughie —dijo al salir—; volveré dentro de un momento.

El viejo mendigo aprovechó la ausencia de Trevor para descansar unos instantes en un banco de madera que había detrás de él. Parecía tan desamparado y tan desdichado que Hughie no pudo por menos de compadecerse de él, y se palpó los bolsillos para ver qué dinero tenía. Todo lo que pudo encontrar fue una libra de oro y algunas monedas de cobre.

«¡Pobre viejo! —pensó en su interior—, lo necesita más que yo; pero esto supone que no podré tomar un simón en dos semanas».

Y cruzó el estudio y deslizó la moneda de oro en la mano del mendigo.

El viejo se sobresaltó, y una débil sonrisa revoloteó en sus labios marchitos.

—Gracias, señor —dijo—, gracias.

Entonces llegó Trevor, y Hughie se marchó, sonrojándose un poco por lo que había hecho. Pasó el día con Laura, recibió una encantadora reprimenda por su extravagancia, y tuvo que volver a casa andando.

Aquella noche entró en el Palette Club hacia las once, y encontró a Trevor sentado solo en el salón de fumadores bebiendo vino del Rin con agua de seltz.

—Bien, Alan, ¿terminaste el cuadro? —dijo, mientras encendía su cigarrillo.

—Está terminado y enmarcado, muchacho —contestó Trevor—; y a propósito, has hecho una conquista. El viejo modelo que viste te tiene verdadera devoción. He tenido que contarle todo acerca de ti: quién eres, dónde vives, de qué ingresos dispones, qué perspectivas de futuro tienes...

—Querido Alan —exclamó Hughie—, probablemente le encontraré esperándome cuando vaya a casa. Pero, naturalmente, estás sólo bromeando. ¡Pobre viejo desgraciado! Desearía hacer algo por él; creo que es terrible que haya alguien tan desdichado. Tengo montones de ropa vieja en casa; ¿crees que le interesaría algo de ella? ¡Como sus harapos se le estaban cayendo a pedazos!

—Pero tiene un aspecto espléndido con ellos —dijo Trevor—. No le pintaría con levita por nada del mundo. Lo que tú llamas harapos, yo lo llamo atuendo romántico; lo que a ti te parece pobreza, a mí me parece aspecto pintoresco. Sin embargo, le hablaré de tu ofrecimiento.

—Alan —dijo Hughie gravemente—, vosotros los pintores sois gente sin corazón.

—El corazón de un artista es su cabeza —replicó Trevor—; y, además, nuestra tarea es comprender el mundo como lo vemos, no reformarlo de acuerdo con el conocimiento que tenemos de él. *A chacun son métier*[5]. Y ahora, dime, cómo está Laura. El viejo modelo se interesó mucho por ella.

—¿No querrás decir que le hablaste de ella? —dijo Hughie.

—Desde luego que sí. Él sabe todo respecto al inexorable coronel, la bella Laura y las diez mil libras.

—¿Contaste al viejo mendigo todos mis asuntos privados? —exclamó Hughie, enrojeciendo y enfadándose mucho.

—Mi querido muchacho —dijo Trevor, sonriendo—, ese viejo mendigo, como tú le llamas, es uno de los hombres más ricos de Europa. Podría comprar mañana todo Londres sin dejar al descubierto sus cuentas corrientes. Tiene una casa en todas las capitales; come en vajilla de oro, y cuando quiera puede impedir que Rusia entre en una guerra.

—¿Qué demonios quieres decir? —exclamó Hughie.

—Lo que digo —respondió Trevor—. El viejo que viste hoy en el estudio era el barón Hausberg. Es un gran amigo mío; compra todos mis cuadros y todas esas cosas, y hace un mes me encargó que le pintara de mendigo. *Que voulez-vous? La fantaisie d'un millionnaire!*[6]. Y he de reconocer que hacía una magnífica figura con sus harapos, o quizá debiera decir con los míos, pues es una ropa vieja que conseguí en España.

—¡El barón Hausberg! —exclamó Hughie—. ¡Cielo santo! ¡Y yo le di una libra!

---

[5] «A cada uno su oficio». En francés en el original.

[6] «¿Qué quieres? La fantasía de un millonario». En francés en el original.

Y se desplomó en un sillón, pareciendo la imagen de la consternación.

—¿Que le diste una libra? —gritó Trevor, lanzando una carcajada—. Mi querido muchacho, nunca volverás a verla. *Son affaire c'est l'argent des autres*[7].

—Creo que bien podías habérmelo dicho, Alan —dijo Hughie malhumorado—, y no haberme dejado que hiciera el ridículo.

—Bueno, para empezar, Hughie —dijo Trevor—, nunca se me hubiera ocurrido que fueras por ahí repartiendo limosnas de ese modo tan atolondrado. Puedo entender que des un beso a una modelo guapa, pero que des una moneda de oro a un modelo feo, ¡por Júpiter, no! Además, el hecho es que en realidad yo no estaba en casa para nadie, y cuando entraste tú yo no sabía si a Hausberg le gustaría que se mencionara su nombre. Ya sabes que no estaba vestido de etiqueta.

—¡Qué imbécil debe creer que soy! —dijo Hughie.

—Nada de eso. Estaba del mejor humor después de que te fuiste; no hacía más que reírse entre dientes y frotarse las viejas manos rugosas. Yo no podía explicarme por qué estaba tan interesado en saber todo lo referente a ti, pero ahora lo veo todo claro. Invertirá tu libra por ti, Hughie, te pagará los intereses cada seis meses, y tendrá una historia estupenda para contar después de la cena.

—Soy un pobre diablo sin suerte —refunfuñó Hughie—. Lo mejor que puedo hacer es irme a la cama, y tú, querido Alan, no debes decírselo a nadie; no me atrevería a dejar que me vieran la cara en el Row.

—¡Tonterías! Esto hace honor a tu alta reputación de espíritu filantrópico, Hughie. Y no te vayas corriendo. Fú-

---

[7] «Su negocio es el dinero de los demás». En francés en el original.

mate otro cigarrillo, y puedes hablar de Laura tanto como quieras.

Sin embargo, Hughie no quiso quedarse allí; se fue a casa, sintiéndose muy desgraciado y dejando a Trevor con un ataque de risa.

A la mañana siguiente, cuando estaba desayunando, el sirviente le llevó una tarjeta en la que estaba escrito: «Monsieur Gustave Naudin, *de la part de* M. le baron Hausberg».

—Supongo que habrá venido a pedir que me disculpe —se dijo Hughie.

Y ordenó al criado que hiciera pasar al visitante.

Entró en la habitación un señor anciano con gafas de oro y pelo canoso, y dijo con un ligero acento francés:

—¿Tengo el honor de hablar con monsieur Erskine?

Hughie asintió con la cabeza.

—Vengo de parte del barón Hausberg —continuó—. El barón...

—Le ruego, señor, que le ofrezca mis más sinceras excusas —balbuceó Hughie.

—El barón —dijo el anciano con una sonrisa— me ha encargado que le traiga esta carta.

Y le tendió un sobre lacrado, en el que estaba escrito lo siguiente: «Un regalo de boda para Hugh Erskine y Laura Merton, de un viejo mendigo». Y dentro había un cheque por diez mil libras.

Cuando se casaron, Alan Trevor fue el padrino, y el barón pronunció un discurso en el desayuno de bodas.

—Los modelos millonarios —observó Alan— son bastante raros, pero, ¡por Júpiter!, los millonarios modelo son más raros todavía.

EL RETRATO DE MÍSTER W. H.

I

Había estado yo cenando con Erskine en su pequeña y bonita casa de Birdcage Walk, y estábamos sentados en la biblioteca saboreando nuestro café y nuestros cigarrillos, cuando salió a relucir casualmente en la conversación la cuestión de las falsificaciones literarias. No recuerdo ahora cómo fuimos a dar con ese tema tan curioso, cómo surgió en aquel entonces, pero sé que tuvimos una larga discusión sobre MacPherson, Ireland y Chatterton[1], y que respecto al último yo insistía en que las supuestas falsificaciones eran meramente el resultado de un deseo artístico de una representación perfecta; que no teníamos ningún derecho a querellarnos con ningún artista por las condiciones bajo las cuales elige presentar su obra y que siendo el arte hasta cierto punto un modo de actuación, un intento de poder realizar la propia personalidad en un plano imaginario, fuera del alcance de los accidentes y limitaciones de la vida real con todas sus trabas, censurar a un artista

[1] James MacPherson (1736-1796) se dijo traductor de los poemas de Ossian; Samuel Ireland (1777-1835) falsificó autógrafos y obras perdidas de Shakespeare, y Thomas Chatterton (1752-1770) compuso poemas que atribuyó a Thomas Rowley, un supuesto monje del siglo XV.

por una falsificación era confundir un problema ético con uno estético.

Erskine, que era mucho mayor que yo, y había estado escuchándome con la deferencia divertida de un hombre de cuarenta años, me puso de pronto la mano en el hombro y me dijo:

—¿Qué dirías de un joven que tuviera una teoría extraña sobre cierta obra de arte, que creyera en su teoría y cometiera una falsificación a fin de demostrarla?

—¡Ah!, eso es un asunto completamente diferente —contesté.

Erskine permaneció en silencio unos instantes, mirando las tenues volutas grises de humo que ascendían de su cigarrillo.

—Sí —dijo, después de una pausa—, completamente diferente.

Había algo en su tono de voz, un ligero toque de amargura quizá, que excitó mi curiosidad.

—¿Has conocido alguna vez a alguien que hubiera hecho eso? —le pregunté.

—Sí —respondió, arrojando su cigarrillo al fuego—, un gran amigo mío, Cyril Graham. Era absolutamente fascinante, y muy necio y muy cruel. Sin embargo, me dejó el único legado que he recibido en mi vida.

—¿Qué era? —exclamé.

Erskine se levantó de su asiento, y yendo a un alto armario de taracea que estaba entre las dos ventanas, lo abrió, y volvió adonde yo estaba sentado, sosteniendo en la mano una pequeña pintura en tabla, montada en un viejo marco isabelino bastante deslustrado.

Era un retrato de cuerpo entero de un joven vestido con un traje de finales del siglo XVI, en pie junto a una mesa, con la mano derecha descansando en un libro abierto. Parecía de unos diecisiete años y era de una belleza absolutamente extraordinaria, aunque evidentemente algo afeminada. En verdad, de no haber sido por la ropa y por el cabello, cortado muy corto, se hubiera dicho que aquel rostro, con sus melancólicos ojos soñadores y sus delicados labios escarlata, era el rostro de una muchacha. En el estilo, y especialmente en el tratamiento de las manos, el retrato recordaba una de las obras tardías de François Clouet[2]. El jubón de terciopelo negro, con sus adornos fantásticamente dorados, y el fondo azul pavo real que le realzaba tan gratamente y le prestaba un valor cromático tan luminoso, eran completamente del estilo de Clouet; y las dos máscaras de la tragedia y de la comedia, colgadas bastante ceremoniosamente en el pedestal de mármol, tenían ese toque de inflexible severidad —tan diferente de la gracia ligera de los italianos— que ni siquiera en la corte de Francia perdió nunca el gran maestro flamenco, y que en sí misma ha sido siempre una característica del temperamento nórdico.

—¡Es encantador! —exclamé—. ¿Pero quién es este joven sorprendente, cuya belleza ha preservado para nosotros tan felizmente el arte?

—Es el retrato de míster W. H. —dijo Erskine con una triste sonrisa.

Puede que fuera un efecto casual de la luz, pero me pareció que le brillaban los ojos de lágrimas.

—¡Míster W. H.! —exclamé—; ¿y quién era míster W. H.?

—¿No te acuerdas? —contestó—; mira el libro sobre el que descansa su mano.

---

2 Pintor de la cámara de la corte francesa (1516-1572) del mismo nombre que su padre, que fue también pintor de esa misma corte.

—Veo que hay algo escrito en él, pero no puedo descifrarlo —repliqué.

—Toma esta lupa e inténtalo —dijo Erskine, con la misma sonrisa triste jugueteándole todavía en torno a su boca.

Cogí la lupa y, acercando un poco la lámpara, empecé a deletrear la apretada escritura del siglo XVI: «Al único progenitor de los sonetos que aquí se publican».

—¡Cielo santo! —exclamé—, ¿es éste el míster W. H. de Shakespeare?

—Eso es lo que solía decir Cyril Graham —musitó Erskine.

—Pero no se parece en nada a lord Pembroke —respondí yo—. Conozco muy bien los retratos de Penshurst. Me alojé muy cerca de allí hace unas semanas.

—¿Crees de verdad que los *Sonetos* están dirigidos a lord Pembroke? —preguntó.

—Estoy seguro de ello —repliqué—. Pembroke, Shakespeare y mistress Mary Fitton son los tres personajes de los *Sonetos;* no cabe duda alguna respecto a eso.

—Bien, yo estoy de acuerdo contigo —dijo Erskine—, pero no siempre he pensado así. Hubo un tiempo en que creía, bueno, supongo que creía, en Cyril Graham y en su teoría.

—¿Y qué teoría es esa? —pregunté, mirando el admirable retrato, que ya había comenzado a ejercer una extraña fascinación sobre mí.

—Es una larga historia —dijo Erskine, quitándome el retrato con bastante brusquedad, pensé entonces—; una historia muy larga; pero si tienes interés en oírla te la contaré.

—Me encantan las teorías sobre los *Sonetos* de Shakespeare —exclamé—; pero no creo probable que vaya a aceptar ninguna idea nueva sobre ellos. El asunto ha dejado de ser un misterio para nadie. Ciertamente, me pregunto si ha sido un misterio alguna vez.

—Como yo no creo en la teoría, no es probable que te convierta a ella —dijo Erskine, riendo—; pero puede que te interese.

—Cuéntamelo, desde luego —respondí—. Con tal de que sea la mitad de deliciosa que el cuadro me daré por más que satisfecho.

—Pues bien —dijo Erskine, encendiendo un cigarrillo—, debo empezar por hablarte del propio Cyril Graham: «Él y yo vivíamos en el mismo edificio en Eton. Yo era un año o dos mayor que él, pero éramos grandes amigos, y juntos hacíamos todo el trabajo y juntos jugábamos. Había, por supuesto, mucho más juego que trabajo, pero no puedo decir que lo lamente; siempre es una ventaja no haber recibido una sólida educación comercial, y lo que yo aprendí en los campos de deporte de Eton me ha sido tan útil como lo que me enseñaron en Cambridge. He de decirte que habían muerto los padres de Cyril, los dos; se habían ahogado en un terrible accidente de yate frente a las costas de la isla de Wight. Su padre había pertenecido al cuerpo diplomático, y se había casado con una hija —la única hija, en realidad— del anciano lord Crediton, que se convirtió en tutor de Cyril a la muerte de sus padres. No creo que lord Crediton se preocupara mucho de Cyril. Realmente, nunca había perdonado a su hija que se casara con un hombre sin título nobiliario. Él era un viejo aristócrata extraordinario, que juraba como un vendedor ambulante y tenía los modales de un granjero. Recuerdo haberle visto un día de apertura del Parlamento. Me gruñó, me dio una libra de oro y me dijo que no me convirtiera en un "condenado radical" como mi padre. Cyril le tenía muy poco cariño, y se alegraba mucho de pasar la mayor parte de sus vacaciones con nosotros en Escocia. En verdad, nunca se llevaron bien: Cyril pensaba que su abuelo era un oso, y él creía que Cyril era afeminado.

Era afeminado, supongo yo, en algunos aspectos, aunque era muy buen jinete y magnífico en esgrima; de hecho, consiguió en esto los primeros premios antes de dejar Eton. Pero tenía ademanes muy lánguidos, estaba no poco orgulloso de ser bien parecido y ponía fuertes objeciones al fútbol. Las dos cosas que le daban verdadero placer eran la poesía y el actuar en representaciones teatrales. En Eton siempre estaban disfrazándose y recitando a Shakespeare, y cuando fuimos a Trinity, en la Universidad de Cambridge, se hizo miembro del grupo de teatro en el primer trimestre. Recuerdo que yo estaba siempre muy celoso de sus representaciones. Le tenía una devoción absurda; supongo que por lo diferentes que éramos en algunas cosas. Yo era un muchacho desmañado y enclenque, de pies enormes y horriblemente pecoso. Las pecas se propagan en las familias escocesas lo mismo que la gota en las familias inglesas; Cyril solía decir que entre las dos prefería la gota; pero es que siempre otorgaba un valor absurdamente alto a la apariencia personal, y una vez leyó una comunicación en nuestro círculo de retórica para demostrar que era mejor ser hermoso que ser bueno. Ciertamente, él tenía una belleza admirable. La gente a quien no le gustaba, personas hipócritas y tutores de la Universidad, y los jóvenes que se preparaban para clérigos, solían decir que era meramente guapo; pero había mucho más en su rostro que un mero atractivo. Creo que era la criatura más espléndida que he visto en mi vida, y nada podría sobrepasar la gracia de sus movimientos, el encanto de sus modales. Fascinaba a todo el mundo a quien valía la pena fascinar, y a muchísimos que no la valía. Frecuentemente era voluntarioso y petulante, y yo solía pensar que era terriblemente poco sincero. Creo que se debía principalmente a su desmesurado deseo de agradar. ¡Pobre Cyril! Le dije una vez que se contentaba con triunfos de poca monta, pero lo único que hizo fue reírse. Estaba horriblemente consentido. Toda la gente encantadora, me imagino, está consentida; ése es el secreto de su atractivo.

Pero he de hablarte de la clase de actuaciones teatrales de Cyril. Ya sabes que no se permite en las agrupaciones teatrales de accionados que actúen actrices; al menos no se permitía en mis tiempos, no sé lo que ocurre ahora. Pues bien, desde luego Cyril siempre figuraba en los papeles de muchachas, y cuando se representó *Como gustéis*[3] hizo el papel de Rosalinda. Fue una maravillosa interpretación. De hecho, Cyril Graham ha sido la única Rosalinda perfecta que he visto en mi vida. Sería imposible describirte la belleza, la delicadeza, el refinamiento de toda la actuación. Causó una sensación inmensa, y el teatrillo horrible, como era entonces, se abarrotaba cada tarde. Incluso ahora, cuando leo la obra no puedo por menos de pensar en Cyril. Podía haber sido escrita para él. Al trimestre siguiente se graduó y vino a Londres a estudiar para entrar en el cuerpo diplomático. Pero nunca trabajó nada; se pasaba el día leyendo los *Sonetos,* de Shakespeare, y las tardes en el teatro. Estaba, por supuesto, loco por subir al escenario, pero lord Crediton y yo hicimos todo lo que pudimos para impedírselo. Acaso si hubiera sido actor estaría vivo ahora. Siempre es necio dar consejos, pero dar un buen consejo es absolutamente fatal. Espero que no caigas tú nunca en ese error; si lo haces, lo lamentarás.

Bueno, para ir al grano de la historia, un día recibí una carta de Cyril, pidiéndome que fuera a verle a su apartamento aquella tarde. Tenía un apartamento muy bonito en Piccadilly, con vistas a Green Park, y como yo solía ir a

---

3 Obra de Shakespeare, como las otras que se mencionan en este relato si no expresan el autor. Consideramos conveniente reducir al mínimo las notas explicativas por tratarse de un escritor tan conocido.

verle todos los días me sorprendió bastante que se tomara la molestia de escribirme. Fui, desde luego, y cuando llegué le encontré en un estado de gran excitación. Me dijo que al fin había descubierto el verdadero secreto de los *Sonetos,* de Shakespeare; que todos los eruditos y críticos habían estado en una dirección enteramente equivocada, y que él era el primero que, trabajando puramente por evidencia interna, había averiguado quién era realmente míster W. H. Estaba completamente loco de placer, y durante un largo rato no quiso decirme su teoría. Por fin, sacó un montón de notas, cogió su libro de los *Sonetos* de encima de la repisa de la chimenea, se sentó, y me dio una larga conferencia sobre todo el tema.

Empezó señalando que el joven a quien Shakespeare dirigió estos poemas extrañamente apasionados debió haber sigo alguien que fuera realmente un factor vital en el desarrollo de su arte dramático, y que esto no podía decirse ni de lord Pembroke ni de lord Southampton. A decir verdad, quienquiera que fuera no podía haber sido nadie de alta cuna, como se muestra claramente en el soneto XXV, en el que Shakespeare se pone a sí mismo en contraste con los que son "favoritos de los grandes príncipes"; dice en él con franqueza:

> Aquellos que su estrella favorece
> alardeen de títulos y honores,
> que yo, a quien veda el sino triunfo tal,
> no busqué el gozo en lo que más honré [4];

---

[4] En la traducción de los sonetos hemos optado por mantener la medida y sacrificar la rima, para evitar una mayor distorsión del contenido, y teniendo en cuenta que en la poesía inglesa, en general, el ritmo es más esencial que la rima.

y termina el soneto congratulándose por la condición humilde del que tanto adoraba:

> Feliz pues yo, que amé y soy amado
> do puedo no mudar ni ser mudado.

Este soneto, declaró Cyril, sería completamente ininteligible si nos imagináramos que estuviera dirigido al conde de Pembroke o al de Southampton, que eran, los dos, hombres de la más alta posición en Inglaterra y con títulos suficientes para que se les llamara "grandes príncipes". Y corroborando su punto de vista me leyó los sonetos CXXIV y CXXV, en los que Shakespeare nos dice que su amor no es "hijo del estado", que "no sufre en pompa risueña", sino que fue "formado lejos de accidente".

Yo escuchaba con mucho interés, pues no creo que se hubiera sostenido ese punto de vista antes; pero lo que siguió era todavía más curioso, y me pareció entonces que descartaba enteramente a Pembroke. Sabemos por Meres [5] que los *Sonetos* se habían escrito antes de 1598, y el soneto CIV nos informa que la amistad de Shakespeare por míster W. H. hacía tres años que existía. Ahora bien, lord Pembroke, que nació en 1580, no vino a Londres hasta que no tenía dieciocho años, es decir, hasta 1598, y la relación de Shakespeare con míster W. H. debía haber comenzado en 1594, o como muy tarde en 1595. De acuerdo con esto,

---

La forma de los sonetos de Shakespeare —que lleva su nombre, si bien no la introdujo él— no es la tradicional de Petrarca, sino que se compone de tres cuartetos, con rima independiente cada uno, y un pareado.

5 Francis Meres (1565-1674), en su *Discurso comparativo de nuestros poetas ingleses con los poetas griegos, latinos e italianos* (1598), da cuenta de muchas de las obras de Shakespeare representadas antes de esa fecha y de los *Sonetos,* que aún no se habían publicado.

Shakespeare no pudo conocer a lord Pembroke hasta después de haber escrito los *Sonetos*.

Cyril señaló también que el padre de Pembroke no murió hasta 1601; mientras que por el verso,

> Tuviste un padre, dígalo tu hijo,

era evidente que el padre de míster W. H. no vivía en 1598. Además, era absurdo imaginar que cualquier editor de la época —y el prefacio es de mano del editor— se hubiera aventurado a dirigirse a William Herbert, conde de Pembroke, como míster W. H.; no siendo el caso de lord Buskhurst, de quien se hablaba como de míster Sackville, un caso realmente paralelo, ya que lord Buckhurst no era par del reino, sino meramente el hijo menor de un par, con un título de cortesía, y el pasaje del *Parnaso de Inglaterra*[6] en que aparece así, no es una dedicatoria protocolaria y majestuosa, sino simplemente una alusión casual. Todo eso en lo referente a lord Pembroke, del que Cyril demolió fácilmente las supuestas pretensiones, mientras yo seguía sentado lleno de asombro. Con lord Southampton, Cyril tuvo menos dificultades aún. Southampton fue desde muy joven amante de Elizabeth Vernon, así que no necesitaba invitaciones al matrimonio; no era agraciado, ni se parecía a su madre, como era el caso de míster W. H.:

> Eres espejo de tu madre, en ti
> recobra ella de hermoso abril su flor;

---

[6] Esta antología, cuyo título completo es *El Parnaso de Inglaterra, o las flores más escogidas de nuestros poemas modernos,* fue publicada por Robert Allot en el año 1600.

y, sobre todo, su nombre de pila era Henry, mientras que los sonetos con juegos de palabras (CXXXV y CXLIII) muestran que el nombre del amigo de Shakespeare era el mismo que el suyo propio —*Will.*

En cuanto a las otras sugerencias de comentaristas desafortunados, de que míster W. H. es una errata y debiera haberse escrito míster W. S., significando míster William Shakespeare; o de que "míster W. H. *all*"[7] debiera leerse "míster W. H. Hall"; o que míster W. H. es míster William Hathaway, y que debiera ponerse un punto después de "desea", haciendo de míster W. H. el escritor y no el sujeto de la dedicatoria, Cyril lo descartó todo en breve tiempo; y no vale la pena mencionar ahora sus razones, aunque recuerdo que me hizo reír a carcajadas al leerme, me alegra decir que no en el original, algunos extractos de un comentarista alemán llamado Barnstorff, que insistía en que míster W. H. era nada menos que Shakespeare en persona —"míster William Himself"—. Ni quiso admitir por un solo momento que los *Sonetos* sean meras sátiras de la obra de Drayton y de John Davies de Hereford[8]. Para él, a decir verdad, lo mismo que para mí, eran poemas de significado serio y trágico, forjados con la amargura del corazón de Shakespeare y endulzados con la miel de sus labios. Aún menos quiso admitir él que fueran meramente una alegoría filosófica, y que en ellos se dirija Shakespeare a su ego ideal, a la virilidad ideal, o al espíritu de la belleza, o a la razón, o al *logos* divino, o a la Iglesia católica. Él sentía, como verdaderamente creo yo que debemos sentir todos, que los *Sonetos* están dirigidos a un

---

[7] *All* («todos») es la palabra que sigue a las iniciales en la dedicatoria.

[8] Ambos, poetas isabelinos. Michael Drayton nació en 1563 y murió en 1631. John Davies de Hereford vivió de 1565 a 1618.

individuo, a un joven particular cuya personalidad parece haber llenado, por alguna razón, el alma de Shakespeare de alegría terrible y de no menos terrible desesperación.

Habiendo allanado el camino de este modo, me pidió Cyril que desechara de mi mente cualquier idea preconcebida que pudiera haberme formado sobre el tema, y que prestara oído, con honestidad y sin prejuicios, a su propia teoría. El problema que señalaba era el siguiente: ¿Quién era ese joven contemporáneo de Shakespeare a quien, sin ser de noble cuna y ni siquiera de noble naturaleza, se dirigía en términos de adoración tan apasionada que no podemos por menos de asombrarnos del extraño culto, y casi tememos dar la vuelta a la llave que abre el misterio del corazón del poeta? ¿Quién era aquel cuya belleza física era tal que se convirtió en la misma piedra angular del arte de Shakespeare, la fuente misma de la inspiración de Shakespeare, la encarnación misma de los sueños de Shakespeare? Considerarle simplemente el objeto de ciertos versos amorosos es perder todo el significado de los poemas, pues el arte de que habla Shakespeare en los *Sonetos* no es el arte de los *Sonetos* en sí, que eran ciertamente para él sólo cosas ligeras y secretas; es el arte del dramaturgo al que hace siempre alusión. Y aquel a quien dijo Shakespeare:

> Mi arte todo eres tú, y tú promueves
> mi ignorancia a la altura del saber;

a quien prometió la inmortalidad

> Donde el aliento es más en boca humana,

con seguridad no era otro que el muchacho para el que creó a Viola y a Imogen, a Julieta y a Rosalinda, a Portia y a

Desdémona y a Cleopatra misma. Ésta era la teoría de Cyril Graham, deducida, como ves, puramente de los *Sonetos,* y dependiendo para su aceptación no tanto de la prueba demostrable o evidencia formal, como de una especie de sentido espiritual y artístico, por el cual sólo, pretendía él, podría discernirse el verdadero significado de los poemas. Recuerdo que me leyó este hermoso soneto:

> ¿Cómo puede a mi musa faltar tema
> mientras alientes tú, dando a mi verso
> tu dulce razonar, tal excelente
> que imitar no ha ningún vulgar papel?
> ¡Oh! date a ti las gracias si algo en mí
> digna lectura es frente a tu vista;
> ¿pues quién tan torpe que escribir no pueda
> cuando tú mismo das a invento luz?
> Sé tú la musa diez, diez veces más
> que las nueve que invocan los poetas;
> y aquel que a ti te invoca crear pueda
> ritmos eternos que perduren siempre
> ....

Y señaló hasta qué punto estos versos corroboraban completamente su teoría. En verdad, recorrió todos los *Sonetos* cuidadosamente, y mostró, o se imaginó que mostraba, que, de acuerdo con su nueva explicación de su significado, cosas que habían parecido oscuras, o perversas, o exageradas, se volvían claras y racionales, y de alta significación artística, e ilustraban el concepto de Shakespeare de las verdaderas relaciones entre el arte del actor y el arte del dramaturgo.

Desde luego, es evidente que debió existir en la compañía teatral de Shakespeare algún admirable actor adolescente de gran belleza, a quien confiaba la presentación de sus protagonistas femeninas, pues Shakespeare era un productor teatral práctico, además de un poeta imaginativo, y Cyril Graham había descubierto realmente el nombre del muchacho actor. Era Will o, como prefería llamarle, Willie Hughes. El nombre de pila lo encontró desde luego en los sonetos CXXXV y CXLIII, con sus juegos de palabras; el apellido estaba oculto, según él, en el octavo verso del soneto XX, en que se describe a míster W. H. como,

Un hombre en forma, y en la suya todas.

En la edición original de los *Sonetos,* "Hews" (formas, homófono de Hughes —y, ambos nombres, homófonos de "hues", "matices", "bellezas"—), está impreso con mayúscula y en cursiva, y esto, alegaba Graham, mostraba claramente que se trataba de un juego de palabras; y corroboraba firmemente esta hipótesis con aquellos sonetos en que se hacen curiosos juegos de palabras con "uso" y "usura".

Desde luego, a mí me convenció inmediatamente, y Willie Hughes llegó a ser para mí una persona tan real como Shakespeare. La única objeción que yo puse a la teoría fue que no se encuentra el nombre de Willie Hughes en la lista de actores de la compañía de Shakespeare, impresa en la primera edición infolio. Cyril, no obstante, señaló que la ausencia del nombre de Willie Hughes de esta lista corroboraba en realidad la teoría, ya que era evidente por el soneto LXXXVI que Willie Hughes había abandonado la compañía para actuar en un teatro rival, probablemente en alguna de las obras de Chapman [9]. Aludiendo sin duda a

---

[9] George Chapman (1559-1634) fue un comediógrafo célebre en su época y, con Johnson, el más erudito.

esto, le dijo Shakespeare a Willie Hughes en su gran soneto a Chapman:

> Mas cuando completó tu rostro el verso
> me faltó el tema, el mío tornó débil.

Refiriéndose obviamente la expresión "cuando completó tu rostro el verso" a la belleza del joven actor que daba vida y realidad, y encanto añadido, al verso de Chapman. Una idea que se repite también en el soneto LXXIX:

> Mientras clamé yo solo por tu ayuda
> mi verso sólo tuvo tus encantos,
> ahora mi ritmo grácil ya declina
> y a otra mi musa enferma cede el puesto.

Y asimismo en el soneto que precede a éste:

> ... toda pluma ajena mi *uso* tiene
> y a tu amparo dispersa su poesía

El juego de palabras (uso, "use", parófono de Hughes) es desde luego obvio, lo mismo que la frase "y a tu amparo dispersa su poesía", con el significado de "con tu ayuda como actor ofrecen al público sus obras".

Fue una velada maravillosa y seguimos allí sentados hasta casi la hora del alba, leyendo y releyendo los *Sonetos*. Después de algún tiempo, sin embargo, empecé a ver que antes de que pudiera presentarse al mundo la teoría en forma realmente perfeccionada era necesario conseguir alguna evidencia independiente sobre la existencia de ese joven actor, Willie Hughes. Si ésta pudiera establecerse, no habría duda posible sobre su identificación con míster

W. H.; pero, de otro modo, se vendría abajo la teoría. Se lo expuse con toda firmeza a Cyril, a quien molestó en gran medida lo que él llamó el tono prosaico de mi mente, y en verdad se mostró bastante hiriente con el asunto. No obstante, le hice prometer que por su propio bien no publicaría su descubrimiento hasta que no hubiera puesto toda la cuestión fuera de cualquier duda; y durante semanas y semanas investigamos en los registros de las iglesias de la City los manuscritos Alleyn, de Dulwich, los archivos del Registro, los documentos de lord Chamberlain; de hecho, todo lo que pensábamos que pudiera contener alguna alusión a Willie Hughes. No descubrimos nada, desde luego, y cada día me parecía más problemática la existencia de Willie Hughes. Cyril estaba en un estado de ánimo terrible, y solía insistir en toda la cuestión día tras día, suplicándome que lo creyera; pero yo veía el fallo de la teoría, y me negaba a dejarme convencer hasta que se hubiera puesto más allá de toda duda o toda crítica la existencia real de Willie Hughes.

Un día, Cyril se fue de la ciudad para reunirse con su abuelo, pensé yo entonces, pero luego supe por lord Crediton que no fue ése el caso; y aproximadamente quince días después recibí un telegrama suyo, expedido en Warwick, en el que me pedía que fuera a cenar con él sin falta aquella tarde a las ocho.

Cuando llegué me dijo:

—El único apóstol que no se merecía una prueba era santo Tomás, y santo Tomás fue el único apóstol que la tuvo.

Le pregunté a qué se refería, y me contestó que había podido no sólo establecer la existencia en el siglo XVI de un muchacho actor llamado Willie Hughes, sino probar con la evidencia más concluyente que era él el míster W. H. de los *Sonetos*. No quiso decirme entonces nada más; pero después de la cena sacó solemnemente el cuadro que te enseñé, y me dijo que lo había descubierto por mera casualidad clavado en el costado de un viejo cofre que había comprado en una casa de labranza de Warwickshire. El cofre mismo, que era una muestra muy hermosa del trabajo isabelino, se lo había llevado consigo, naturalmente, y en el centro del panel central estaban indudablemente grabadas las iniciales W. H. Era este monograma lo que había atraído su atención, y me dijo que no fue hasta después de tener varios días el cofre en su poder cuando pensó en hacer el examen cuidadoso de su interior. Una mañana, sin embargo, vio que uno de los lados del cofre era mucho más grueso que el otro y, mirando más de cerca, descubrió que estaba sujeto a él un cuadro pintado en madera con su marco. Al sacarlo, encontró que era el retrato que está ahora en el sofá. Estaba muy sucio y cubierto de moho, pero se las arregló para limpiarlo y, para su gran gozo, vio que había dado, por pura casualidad, con la cosa que había estado buscando. Aquí estaba un auténtico retrato de míster W. H., con su mano descansando sobre la página de la dedicatoria de los *Sonetos,* y en el marco mismo podía verse débilmente el nombre del joven escrito en negro con letra uncial sobre fondo de oro deslustrado: Míster Will. Hews.

Pues bien. ¿Qué iba a decir yo? Nunca se me ocurrió ni por un momento que Cyril Graham estuviera gastándome una broma, ni que estuviera intentando demostrar su teoría por medio de una falsificación».

—¿Pero es una falsificación? —pregunté yo.

—Desde luego que lo es —dijo Erskine—. Una falsificación muy buena, pero una falsificación, al fin y al cabo.

«Pensé entonces que Cyril estaba bastante tranquilo respecto a todo el asunto; pero me acordé de que una vez me había dicho que él no necesitaba pruebas de ninguna clase, y que creía que la teoría estaba completa sin ellas. Yo me reí de él y le dije que sin ellas la teoría se vendría abajo, y le felicité calurosamente por el maravilloso descubrimiento. Luego convinimos que el retrato debía reproducirse en aguafuerte o en facsímil, y ponerse como cubierta en la edición de Cyril de los *Sonetos.* Y durante tres meses no hicimos otra cosa que repasar cada poema verso a verso, hasta que hubimos resuelto todas las dificultades de texto o de significado.

Un día malhadado, estaba yo en una tienda de grabados de Holborn cuando vi sobre el mostrador unos dibujos a punta seca extremadamente bellos. Me atrajeron tanto que los compré; y el dueño del negocio, un hombre llamado Rawlings, me dijo que eran obra de un joven pintor que se llamaba Edward Merton, que era muy hábil, pero tan pobre como un ratón de iglesia. Fui a ver a Merton unos días después, habiendo conseguido su dirección por el vendedor de grabados, y me encontré con un joven pálido, interesante, con una esposa de aspecto bastante vulgar —su modelo, supe después—. Le dije cuánto admiraba sus dibujos, a lo que pareció muy complacido, y le pregunté si querría enseñarme algo del resto de su obra. Cuando estábamos examinando una carpeta llena de cosas realmente hermosas, pues Merton tenía un toque delicado y delicioso, me fijé de pronto en un dibujo del retrato de míster W. H. No había duda alguna sobre ello. Era casi un facsímil, siendo la única diferencia que las dos máscaras de la tragedia y la comedia no colgaban de la mesa de mármol, como en el cuadro, sino que yacían en el suelo a los pies del joven.

—¿Dónde demonios consiguió usted eso? —dije.

Él se quedó bastante confuso, y dijo:

—¡Oh!, eso no es nada. No sabía que estaba en esta carpeta. No es cosa que valga nada.

—Es lo que hiciste para míster Cyril Graham —exclamó su mujer—; y si este señor desea comprarlo, déjale que lo adquiera.

—¿Para míster Cyril Graham? —repetí yo—. ¿Pintó usted el retrato de míster W. H.?

—No entiendo lo que usted quiere decir —replicó él, poniéndose muy colorado.

Bueno, todo el asunto fue realmente terrible. La mujer lo soltó todo. Yo le di cinco libras cuando me marché. No puedo soportar el pensar en ello ahora, pero, desde luego, estaba furioso. Me fui inmediatamente al apartamento de Cyril, y esperé allí tres horas antes de que volviera él a casa, con la horrible mentira mirándome a la cara, y le dije que había descubierto su falsificación. Se puso muy pálido y dijo:

—Lo hice sólo por ti. Tú no querías dejarte convencer de ningún otro modo. Eso no afecta a la verdad de la teoría.

—¡La verdad de la teoría! —exclamé—; cuanto menos hablemos de ello, tanto mejor. Tú mismo no creíste nunca en ella; si hubieras creído, no habrías cometido una falsificación para probarlo.

Cruzamos palabras fuertes, y tuvimos una tremenda discusión. Supongo que fui injusto. A la mañana siguiente estaba muerto».

—¡Muerto! —exclamé.

—Sí; se disparó un tiro con un revólver. Algo de sangre salpicó el marco del cuadro, exactamente en el sitio en que se había pintado el nombre. Cuando yo llegué —su criado había enviado a buscarme inmediatamente—, ya estaba allí la policía. Había dejado una carta para mí, escrita evidentemente en la mayor agitación y agotamiento mental.

—¿Qué ponía? —pregunté.

—¡Oh!, que creía absolutamente en Willie Hughes; que la falsificación del retrato la había hecho simplemente haciéndome una concesión y que no invalidaba en lo más mínimo la verdad de la teoría, y que, a fin de probarme qué firme e inquebrantable era su fe en todo el asunto, iba a ofrecer su vida en sacrificio al secreto de los *Sonetos*. Era una carta necia y demencial. Recuerdo que terminaba diciendo que me confiaba la teoría de Willie Hughes, y que me tocaba a mí presentarla al mundo y desvelar el secreto del corazón de Shakespeare.

—Es una historia la mar de trágica —exclamé—, pero ¿por qué no realizaste sus deseos?

Erskine se encogió de hombros.

—Porque es una teoría completamente errónea, desde el principio al fin —respondió.

—Mi querido Erskine —dije, levantándome de mi asiento—, estás enteramente equivocado respecto a todo ello. Es la única clave perfecta a los *Sonetos* de Shakespeare que se ha hecho; está completa en todos sus detalles. Yo creo en Willie Hughes.

—No digas eso —dijo Erskine gravemente—. Creo que hay algo fatal en la idea, e, intelectualmente, no hay nada que decir en su favor. Yo he entrado a fondo en el asunto, y te aseguro que la teoría es enteramente falaz. Es plausible hasta cierto punto; luego, no llega más allá. ¡Por amor del cielo!, mi querido muchacho, no resucites el tema de Willie Hughes, te destrozará el corazón.

—Erskine —repliqué—, tienes el deber de entregar esa teoría al mundo. Si no quieres hacerlo tú, lo haré yo. Al retenerla, estás traicionando la memoria de Cyril Graham, el más joven y el más espléndido de todos los mártires de la literatura. Te ruego que le hagas justicia. Murió por ello; no dejes que su muerte sea vana.

Erskine me miró lleno de asombro.

—Te has dejado llevar por el sentimiento de toda esta historia —dijo—. Olvidas que una cosa no es necesariamente verdad porque un hombre muera por ella. Yo era amigo leal de Cyril Graham; su muerte fue un rudo golpe para mí, del que tardé años en rehacerme, y no creo que me haya rehecho nunca. Pero, respecto a Willie Hughes, no hay nada en la idea de Willie Hughes. No existió nunca tal persona. En cuanto a presentar toda la cosa ante el mundo, el mundo cree que Cyril Graham se mató accidentalmente. La única prueba de su suicidio estaba en el contenido de la carta que me escribió, y de esta carta el público nunca ha tenido noticia. Hasta hoy lord Crediton piensa que la cosa fue un accidente.

—Cyril Graham sacrificó su vida por una gran idea —respondí—; y si tú no quieres hablar de su martirio, habla al menos de su fe.

—Su fe —dijo Erskine— se adhirió a algo que era falso, a algo que era erróneo, a algo que ningún especialista shakesperiano aceptaría ni por un instante. Se reirían de la teoría. No hagas el ridículo, ni sigas una pista que no lleva a ninguna parte. Empiezas por asumir la existencia de la persona misma cuya existencia es lo que hay que probar. Además, todo el mundo sabe que los *Sonetos* se dirigieron a lord Pembroke; la cuestión quedó zanjada una vez por todas.

—¡La cuestión no está zanjada! —exclamé—. Tomaré la teoría donde Cyril Graham la dejó, y demostraré al mundo que él tenía razón.

—¡Necio muchacho! —dijo Erskine—. Vete a casa; son más de las dos, y no pienses más en Willie Hughes. Siento el haberte hablado de ello, y lamento muchísimo ciertamente el haberte convertido a una cosa en la que yo no creo.

—Tú me has dado la clave del mayor misterio de la literatura moderna —repliqué—; y no descansaré hasta que no te haya hecho reconocer, hasta que no haya hecho que todo el mundo reconozca, que Cyril Graham fue el más sutil de los críticos de Shakespeare de nuestro tiempo.

Cuando iba de camino a casa atravesando St. James Park, rompía el alba sobre Londres. Los blancos cisnes yacían dormidos en el lago bruñido, y el adusto palacio parecía de púrpura recortado en el cielo verde pálido. Pensé en Cyril Graham, y mis ojos se llenaron de lágrimas.

II

Eran más de las doce cuando me desperté, y el sol entraba a través de las cortinas de mi habitación con largos rayos oblicuos de polvo de oro. Dije a mi sirviente que no estaría en casa para nadie; y, después de haber tomado una taza de chocolate y un *petit-pain*[10], bajé del estante mi libro de los *Sonetos,* de Shakespeare, y me puse a repasarlos cuidadosamente. Cada poema me parecía que corroboraba la teoría de Cyril Graham. Sentía como si tuviera mi mano sobre el corazón de Shakespeare y contara, uno a uno, cada latido y cada pulso de pasión. Pensaba en el maravilloso muchacho actor, y veía su rostro en cada verso.

Dos sonetos, recuerdo, me impresionaron particularmente; eran el LIII y el LXVII. En el primero de ellos, Shakespeare, cumplimentando a Willie Hughes por la versatilidad de su actuación en una amplia gama de papeles, una gama que se extiende de Rosalinda a Julieta, y de Beatriz a Ofelia, le dice:

[10] «Panecillo». En francés en el original.

¿Cuál tu sustancia es, de qué estás hecho,
que millones de extrañas sombras tienes?,
pues una sombra tiene cada uno,
sólo uno, tú, puedes prestarlas todas.

Versos que serían ininteligibles si no estuvieran dirigidos a un actor, pues la palabra «sombra» *(shadow)* tenía en los días de Shakespeare un significado técnico relacionado con la escena. «Los mejores de esta especie no son sino sombras», dice Teseo hablando de los actores en *El sueño de una noche de verano,* y hay muchas alusiones similares en la literatura de la época. Estos sonetos pertenecían evidentemente a la serie en la que Shakespeare trata de la naturaleza del arte del actor y del temperamento extraño y poco común esencial para el perfecto intérprete del teatro. «¿Cómo es posible —dice Shakespeare a Willie Hughes— que tengas tantas personalidades?». Y sigue luego señalando que su belleza es tal, que parece materializar cada una de las formas y de las fases de la fantasía, encarnar cada sueño de la imaginación creativa —una idea que Shakespeare desarrolla más en el soneto inmediatamente siguiente, en el que, empezando con el fino pensamiento:

¡Oh! ¡Cuán más bella la beldad parece
con ese dulce adorno de verdad!,

nos invita a que nos demos cuenta de cómo la verdad de la actuación en el teatro, la verdad de la presentación visible en el escenario, añade maravilla a la poesía, dando vida a su belleza y verdadera realidad a su forma ideal—. Y, sin embargo, en el soneto LXVII, Shakespeare ruega a Willie Hughes que abandone la escena, con lo que tiene de artificiosa, de falsa vida mímica de rostro maquillado y traje irreal, de influencias y sugerencias inmorales, de alejamiento del mundo verdadero de acciones nobles y palabras sinceras.

> ¡Ah! ¿por qué vivir corrupto debería,
> y ornar con su presencia la impiedad,
> que esa culpa con él ventaja hubiera
> e hiciera un lazo con su sociedad?
> ¿Por qué falsa pintura sus mejillas
> imitaría muerta el tono vivo?
> ¿Por qué pobre belleza buscaría
> rosas de sombra, pues su rosa es real?

Puede parecer extraño que un dramaturgo tan grande como Shakespeare, que llevaba a cabo su perfección como artista y su realización humana como hombre en el plano ideal de escribir para el teatro y actuar en el escenario, escribiera sobre el teatro en estos términos; pero debemos recordar que en los sonetos CX y CXI nos muestra Shakespeare que estaba cansado en exceso del mundo de los títeres, y lleno de vergüenza por haberse hecho «un payaso a los ojos de los demás». El soneto CXI es especialmente amargo:

> ¡Oh! por mi bien reprende a la fortuna
> la diosa mala de mis hechos ruines,
> que no mejores medios dio a mi vida
> que públicos con públicos modales.
> Mi nombre pues recibe así un estigma,
> y es mi naturaleza sometida
> a su quehacer, mano de tintorero:
> Tenme piedad, y ojalá yo cambiara.

Hay muchas indicaciones en otros pasajes del mismo sentimiento, signos familiares a todos los verdaderos estudiosos de Shakespeare.

Un punto me dejó inmensamente perplejo según iba leyendo los *Sonetos,* y tardé días en dar con la verdadera interpretación; algo que parece, en verdad, que se le escapó al mismo Cyril Graham. No podía entender cómo Shakespeare daba tan alto valor a que su joven amigo se casara. Él mismo se había casado joven, y el resultado había sido desdichado; no era, pues, probable que pidiera a Willie Hughes que cometiera el mismo error. El intérprete adolescente de Rosalinda no tenía nada que ganar con el matrimonio, ni con las pasiones de la vida real. Los primeros sonetos, con sus extrañas incitaciones a la paternidad, me parecían una nota discordante. La explicación del misterio me vino de pronto, y la encontré en la curiosa dedicatoria. Se recordará que esa dedicatoria es como sigue:

AL ÚNICO PROGENITOR DE
ESTOS SONETOS QUE VEN LA LUZ
MR. W. H. TODA DICHA
Y ESA ETERNIDAD
PROMETIDA
POR
NUESTRO POETA INMORTAL
DESEA
EL BIEN INTENCIONADO
QUE SE AVENTURA A
EDITARLOS

T. T.

Algunos estudiosos han supuesto que la palabra «progenitor» de esta dedicatoria se refiere simplemente al que procuró los *Sonetos* a Thomas Thorpe, el editor; pero este punto de vista se ha desechado ahora generalmente, y las más altas autoridades en la materia están completamente de acuerdo en que deben tomarse en el sentido de inspirador, estando extraída la metáfora de la analogía con la vida física. Ahora bien, vi que esa metáfora era usada por el mismo Shakespeare a lo largo de todos los poemas, y esto me puso en la buena pista. Finalmente, hice mi gran descubrimiento: los esponsales que Shakespeare propone a Willie Hughes son los «esponsales con su musa», expresión que queda definitivamente establecida en el soneto LXXXII, en que, con amargura de su corazón por la defección del muchacho actor para quien había escrito sus papeles más excelsos, y cuya belleza los había ciertamente sugerido, abre su queja diciendo:

No estuvieras casado con mi musa.

Los hijos que le pide que engendre no son hijos de carne y hueso, sino hijos inmortales de fama imperecedera. El ciclo entero de los primeros sonetos es simplemente la invitación de Shakespeare a Willie Hughes de que suba al escenario y se haga actor. Qué estéril y sin provecho, dice, es esta belleza tuya si no se le da un uso:

Cuando cuarenta inviernos tu cabeza
cerquen, cavando arrugas en tu campo,
la bella ropa de tu juventud
será hierba en jirones sin valor:
dó yace tu belleza al preguntarte,
dó todos los tesoros de otros días,
dirás del fondo hundido de tus ojos:
fueron voraz vergüenza y loa pródiga.

Debes crear algo en el arte —dice el poeta—: mi verso «es tuyo, y *nacido* de ti»; escúchame tan sólo, y yo *«daré a luz* ritmos eternos que sobrevivirán durante largo tiempo», y tú poblarás con formas de tu propia imagen el mundo imaginario de la escena. Esos hijos que engendres —prosigue— no envejecerán y desaparecerán, como ocurre con los hijos mortales, sino que vivirás en ellos y en mis obras; simplemente,

> Hazte otro ser, en aras de mi amor,
> ¡que viva la belleza en él o en ti!

Recogí todos los pasajes que me pareció que corroboraban esta hipótesis y me produjeron una fuerte impresión, y me mostraron hasta qué punto era realmente completa la teoría de Cyril Graham. Vi también que era muy fácil separar los versos en que habla Shakespeare de los *Sonetos* mismos de aquellos en que habla de su gran obra dramática. Éste era un punto que se les había pasado completamente por alto a todos los críticos, hasta a Cyril Graham. Y, sin embargo, era uno de los puntos más importantes en la serie completa de los poemas. Shakespeare era más o menos indiferente hacia sus *Sonetos,* y no deseaba que descansara en ellos su fama; eran para él su «musa frívola», como los llama, y estaban destinados a circular en privado, como nos dice Meres, sólo entre unos pocos, muy pocos, amigos. Por otra parte, era extremadamente consciente del alto valor artístico de sus obras de teatro, y muestra una noble confianza en sí mismo en relación con su genio de dramaturgo. Cuando dice a Willie Hughes:

> Mas no ha de marchitarse tu verano,
> ni la belleza has de perder que tienes;
> ni la muerte te hará vagar en sombra,
> cuando en *eternos versos* te agigantes;

en tanto alienten hombres u ojos vean,
tendrán vida y la vida te darán,

la expresión «eternos versos» alude claramente a una de sus obras que le enviaba al mismo tiempo, y el pareado final indica precisamente su confianza en lo probable de que sus obras se representen siempre. En su invocación a la musa del teatro —sonetos C y CI— encontramos el mismo sentimiento:

¿Dónde estás, musa, que te olvidas tanto
de hablar lo que te da tu poder todo?
¿Gastas tu furia en algún canto vano,
tu fuerza oscureciendo al darle luz?

—clama Shakespeare—, y luego procede a reprochar al amante de la tragedia y de la comedia su «abandono de la verdad teñida de belleza», y dice:

Si loa no precisa, ¿serás muda?
no excuses el silencio; que está en ti
que sobreviva más que tumba de oro,
y que le alaben tiempos por venir.
Haz pues tu oficio, musa, yo te enseño
a que parezca siempre como ahora es.

No obstante, es tal vez en el soneto LV donde Shakespeare da a su idea la más plena expresión.

Imaginarse que la «rima potente» del segundo verso se refiere a algún soneto en sí, es confundir enteramente el significado que le da Shakespeare. Me pareció a mí que era más que probable, por el carácter general del soneto, que hiciera referencia a alguna obra en particular, y que la obra no era otra que *Romeo y Julieta:*

> No mármol ni dorados monumentos
> de nobles, vivirán más que esta rima;
> pero tú brillarás más en su tema
> que piedra mancillada por el tiempo.
> Cuando guerras derriben las estatuas
> y arruinen brasas las arquitecturas,
> no quemarán de Marte espada o fuego
> de tu memoria el vivo documento.
> Contra la muerte y enemigo olvido
> tú avanzarás y te abrirás camino
> a ojos de toda la posteridad
> que al mundo lleva a su final fatal.
> Así, hasta el juicio y tu resurrección
> vives aquí y en el mirar de amantes.

Era también extremadamente sugerente el darse cuenta de cómo aquí, lo mismo que en otros pasajes, Shakespeare prometía a Willie Hughes la inmortalidad de un modo en que apelaba a los ojos de los hombres, es decir, en forma de espectáculo, en una obra teatral que debía contemplarse.

Durante dos semanas trabajé de firme en los *Sonetos,* no saliendo apenas nunca y declinando todas las invitaciones. Cada día me parecía que estaba descubriendo algo nuevo, y Willie Hughes se convirtió para mí en una especie de presencia espiritual, una personalidad siempre dominante. Casi podía imaginarme que le veía de pie, en el espacio en sombra de mi habitación —tan bien le había trazado Shakespeare—, con sus cabellos dorados, su tierna gracia, semejante a la de una flor, sus ojos soñadores profundamente hundidos, sus delicados miembros flexibles y sus blancas manos de azucena. Su mismo nombre me fascinaba: ¡Willie Hughes! ¡Willie Hughes! ¡Qué musical era al oído! Sí;

¿quién otro sino él podría haber sido el amado-amada de la pasión de Shakespeare[11], el dueño de su amor, a quien estaba obligado en vasallaje[12], el delicado valido del placer[13], la rosa del universo entero[14], el heraldo de la primavera[15] engalanado con la altiva librea de la juventud[16], el hermoso muchacho a quien era música dulce el escuchar[17], y cuya belleza era el atavío mismo del corazón de Shakespeare[18], y era asimismo la piedra angular de su fuerza dramática? ¡Qué amarga parecía ahora toda la tragedia de su deserción y su vergüenza! —vergüenza que él tornaba dulce y hermosa[19] por la pura magia de su personalidad, pero que no dejaba de ser por ello una vergüenza—. Sin embargo, puesto que Shakespeare le perdonaba, ¿no debiéramos también nosotros perdonarle? A mí no me interesaba curiosear en el misterio de su pecado.

El hecho de que abandonara el teatro de Shakespeare era un asunto diferente, y yo lo investigué largo y tendido. Finalmente, llegué a la conclusión de que Cyril Graham se había equivocado al considerar que era Chapman el comediógrafo rival del soneto LXXX. Obviamente era a Marlow[20] a quien se aludía. En el tiempo en que se escribieron los *Sonetos,* expresión tal como «la altiva vela desplegada de su gran verso» no podría haberse aplicado a la obra de

---

[11] Soneto XX, 2.
[12] Soneto XXVI, 1.
[13] Soneto CXXVI, 9.
[14] Soneto CIX, 14.
[15] Soneto, I, 10.
[16] Soneto II, 3.
[17] Soneto VIII, 1.
[18] Soneto XXII, 6.
[19] Soneto XCV, 1.
[20] Christopher Marlow (1564-1593), gran comediógrafo isabelino cuya muerte prematura cortó una brillante producción teatral.

Chapman, por adecuada que pudiera ser al estilo de sus obras tardías de la época jacobea. No, era Marlow claramente el dramaturgo rival de quien hablaba Shakespeare en términos tan laudatorios, y ese

> ... afable espectro familiar
> que de noche le ceba con saberes,

era el Mefistófeles de su *Doctor Fausto.* Sin duda, Marlow se sintió fascinado por la belleza y la gracia del muchacho actor, y le persuadió a que abandonara el teatro de Blackfriars e hiciera el papel de Gaveston en su *Eduardo II.* Que Shakespeare tenía el derecho legal a retener a Willie Hughes en su compañía teatral es evidente por el soneto LXXXVII, en que dice:

> ¡Adiós! Caro me eres de más para tenerte,
> y tú sabes muy bien de tu valía;
> el *fuero de tu mérito* te libra;
> mi esclavitud a ti fijada queda.
> ¿Pues cómo retenerte si no otorgas?
> ¿y para esa riqueza, dó es mi título?
> De la razón para este don carezco,
> y *mi derecho así cambia de nuevo.*
> Te diste, lo que dabas no sabiendo,
> o a mí, a quien diste, diste confundiendo;
> así tu don, por omisión creciente,
> no vuelve más, haciendo mejor juicio.
> Te he tenido, fue cual halaga un sueño,
> durmiendo, rey, despierto nada tal.

Pero a quien no pudo retener por amor, no quiso retener por fuerza. Willie Hughes pasó a ser miembro de la compañía teatral de lord Pembroke, y, acaso, en el corral de la taberna Red Bull, representara el papel del delicado favorito del rey Eduardo. Parece que a la muerte de Marlow volvió con Shakespeare, que, a pesar de lo que sus compañeros pudieran pensar del asunto, no tardó en perdonar la obstinación y la traición del joven actor.

¡Qué bien había trazado Shakespeare, además, el temperamento del joven actor! Willie Hughes era uno de aquellos

> que no hacen lo que más hacer demuestran,
> que, conmoviendo a otros, son cual piedra.

Podía representar el amor, pero no podía sentirlo; podía imitar la pasión, sin experimentarla.

> En el rostro de muchos su falacia
> escrita está con ceños y en arrugas,

pero no era así en el caso de Willie Hughes. En un soneto de loca idolatría, dice Shakespeare:

> Los cielos al crearte decretaron
> que en tu rostro amor dulce moraría:
> comoquiera pensaras o actuaras
> tus miradas dulzor sólo dirían.

En su «alma inconstante» y en su «falso corazón» era fácil reconocer la doblez y la perfidia que parecen ser de algún modo inseparables de la naturaleza artística, lo mismo que en su amor por el encomio, ese deseo del reconocimiento inmediato que caracteriza a todos los actores. Willie Hughes, sin embargo, más afortunado a este respecto que otros, iba a conocer algo de la inmortalidad. Inseparablemente relacionado con las obras de Shakespeare, había de vivir en ellas:

> Tu nombre aquí vida inmortal tendrá,
> aunque yo para todos morir deba:
> la tierra me dará tumba común,
> mas tu tumba ha de ser de ojos humanos.
> Tu monumento será mi tierno verso,
> que ojos aún no creados leerán,
> y otras lenguas de tu ser repetirán
> cuando todos los vivos estén muertos.

Había también alusiones interminables al poder que ejercía Willie Hughes sobre su auditorio —los «contempladores», como Shakespeare los llamaba—; pero quizá la descripción más perfecta de su admirable dominio del arte de la escena esté en *La queja del amante*[21], en que Shakespeare dice de él:

> La plenitud de la sutil materia
> recibe en él las formas más extrañas,
> de rubores ardientes, o de llanto,
> palidez de desmayo; y toma y deja,
> acertados los dos, para el engaño,
> rojo al habla soez, en llanto al duelo,
> lividez de desmayo a la tragedia.
> Así en la punta de su lengua altiva
> todo argumento e interrogante hondos,
> toda réplica pronta y razón fuerte,
> a su elección durmieron, despertaron,
> para que el triste ría y llore el riente.
> El dialecto tenía y varios modos
> de la pasión, en su arte a voluntad.

---

[21] El título de este poema de Shakespeare, publicado en 1609, es ligeramente diferente: «La queja de un amante», «A lover's Complaint».

Una vez creí que realmente había encontrado a Willie Hughes en la literatura isabelina. En un relato sorprendentemente gráfico de los últimos días del gran conde de Essex, nos cuenta su capellán, Thomas Knell, que la noche que precedió a su muerte, el conde «llamó a William Hews, que era músico, para que tocara en el virginal y cantara. "Toca —dijo— mi canción, Will Hews, y yo la cantaré por lo bajo". Así lo hizo, con el mayor gozo, no como el cisne que lanza un alarido y que, bajando la mirada, gime porque ha llegado su fin, sino que, como una dulce alondra, levantando las manos a su Dios y fijando en Él los ojos, remontó así el firmamento de cristal y alcanzó con su lengua no abatida lo más alto de los altos cielos». Seguramente, el muchacho que tocaba el virginal para el padre moribundo de la Stella de Sidney[22] no era otro que el Will Hews a quien dedicó Shakespeare los *Sonetos,* y quien —nos dice— era en sí mismo dulce «música para el oído». Sin embargo, lord Essex murió en 1576, cuando Shakespeare no tenía más que doce años. Era imposible que su músico pudiera haber sido el míster W. H. de los *Sonetos.* ¿Tal vez el joven amigo de Shakespeare era hijo del que tocaba el virginal? Al menos algo era el haber descubierto que Will Hews era un nombre isabelino. En verdad, parece que el nombre Hews había estado muy relacionado con la música y el teatro: la primera actriz inglesa fue la bella Margaret Hews, a quien amó tan locamente el príncipe Rupert. ¿Qué más probable que entre ella y el músico de lord Essex hubiera estado el

---

[22] Stella es la amada en la colección de ciento ocho sonetos *Astrophel y Stella,* publicados en 1591, aunque compuestos hacia 1582 por el gran poeta sir Philip Sidney (1554-1586), autor también de la famosa *Arcadia* y de *Defensa de la poesía,* primera obra teórica de este género escrita en Inglaterra.

muchacho actor de las obras de Shakespeare? Pero las pruebas, los eslabones, ¿dónde estaban? ¡Ay!, no pude encontrarlos. Me parecía que estaba siempre en el umbral de la comprobación definitiva, pero que no podría realmente alcanzarla jamás.

De la vida de Willie Hughes pasé pronto a pensamientos sobre su muerte. No hacía más que preguntarme cuál habría sido su final.

Tal vez había sido uno de aquellos actores ingleses que en 1604 cruzaron el mar y se fueron a Alemania, y actuaron ante el gran duque Heinrich Julius von Brunswick, el mismo dramaturgo de no poco valor, y en la corte de aquel extraño Elector de Brandeburgo, que estaba tan prendado de la belleza que se dice que compró, por su peso en ámbar, al joven hijo de un mercader ambulante griego, y que ofreció cabalgatas con representaciones públicas en honor de su esclavo a lo largo de todo aquel año de hambre terrible que duró de 1606 a 1607, cuando la gente se moría de inanición en las calles mismas de la ciudad y no había llovido por el espacio de siete meses. Sabemos, en todo caso, que *Romeo y Julieta* se representó en Dresde en 1613, junto con *Hamlet* y *El rey Lear,* y seguramente no sería a ningún otro más que a Willie Hughes a quien se le entregó en 1616 [23] la mascarilla de Shakespeare, llevada en propia mano por uno de los agregados del embajador británico; pálida prenda de la muerte del poeta que tan tiernamente le había querido. Verdaderamente hubiera habido algo peculiarmente adecuado en la idea de que el muchacho actor, cuya belleza había sido un elemento tan vital en lo realista y en lo poético del arte de Shakespeare, hubiera sido el primero en haber

---

[23] El texto dice 1615, pero Shakespeare murió en 1616.

llevado a Alemania la semilla de la nueva cultura, y fuera, de este modo, el precursor de aquella *Aufklarung,* o iluminación, del siglo XVIII, ese espléndido movimiento que, aunque iniciado por Lessing y Herder y llevado a su plena y feliz consecución por Goethe, fue en no pequeña medida sostenido por otro actor —Friedrich Schroeder—, que despertó la conciencia popular y, por medio de las pasiones ficticias y de las técnicas miméticas de la escena, mostró la conexión íntima y vital entre vida y literatura. Si esto hubiera sido así —y no había ciertamente evidencia alguna en contra—, no sería improbable que Willie Hughes hubiera sido uno de aquellos comediantes ingleses *(mimae quidam ex Britannia,* como los llama la vieja crónica) que mataron en Nuremberg en una repentina revuelta popular, y fueron enterrados en secreto, en una pequeña viña de las afueras de la ciudad, por algunos jóvenes «que habían encontrado placer en sus representaciones, y algunos de entre los cuales habían intentado que les instruyeran en los misterios del nuevo arte». Ciertamente, ningún lugar podría haber sido más adecuado para aquél a quien Shakespeare dijo: «mi arte todo eres tú», que esa pequeña viña de extramuros. ¿Pues no fue de las desdichas de Dionisos de donde brotó la tragedia? ¿Y no se oyó por primera vez la risa ligera de la comedia, con su alborozo despreocupado y sus prontas réplicas, en los labios de los viñadores sicilianos? Más aún, ¿no fue la púrpura y el tinte rojo de la espuma del vino en el rostro y en los miembros la primera sugerencia del encanto y de la fascinación del disfraz —el deseo de ocultamiento de uno mismo—, mostrándose así el sentido del valor de la objetividad en los comienzos rudos del arte?

En cualquier caso, dondequiera que yaciera —fuera en la pequeña viña a las puertas de la ciudad gótica, o en algún sombrío camposanto de Londres, en medio del estrépito y el bullicio de nuestra gran ciudad—, ningún monumento magnífico señaló su lugar de descanso. Su verdadera tumba, como vio Shakespeare, fueron los versos del poeta; su verdadero mausoleo, la permanencia del teatro. Así había ocurrido con otros cuya belleza había dado un nuevo impulso creador a su época. El cuerpo marfileño del esclavo bitinio se pudre en el cieno verde del Nilo, y está esparcido en los collados amarillos del Cerámico el polvo del joven ateniense; pero vive Antínoo en la escultura y Cármides en la filosofía.

III

Al cabo de tres semanas, decidí dirigir un firme ruego a Erskine de que hiciera justicia a la memoria de Cyril Graham y que diera al mundo su maravillosa interpretación de los *Sonetos,* la única interpretación que explicaba enteramente el problema. No conservo copia de mi carta, lamento decirlo, ni he podido echar mano del original; pero recuerdo que revisé todos los puntos y llené cuartillas con una reiteración apasionada de los argumentos y de las pruebas que me había sugerido mi estudio. Me parecía que no estaba tan sólo colocando a Cyril Graham en el lugar que le correspondía en la historia literaria, sino que estaba rescatando el honor de Shakespeare mismo del aburrido recuerdo de una vulgar intriga. Vertí en la carta todo mi entusiasmo, vertí en la carta toda mi fe.

De hecho, apenas la había enviado, cuando se produjo en mí una curiosa reacción. Me parecía como si hubiera entregado mi capacidad de creencia en la teoría Willie Hughes de los *Sonetos,* como si algo hubiera salido de mí, por decirlo de algún modo, y yo me hubiera quedado completamente indiferente a todo el asunto. ¿Qué había ocurrido? Es difícil de decir. Tal vez, al encontrar expresión perfecta para mi pasión, había agotado la pasión misma: las fuerzas emocionales, como las fuerzas de la vida física, tienen sus limitaciones positivas. Acaso el mero esfuerzo de convertir a alguien a una teoría implica alguna forma de renuncia a la fuerza de la creencia. Quizá estaba simplemente harto de toda la cuestión y, habiéndose consumido mi entusiasmo, se quedó mi razón a solas con su propio juicio desapasionado. Comoquiera que sucediera, el hecho es que indudablemente, y no puedo pretender explicarlo, Willie Hughes fue para mí de pronto un simple mito, un vano sueño, la fantasía juvenil de un muchacho que, como la mayoría de los espíritus ardientes, estaba más ansioso por convencer a los demás que por dejarse convencer él mismo.

Como había dicho a Erskine en mi carta cosas muy injustas y amargas, decidí ir a verle en seguida y disculparme ante él por mi comportamiento. Así, a la mañana siguiente me dirigí a Birdcage Walk, y encontré a Erskine sentado en su biblioteca, con el falso retrato de Willie Hughes delante de él.

—¡Mi querido Erskine! —exclamé—, he venido a pedirte disculpas.

—¿A pedirme disculpas? —dijo—. ¿Por qué?

—Por mi carta —repliqué.

—No tienes por qué lamentar nada de tu carta —dijo—. Al contrario, me has hecho el mayor favor que podías hacerme; me has demostrado que la teoría de Cyril Graham es perfectamente sólida.

—¿No me estarás diciendo que crees en Willie Hughes? —exclamé.

—¿Por qué no? —replicó—. Tú me has demostrado la cuestión. ¿Crees que no sé estimar el valor de la evidencia?

—Pero no hay ninguna evidencia en absoluto —gemí, desplomándome en un asiento—. Cuando te escribí, estaba bajo la influencia de un entusiasmo completamente iluso. Me había dejado conmover por la historia de la muerte de Cyril Graham, fascinar por su romántica teoría, cautivar por la maravilla y la novedad de toda la idea. Ahora veo que la teoría se basa en un engaño. La única evidencia de la existencia de Willie Hughes es este cuadro que tienes ante ti, y el retrato es una falsificación. No te dejes llevar por puro sentimiento en este asunto. Cualquiera que sea lo que tenga que decir la invención respecto a la teoría de Willie Hughes, la razón queda fuera de juego frente a ella.

—No te entiendo —dijo Erskine, mirándome con asombro—. ¡Cómo!, tú mismo me has convencido con tu carta de que Willie Hughes es una absoluta realidad. ¿Por qué has cambiado de opinión? ¿O es que todo lo que has estado diciéndome es simplemente una broma?

—No podría explicártelo —repliqué—, pero ahora me doy cuenta de que no hay nada que decir en favor de la interpretación de Cyril Graham. Los *Sonetos* están dirigidos a lord Pembroke. ¡Por amor del cielo!, no malgastes el tiempo en un intento insensato de descubrir a un joven actor isabelino que nunca existió y de hacer de un títere fantasma el centro del gran ciclo de los *Sonetos* de Shakespeare.

—Ya veo que no comprendes la teoría —replicó.

—Mi querido Erskine —exclamé—, ¿que no la entiendo? ¿Cómo?, si me da la sensación de que la he inventado yo. Ciertamente, mi carta te demuestra que no sólo me metí en todo el asunto, sino que presenté toda clase de pruebas. El único fallo de la teoría es que da por supuesta la existencia de la persona cuya existencia es el tema de la argumentación. Si admitimos que hubo en la compañía de Shakespeare un joven actor con el nombre de Willie Hughes, no es difícil hacer de él el objeto de los *Sonetos;* pero como sabemos que no hubo ningún actor con ese nombre en la compañía del teatro del Globo, es vano llevar la investigación más adelante.

—Pero eso es exactamente lo que no sabemos —dijo Erskine—. Es muy cierto que su nombre no figura en la lista que se da en la primera edición infolio; pero, como Cyril señaló, eso es una prueba más bien a favor de la existencia de Willie Hughes que en contra suya, si recordamos su traicionera deserción de Shakespeare por un dramaturgo rival.

Discutimos la cuestión durante horas, pero nada que pudiera decir yo hizo que Erskine quebrantara su fe en la interpretación de Cyril Graham. Me dijo que tenía la intención de dedicar su vida a probar la teoría, y que estaba decidido a hacer justicia a la memoria de Cyril Graham. Yo le supliqué, me reí de él, le rogué, pero fue inútil. Finalmente, nos separamos, no exactamente enfadados, pero ciertamente con una sombra entre nosotros. Él me tuvo por superficial, yo le tuve por iluso. Cuando le volví a visitar, su criado me dijo que se había marchado a Alemania.

Dos años después, al entrar yo en mi club, me entregó el conserje una carta con sello extranjero. Era de Erskine, y estaba escrita en el Hotel d'Angleterre de Cannes. Cuando la hube leído me llené de horror, aunque no me terminaba de creer que estuviera tan loco como para llevar a cabo su resolución. En esencia, la carta decía que había tratado por todos los medios de comprobar la teoría de Willie Hughes, y había fallado, y que, como Cyril Graham había dado la vida por esta teoría, él mismo había decidido dar la vida también por la misma causa. El final de la carta era el siguiente: «Todavía creo en Willie Hughes, y para cuando recibas esta carta habré muerto por mi propia mano en aras de Willie Hughes: por él, y por Cyril Graham, a quien llevé a la muerte por mi frívolo escepticismo y mi ignorante falta de fe. La verdad te fue revelada una vez, y tú la rechazaste; ahora vuelve a ti teñida con la sangre de dos vidas, ¡no le des la espalda!».

Fueron unos momentos horribles. Me sentí enfermo de tristeza, y a pesar de todo no podía creerlo. Morir por las propias creencias teológicas es el peor uso que puede hacer un hombre de su vida, pero ¡morir por una teoría literaria! Parecía imposible.

Miré la fecha; la carta había sido escrita hacía una semana. Algún desdichado azar había impedido que fuera yo al club durante varios días, pues de otro modo puede que la hubiera recibido a tiempo de salvarle. Tal vez no fuera demasiado tarde. Me dirigí a casa, hice el equipaje, y partí de la estación de Charing Cross en el expreso de la noche. El viaje fue inaguantable; pensaba que nunca llegaría.

En cuanto llegué, me dirigí en coche al Hotel d'Angleterre. Me dijeron que Erskine había sido enterrado dos días antes en el cementerio de los ingleses. Había algo horrible, grotesco, en torno a toda la tragedia. Dije cosas frenéticas de todas clases, y la gente del vestíbulo me miraba con curiosidad.

De pronto, atravesó el vestíbulo lady Erskine, de luto riguroso. Cuando me vio, se acercó a mí, musitó algo sobre su pobre hijo y se deshizo en lágrimas. Yo la llevé a su salón. Allí la esperaba un señor mayor: era el médico inglés.

Hablamos mucho de Erskine, pero yo no dije nada sobre su motivo para suicidarse. Era evidente que no le había dicho nada a su madre sobre la razón que le había llevado a un acto tan funesto, tan demencial. Finalmente, lady Erskine se levantó y dijo:

—George te ha dejado algo como recuerdo, es una cosa que tenía en gran estima. Te lo iré a buscar.

Apenas hubo salido de la habitación, me volví al médico y dije:

—¡Qué golpe tan terrible debe haber sido para lady Erskine! Me admira que lo lleve así de bien.

—¡Oh!, sabía desde hacía meses que esto tenía que ocurrir —respondió.

—¿Que lo sabía desde hacía meses? —exclamé—. ¿Pero por qué no se lo impidió? ¿Por qué no hizo que le vigilaran? ¡Debía de estar loco!

El médico me miró de hito en hito.

—No sé lo que quiere usted decir —dijo.

—Bueno —exclamé—, si una madre sabe que su hijo se va a suicidar...

—¡Suicidar! —respondió—. El pobre Erskine no se suicidó; murió de tuberculosis. Vino aquí a morir. Desde el momento en que le vi supe que no había ninguna esperanza; tenía un pulmón casi deshecho, y el otro estaba muy afectado. Tres días antes de morir me preguntó si había alguna esperanza. Le dije con toda franqueza que no había ninguna, y que sólo le quedaban unos días de vida. Escribió algunas cartas, y tuvo la mayor resignación, conservando el conocimiento hasta el final.

En ese momento entró lady Erskine con el fatal retrato de Willie Hughes en la mano.

—Cuando George se estaba muriendo me pidió que te diera esto —dijo.

Al cogérselo, rodaron sus lágrimas sobre mi mano.

El cuadro está ahora colgado en mi biblioteca, donde es muy admirado por aquellos de mis amigos que tienen gustos artísticos. Han decidido que no es un Clouet, sino un Ouvry. Yo nunca me he preocupado de contarles su verdadera historia; pero a veces, cuando lo miro, pienso que hay realmente mucho que decir a favor de la teoría de Willie Hughes de los *Sonetos* de Shakespeare.

POEMAS EN PROSA

EL ARTISTA

Una tarde, le vino al alma el deseo de dar forma a una imagen del *Placer que se posa un instante.* Y se fue por el mundo a buscar bronce, pues sólo en bronce podía concebir su obra.

Pero había desaparecido el bronce del mundo entero; en parte alguna del mundo entero podía encontrarse bronce, salvo el bronce sólo de la imagen del *Dolor que dura para siempre.*

Era él quien había forjado esta imagen con sus propias manos, y la había puesto sobre la tumba de lo único que había amado en la vida. Sobre la tumba de lo que más había amado en la vida y había muerto había puesto esta imagen hechura suya, como prenda y señal del amor humano que no muere nunca, y como símbolo del dolor humano que dura para siempre. Y en el mundo entero no había más bronce que el bronce de esta imagen.

Y tomó la imagen que había formado y la puso en un gran horno y se la entregó al fuego.

Y con el bronce de la imagen del *Dolor que dura para siempre* esculpió una imagen del *Placer que se posa un instante.*

EL BIENHECHOR

Era de noche y Él estaba solo.

Y vio a lo lejos los muros de una ciudad amurallada y se encaminó a la ciudad.

Y cuando estuvo cerca oyó los pasos de los pies de la alegría dentro de la ciudad, y la risa de la boca del gozo y los fuertes sones de numerosos laúdes. Y llamó golpeando a la puerta y le abrieron algunos de los guardianes.

Y se quedó contemplando una casa de mármol con hermosos pilares de mármol en la fachada. De los pilares pendían guirnaldas, y había antorchas de cedro dentro y fuera. Y entró en la casa.

Y cuando hubo atravesado la sala de calcedonia y la sala de jaspe, y hubo llegado a la larga sala del festín, vio a un hombre reclinado en un lecho de púrpura marina; tenía los cabellos coronados de rosas rojas y los labios rojos de vino.

Y Él se acercó por detrás y le tocó en el hombro y le dijo:

—¿Por qué llevas esta vida?

Y el joven se volvió y le reconoció, y respondiendo le dijo:

—Era leproso y me curaste. ¿De qué otro modo había de vivir?

Y Él salió de la casa de nuevo a la calle.

Y, transcurrido un rato, vio a una mujer con la cara pintada y el vestido de colores llamativos y con perlas calzándole los pies. E iba tras ella, a pasos lentos como un cazador, un joven cubierto con un manto de dos colores. El rostro de la mujer parecía el rostro hermoso de un ídolo, y los ojos del joven brillaban de lujuria.

Y Él les siguió deprisa y le tocó al joven en la mano y le dijo:

—¿Por qué miras a esta mujer y de ese modo?

Y el joven se volvió y le reconoció y dijo:

—Era ciego y me diste la vista. ¿Qué otra cosa había de mirar?

Y Él se adelantó corriendo y tocó la ropa de color llamativo de la mujer y le dijo:

—¿No hay otra senda en que andar más que la senda del pecado?

Y la mujer se volvió y le reconoció, y riéndose dijo:

—Tú me perdonaste los pecados y el camino que sigo es agradable.

Y Él salió de la ciudad.

Y cuando hubo salido de la ciudad, vio a un joven que lloraba sentado al borde del camino.

Y se acercó a él y le tocó los largos bucles del cabello y le dijo:

—¿Por qué lloras?

Y alzó el joven la mirada y le reconoció y respondió:

—Estaba muerto y me resucitaste de entre los muertos. ¿Qué otra cosa iba a hacer más que llorar?

EL DISCÍPULO

Cuando murió Narciso, el remanso de su placer se trocó de una copa de aguas dulces en una copa de lágrimas saladas, y llegaron llorando a través de los bosques las ninfas de las montañas, las oréades, para consolar al remanso con su canto.

Y cuando vieron que el remanso se había trocado de una copa de aguas dulces en una copa de lágrimas saladas, soltaron las verdes trenzas de sus cabellos y gritando al remanso le dijeron:

—No nos sorprende que hagas un duelo tal por Narciso, tan hermoso como era.

—¿Era hermoso Narciso? —dijo el remanso.

—¿Quién había de saberlo mejor que tú? —respondieron las ninfas—. A nosotras siempre nos desdeñaba, pero a ti te cortejaba, y solía recostarse en tus orillas e inclinarse a mirarte, y en el espejo de tus aguas reflejaba gustoso su belleza.

Y el remanso respondió:

—Pero yo amaba a Narciso porque, cuando recostado en mis orillas se inclinaba a mirarme, en el espejo de sus ojos veía mi propia belleza reflejada.

EL MAESTRO

Cuando cayeron las tinieblas sobre la tierra, José de Arimatea, habiendo encendido una antorcha de madera de pino, bajó al valle desde el altozano, pues tenía quehaceres en su casa.

Y vio a un joven desnudo que lloraba, arrodillado sobre las duras piedras del Valle de la Desolación. Tenía los cabellos de color de miel, y su cuerpo era como una flor blanca, pero había herido su cuerpo con espinas y sobre sus cabellos había puesto ceniza, a guisa de corona.

Y el que era dueño de grandes posesiones dijo al joven que estaba desnudo y lloraba:

—No me asombra que sea tan grande tu aflicción, pues en verdad él era un hombre justo.

Y el joven respondió:

—No lloro por él, sino por mí. También yo he convertido el agua en vino, y he curado a los leprosos y dado vista a los ciegos. Yo he caminado sobre las aguas y he arrojado a los demonios de los que habitan en las tumbas. Yo he dado de comer a los hambrientos en el desierto en que no había alimento alguno, y he hecho salir a los muertos de sus angostas moradas, y, por mandato mío, en presencia de una gran multitud, se secó una higuera que no daba fruto. Todas las cosas que hizo ese hombre las he hecho yo también. Y, no obstante, a mí no me han crucificado.

LA SALA DEL JUICIO

Y hubo un silencio en la Sala del Juicio, y el hombre compareció desnudo ante Dios.

Y Dios abrió el Libro de la vida del hombre.

Y dijo Dios al hombre:

—Tu vida ha sido perversa, y has dado pruebas de crueldad con los que necesitaban socorro, y con los que precisaban ayuda has sido implacable y duro de corazón. Recurrieron a ti los pobres y no los escuchaste, y cerraste los oídos al grito de mis afligidos. Te apropiaste de la herencia de los huérfanos, y azuzaste a las zorras para que entraran en la viña de tu vecino. Cogiste el pan de los niños y se lo echaste a los perros, y a mis leprosos que vivían en paz alabándome en las tierras pantanosas, les obligaste a salir a los caminos, y sobre la tierra mía, de la que te formé, derramaste sangre inocente.

Y respondió el hombre y dijo:

—En efecto, lo hice.

Y de nuevo abrió Dios el Libro de la vida del hombre.

Y dijo Dios al hombre:

—Perversa ha sido tu vida; buscaste ansiosamente la belleza que he revelado y desdeñaste el bien que dejé oculto. Las paredes de tu aposento estaban pintadas con imágenes, y del lecho de tus abominaciones te levantabas al son de flautas. Erigiste siete altares a los pecados que he soportado, y comiste manjares prohibidos, y la púrpura de tu ropa llevaba bordadas las tres marcas de la vergüenza. Tus ídolos no eran de oro ni de plata que perduran, sino de carne que perece. Impregnaste sus cabellos de perfumes y pusiste granadas en sus manos. Les teñiste los pies con azafrán y extendiste alfombras a su paso. Con antimonio pintaste sus párpados y ungiste su cuerpo con mirra. Te prosternaste ante ellos, y fueron ensalzados los tronos de tus ídolos hasta el sol. Mostraste al sol tu vergüenza y a la luna tu locura.

Y respondió el hombre y dijo:

—En efecto, lo hice.

Y por tercera vez abrió Dios el Libro de la vida del hombre.

Y dijo Dios al hombre:

—Perversa ha sido tu vida, y pagaste con el mal el bien, y con agravio la bondad. Las manos que te alimentaron las heriste, y despreciaste los pechos que te amamantaron. Quien vino a ti con agua se marchó sediento, y a los proscritos que te ocultaron en sus tiendas por la noche los traicionaste antes de que llegara el alba. Al enemigo que te perdonó la vida le hiciste caer en una emboscada, y al amigo que caminó contigo le vendiste por una recompensa, y a quienes te ofrecieron amor les diste lujuria a cambio.

Y respondió el hombre y dijo:

—En efecto, lo hice.

Y cerró Dios el Libro de la vida del hombre, y dijo:

—En verdad, te enviaré al infierno. Al infierno te enviaré.

Y el hombre exclamó:

—No puedes.

Y dijo Dios al hombre:

—¿Por qué no puedo mandarte al infierno y por qué razón?

—Porque en el infierno he vivido yo siempre —respondió el hombre.

Y hubo un silencio en la Sala del Juicio.

Y, después de una pausa, habló Dios y dijo al hombre:

—Dado que no puedo mandarte al infierno, te enviaré al cielo. Al cielo te enviaré.

Y exclamó el hombre:

—No puedes.

Y dijo Dios al hombre:

—¿Por qué no puedo enviarte al cielo y por qué razón?

—Porque nunca ni en ningún lugar he sido capaz de imaginarlo —respondió el hombre.

Y se hizo el silencio en la Sala del Juicio.

EL MAESTRO DE LA SABIDURÍA

Desde su niñez había sido como es quien está lleno del perfecto conocimiento de Dios, y cuando no era todavía más que un adolescente, muchos de entre los santos, lo mismo que algunas santas mujeres que habitaban en la ciudad libre donde él nació, se habían quedado asombrados por la grave sabiduría de sus respuestas.

Y cuando sus padres le hubieron entregado la túnica y el anillo de la edad viril, les besó y se separó de ellos, y se fue por el mundo, para hablar al mundo de Dios. Pues había muchos en el mundo en aquel tiempo que no conocían a Dios o tenían de él no más que un conocimiento incompleto o adoraban a los falsos dioses que moran en las arboledas y no se cuidan de sus adoradores.

Y dirigió su rostro hacia el sol y emprendió su camino, andando sin sandalias, como había visto caminar a los santos, y llevando al cinto una bolsa de cuero y una pequeña redoma de barro cocido para el agua.

Y yendo a lo largo del camino se sentía lleno del gozo que procede del perfecto conocimiento de Dios, y cantaba sin cesar alabanzas a Dios. Y después de algún tiempo llegó a una tierra extraña en la que había muchas ciudades.

Y atravesó once ciudades. Y algunas de estas ciudades se hallaban en los valles, y otras estaban en las orillas de grandes ríos, y otras estaban erigidas sobre colinas. Y en cada ciudad encontró un discípulo que le amó y le siguió, y le seguía también una gran multitud de gente de cada ciudad, y el conocimiento de Dios se esparció por toda la comarca, y muchos de los dirigentes se convirtieron, y los sacerdotes de los templos que albergaban a ídolos se dieron cuenta de que habían desaparecido la mitad de sus ganancias, y de que cuando batían sus tambores a mediodía, nadie, o tan sólo unos cuantos, venían con pavos reales o con ofrendas de carne, como había sido costumbre en aquella tierra antes de su llegada.

Sin embargo, cuanto más le seguía la gente y mayor era el número de sus discípulos, tanto mayor se volvía su tristeza. Y él no sabía por qué su aflicción era tan grande, pues hablaba siempre de Dios, e inspirado por la plenitud del conocimiento perfecto de Dios que Dios mismo le había dado.

Y, una tarde, salió de la undécima ciudad, que era una ciudad de Armenia, y sus discípulos y una gran multitud de gente iban tras él; y subió a una montaña y se sentó en una roca que había en la montaña, y sus discípulos, de pie, le rodearon, y la multitud se arrodilló en el valle.

Y él inclinó la cabeza, la ocultó entre las manos y lloró, y dijo a su alma:

—¿Por qué estoy lleno de tristeza y de temor, y es cada uno de mis discípulos como un enemigo que anda a plena luz del día?

Y su alma respondiéndole le dijo:

—Dios te llenó del conocimiento perfecto de sí mismo, y tú has entregado ese conocimiento a los demás. La perla de gran precio la has dividido, y la túnica inconsútil la has rasgado en dos pedazos. El que entrega la sabiduría se roba a sí mismo; es como quien da su tesoro a un ladrón. ¿No es Dios más sabio de lo que eres tú? ¿Quién eres tú para desvelar el secreto que Dios te ha confiado? En un tiempo fui rica, y tú me has empobrecido. En un tiempo vi a Dios, y tú me lo has ocultado.

Y lloró de nuevo, pues sabía que su alma le decía la verdad, y que había dado a otros el conocimiento perfecto de Dios, y que era ahora como alguien que se agarra a la túnica de Dios, y que su fe le estaba abandonando a razón del número de los que creían en él.

Y se dijo a sí mismo:

—No hablaré más de Dios. Quien entrega la sabiduría se roba a sí mismo.

Y algunas horas después, sus discípulos se acercaron a él y se prosternaron y dijeron:

—Maestro, háblanos de Dios, pues tú tienes el conocimiento perfecto de Dios, y ningún hombre más que tú tiene ese conocimiento.

Y él respondiéndoles dijo:

—Os hablaré de todas las demás cosas que hay en el cielo y en la tierra, pero de Dios no os hablaré. Ni ahora ni en ninguna otra ocasión os hablaré de Dios.

Y ellos se encolerizaron contra él y le dijeron:

—Nos has conducido al desierto para que te escucháramos, ¿quieres despedirnos ahora hambrientos, a nosotros y a la gran multitud que has hecho que te siguiera?

Y él respondiéndoles dijo:

—No os hablaré de Dios.

Y la multitud murmuraba contra él y le decía:

—Nos has conducido al desierto y no nos has dado alimento que comer. Háblanos de Dios y nos bastará.

Pero él no les respondió palabra alguna, pues sabía que si les hablaba de Dios entregaría su tesoro.

Y sus discípulos se fueron entristecidos, y la multitud regresó a los hogares, y muchos perecieron por el camino.

Y cuando estuvo solo, se levantó y dirigió su rostro hacia la luna, y viajó durante siete lunas, sin hablar a ningún hombre y sin dar respuesta alguna. Y, cuando la séptima luna estaba en su cuarto menguante, llegó a ese desierto que es el desierto del Gran Río. Y habiendo encontrado una caverna en que había vivido un centauro la tomó por morada, y se hizo una estera de juncos para lecho, y se convirtió en ermitaño. Y, a cada hora, el ermitaño alababa a Dios que había permitido que conservara algún conocimiento de él y de su grandeza admirable.

Y una tarde, estando el ermitaño sentado delante de la cueva en la que había hecho su morada, vio a un joven de rostro hermoso y perverso que pasaba por allí vestido pobremente y con las manos vacías. Cada tarde, con las manos vacías pasaba el joven por allí, y cada mañana volvía con las manos llenas de púrpura y de perlas; pues era ladrón y robaba a las caravanas de los mercaderes.

Y el ermitaño le miró y se apiadó de él, pero no le dijo una palabra; pues sabía que quien dice una palabra pierde la fe.

Y una mañana, cuando volvía el joven con las manos llenas de púrpura y de perlas, se detuvo y frunció el ceño y golpeó la arena con el pie, y dijo al ermitaño:

—¿Por qué me miras siempre de ese modo cuando paso? ¿Qué es lo que veo en tus ojos? Pues ningún hombre me había mirado antes de ese modo. Y es una espina y me causa una inquietud.

Y el ermitaño le respondió y dijo:

—Lo que ves en mis ojos es compasión. La compasión es lo que te mira desde mis ojos.

Y el joven se rió con desdén, y gritó al ermitaño con voz desapacible, y le dijo:

—Tengo púrpura y perlas en las manos, y tú no tienes más que una estera de juncos para acostarte. ¿Qué compasión habrías de tener por mí? ¿Y por qué razón tienes esa piedad?

—Me das compasión —dijo el ermitaño— porque no tienes conocimiento de Dios.

—¿Es cosa valiosa ese conocimiento de Dios? —preguntó el joven.

Y se acercó a la entrada de la caverna.

—Es más valiosa que toda la púrpura y que todas las perlas de este mundo —respondió el ermitaño.

—¿Y tú lo tienes? —dijo el joven ladrón.

Y se acercó más aún.

—Hubo un tiempo, en verdad —respondió el ermitaño—, en que yo poseía el conocimiento perfecto de Dios; pero en mi necedad me separé de él, y lo repartí entre los demás. No obstante, incluso ahora, lo que me queda de ese conocimiento es más valioso que la púrpura o las perlas.

Y cuando oyó esto el joven ladrón, arrojó la púrpura y las perlas que llevaba en las manos, y sacando una cimitarra afilada de acero curvado dijo al ermitaño:

—Dame, ahora mismo, ese conocimiento de Dios que posees, o ten por cierto que te mataré. ¿Cómo no habría de matar a quien tiene un tesoro mayor que mi tesoro?

Y el ermitaño extendió los brazos y dijo:

—¿No sería más ventajoso para mí ir a las moradas recónditas de Dios y alabarle que vivir en el mundo sin tener conocimiento de él? Mátame si es ése tu deseo, pero no te entregaré mi conocimiento de Dios.

Y el joven ladrón se puso de rodillas y le suplicó, pero el ermitaño no quiso hablarle de Dios, ni darle su tesoro, y el joven ladrón se levantó y dijo al ermitaño:

—Sea como deseas. En cuanto a mí, iré a la ciudad de los Siete Pecados, que está sólo a tres días de camino desde este lugar, y a cambio de mi púrpura me darán placeres, y a cambio de mis perlas me venderán alegría.

Y recogió la púrpura y las perlas y se fue apresuradamente.

Y el ermitaño le llamó a gritos y le siguió y le suplicó. Por espacio de tres días siguió al joven ladrón por el camino y le rogó que volviera, que no entrara en la ciudad de los Siete Pecados.

Y de vez en cuando miraba hacia atrás el joven ladrón al ermitaño y le llamaba, y decía:

—¿Quieres darme ese conocimiento de Dios que es más valioso que la púrpura y las perlas? Si quieres dármelo, no entraré en la ciudad.

Y siempre respondía el ermitaño:

—Todas las cosas que tengo te las daré, menos esa única cosa solamente; pues esa cosa no me es lícito entregarla.

Y, al crepúsculo del tercer día, llegaron cerca de las grandes puertas escarlata de la ciudad de los Siete Pecados. Y de la ciudad llegaba el sonido de muchas risas.

Y el joven ladrón respondió con otra risa, y quiso llamar a la puerta. Y mientras lo hacía, se adelantó corriendo el ermitaño y le cogió por los pliegues de la túnica, y le dijo:

—Extiende las manos, y pon los brazos en torno de mi cuello, aproxima el oído a mis labios, y te daré lo que queda del conocimiento de Dios.

Y el joven ladrón se detuvo.

Y cuando el ermitaño hubo entregado su conocimiento de Dios, se arrojó al suelo y lloró, y una gran oscuridad le ocultó de la ciudad y del joven ladrón, así que no los vio más.

Y mientras yacía allí llorando se daba cuenta de que había Uno de pie a su lado, y el que estaba a su lado tenía los pies de bronce y los cabellos como de lana fina. Y Él alzó al ermitaño y le dijo:

—Antes tenías el perfecto conocimiento de Dios; ahora tendrás el perfecto amor de Dios. ¿Por qué lloras?

Y le besó.